BONNIE HEARN HILL

Mortelle perfection

Roman

MIRA

Titre original :
KILLER BODY
publié par MIRA®

Traduction de l'américain par BARBARA VERSINI

Photo de couverture
Ombre féminine : © PHOTOALTO / ROYALTY FREE / GETTY IMAGES
Conception graphique : © VIVIANE ROCH

83/85 boulevard Vincent Auriol 75646 PARIS CEDEX 13.
ISBN 978-2-2808-5613-3 — ISSN 1765-7792

1.

Rikki

Si tante Carey n'avait pas tant insisté pour que j'assiste à l'enterrement de Lisa, je serais sûrement restée chez moi. C'est uniquement à cause d'elle que j'ai accepté de me déplacer jusqu'à Pleasant View.

J'ai fui cet endroit dès que possible, laissant derrière moi l'époque où je n'étais qu'une orpheline parmi d'autres, recueillie par des proches dont le sens du devoir l'emportait sur le bon sens. Je me suis inscrite à l'université, j'ai obtenu mon diplôme, avant de décrocher un emploi dans un journal. Et aujourd'hui, je n'ai aucune envie qu'on me rappelle le temps où je traînais mon ennui dans ce patelin de Californie.

— Je savais que tu viendrais, Rikki Jean, m'a dit tante Carey quand je l'ai rejointe à son hôtel. Tu es toujours aussi ravissante, tu sais ?

Sa lèvre inférieure a commencé à trembler, et elle s'est laissé vaincre par les larmes.

Je n'aime pas mon prénom et je préfère que l'on m'appelle Rikki tout court, mais tante Carey s'en fiche. Elle joue selon ses propres règles.

Assise près d'elle à l'arrière de la limousine, je lui tiens la main tout en regardant défiler Belmont Avenue, ex-rue principale devenue zone urbaine à haut risque. La voiture avance doucement sur l'autoroute, et nous quittons la banlieue de cette ville ambivalente, presque inquiétante, pour nous diriger vers des zones retranchées. Celles qu'occupent les plus pauvres, les gens de passage… et les morts.

Lisa Tilton n'est plus ma cousine mais feu ma cousine. Décédée, morte, emportée par une attaque cardiaque quelques mois avant son mariage. Carey Tilton, ma tante, s'est fanée et flétrie depuis notre dernière rencontre, juste après son arrivée au Colorado où elle devait subir une opération. C'est elle qui aurait dû mourir, mais le cancer n'en est pas venu à bout.

— Elle t'a laissé son service de verres en cristal, m'apprend-elle.

— J'en suis très heureuse.

J'ai toujours trouvé ces verres beaucoup trop fragiles. On ne peut même pas trinquer avant de boire au risque de les casser.

Tandis que la limousine suit lentement le cortège, je remue nerveusement sur mon siège et je presse la main molle de ma tante. Sa tignasse châtaine et bouclée ressemble à la mienne, en plus touffu, plus long, avec des mèches rebelles qu'elle fait passer derrière ses oreilles. Autrefois, les gens me prenaient pour sa fille, ce qui me plaisait et me gênait tout à la fois. Et Lisa ? Lisa ne ressemblait qu'à elle-même. Excepté une courte période de son adolescence où elle était un peu ronde, elle avait toujours été parfaite.

Pour l'enterrement, tante Carey n'a pas choisi une de ces interminables limousines avec bar incorporé qui devaient être utilisées au cours du mariage de Lisa et de Pete. La voiture, courte et massive, doit traverser discrètement cette partie de la ville que les honnêtes citoyens préfèrent éviter.

— Le jour de la Saint-Valentin. Dire qu'on l'enterre le jour de la Saint-Valentin, murmure tante Carey.

Elle se tient parfaitement droite, figée comme une statue. Dans la voiture qui nous précède, je vois à travers le pare-brise le dos voûté de Pete, effondré dans son costume noir.

La cérémonie s'est déroulée dans l'église où il aurait dû épouser Lisa. Il était placé entre tante Carey et moi, et pendant l'office, j'ai remarqué ses poings fermés sur ses genoux. Ils étaient tellement crispés que j'ai fini par allonger le bras et poser ma main sur la sienne. Le chagrin et bien d'autres émotions que je peux seulement imaginer transformaient son visage d'ordinaire si séduisant en une ardoise terne.

Une bouffée d'air frais. Voilà ce dont nous aurions tous besoin. Malheureusement, personne n'ose l'exprimer tout haut. Nous nous plions à un rituel vieux comme le monde et qui s'achèvera au cimetière.

Nous arrivons devant les jardins du souvenir où Lisa sera étendue pour le repos éternel — selon la formule consacrée.

Je pose une main légère sur les épaules raides de ma tante.

— Je crois que je vais rester dans la voiture. Je ne me sens pas capable d'assister à ça.

— Non, ma chérie. C'est impossible. Tu ne peux pas lui faire ça. Elle t'aurait accompagnée jusqu'au bout.

C'est vrai. Lisa aurait sûrement fait ce qu'on attendait d'elle. Mieux que quiconque. Tante Carey y aurait veillé.

— D'accord, je viens avec toi.

— Je savais que tu ne lui ferais pas faux bond.

En sortant de la voiture, je lui prends le bras, et nous rejoignons le gazon artificiel ainsi que le petit rectangle de terre que j'ai vainement tenté d'éviter.

Le révérend s'approche de nous, mais tante Carey lui adresse un vague signe de la main et m'entraîne à l'écart. Brusquement, elle me serre le poignet avec l'air de quelqu'un qui vient juste de s'éveiller d'un rêve.

— Je dois te parler. C'est important.

Je reconnais le ton qu'elle utilisait autrefois, quand elle me demandait si j'avais fini mes devoirs. Elle approche ses lèvres de mon oreille.

— Ils ont tué Lisa, poursuit-elle violemment. C'est la faute de ces gens de *Killer Body.*

Elle m'a soufflé à la figure son haleine chargée de haine. Je la sens aussi nettement que s'il s'était agi de vapeurs d'alcool.

— Je ne comprends pas pourquoi elle suivait le programme *Killer Body,* dis-je. Elle n'avait pas besoin de perdre du poids.

— Elle voulait maigrir avant le mariage. Ces salauds l'ont nourrie aux compléments nutritionnels. C'est mauvais pour la santé.

Son regard voilé me transperce. Ses yeux bleus me supplient de la croire, de panser sa douleur.

— Ce n'est pas ça qui l'a rendue malade. Tu sais bien qu'il y a des problèmes cardiaques dans la famille. Maman en est morte, tu te souviens ?

Son visage rosit, comme si on venait de lui pincer les joues.

— Oui, je me souviens. Mais ta mère se livrait à des excès. Pas Lisa. Elle ne fumait pas… et elle ne buvait pas.

— Non, en effet.

Tandis que ma mère, oui. Et nous le savons toutes les deux.

— Elle était en parfaite santé, Rikki Jean. En pleine forme. Et puis il y a autre chose. A Los Angeles, elle avait régulièrement rendez-vous avec un homme de *Killer Body.* Il disait s'occuper d'elle.

— Comment ça ?

— Il lui donnait des cours particuliers et il avait promis de lui obtenir un contrat pour un film publicitaire, à la télévision. Tu sais à quel point Lisa rêvait de se retrouver devant une caméra…

— Oui, je sais.

Zut, voilà que je craque. Les larmes me montent aux yeux, et je cligne des paupières pour les refouler. Je suis persuadée que si je me laisse aller, elles m'emporteront pour toujours dans un fleuve de culpabilité et de chagrin.

— Mais on ne voit que Julie Larimore dans les publicités *Killer Body.* Cet homme lui a menti, ou elle aura mal compris.

— Elle n'a pas mal compris, il a été très clair. Il lui a dit que Julie Larimore envisageait de tout laisser tomber.

— Ça m'étonne… Si c'était le cas, on en aurait entendu parler. Julie Larimore est tellement associée à l'image de *Killer Body…*

— Il faut que tu m'aides, ma chérie.

Elle me serre un peu plus le poignet. Ses yeux reflètent une souffrance aveugle qui me donne envie de partir en courant, mais je reste.

— Pour Lisa. Tu es journaliste et tu t'intéresses aux problèmes de nutrition.

J'ai effectivement obtenu une récompense suite à une série d'articles sur la boulimie, mais cela ne signifie pas que je veuille me cantonner dans ce domaine. Pourtant, je ne la corrige pas. Devant ses yeux humides, d'un bleu hésitant, je renonce à répondre que rien ne fera revenir sa fille. Je n'ai jamais pu lui tenir tête, et à l'évidence, je ne vais pas commencer aujourd'hui.

— Que voudrais-tu que je fasse ?

— Coince ce type. Coince *Killer Body.*

Les larmes roulent sur ses joues et dérangent la perfection de son teint poudré. Elle ne les essuie pas.

— Je t'en prie, ma chérie. Je ne t'ai jamais rien demandé.

Et tu m'as élevée, sûrement mieux que ne l'aurait fait mon alcoolique de mère.

Je regarde au loin. Au-delà de ces gens attroupés autour du rectangle creusé dans la terre — la famille, les amis. Au-delà de cette tombe qui va accueillir Lisa, quatre mois avant la date prévue pour son mariage. Morte d'un arrêt cardiaque. Tuée par la société *Killer Body.* Du moins, c'est ce que sa mère voudrait croire.

Le révérend s'approche de nous, tel un oiseau noir. Je passe mon bras autour des épaules de tante Carey. Elle est si frêle, vulnérable.

La vieillesse. La mort. Comme cela vient vite…

— Je vais essayer. Je ferai de mon mieux, réponds-je en guettant une lueur d'approbation dans ses yeux pleins de larmes.

Et je me méprise pour ça. Merde. J'en suis encore là.

Nous dépassons le révérend, puis les gens installés sur ces chaises d'un beige froid que quelqu'un a disposées bien trop près de la tombe et du lourd tas de terre qui la recouvrira après cette brève cérémonie d'adieu. J'ai l'impression que ma force s'écoule hors de moi comme de l'eau.

— C'est promis ? insiste-t-elle en retrouvant sa voix autoritaire. Rikki Jean, tu me le promets ?

Je hoche docilement la tête.

2.

Lucas

Ellen Horner avait un corps de rêve, à l'instar de toutes les femmes dont Bobby W. s'entourait. Ce choix résolument sexiste avait la vie dure, comme le vieil homme lui-même, comme le monde idéal et politiquement correct dans lequel il avait décidé d'évoluer.

— Désolée de t'interrompre, Lucas, s'excusa la jeune femme, mais une journaliste insiste pour parler à Bobby. Qu'est-ce que je fais ?

Il releva la tête. Elle portait une veste rayée blanc et noir, telle une bâche de restaurant, et une jupe blanche qui lui arrivait juste au-dessus du genou. Elle ne faisait pas étalage de ses charmes, mais on les devinait sous sa tenue austère. Le type même de l'idéal de perfection de la société *Killer Body*. Ses magnifiques cheveux blonds, avec une frange asymétrique et deux mèches glissées derrière les oreilles, lui donnaient un air à la fois candide et professionnel. Mais pas heureux. Vraiment pas.

— Une journaliste ? Une femme ? demanda-t-il.

— Oui. Pas sympathique. Elle s'appelle Rikki quelque chose.

Ellen précisa avec une grimace :

— Rikki avec un i. Elle a pris soin de le souligner.

— Il va l'amadouer, ne t'inquiète pas. Elle sera sous le charme, comme les autres. Le mieux est de lui proposer un rendez-vous pour une interview.

— Très bien.

Il allait se replonger dans ses papiers quand il s'aperçut qu'elle restait plantée là, à le considérer d'un air inquiet. Il devait y avoir autre chose que cette journaliste.

— Que se passe-t-il ? s'enquit-il.

— Il recommence, gémit-elle en brandissant son dossier vers le plafond. Cette fois, il est avec Rochelle McArthur.

— Ici ? En ce moment ?

— Dans son bureau. Portes closes. On avait bien besoin de ça.

Lucas retint un soupir.

— Mais où l'a-t-il dégotée, celle-là ? Elle ne travaille plus depuis un bout de temps.

Ellen grimaça de nouveau.

— J'ai bien peur que ce ne soit elle qui l'ait trouvé. Tu vois ce que ça signifie ?

— Elle veut quelque chose.

— Oui, mais va donc le lui faire comprendre à lui.

Il se leva en jetant un bref regard par la fenêtre, vers la côte de Santa Barbara, et songea à son bateau avec nostalgie. Il avait projeté d'y passer la journée. C'était encore possible, à condition de régler rapidement le problème.

Il adressa un signe de tête à Ellen tout en se dirigeant d'un pas décidé vers la porte.

— On y va ?

Si l'on ne voyait sur les murs de *Killer Body* que le visage de Julie Larimore, l'égérie de la société, le bureau de Bobby

Warren était tapissé de photographies de lui-même. L'homme des clichés, à l'impressionnante musculature, n'avait plus grand-chose en commun avec le Bobby d'aujourd'hui, bien qu'il continue à s'entraîner régulièrement pour combattre la bedaine qui déformait sa silhouette.

Quand Lucas frappa à la porte, Bobby W. trônait dans un fauteuil, un verre de bourbon dans une main et l'autre posée sur Rochelle McArthur.

— Entrez, entrez, déclara-t-il, comme s'il accueillait des visiteurs dans sa maison.

Sans même présenter Rochelle, il se leva pour saluer Lucas et embrasser Ellen sur la joue avec un regard appréciateur. Il empestait l'eau de toilette de luxe — un parfum que Lucas connaissait bien ; il en recevait des échantillons tous les mois, emballés dans du papier brillant, en même temps que les factures de ses cartes de crédit.

Le parfum et le bourbon. Bobby sentait aussi le bourbon. Pourtant, il n'était pas encore midi.

— Un cocktail, Luke ?

L'invitation sonnait étrangement dans ce temple de la santé.

— Non, merci. Il est un peu tôt pour moi.

Bobby W. sourit, et ses yeux, de la même couleur que le bourbon dans son verre, s'animèrent brusquement. Lucas ne put s'empêcher de lui rendre son sourire. Il songea qu'il aimerait bien être aussi solide que lui lorsqu'il aurait atteint son âge.

— Nous nous apprêtions à prendre une petite collation sur la terrasse, annonça Bobby W., avant de se rappeler qu'il n'avait pas présenté l'autre moitié de ce « nous ». Oh, je suis désolé. Vous connaissez Rochelle, bien sûr.

Lucas hocha la tête. Ils s'étaient déjà croisés, en effet.

— Voici Lucas, notre directeur du marketing. Mon bras droit. Et voici Ellen, mon bras gauche.

— J'espère que le reste t'appartient, au moins, commenta Rochelle McArthur.

L'ex-actrice-animatrice croisa les jambes dans une attitude délibérément provocante, sans même tirer sa robe chatoyante sur ses genoux — une robe de soie verte, du même ton que ses lentilles de contact.

Sa voix jeune et chantante était toujours la même, nota Lucas, mais son visage et son corps n'avaient pas aussi bien encaissé les ravages du temps. En dépit de son teint bronzé et de ses cheveux décolorés aussi drus que la paille, il lui trouva les traits tirés.

Mais pour un veuf de soixante-dix ans à la vision troublée par le whisky et la solitude, Rochelle pouvait encore rivaliser avec les minettes qui, autrefois, se suspendaient langoureusement à son cou. Il n'y avait qu'à regarder les photographies exposées dans le bureau.

— Eh bien, disons que je suis prêt à vendre le reste au plus offrant, plaisanta-t-il en venant s'asseoir près d'elle sur le canapé gris argent.

Lucas et Ellen le suivirent et s'installèrent en face d'eux, de l'autre côté de la table basse. La jeune femme se posa sur le rebord de son fauteuil, raide comme la justice, comme si elle craignait d'être contaminée par l'exhibitionnisme de Rochelle.

— Nous étions en train de parler du nouvel appareil destiné à muscler les fessiers, reprit Bobby. L'aérobic, c'est de la connerie. Bien sûr, ça stimule le cœur. Mais à quoi ça sert de stimuler le cœur si on a le cul bardé de lard ?

— C'est exactement ce que je pense, Bobbo.

Là, elle y allait fort. Seuls les vieux copains de Bobby se permettaient de l'appeler Bobbo, mais il ne parut pas se formaliser de cette familiarité.

Lucas balaya du regard les sandales à talons hauts de Rochelle, ses pieds aux ongles blancs, puis remonta jusqu'à son verre posé sur la table basse incrustée de nacre. Elle y avait à peine touché, mais, surprenant son regard, elle le prit aussitôt et le porta à ses lèvres.

— Tu sais, Bobbo, il fallait bien que quelqu'un le dise franchement, sans prendre de gants.

Avec ça, elle l'avait dans la poche. Si quelque chose pouvait amadouer Bobby W., voire l'aveugler, plus encore qu'une femme sexy qui regardait dans sa direction, c'était bien qu'on abonde dans son sens.

Lucas fit la grimace quand Bobby lui adressa un regard de supériorité peinée.

Le vieil homme passa la main dans les pauvres vestiges de sa chevelure.

— J'essaie de le faire entendre à mon ami Luke depuis un moment, mais nous avons parfois du mal à communiquer.

— Je suis sûre que ça n'arrive pas souvent.

Sans quitter Lucas des yeux, elle tendit le bras afin d'attraper son verre et ajouta :

— D'autant plus qu'ici, c'est toi qui commandes.

— Pour faire du bon travail, il faut savoir s'entourer. J'ai choisi les meilleurs collaborateurs.

Il fronça les sourcils en contemplant son verre vide, comme si c'était ça qui le perturbait, et non leur conversation.

— Ellen, ma chérie, peux-tu m'apporter le dossier de cet appareil ?

La jeune femme se leva aussitôt, apparemment ravie qu'il lui fournisse une occasion de quitter la table.

— Lequel ?

— Celui du marketing. Les photos et les tests auprès des consommateurs. Tiens, apporte-nous aussi le prototype. Rochelle pourrait l'essayer, elle aura peut-être des idées pour l'améliorer.

— Bien sûr, acquiesça-t-elle dans un souffle.

Lucas la suivit des yeux en espérant qu'elle ne reviendrait pas avec sa lettre de démission, ainsi que beaucoup d'autres avant elle. Quand on possédait son allure et ses diplômes…

Une fois que la porte se fut refermée derrière elle, il se retourna vers le canapé. Bobby s'était levé pour regarder le port en contrebas, son verre à la main. Lequel s'était miraculeusement rempli. Ce vieux renard se montrait leste quand il le voulait.

— Monsieur Warren…

Bobby W. se détourna de la fenêtre.

— Laisse tomber les formalités, Luke. Ici, nous sommes entre amis.

Il sourit en direction de Rochelle.

— N'est-elle pas magnifique ? Tu ne crois pas que bien des gens seraient capables de tuer pour avoir un corps comme le sien ?

Cette fois, Lucas comprit où le vieux fou voulait en venir. Mais une Julie Larimore était suffisamment dure à gérer sans qu'ils aillent s'encombrer d'une deuxième.

Il se leva pour rejoindre la fenêtre et tenta d'oublier la présence de cette femme toute de vert émeraude — robe et lentilles de contact.

— Pourrions-nous remettre cette discussion à plus tard ?

— Plus tard, c'est l'argument de ceux qui refusent de prendre position, rétorqua Bobby.

Il but une autre gorgée de bourbon et jeta un coup d'œil par-dessus l'épaule de Lucas avec un sourire à s'en décrocher la mâchoire.

— Je songe à engager un deuxième modèle pour nous représenter. Une… Quel est le terme consacré, déjà ?

— Une ambassadrice, Bobbo, dit Rochelle depuis le canapé.

— Une ambassadrice, c'est ça.

Son regard se posa sur Lucas. L'éclat et la force de persuasion de ses yeux marron-noir valaient plus que n'importe quel argument.

— Julie Larimore reste l'ambassadrice de *Killer Body*… Simplement, on recrute quelqu'un d'autre pour le nouvel appareil.

— Avec tout le respect que je te dois…

Lucas s'interrompit le temps de lancer à Rochelle un regard appuyé qui, il l'espérait, n'exprimait pas tout à fait le respect.

— … ça risquerait de semer la confusion dans l'esprit du public. Pour tout le monde, Julie Larimore et *Killer Body* ne font qu'un. C'est elle qu'on voit à la télévision dans les séquences publicitaires, sur nos produits, nos affiches. Alors, quelqu'un d'autre… Ça ne marche pas, tout simplement.

Pas maintenant. C'était la dernière chose dont ils avaient besoin en ce moment. Bien sûr, Bobby W. et lui s'étaient déjà trouvés en désaccord par le passé, au point de frôler la rupture — selon l'expression de ce vieil obstiné —, mais au bout du compte, leurs différends les avaient toujours rapprochés, et Lucas éprouvait une sorte d'affection à son égard. En ce moment, Bobby arborait le regard contrit d'un écolier qui a peur d'être grondé, tout en réfléchissant à la manière dont il convenait de présenter à ses collaborateurs l'offre déguisée et un peu prématurée qu'il venait de faire à Rochelle.

Lucas lui jeta un coup d'œil à la dérobée et eut tout à coup la certitude qu'elle connaissait déjà l'issue de cet affrontement. Une vision aussi limpide et éclatante que le soleil qui faisait en ce moment scintiller l'eau du port de Santa Barbara.

— Tout ce qui m'intéresse, c'est l'appareil pour les fesses, intervint-elle. Vraiment, je l'adooore, Bobbo.

— Ça fait beaucoup de o, commenta Bobby W. avec un sourire vertigineux que démentait son regard d'enfant puni.

— C'est l'expression consacrée à Hollywood et à New York. Plus personne ne parle d'aimer ou d'apprécier. Ils adoooorent. Et moi, j'adooore cette merveilleuse machine.

Il se rapprocha d'elle et lui tapota la cuisse de ses doigts diaphanes.

— Mon ange…

— Discutez-en tranquillement, le coupa Lucas. Quand vous serez tombés d'accord, nous en reparlerons tous ensemble, avec Ellen.

Sur ces mots, il les abandonna et sortit sur la terrasse pour avaler une grande goulée d'air marin. Il se sentait coupable. C'était un peu trop facile de laisser le vieux s'occuper de tout et de le lâcher, ainsi qu'il l'avait fait avec son père.

Il lutta contre ces sombres pensées. Plus question de traîner sa culpabilité avec lui. D'ailleurs, la société appartenait à Bobby W. ; son propre rôle dans cette affaire se bornait à lui donner son avis.

Il entendit coulisser la baie vitrée derrière lui et reconnut le parfum de Rochelle, une forte odeur de lavande.

Sans prendre la peine de se retourner, il continua à scruter l'océan. C'était la vue de cette étendue d'eau qui l'apaisait le mieux.

— Je vous rejoins dans un instant, murmura-t-il.

Une façon délicate de lui faire comprendre qu'il ne souhaitait pas sa présence.

— Je préfère rester à l'extérieur, répliqua-t-elle. Bobbo est au petit coin.

Elle se glissa près de lui et s'accouda à la rambarde.

— Il ne va pas tarder à revenir, j'en suis sûr.

Il ne pouvait pas se montrer grossier, et il avait la désagréable sensation qu'il n'allait pas se débarrasser d'elle aisément.

Elle le poussa du coude.

— Alors, qui étiez-vous ?

— Comment ça, qui j'étais ?

— Vous savez bien... Je parie que vous avez remporté quelques prix, vous aussi. Monsieur Muscle Californie, peut-être ? Votre veste est très bien faite, mais pas autant que ce qu'elle dissimule si mal.

— Merci, lâcha-t-il.

— Ce n'était pas un compliment.

— Je ne l'ai pas pris comme tel.

— Pourquoi me remercier, alors ?

— Il devait me rester un doute.

— Ne soyez pas si chatouilleux. Vous avez probablement un corps superbe sous cet accoutrement. Je me trompe ?

— La veste est un cadeau de Bobby.

Bon sang ! Il ne s'était pas attendu qu'elle accorde autant d'importance à sa tenue, mais il aurait dû s'en douter. C'était sûrement elle qui choisissait les vêtements de son mari.

— Bobby est un homme généreux, ajouta-t-il. Je suppose que vous ne l'ignorez pas.

— Et vous, un très bel homme qui ne s'est pas laissé aller en atteignant la trentaine.

Elle posa un doigt insistant sur son bras et il se rétracta instinctivement.

— Vous voyez ce que je veux dire, mon grand ? insista-t-elle avec une œillade à la Marilyn qui lui arracha un sourire malgré lui.

— Vous avez un don pour le comique, Rochelle.

Elle inclina la tête et sourit en dévoilant une fossette aussi suggestive qu'un nombril.

— Nous pourrions être amis, Lucas. Ne soyez pas si hostile.

— Ne rêvez pas.

— Vous ne voulez pas que je décroche ce job. Je le sais.

— Le problème, c'est qu'il n'y a pas de job à décrocher.

— Mais quand il y en aura un, vous ne voulez pas qu'il soit pour moi.

— De quoi parlez-vous, à la fin ? Pourquoi croyez-vous qu'il y en aura un ?

De nouveau cette fossette. Hollywood avait bien tort de se débarrasser d'elle sous prétexte qu'elle était trop vieille. Ses rides ne l'enlaidissaient pas, elles ajoutaient à son charme.

— J'essaie d'être positive.

— Vous voudriez vraiment travailler pour nous ? Représenter la société ? demanda-t-il, étonné. Vous voulez apparaître dans des pubs en justaucorps, couchée sur le dos et attachée à une machine ?

Ses yeux brillèrent — de colère ou de larmes retenues, impossible de trancher.

— Depuis quand vous inquiétez-vous de la direction que prend ma carrière ? Vous n'êtes pas mon agent, que je sache.

— Désolé, s'excusa-t-il. De toute façon, quelqu'un aurait fini par vous le dire. Faire de la publicité pour des machines de musculation et jouer dans des séries ou animer une émission télévisée, ce n'est pas du tout le même domaine.

— Etes-vous en train d'insinuer que Jesse fait mal son travail ?

— Je suis sûr que votre mari est un très bon agent.

Il eut envie de lui serrer le bras, de lui assurer que tout se passerait bien, mais elle risquait de se sentir offensée. A l'évidence, elle démarrait au quart de tour. Il avait déjà commis l'erreur de s'opposer à elle tout à l'heure et ne voulait plus se retrouver en mauvaise posture.

— Vous méprisez Jesse.

Tout le monde le méprisait, dans le métier, mais Lucas n'était pas assez bête pour aller le répéter à sa femme.

— Je préfère éviter ce genre de discussions.

De nouveau, elle appuya un doigt sur son épaule. Il se retourna en espérant qu'elle ne lui sauterait pas au cou.

— Je respecte le travail de Jesse et j'admire la façon dont il a mené votre carrière, assura-t-il. Ces affiches, c'était un coup de génie.

Il lut du désespoir dans ses yeux. Elle ne lui faisait pas du gringue, elle semblait plutôt le supplier.

— Pour le moment, nous ferions mieux de rentrer. Surtout si vous tenez à rester dans les petits papiers de Bobby W.

Elle lui saisit le bras et il baissa les yeux vers ses doigts de pieds aux ongles si blancs.

— Vous me prenez pour une idiote, n'est-ce pas ? C'est ce que pensent les gens quand vous êtes un peu trop belle. Ou beau. Car nous sommes à égalité dans ce domaine.

— Je ne vous prends pas du tout pour une idiote, Rochelle.

Il avait dû serrer les dents pour parvenir à prononcer ces mots qui lui écorchaient la bouche.

Avec un sourire, elle l'attrapa par le revers de sa veste et l'attira un peu plus à elle.

— Vous m'avez déjà cataloguée et vous croyez savoir qui je suis, mais vous vous trompez. Je ne suis pas de ces femmes dont le QI est inférieur aux mensurations. Je ne me résume pas à une paire de fesses ou de seins, même si c'est ce que Jesse met en avant pour diriger ma carrière.

Devant l'expression déterminée de son visage, Lucas se demanda s'il ne l'avait pas jugée trop vite. Il s'efforça de lui accorder le bénéfice du doute, en espérant que les autres le feraient aussi. Après tout, elle n'était peut-être pas une déséquilibrée, une de ces opportunistes trop minces qui défilaient dans le bureau de Bobby W. afin de s'attirer les faveurs d'un riche protecteur.

— Du moment que ça marche…

Ils n'avaient pas bougé et se défiaient du regard quand ils entendirent un bruit. Ils s'écartèrent vivement l'un de l'autre.

La baie vitrée s'ouvrit à la volée, et Ellen surgit sur la terrasse, suivie de Bobby W.

— Je viens d'avoir un coup de fil du commissariat de police, expliqua-t-elle, visiblement paniquée. Julie Larimore s'est évanouie dans la nature. Envolée. C'est sa femme de ménage qui a signalé sa disparition. Elle aurait dû rentrer de son voyage à San Diego depuis cinq jours.

— J'essaie de la joindre depuis une semaine, en vain, enchaîna Bobby. Peut-être même plus… D'habitude, elle m'appelle tous les jours. J'ai pensé qu'elle avait un problème avec son portable.

Je me suis même demandé si elle n'était pas fâchée contre moi. Mais pourquoi serait-elle fâchée contre moi… ?

Lucas ne répondit pas et se tourna vers Ellen.

— Et alors, qu'en pense la police ?

— Rien. Mais elle ne s'est pas présentée à plusieurs rendez-vous importants, dont une séance de photos prévue depuis des mois. Sa femme de ménage a voulu la joindre à l'hôtel où elle était supposée descendre à San Diego. Elle n'y est jamais arrivée. Et maintenant la police va venir ici. Ils veulent nous poser des questions.

Ils rentrèrent dans le bureau. Des larmes brillaient dans les yeux de Bobby et il se laissa tomber dans son fauteuil.

— Pas ma Julie, murmura-t-il. Elle ne serait pas partie sans m'en avertir.

Lucas ne fut pas étonné quand ses yeux marron se posèrent sur lui.

— Trouve-la, Luke, ordonna Bobby W. Et ne t'avise pas de remettre les pieds dans mon bureau avant de l'avoir trouvée.

L'interview

Julie, consentiriez-vous à tous les sacrifices pour entretenir votre corps ? Pour qu'il reste parfait ?

Je serai franche : le parcours est difficile et l'on est souvent tenté de renoncer. Mais c'est justement là qu'il faut s'accrocher, encore et encore. Et brusquement — je vous assure que la transformation vous paraît soudaine —, vous voilà devenue un exemple d'autodiscipline, de maîtrise et de volonté. Vous franchissez un cap décisif au moment précis où la plupart des gens abandonnent.

Attention, je ne dis pas que le but est hors d'atteinte. Pas du tout. Mais il faut savoir que le prix à payer est à la hauteur de la récompense. Rouler dans une Maserati revient plus cher que de prendre le bus. Le tout est de savoir lequel de ces deux moyens de transport vous comptez emprunter pour contempler le paysage de votre vie — cette petite parcelle de temps que vous passez sur terre. Ça, il n'y a que vous qui puissiez en décider.

J'ai fait mon choix et je ne le regrette pas, même quand je pense aux plus sombres d'entre les jours sombres.

Est-ce que je consentirais à tous les sacrifices pour conserver un corps parfait ? Oui, je suis prête à tout donner. Ne l'ai-je pas déjà fait ?

3.

Rikki

Le lundi suivant, comme tous les lundis, je me rends au *Valley Voice* et je m'installe à mon poste en m'armant de courage. Les secrétaires ont l'habitude de fleurir les bureaux des employés qui s'absentent pour cause de deuil. Ça n'a rien de personnel, mais ces fleurs sentent si fort que je sais qu'elles seront désormais associées à la mort de ma cousine. Il faut que j'oublie ce bouquet, cet enterrement, tout ce qui me pèse et que je dois accepter de porter — du moins pour le moment. Il faut que j'agisse, que je me raccroche à la routine. Je suis journaliste. J'espère seulement être en état de faire mon travail correctement.

La porte de Dennis Hamilton n'est pas fermée, signe qu'il a ingurgité suffisamment de doses de caféine et de nicotine pour accueillir ses collaborateurs avec amabilité. Aujourd'hui, il a ouvert plus tôt que d'habitude et je sais que c'est à mon intention. Ça ne m'étonne pas de lui. J'entre dans son bureau en essayant de chasser de mon esprit les souvenirs encore trop vivaces que nous partageons.

Il se détourne de son ordinateur afin de me recevoir. Il a l'air lugubre, et la rougeur de ses joues trahit de récents excès de boisson.

— J'étais là.

Je comprends aussitôt à quoi il fait allusion.

— Mais je crois que tu ne m'as pas vu, précise-t-il.

— J'ai senti ta présence.

La chaleur me monte aux joues, et j'essaie de me rattraper.

— Enfin, je t'ai aperçu du coin de l'œil. Vaguement.

Il se lève. Tout à coup, j'ai envie de me réfugier dans ses bras pour me sentir protégée, soutenue, en sécurité. Impossible. Parce que maintenant, il est mon supérieur hiérarchique. Sa présence à l'enterrement de ma cousine n'a pas plus de signification que les fleurs sur mon bureau. Je ne peux pas me jeter dans ses bras. Plus jamais de ma vie, je ne me sentirai en sécurité.

Les larmes… Vous croyez pouvoir les maîtriser et elles font brusquement surface, comme d'encombrants parents réclamant votre attention.

J'essuie mes joues humides.

— Désolée, dis-je en essayant d'endiguer le flot qui coule sur mon visage.

— Ce n'est rien.

Son regard aigu empreint de solennité me scrute.

— Prends autant de temps qu'il te faut.

— Je ne suis pas venue te réclamer des jours de congé. Au contraire, je veux un dossier.

Il se tourne vers la porte.

— Plus tard, quand tu auras récupéré.

— Non, tu n'as pas compris, Den. Je m'intéresse à une affaire en particulier. Ça tient en deux mots : Julie Larimore.

Il me décoche un de ses regards fulgurants qui vous clouent sur place.

— Quoi, Julie Larimore ?

— Elle a disparu.

— Je suis au courant, figure-toi. Tu te prends pour Sherlock Holmes ou tu sais quelque chose ?

— Savoir, ce n'est pas le mot.

— Bien. Alors, qu'en penses-tu ?

— Je pense que tu devrais me laisser couvrir cette histoire.

— Pourquoi ?

— Parce qu'il se passe peut-être des trucs louches dans la société *Killer Body.*

Sa tasse de café reste suspendue dans les airs.

— Louches comment ?

— Quelqu'un fait croire à des jeunes femmes qu'elles pourraient représenter la marque. Devenir les nouvelles Julie Larimore.

Tu en es sûre ?

Il en oublie son café et abandonne la tasse sur le bureau.

— C'est en tout cas ce que j'ai entendu dire.

Je m'efforce de le regarder droit dans les yeux. Je ne veux pas lui dissimuler la vérité.

— J'ai déjà un témoignage, Den, c'est un point de départ. Laisse-moi enquêter sur cette affaire.

— Ça ne fera pas revenir ta cousine, Rikki.

Sa voix est douce, mais ses yeux bleu pâle restent froids.

— Je sais, mais ça pourrait aider d'autres femmes.

— Et si je ne te donne pas le feu vert ?

Je ne réponds pas. Il n'a pas besoin de savoir que j'ai déjà appelé Lucas Morrison, le bras droit de Bobby Warren.

— Tu ne dis rien ? insiste-t-il.

Mes lèvres tremblent et j'essaie de me maîtriser.

— Non, tu vois bien.

— Tu as déjà visité le centre *Killer Body* de la ville ?

— Non. Et toi ?

Il tapote l'épais tissu de sa chemise.

— Tu trouves que je devrais ?

— Bien sûr que non. Tu sais ce que je pense de ce genre d'endroits. Et de celui-ci en particulier.

— Mais tu voudrais y faire un tour ?

C'est tout ? J'ai son accord ? Jamais ça n'a été aussi facile. Je tente de dissimuler mon étonnement et je me redresse un peu pour paraître plus grande.

— Tout de suite ?

— Pourquoi pas ?

Zut, Hamilton ! Juste quand je crois avoir mis de côté ce qui fut notre courte histoire, quand je l'ai classée comme mon unique aventure d'un soir, il fait un geste et, de nouveau, je ne sais plus où j'en suis. Sauf que, maintenant, il est mon patron. Et s'il veut agir comme si cette nuit n'avait jamais existé, comme s'il n'y avait jamais eu de *nous*, d'accord. Moi aussi, je fais donc semblant de l'avoir oublié.

— Den ?

— Oui ?

J'ai la gorge nouée, mais ma peine s'ancre bien plus profondément. Qu'est-ce qui m'arrive ?

— Merci.

Je me détourne avant que mes larmes ne nous embarrassent tous les deux et je me dirige précipitamment vers la porte. Je pousse le battant quand il me lance :

— Tu me dois un repas.

Pendant la nuit que nous avons passée ensemble, je lui ai promis que la prochaine fois, je l'inviterais à déjeuner. Mais il a obtenu cette promotion et il n'y a pas eu de prochaine fois.

Comme je ne sais pas comment réagir, je feins de ne pas avoir entendu. Je crie presque :

— A plus tard !

Et je laisse la porte se refermer derrière moi.

Rochelle

Rochelle entretenait avec le fond de teint du Dr Hauschka une relation aussi secrète qu'intense. Par exemple, un jour comme aujourd'hui où elle doutait d'elle-même, où elle se trouvait vieille et laide, il lui suffisait de le savoir là, dans la pochette de son téléphone portable, pour se sentir mieux.

Dès qu'elle se fut garée près de l'appartement que Jesse et elle avaient loué pour leur séjour à Santa Barbara, elle sortit le flacon, puis, tout en réfléchissant, déposa une noisette du précieux cosmétique sur le dessus de ses mains. Elle avait appelé Jesse en chemin afin de l'informer de la disparition de Julie Larimore, mais apparemment, il était déjà au courant.

Comme par magie, les lignes bleutées et les petites taches brunes de ses mains se fondirent dans une teinte beige uniforme. *Si tes mains restent jeunes, tu restes jeune*, répétait Jesse. Et c'était la vérité : chez une femme, les mains trahissaient l'âge. En baissant les yeux, vous vous découvriez un beau jour des doigts épais et une peau de vieille femme. Ça commençait plus ou moins tôt, selon votre hérédité. Ensuite venait le visage, puis les fesses. Ou le contraire…

Elle trouva Jesse dans leur chambre, installé devant son ordinateur portable, face à la télévision dont il avait coupé le son. Elle s'arrêta dans l'encadrement de la porte pour l'admirer. Il travaillait, la tête légèrement penchée, et les rayons du soleil renvoyés par l'eau se reflétaient dans ses cheveux poivre et sel qu'il portait tirés en queue-de-cheval. Jesse cultivait les extrêmes — une allure chaleureuse et décontractée pour un cœur de glace, une apparence facile et agréable mais un fond impitoyable. Elle l'avait aimé autrefois. Et maintenant ? Elle préférait ne pas trop réfléchir à la question.

— Tu lui as parlé ? lança-t-il en guise d'accueil.

Un sourire insistant et très coquin éclaira son regard.

— Hein ?

— Qu'est-ce que tu veux que je te dise ? Que c'est fait ? Qu'il m'a déjà engagée comme ambassadrice ?

— Inutile de le prendre mal. Et ferme la porte, s'il te plaît.

Elle obéit. S'approchant, elle tira une chaise et s'assit en face de lui.

— Bobbo a une idée, Jesse. Une idée qui pourrait se révéler intéressante.

— C'est-à-dire ?

— Il ne peut pas virer Julie Larimore pour me mettre à sa place, surtout en ce moment si elle… alors qu'elle…

— Qu'elle est peut-être morte ?

— Oui. Peut-être.

Il fronça les sourcils vers l'écran de son ordinateur et appuya sur quelques touches.

— Et alors, dit-il tout en continuant à taper sur le clavier, c'est parce qu'elle est morte que le vieux a peur de te filer le boulot ?

— Il n'a pas peur. Il a de l'affection pour Julie et il ne songe plus qu'à la retrouver. C'est devenu sa priorité.

— Sa priorité, c'est sa marge de profit. Et tu le sais aussi bien que moi.

— Ne confonds pas Bobbo avec un de ces types qui ne

s'intéressent qu'au fric. Il n'est pas si facile à cerner. Et il est méfiant.

— Et il a toujours le béguin pour toi. Même après toutes ces années.

— La plupart des maris s'en inquiéteraient.

Il éteignit l'ordinateur et la regarda droit dans les yeux.

— J'ai confiance en toi. Mais maintenant que tu me le fais remarquer… Je me demande si je ne devrais pas m'inquiéter. Après tout, il y a eu quelque chose entre vous, autrefois.

— Ça fait très longtemps, Jesse. Je ne te connaissais même pas à l'époque… Merde. C'est déjà assez pénible que tu veuilles à tout prix contrôler mon présent. Laisse-moi au moins mon passé !

Il fronça de nouveau les sourcils, vers elle, cette fois.

— Tu es retournée voir ce psychiatre ? Quand tu t'exprimes comme ça, c'est que tu es passée chez un psy.

— Je vois qui je veux.

— Tu parles beaucoup, ma petite, mais tu te dégonfles vite.

— Viens voir un peu, si je me dégonfle !

Il se leva et commença à défaire son pantalon. Non. Pas maintenant. Elle ne voulait penser qu'à *Killer Body*, à cette bataille à mener.

— Il n'est pas question que je supplante Julie Larimore, mais il a quand même quelque chose à me proposer.

La main de Jesse s'arrêta à mi-chemin de sa fermeture Eclair.

— C'est-à-dire ?

— Il envisage d'annoncer publiquement qu'il recherche quelqu'un pour présenter une nouvelle machine de musculation des fessiers. Ce serait largement couvert par les médias et il choisirait parmi les candidates.

— Toi, par exemple…

Jesse secoua la tête comme s'il voulait s'assurer qu'il ne rêvait pas.

— Pourquoi pas ? avança-t-elle.

— Bien sûr que ce sera toi. Il va s'arranger pour que ce soit toi. Mon chou, tu vas être la nouvelle Julie Larimore !

— Je le pourrais, oui. Mais attention, je ne lui souhaite aucun mal.

— Tu la détestes, ne raconte pas n'importe quoi.

De la haine ? Non, ce n'était pas vraiment de la haine. Elle répondit comme Julie l'aurait fait.

— Quels que soient nos différends, j'espère qu'elle est saine et sauve. Mais je veux ce boulot. Ce serait un nouveau départ pour moi.

— Tu l'auras.

Il effleura la bosse de son pantalon de son doigt recroquevillé.

— Et maintenant, viens voir papa.

Quelque chose la retint. Elle frissonna. Elle ne pouvait pas. Non. Pas aujourd'hui.

— J'ai besoin d'être seule, chéri.

Il leva les yeux au ciel.

— Encore une idée de cinglée…

— Je ne suis pas cinglée, Jesse. Ni stupide.

— Puisque tu le dis.

— Oui, je le dis.

— Et alors, être intelligente t'empêche de te déshabiller ?

— Mais… Et toi ? Tu es habillé, non ?

— Tu vas voir, répliqua-t-il en commençant à déboutonner sa chemise. Allez, viens. On va le faire. Tout de suite.

Elle s'avança vers lui et le laissa l'allonger sur la table. La dominant de toute sa hauteur, il la caressa du bout des doigts.

— Tu es un peu maigre, mais tu as quand même un cul superbe, remarqua-t-il en lui pétrissant les fesses. Peut-être un peu trop charnu.

Elle le repoussa.

— Mon cul est parfait et il n'y a rien de charnu chez moi.

— Ça va. Je plaisantais.

Elle se laissa glisser de la table d'un seul mouvement souple.

— Hé ! Qu'est-ce que tu fais ?

— Je ne suis pas d'humeur.

Merde, elle avait envie d'une cigarette, mais elle ne pouvait pas se le permettre. Elle avait déjà remarqué de fines rides verticales sur son visage quand elle faisait la moue devant le miroir.

— Viens ici, chéri ! appela Jesse d'une voix chantante.

— J'ai besoin d'exercice. Je vais aller courir sur la plage.

Elle fouilla dans sa valise ouverte et en sortit un short blanc.

— Je t'en ferai faire, moi, de l'exercice.

— Je suis sérieuse, Jesse.

— Tu n'es quand même pas vexée parce que j'ai dit que tu avais un cul charnu ? Je plaisantais.

— Non, Jesse. Je ne suis pas vexée.

Bon sang, il était pénible aujourd'hui. Elle ajusta le short sur sa peau douce. Oui, elle avait la peau douce partout, même dans les endroits qu'on n'exposait jamais au soleil. Et son cul était parfait.

— Alors, viens ici, insista Jesse.

— Plus tard.

Elle s'assit sur le lit et commença à enfiler ses chaussures. Il vint se planter devant elle.

— Tu es devenue bien susceptible dès qu'il s'agit de ton apparence.

— Tu le serais aussi, si ton apparence était ton gagne-pain.

— C'est moi qui en fais ton gagne-pain, et tu vois bien que je n'ai pas l'air inquiet le moins du monde.

Inquiet n'était pas le mot, en effet. Critique aurait mieux convenu. Il la jugeait. Mais elle n'en était pas tout à fait sûre. Peut-être que le sentiment d'insécurité qui l'assaillait ces derniers temps ne venait pas de lui, mais d'elle-même. Courir sur la plage lui ferait du bien. Ainsi que sauter le dîner. D'ailleurs, elle n'avait pas faim.

— Je suis simplement fatiguée, expliqua-t-elle en regardant la télévision.

Sur l'écran, la photographie de Julie Larimore lui souriait. Une pause faussement naturelle, la tête penchée, un bras négligemment croisé sur la poitrine, ses cheveux blonds méchés entourés d'un halo de lumière. Le bijou *Killer Body* — un médaillon rouge en émail représentant une silhouette de femme — pendait à son cou au bout d'une chaîne en argent.

— Cette histoire me donne la chair de poule, lâcha-t-elle.

— On ne t'a jamais fait une proposition aussi intéressante depuis le début de ta carrière. Tu t'en fiches de Julie !

— Je ne sais pas. Elle menait une vie irréprochable. Pas de scandales, pas de secrets, pas d'ennemis…

— Dans ce métier, tout le monde a des ennemis. Et des secrets.

Julie Larimore disparut de l'écran. La caméra longea la demeure d'une propriété bordée d'arbres.

— Ce doit être sa maison, commenta Rochelle avec un frisson.

Jesse attrapa la télécommande et éteignit le poste.

— Hé ! Je regardais !

— Je croyais que tu devais courir.

Son regard glissa insensiblement vers le bas de son corps. A coup sûr, il reluquait ses fesses. Elle se leva brusquement pour gagner la porte et le frôla en passant. Elle avait encore devant les yeux le visage de Julie Larimore, son léger sourire énigmatique.

— Pourquoi une personne disparaît-elle un beau jour à San Diego plutôt qu'ailleurs ?

— Arrête de ressasser des idées morbides, gronda-t-il en lui donnant une tape sur le derrière. Et ne t'inquiète pas. Tu vas le décrocher, ce contrat. Le vieux bonhomme est encore sous le charme.

— On verra ça vendredi soir. Il m'a invitée à une réception.

— Il faut donc que nous restions ici jusqu'à vendredi soir.

— Moi, je dois rester.

— Dans ce cas, je rentrerai peut-être à Los Angeles. A moins que tu préfères que je t'accompagne.

Il ralluma la télévision et monta le son.

« ... ne semblait pas perturbée en ce moment, disait le présentateur. *On la croyait à San Diego, où — d'après sa femme de ménage — elle était allée rendre visite à des amis. »*

Rochelle s'arrêta, la main sur la poignée de la porte.

— Jesse, tu n'aurais pas une cigarette ?

L'interview

Vous êtes amie depuis longtemps avec Rochelle McArthur, n'est-ce pas, Julie ?

Oh, oui ! Rochelle m'a vue traverser pas mal d'épreuves.

On dit qu'elle va représenter la nouvelle machine de musculation lancée par Killer Body. *Qu'en pensez-vous ?*

Je m'en réjouis pour elle. Si elle le désire vraiment, elle l'obtiendra — comme tout ce qu'elle veut, d'ailleurs. J'admire son ambition. Mais je me demande pourquoi elle a choisi un produit qui s'adresse à une clientèle jeune. Il me semble que la chirurgie plastique — les prothèses mammaires, par exemple — ou d'autres domaines intéressant les gens de sa génération lui auraient mieux convenu.

De vieilles amies, d'accord. Ambassadrice d'une marque, pas de problèmes. Mais *Killer Body*... Chasse gardée, Rochelle. Même pour une petite parcelle, il faudra me passer sur le corps.

Lucas

— Tu n'as pas fait ça ! s'exclama Lucas.

Bobby W. avait les yeux bouffis depuis midi. Assis dans la petite cuisine du bateau, il se tenait droit comme un I, comme s'il posait pour un photographe.

— Il faut que nous allions de l'avant, se justifia-t-il d'un air penaud. La vie ne s'arrête pas. Elle n'aurait pas voulu ça.

— Enfin, Bobby ! De là à annoncer publiquement que nous recherchons quelqu'un pour remplacer une femme dont on ignore si elle est morte ou vivante...

Jamais l'océan entre Santa Barbara et les îles ne lui avait paru aussi vaste et exubérant. Ellen Horner avait essayé de s'inviter, et maintenant, il regrettait de ne pas l'avoir acceptée dans l'équipage. Pourtant, il avait du mal à imaginer son impeccable veste-bâche éclaboussée d'eau de mer. Et surtout, il avait besoin d'une discussion à cœur ouvert avec le vieux.

Bobby voulut se lever, mais une vague vint secouer le bateau et il retomba sur sa banquette en rattrapant son verre in extremis.

— Bobby ?

— Laisse-moi tranquille.

— Je veux seulement t'aider.

— Je n'ai pas besoin d'aide.

Il se leva de nouveau, et cette fois, Lucas demeura immobile.

— Il faut que nous parlions, supplia-t-il.

— Eh bien, nous parlons.

— Comment vais-je expliquer aux médias que nous cherchons à remplacer Julie, moins d'une semaine après avoir constaté sa disparition ?

— Nous ne la remplaçons pas. Elle reste notre ambassadrice et elle reprendra sa place aussitôt qu'elle rentrera. Tu n'as qu'à leur dire ça.

— C'est un euphémisme, répliqua-t-il. Les journalistes ne seront pas dupes.

— Un euphémisme, hein ?

Ses yeux, cette partie de lui-même qui conservait miraculeusement sa jeunesse, s'illuminèrent de l'intérieur.

— C'est pour ça que j'emploie un type comme toi. Intelligent et compétent. Pour que les médias ne confondent pas conneries et euphémismes.

Bobby se dirigea en titubant vers le petit coin de placard que Lucas lui réservait pour ranger ses comprimés et ses gélules *Killer Body.* Il n'était plus très assuré sur ses jambes et ses déplacements devenaient problématiques sur le bateau, mais il refusait de s'aider d'une canne. Lucas le comprenait. Pas facile pour un homme qui avait été une star de la musculation d'admettre qu'il ne pouvait plus marcher sans béquille.

— C'est bien, ces trucs-là, commenta Bobby tout en comptant les flacons. Ça ne prolonge sans doute pas l'existence, mais on vit mieux avec. Tu continues à prendre les tiens ?

— Quand j'y pense.

— Ça ne suffit pas ! tonna-t-il dans un rugissement de vieux lion.

Un rugissement à peine atténué par l'âge et les bruits de la mer, et que les publicités *Killer Body* utilisaient comme emblème de force et de volonté auprès du public.

— La santé devrait être ta priorité, ce n'est pas à moi de te le rappeler.

— Je sais, admit Lucas avec un soupir. Bon, Bobby, que dois-je dire aux médias ?

Le vieil homme leva les yeux des comprimés qu'il secouait d'un air choqué.

— La vérité.

— C'est-à-dire ?

— Que nous cherchons quelqu'un pour nous représenter, quelqu'un qui viendra prêter renfort à Julie — ou appelle ça comme tu voudras — dans la campagne que nous menons autour de nos centres de la minceur. Quelqu'un qui sera chargé de montrer ce qu'on peut obtenir avec cette nouvelle machine.

— Pourquoi n'embauches-tu pas Rochelle, tout simplement ?

Bobby W. lui lança un regard déçu. Ses yeux brillaient.

— Tu ne vois vraiment pas pourquoi ?

— Non, mais tu pourrais m'expliquer.

— Vendredi, chez moi, trancha-t-il sèchement.

C'était le ton qu'il employait quand Lucas avait dépassé les bornes. Une faveur parce que avec les autres, il n'y avait qu'une issue : la porte.

— Vendredi, répéta-t-il.

Puis il mit les pilules dans sa bouche et les avala avec une gorgée de bourbon mélangée d'eau.

4.

Gabriella

En tant que princesse, Gabriella avait un rang à tenir. Elle n'avait pas le choix, même si ce n'était pas toujours facile.

Elle remercia le ciel de pouvoir au moins se réfugier derrière ses lunettes noires — un modèle Ralph Lauren, très chic, la protégeant des UV et du regard des autres. De cela, elle avait particulièrement besoin en ce moment.

La situation prenait un tour délicat. Elle contempla d'un air rêveur la robe qu'elle brandissait à bout de bras. Nul doute que les gens de *Killer Body* la remarqueraient dans cette dentelle patchwork terriblement rétro. Et cela lui donna envie de pleurer sur un passé qu'elle n'avait pourtant pas connu, sauf à travers les vêtements.

Seulement voilà, le foulard qui accompagnait cette merveille valait à lui seul deux cents dollars. Elle regretta de ne pas posséder des dons de kleptomane, comme la plupart des femmes bien nées qu'elle avait fréquentées. Ces dernières n'auraient pas hésité à dissimuler ce carré de tissu dans leur soutien-gorge, mais elle, non. Elle ne pouvait pas faire ça ; sa grand-mère l'avait éduquée dans le respect du bien d'autrui.

Evidemment, la vendeuse ne l'avait pas incitée à résister, bien au contraire. Elle s'était d'abord extasiée sur la beauté de l'article

— « *Cette robe vous va à merveille* » —, puis elle avait sorti le foulard, ainsi que de ravissantes petites sandales à talons, avec des boucles argentées. Malheureusement, une fois la carte de crédit en main, son visage s'était soudain fermé, comme si un mur s'était dressé entre elles. Il y avait un problème.

Gabriella sentit son estomac se nouer. La vendeuse se tenait de l'autre côté du comptoir, la tête légèrement baissée pour éviter de croiser son regard, mais on voyait qu'elle se tenait sur la défensive, raide dans son cardigan au crochet, son caraco et son jean. Mais Gabriella fit mine de ne rien remarquer.

— Le paiement est refusé, madame.

Oh, non, pas ça… Elle contempla la responsable de son malheur, cette fine plaque en plastique que la jeune femme lui rendait. Mais une princesse ne se laisse jamais démonter.

— Je ne vois pas…

— Le solde de votre compte est insuffisant.

Insuffisant. Une façon délicate de nommer ce dont elle souffrait. Cela laissait au moins entendre qu'elle possédait une partie de la somme.

— J'ai déjà fait quelques achats ce matin. J'ai dû dépasser le montant journalier autorisé. Vous n'aurez qu'à l'ajouter à ma note d'hôtel.

La vendeuse lui adressa un sourire gêné. Ses doigts effilés se tendirent vers la robe, signe qu'elle ne laisserait pas filer le vêtement aussi facilement.

— Je suis désolée, mais votre carte ne passera pas plus à la réception de l'hôtel.

— Elle fonctionnera demain, probablement. Je vous le répète, j'ai déjà fait des achats.

— Je comprends, oui, murmura la vendeuse en tirant un peu plus la robe à elle.

— Et je possède d'autres cartes de crédit.

— Dans ce cas, je serai ravie d'en essayer une.

Pas encaisser. *Essayer.* Gabriella sentit son angoisse enfler. Elle n'avait pas hésité à affronter Larry King et Edd Forester sur les chaînes nationales, devant des millions de téléspectateurs. Alors, pourquoi n'osait-elle pas avouer la vérité à une simple vendeuse ?

Parce que tu as honte de dire que tu n'as même pas assez d'argent pour te payer le foulard. Tu manques de courage… Comme dans ce combat que tu mènes contre la nourriture et que tu n'as pas encore gagné. Tu es faible… Et à cause de ta faiblesse, tu as été une mauvaise épouse. Et aussi parce que tu veux à tout prix cette robe qui pourrait faire de toi la prochaine ambassadrice de Killer Body.

Avec un pâle sourire, la vendeuse, qui ne savait rien de ce monologue intérieur, lui tendit l'objet du délit entre deux doigts impeccablement manucurés.

Gabriella prit la carte et la rangea dans son sac.

— Je suis désolée, déclara-t-elle. Il s'agit certainement d'un malentendu avec mon mari. Je vais chercher mon chauffeur, il vous réglera. Pouvez-vous me mettre la robe de côté ?

— Bien sûr.

Gabriella sortit dans le hall en quête de Christopher, bien décidée à le ramener au plus vite dans la boutique avant qu'une autre cliente avide lui vole son bien. Il lui fallait cette robe à tout prix. Elle la transformait, elle lui donnait même des seins. Le bruit courait que Bobby Warren aimait les gros seins. Elle espéra qu'il faisait au moins la différence entre les vrais et les faux. Si c'était le cas, Rochelle McArthur se retrouverait rapidement hors course.

Christopher était habillé en Banana Republic de pied en cap.

En le voyant, on comprenait tout de suite qu'il prenait soin de sa personne et pratiquait une activité physique régulière. Son teint caramélisé respirait la santé, du bout de ses doigts à son crâne rasé.

— Ma carte de crédit ne marche pas, expliqua-t-elle. Il ne me manquait plus que ça.

— Ne vous en faites pas.

Quand la vendeuse le vit entrer, la robe lui glissa des mains et retomba doucement sur le comptoir. Il faisait souvent cet effet-là aux femmes.

— Je me charge des emplettes de la princesse, déclara-t-il.

— Mais…

Les emplettes. Gabriella retint un sourire. C'était le terme adéquat, celui qu'il employait à l'époque où elle avait les moyens de le payer comme chauffeur. Il déplia son portefeuille et fit apparaître sa carte de crédit avec la virtuosité d'un illusionniste.

— Vous pouvez effectuer le règlement avec celle-ci. C'est la mienne.

Il jeta un coup d'œil à la robe.

— Elle est très belle. Vous prenez aussi le foulard, bien entendu.

Gabriella hocha la tête. Le pauvre. Il lui fallait plus de deux semaines pour gagner cette somme.

— Vous êtes un ange, le remercia-t-elle quand ils quittèrent le magasin.

— Il y avait trop d'homophobes au ciel.

— Je vous rembourserai dès que je le pourrai. Alain doit approvisionner mon compte la semaine prochaine.

Christopher fronça les sourcils.

— N'en parlons plus. Vous devez être la plus belle à la réception *Killer Body*.

— Vous me comprenez, Christopher. Je me sens bien avec vous. Je crois que je ne pourrais plus me passer de votre présence.

Elle allait l'embrasser sur la joue lorsqu'elle remarqua une jeune femme qui attendait dehors, un calepin à la main.

— Gabriella Paquette ?

Sans doute une admiratrice en quête d'un autographe. Gabriella préférait qu'on l'appelle princesse Gabby, mais tout à la joie de constater que l'on s'intéressait à elle, elle se sentait prête à pardonner sa maladresse à cette ravissante petite personne. Elle embrassa d'un coup d'œil l'ossature fine et délicate, les cheveux blond vénitien coupés court, les grands yeux bleus, le long cou, les clavicules saillantes, le chemisier en dentelle qui dépassait du haut noir et tendit la main vers le calepin, prête à signer.

— Bonjour. Comment vous appelez-vous ?

— Rikki Fitzpatrick, répondit la jeune femme. Je travaille pour le *Valley Voice*, ajouta-t-elle en serrant son calepin contre sa poitrine.

Gabriella sentit le rouge lui monter aux joues.

— Ainsi vous n'êtes pas…

— Je suis journaliste.

Elle s'exprimait d'une voix légèrement traînante.

Christopher fit un pas en avant. Heureusement qu'il veillait sur elle.

— Dans ce cas, intervint-il, n'essayez pas de vous faire passer pour une fan qui réclame un autographe.

— Je ne cherchais pas à me faire passer pour qui que ce soit.

— La princesse Gabby n'accorde d'interview que sur rendez-vous.

— La princesse Gabby ? Je vous croyais originaire du Texas.

Les lèvres de la journaliste se plissèrent et Gabriella surprit dans son regard un éclat dur qu'elle n'avait pas remarqué auparavant.

— Ça ne m'empêche pas d'être princesse, répliqua-t-elle. Quelques petits changements d'ordre domestique ne suffisent pas à vous priver d'un titre.

— Vous faites allusion à votre procédure de divorce, je suppose ? demanda Rikki tout en griffonnant quelque chose sur son calepin.

Gabriella se retint de hausser les sourcils. A l'évidence, il s'agissait d'une professionnelle. Le meilleur moyen d'apprivoiser la presse était encore de se montrer honnête. Ces gens-là adoraient la franchise.

— En effet, je suis née au Texas et je me sépare de mon mari. Une autre question ?

— Pourquoi voulez-vous devenir la nouvelle égérie de *Killer Body* ?

La question la surprit, de même que le regard enflammé de la journaliste.

— J'ai eu autrefois à surmonter un problème de poids. C'est pourquoi il m'a semblé tout naturel de présenter ma candidature.

— Le bruit court que vous visez plus haut… Un talk-show à la télévision par exemple. *Killer Body* serait destiné à vous servir de tremplin.

Christopher posa la main sur son bras.

— Ça va, merci, le rassura-t-elle. C'est une bonne question ajouta-t-elle à l'adresse de la journaliste.

Qui ne daigna pas sourire.

— Une question pertinente, mais voyez-vous, je me suis déjà expliquée devant les médias au sujet de mes problèmes personnels.

— Et ces photographies où l'on vous voit en compagnie d'un des meilleurs amis de votre mari ?

L'attaque ne la prit pas au dépourvu. *Rester ouverte. Franche.*

— Mon mari connaissait à peine cet homme et notre couple traversait une passe difficile. En tout cas, rien de tel que ce genre de photos pour vous inciter à maigrir. La presse ne s'est d'ailleurs pas gênée pour m'appeler la grosse Gabby.

A court d'inspiration, elle fit une pause. Il fallait trouver un commentaire pertinent, montrer qu'elle possédait la carrure d'une Julie Larimore.

— A l'époque, je me sentais belle et aimée, et je n'hésitais pas à me déshabiller devant un homme. Mais quand je me suis vue sur ces horribles clichés, je me suis trouvée tellement repoussante que j'ai décidé de changer.

— Et d'obtenir un talk-show…

Tant de fiel chez une si jeune personne… Mais Gabriella ne se fâcha pas.

— Vous ne comprenez pas. Vous me prenez pour une opportuniste, alors que je suis tout le contraire. Je veux que d'autres femmes puissent profiter de mon expérience, je veux les aider à transformer leur vie.

— Comment saviez-vous que la princesse était descendue à cet hôtel ? lança Christopher d'un air peu amène. Vous accostez les gens sans crier gare… Vous avez une drôle de conception de votre métier.

Les joues de la journaliste rosirent.

— Le réceptionniste m'a dit que je vous trouverais à la boutique de l'hôtel, répondit-elle en s'adressant à Gabriella. Alors j'ai tenté ma chance. Je prépare un article sur la nouvelle égérie de *Killer Body* et je voudrais interviewer toutes les candidates.

— Je serais ravie de vous accorder une interview, assura Gabriella. Mais pas dans la rue, tout de même.

— Nous pourrions aller dans le salon de l'hôtel.

Elle n'aimait pas l'attitude de cette Rikki, mais une interview, ça ne se refusait pas. Et le *Voice* était un journal important, même s'il ne couvrait que la vallée de San Joaquin.

— Je ne serai pas libre avant 15 heures. J'ai quelques courses à faire.

— 15 heures, c'est parfait.

Gabriella regarda la journaliste s'éloigner à grands pas.

— Elle n'est pas très sympathique, commenta Christopher. Et on dirait qu'elle en veut à la terre entière. Mais je vous fais confiance, vous vous en tirerez très bien, comme toujours.

Dehors, l'air était frais. Gabriella se mit à trembler. La peur et la honte qu'elle avait ressenties dans la boutique lui revenaient brusquement. Comme elle avait dû paraître stupide à cette vendeuse, avec ses mensonges ridicules qui ne faisaient que l'enfoncer un peu plus. La jeune femme avait sûrement compris de quoi il retournait ; elle devait être confrontée régulièrement à des situations de ce genre.

— Christopher ?

— Ça va.

Il lui tint la portière de la voiture et elle se glissa sur le siège arrière en serrant contre elle le sac contenant la robe.

— Je suis vraiment confuse de continuer à profiter de vos services alors que je ne peux plus vous payer.

— Ne vous inquiétez pas de ça. Nous sommes amis, non ? Je vous conduirai toujours là où vous aurez besoin d'aller. Prochaine étape ?

Elle avait passé une matinée de chien et la perspective de cette interview n'arrangeait rien.

— Vous le savez, Christopher. Ne m'obligez pas à le dire.

— Oh, Gabby… Ça ne vous apporte aucun bien.

— Ce sera la première fois de la semaine. Allez. C'est moi qui régale.

— Pas question que j'avale cette cochonnerie.

Pourtant, après avoir passé commande, il accepta un hamburger et ils mangèrent dans la voiture, lui devant, elle à l'arrière. Christopher lui tendit la bouteille de Baileys qu'elle conservait dans la boîte à gants, et elle en versa quelques gouttes sur la glace avant d'y tremper ses frites.

Il frissonna et se cacha les yeux.

— Je préfère ne pas voir ça.

— Froid et sucré. Chaud et salé. Et alcoolisé.

Elle y plongea une autre frite en savourant la sensation tiède et grasse sur ses doigts, anticipant son plaisir avec un soupir de contentement.

— C'est absolument délicieux. Le nec plus ultra de la gastronomie rapide…

Elle avait été soulagée de trouver assez d'argent dans son porte-monnaie pour régler la note. Christopher avait voulu payer, mais elle avait insisté. Une princesse possède certaines prérogatives.

*
* *

L'interview

Vous êtes sévère à l'égard de Gabriella Paquette…

Je n'aime pas juger les autres et j'ai longuement hésité avant d'exprimer mon opinion.

En trompant son mari, la princesse Gabby a commis une faute. Ça nous arrive à tous. Elle a dû souffrir en découvrant ces clichés grotesques dans les journaux à scandale, mais elle a répondu avec sincérité aux questions des journalistes et elle s'est attaquée à son problème de poids. Son courage force le respect. La grosse Gabby… Quel surnom cruel ! Mais la presse aime les formules percutantes, c'est comme ça.

Je plains son mari, le prince Alain, car il a probablement contemplé ces photos, comme tout le monde. Il a vu sa femme dans les bras de son meilleur ami, vêtue d'un simple string. Il doit être furieux qu'elle ait réussi à tirer parti de la situation. Il a suffi à Gabriella d'avouer sa faute et de perdre quelques kilos pour s'attirer la sympathie du public.

Vous me trouvez sévère avec elle ? Vraiment ? Pas plus, en tout cas, que je ne le suis avec moi-même.

5.

Tania Marie

Mot du jour : *ignominieux* : méprisable, abject, répugnant.

Encore eux. Ça ne s'arrêterait donc jamais. Elle trouvait toujours sur son chemin des caméras, des appareils photo, des voix reliées à des magnétophones. Elle avait rêvé de devenir une vedette, et maintenant, elle le payait cher. Elle payait pour ça et pour ce qui s'était passé avec Marshall. Elle avait appris à ses dépens que, dans les histoires d'adultère, la femme est toujours la putain et l'homme l'innocente victime. On l'avait virée. Pas lui. Il demeurait l'un des présentateurs les plus appréciés des Américains.

M. Warren l'avait invitée en lui assurant qu'il s'agissait d'une petite fête privée, et pourtant, les médias faisaient le pied de grue devant sa maison. On ne lui pardonnait pas d'avoir aimé celui qu'elle n'aurait pas dû.

Est-ce que sa tenue convenait, au moins ? La longue veste de soie blanche dévoilait juste ce qu'il fallait de son seul attribut décent — la poitrine. Elle portait un pantalon droit pour sacrifier à la mode, mais noir. Noir pour les fesses, blanc pour les seins.

Seigneur, faites que je ne perde pas mes seins en maigrissant. Et tant que vous y êtes, aidez-moi à faire fondre mon derrière. Je vous en prie, soyez charitable.

Elle s'assura que la soie noire du pantalon cachait bien le trèfle tatoué sur sa cheville. Chaque fois qu'elle apercevait ce tatouage, elle se rappelait les lèvres de Marshall qui se posaient dessus.

Les journalistes massés devant la porte l'empêchaient d'entrer. Merde. Elle glissa une main dans la pochette extérieure de son sac. Sa main rencontra un biscuit au chocolat enveloppé dans du papier aluminium, à côté de son téléphone. Comment faisaient donc les gens traqués par ces vautours avant l'invention du portable ?

M. Warren lui répondit aussitôt. Cela la surprit.

— C'est moi. Tania Marie Camp. Il y a des journalistes partout, je ne sais pas comment entrer.

— Ma pauvre… Ils ont dû se jeter sur vous.

— Vous pouvez le dire.

— Les gardes vont ouvrir la grille. Passez à travers la meute. S'ils essaient d'entrer, mes hommes les arrêteront.

Elle pressa le téléphone contre son oreille. Il avait l'air gentil, assez pour lui laisser sa chance — du moins elle l'espérait. Et il avait accepté de parler à son agent. Il était bien le seul.

— Merci beaucoup, monsieur Warren, dit-elle. Je suis impatiente de vous rencontrer.

— Moi aussi. Une femme avec vos antécédents ne peut que me plaire.

Mes antécédents. Ça commençait mal.

— Ecoutez, reprit-elle, Marshall Cameron fait courir le bruit que je suis une folle dangereuse. Mais c'est faux. Et je suis une professionnelle.

La voix de M. Warren grinça comme s'il était prêt à défendre son honneur insulté.

— Vous avez eu raison de ne pas vous montrer tendre avec lui. Il s'est conduit comme un goujat.

— C'est aussi mon avis.

— Entrez, personne ne vous embêtera ici. Je viens vous accueillir à la porte, ma chère.

Elle jeta un coup d'œil par-dessus son épaule et contempla avec appréhension les voitures et les camionnettes agglutinées devant l'entrée, prêtes à déverser sur elle une horde de journalistes. Elle ne voulait plus de leurs questions sur sa relation avec Marshall Cameron, l'amour de sa vie. L'homme qui lui avait fait perdre le modeste emploi qu'elle occupait à la télévision.

— J'arrive.

S'efforçant de boucler le canal de ces souvenirs, elle se concentra sur le présent et ajouta :

— Mais demandez à vos hommes de refermer la grille tout de suite après moi, promis ?

L'interview

Vous avez qualifié Tania Marie Camp d'intrigante. Ne le regrettez-vous pas, maintenant qu'elle a rejoint la grande famille Killer Body *?*

Comment qualifier autrement une jeune femme qui raconte partout qu'elle va épouser un homme marié, un présentateur connu qui personnifie pour le public américain l'intégrité et l'honnêteté ?

A présent que la femme de ménage de Marshall Cameron les a surpris au lit, Tania Marie Camp est traînée dans la boue, tandis que Cameron et sa femme vivent une seconde lune de miel.

Une intrigante ? Je ne me souviens pas d'avoir employé un mot aussi terrible. J'espère que Tania Marie est sincère quand elle déclare vouloir adopter le programme *Killer Body* et je souhaite que ça l'aide à stabiliser son poids en accordéon. Passer son temps à maigrir et grossir fatigue l'organisme et vous empoisonne la vie.

Je pense que j'ai répondu à la première de vos deux questions et qu'on ne me la posera plus. Quant à la deuxième...

Ce que je ressens maintenant qu'elle a rejoint la grande famille *Killer Body* ? Ma famille, vraiment ! Si vous saviez...

Rikki

Lisa aurait adoré cette pièce aux grandes baies vitrées avec vue sur la cime des arbres. Pas moi.

Et je déteste plus que tout le poster de Julie Larimore qui trône au milieu des œuvres d'art.

Lisa aurait détaillé les belles tenues de cette prestigieuse assemblée pour les copier ensuite. Elle aurait admiré la princesse Gabby, avec sa robe décolletée, toute de patchwork et de dentelle, et son foulard vert retenant les boucles pâles qui retombent sur ses épaules nues.

Et de Rochelle, qu'aurait-elle pensé ? Aurait-elle vu les petites rides amères autour de sa bouche ? Aurait-elle ressenti pour cette femme une compassion que je n'arrive pas à éprouver ? Aurait-elle perçu, comme moi, les effluves de désespoir qui l'accompagnent ?

Bien que sexy, la tenue de Rochelle fait piètre figure à côté de l'ensemble de Gabby. Elle a choisi une robe très fine, au crochet, couleur parchemin, qui révèle son âge autant qu'elle le dissimule. Sur le devant, de souples volants retombent gracieusement autour de ce corps qui refuse de se rendre, le haut surtout.

Moi, je n'ai pas pris de risques inutiles. J'ai enfilé un jean, une chemise lavande et un pardessus en daim mauve que Lisa m'avait offert à Noël. Je suis une journaliste, pas une candidate. Ça me confère le privilège de m'habiller comme il me plaît.

Je me glisse dans la pièce sans me faire remarquer et je vais m'accouder au bar où je choisis un verre contenant une sorte de liqueur au goût de pêche pourrie. Peu importe, du moment qu'elle remplit son office en me distillant un peu d'euphorie.

Lors de l'interview d'hier, la princesse Gabby ne m'a rien révélé qui ne soit déjà imprimé dans les journaux. Je l'avais sans doute abordée trop brutalement et elle est restée sur la défensive. Elle m'a paru nerveuse, voire un peu déboussolée.

Je regarde autour de moi. L'élégance de la demeure trahit la présence d'un vieux propriétaire riche et entouré d'un nombreux personnel. En faisant abstraction des tableaux qui ornent les murs — j'ignore si ce sont des copies ou des originaux — et de la ville qui s'étale à nos pieds, je pourrais presque me croire dans un de ces immenses corps de ferme qui parsèment la région de Californie dans laquelle j'ai grandi.

Pour une petite réunion tranquille, car c'est ainsi que le type du marketing me l'a présentée, je trouve qu'il y a beaucoup de bruit. Il faut dire que le musicien afro-américain installé au piano à queue joue avec frénésie. Il a une voix puissante, dans le style comédie musicale de Broadway, suffisamment pour qu'on ait envie d'arrêter de parler afin de l'écouter.

Un homme séduisant, aux cheveux bruns coupés court et vêtu d'un costume noir élégant mais strict, se tient près de la porte qui donne sur la terrasse, à côté d'une charmante blonde. Ils sont en grande conversation avec Bobby Warren et paraissent bien sérieux, presque graves. Bobby W. reçoit ses amis et on dirait qu'il en a quelques-uns. Il a pris un sacré coup de vieux depuis la dernière fois que je l'ai vu à la télévision.

Rochelle McArthur se glisse près de l'homme au piano. Seigneur, j'espère qu'elle ne va pas chanter. Peut-être pas. Elle veut sans doute flirter avec le pianiste… puisque son agent de mari batifole avec la princesse.

Derrière moi, j'entends justement Gabriella. Elle parle d'une pièce de théâtre qu'elle a vue la semaine dernière à Pasadena.

— C'était tellement califoornien ! s'exclame-t-elle de son accent étudié.

Je me demande si elle se rend compte à quel point elle-même ressemble à l'archétype de la femme califoornienne. Je me demande aussi pour qui elle se prend, dans son ensemble en dentelle patchwork.

Je tâche de contenir ma colère, et profitant de mon anonymat, je termine sans vergogne mon verre. Mes papilles gustatives ont fini par s'habituer à l'amertume de cette étrange liqueur qui m'aide à me détendre. Je m'apprête à circuler discrètement pour écouter les conversations, quand une main se pose sur mon bras.

— Vous êtes la journaliste, n'est-ce pas ?

Je me retourne et je reste saisie devant le visage resplendissant de jeunesse en face de moi. En dépit de ses lunettes bleu cobalt à la John Lennon, de ses cheveux noirs et courts qu'elle a crantés en arrière à grand renfort de gel, avec juste une petite frange haute qui lui arrive deux doigts au-dessus des sourcils, cette petite chose potelée respire la fraîcheur et l'innocence.

— Tania Marie ?

Car la créature en pantalon noir et veste blanche qui vient de m'aborder est bien Tania Marie — *l'abeille.* Le surnom que lui avait donné Marshall Cameron la poursuit, autant que le fait d'avoir parlé trop tôt de leur liaison et à des gens mal intentionnés qu'elle avait pris pour des amis. Je suis surprise qu'elle évolue dans le cercle très fermé des amis de Bobby W.

— Que puis-je pour vous ? dis-je enfin.

— Vous écrivez un article sur nous, n'est-ce pas ?

— Un article sur qui ?

Non, c'est impossible. Les gens de *Killer Body* ne sont quand même pas cruels au point de laisser croire à cette pauvre enfant qu'elle a la moindre chance de remporter la palme.

— Eh bien, nous. Les personnes sélectionnées par Bobby Warren.

— Vous aussi concourez pour la place d'ambassadrice de la marque ?

Elle enlève ses lunettes et me décoche un terrible regard de ses yeux bleu-vert.

— Ça vous surprend ?

— Bonne question. Je pensais seulement…

— Je sais ce que vous pensiez. Vous, les journalistes, je me demande comment vous faites pour dormir la nuit.

Détrompe-toi, Tania Marie. On ne dort pas la nuit quand on a une cousine qui vient de mourir brusquement et une tante qui vous demande de trouver un coupable.

Voilà ce que je pourrais répondre à Tania Marie. Ça et bien d'autres choses encore. Par exemple, combien j'ai honte de la façon dont j'ai fondu sur la princesse Gabby. Mais je ne suis pas sûre de pouvoir le dire sans pleurer. Tania Marie n'est qu'une bimbo aux attributs redoutables, une hystérique qui a essayé de briser la carrière d'un des commentateurs les plus respectés du pays. Je crois qu'elle ne comprend rien à rien. Elle ne me comprendrait pas.

Je ressors du grenier ma voix la plus charmeuse de journaliste.

— Je suis seulement un peu surprise. Mais en effet, je désire interviewer toutes les candidates qui briguent la place de Julie Larimore.

— Ce n'est pas sa place qui est en jeu.

— Personne ne m'a répondu clairement à ce sujet.

— La question ne se pose même pas.

Ses yeux plongent un instant dans les miens, puis se dérobent. Elle cherche par-dessus mon épaule quelqu'un pour lui venir en aide.

— Loin de nous l'idée d'entrer en concurrence avec Julie, je vous l'assure. La terre est assez vaste pour accueillir plusieurs ambassadrices de *Killer Body*.

Elle frotte ses mains blanches et molles contre ses hanches couvertes de soie, comme si elle voulait effacer la graisse accumulée sur cette partie de son anatomie.

— Tania Marie, quelle est selon vous la qualité requise pour représenter *Killer Body* ?

— Il faut avant tout le désirer passionnément. La passion, il n'y a rien de plus important.

Elle me voit noter sa réponse et met une main devant sa bouche.

— Ne vous méprenez pas. Quand je parle de désirer, je n'y mets rien de sexuel. Se donner à fond serait plus juste.

— Se donner à fond ?

— Oui. Pour s'améliorer. Le programme *Killer Body* est le meilleur. Il aide réellement les gens à se… métamorphoser.

Elle a eu du mal à prononcer le mot, mais une fois que c'est fait, elle tapote son pantalon et me lance un sourire nerveux.

— Ainsi, vous pensez que vos problèmes de poids…

Je marque un temps d'arrêt. Je ne voudrais pas me montrer cruelle.

— Vous n'avez pas peur que M. Warren préfère une femme moins pulpeuse, plus sportive ?

— Arrêtez de prendre des notes.

J'essaie de lever un sourcil interrogateur, mais je n'ai pas le cran de prétendre que je ne comprends pas sa colère.

— J'aimerais bien, Tania Marie, mais c'est impossible.

— Vous vous fichez de moi.

Les larmes tracent des sillons sur son visage poudré.

— Vous cherchez simplement à écrire du sensationnel. Un bon papier, comme vous dites dans votre jargon. Vous ne vous souciez ni de moi ni de Julie Larimore.

— Et vous ? Vous souciez-vous de Julie Larimore ?

— Bien sûr.

Un beau serveur, crâne rasé, veste amidonnée, s'approche de nous avec l'attitude empesée des grands jours. Des flûtes en cristal scintillent sur son plateau, et Tania Marie en attrape une.

— Joignez-vous à moi. Je me sentirai moins coupable.

— Ce n'est pas une mauvaise idée.

Je me sers. La première gorgée confirme mon impression, c'est bien du champagne. J'en bois moins souvent que de l'eau minérale, mais je n'ai aucun mal à l'avaler.

Je remarque le prénom sur le badge de notre serveur.

— Merci, Christopher, dis-je.

Puis je le regarde de nouveau, un peu plus attentivement.

Avant que j'aie pu lui demander si nous nous sommes déjà rencontrés, il s'éloigne.

— Qui est-ce ? demandé-je à Tania Marie.

— Je n'en sais rien.

Elle fait un sort à sa flûte de champagne. Puis, voyant que je l'observe, elle ajoute :

— Boire n'est pas mon truc. Mais j'ai besoin de m'étourdir un peu. Je suis morte de trouille.

Mes mains replongent dans mon sac, à la recherche de mon calepin.

— Pourquoi ?

— Vous croyez vraiment que je vais vous répondre ? Je vous connais, vous savez.

Sa voix monte d'un ton, proportionnellement à l'alcool qu'elle vient de boire.

— Non, je ne pense pas.

— Mais si. J'ai travaillé dans les médias, moi aussi. Et j'ai appris à mes dépens de quoi sont capables les gens de ce milieu.

Mes doigts me démangent, ils se mettent malgré moi à courir sur mon calepin.

— Je suis désolée. Ce reportage me tient à cœur, mais je n'ai aucunement l'intention de vous blesser.

— Bien sûr que non.

Elle s'enveloppe dans sa triste veste blanche, comme si elle voulait dissimuler quelques centimètres de son impressionnante silhouette. Je la trouve plutôt séduisante, n'en déplaise aux humoristes qui la caricaturent en lui dessinant des jambes courtes et des joues d'écureuil. Je commence à comprendre ce qui a pu attirer Marshall Cameron.

— Vous connaissez Julie ? Vous l'avez déjà rencontrée ? demande-t-elle en désignant du pouce l'une des affiches. Vous venez remuer la merde ici et vous ne savez rien d'elle, n'est-ce pas ? Vous n'avez pas la moindre idée de ce qu'elle a traversé. Tout ce qui vous intéresse, c'est de foutre sa carrière en l'air.

Je m'approche de l'affiche et je cesse d'écouter Tania Marie afin de mieux étudier la pose, les bras croisés, les cheveux bruns méchés de blond — Lisa avait adopté la même couleur —, la robe fendue, la large ceinture — Lisa s'était acheté la même et la mettait souvent —, les bottines — Lisa les avait aussi. Et ce pendentif rouge inspiré par la silhouette de Julie Larimore — Lisa en portait un, bien sûr. L'uniforme *Killer Body.* Plus je la détaille, et plus je me rends compte que Julie Larimore aurait pu être ma cousine.

Et surtout que ma cousine s'efforçait de l'imiter en tout. Pourquoi ne m'en suis-je pas aperçue plus tôt ? Quand cela avait-il commencé ? Avant qu'elle rejoigne *Killer Body* ? Après qu'on lui avait fait miroiter l'espoir d'être engagée pour des publicités télévisées ?

Tania Marie n'en peut plus, elle arrive au bout de sa tirade.

— Je ne trouve pas ça très élégant, conclut-elle.

J'essaie d'inverser la spirale infernale dans laquelle m'entraînent mes émotions. Je dois me détacher de mon chagrin, je suis venue pour le travail.

Je me tourne vers Tania Marie.

— Vous connaissez bien Julie ?

— Nous nous sommes déjà rencontrées.

De son index, elle fait signe au serveur, lequel abandonne la princesse Gabby — à regret, me semble-t-il.

Les traits de Tania Marie sont plus fins qu'ils ne le paraissent à la télévision, et son rouge à lèvres brun fait subtilement écho au blush qui rehausse ses pommettes. Elle cultive un côté petite fille, elle a l'air un peu bizarre avec sa frange et ses invraisemblables cheveux, mais elle n'est pas aussi dingue qu'on le prétend. L'espace d'un instant, je me laisse attendrir. Elle me peine. Mais j'ai fait une promesse à tante Carey.

— Etes-vous amies ?

— On ne peut que sympathiser avec Julie, répond-elle avec un sourire guindé.

Elle me regarde d'un air vague. Le serveur s'approche avec son plateau. Aussitôt le bras de Tania Marie se tend, comme mû par un ressort. Le plateau vient vers moi, mais je décline l'offre.

— Que pensez-vous qu'il lui soit arrivé ?

Son large sourire ne parvient pas à effacer la peur dans ses yeux.

— Julie s'est toujours montrée loyale envers M. Warren. Je sais qu'elle ne ferait rien qui puisse nuire à la grande famille *Killer Body*.

La grande famille Killer Body. L'expression est malheureuse, quand on sait que je pleure la mort de ma cousine et que je soupçonne justement un employé de *Killer Body* de l'avoir aidée à se détruire.

Je ravale ma colère et me contente de demander :

— Vous avez l'air de penser qu'elle a tout simplement décidé d'arrêter.

— Bien sûr que non. Ce n'est pas son genre.

— Mais personne ne sait où elle se trouve, elle a disparu. Au fait, comment l'avez-vous rencontrée ?

Tania Marie termine son verre d'un trait. Pour quelqu'un qui prétend boire exceptionnellement, je lui trouve une étrange capacité de résistance.

— En quoi ça vous regarde ?

J'avale une petite gorgée de mon premier verre.

— Tout ce qui touche à la nouvelle représentante de *Killer Body* m'intéresse. Je ne cherche pas à vous blesser — ni vous ni personne d'autre —, mais j'ai besoin de connaître les faits.

Je m'attends qu'elle m'envoie promener, mais je lis dans ses yeux qu'elle me fait confiance. De nouveau, je me sens coupable et je me demande s'il faut croire tout ce qu'on raconte au sujet de Tania Marie.

— J'ai connu Julie dans des circonstances qui nous ont rapprochées.

Mon doigt frétille, mais je crains d'interrompre le fil ténu de ses souvenirs en me mettant à écrire. Aussi je m'abstiens.

— Vous êtes-vous rencontrées grâce à *Killer Body* ?

— Non.

Elle me regarde de ses grands yeux de petite fille, avec ses cils noirs aux pointes dorées.

— Je n'en dirai pas plus. Je peux vous laisser, à présent ? Je dois retrouver mon garde du corps, quelque part dans cette assemblée.

Elle me demande la permission de partir, et je me sens envahie par une bouffée de culpabilité.

— J'ignorais que vous aviez un garde du corps, dis-je, la voix légèrement tremblante.

— C'est ma mère, Virginia, qui vient de l'engager. Je ne le connais pas encore, il doit me rejoindre ici. Tout ça me semble ridicule, mais si vous connaissiez Virginia, vous sauriez qu'il est inutile de discuter quand elle a pris une décision.

Elle hausse les épaules et se dissimule derrière une fausse gaieté. Elle ne se sent pas plus à l'aise que moi, ici.

— Voyons un peu… Il paraît que je dois chercher un homme

petit, en bottes de cow-boy. Je déteste les hommes petits. Et vous ?

Son ton faussement joyeux et précipité m'incite à tendre l'oreille. Je la soupçonne de vouloir détourner mon attention avec cette histoire de garde du corps.

— Ça doit être agaçant d'avoir une mère aussi célèbre. C'est vraiment un très grand chef cuisinier.

Elle tourne la tête brusquement, mais ses cheveux gominés ne bougent pas d'un millimètre.

— Virginia est très sympa.

— Vous l'appelez toujours par son prénom ?

— N'est-ce pas comme ça que tout le monde l'appelle ?

C'est vrai. Virginia Camp, à l'instar de Oprah, Elvis, Madonna et Dieu, n'a pas besoin d'autre nom. Comme tous ceux que l'on idolâtre.

— Ce garde du corps, il travaille déjà pour votre mère ou elle l'a engagé spécialement pour vous ?

Tania Marie pose ses deux mains sur ses hanches — sans lâcher son verre. Je discerne les formes pleines que ce vêtement bien coupé parvient à gommer. Ce n'est pas très joli à voir, et je me sens presque coupable d'en être témoin.

— Il travaille dans son restaurant de San Francisco, ça vous va ? Je ne le connais pas et je n'ai pas besoin de lui — ni de personne d'autre — pour me pouponner.

— Pourquoi l'a-t-elle engagé ?

Elle me décoche un sourire éclatant de blancheur — elle ne néglige pas ses dents —, mais dans ses yeux brille une lueur de reproche, voire de déception.

— Pour me protéger des gens de votre acabit, par exemple.

Sur ces mots, elle me tourne le dos et disparaît dans la foule compacte. J'ai l'impression qu'elle était au bord des larmes et ça me dérange. J'aimerais pouvoir la rattraper, la prendre par le bras et lui dire de partir d'ici en courant, loin de *Killer Body*. Mais je suis journaliste, j'ai un reportage à écrire, et j'ai promis à ma tante de découvrir la vérité.

Quand je songe que cette femme a déjà payé un lourd tribut aux médias, j'ai un peu honte. Mais elle ne doit pas représenter pour moi autre chose qu'une source d'information.

6.

Rikki

Une fois qu'elle s'est éloignée, je m'intéresse de nouveau à ce qui se passe autour de moi. Je cherche des yeux Bobby Warren. Tiens, il a quitté le couple bon teint de tout à l'heure et semble plongé dans une conversation passionnée avec Rochelle McArthur.

Grand et taillé à coups de serpe, le maître des lieux me paraît plus âgé que dans les magazines *Killer Body*, sans doute à cause de ses cheveux gris et clairsemés. Je note qu'il les coiffe de façon à masquer sa déchéance, en les aplatissant sur le crâne. S'il est tout aussi poseur que la princesse Gabby, lui parvient à conserver un certain naturel. Il se penche vers Rochelle comme s'il n'avait d'yeux que pour elle, mais on sent qu'il piaffe tel un pur-sang habitué à l'adulation des foules et qui attend qu'on l'acclame, sans se rendre compte que le prix a déjà été remis au gagnant et que les spectateurs sont partis. Il ne semble pas remarquer que sa légendaire musculature a cessé depuis longtemps de susciter l'admiration et qu'elle ne va pas tarder — si ce n'est déjà fait — à laisser place à une petite bedaine.

Il se tient debout, accroché au souvenir de ce qu'il a été et cherchant dans le sourire de Rochelle la confirmation de ses espoirs. Pourtant, seuls ses yeux rappellent qu'il a décroché autrefois le titre de Monsieur Univers et attiré ainsi l'attention des Américains sur les bienfaits de la musculation, bien avant Schwarzenegger.

Je le regarde parler avec Rochelle. Les mamelons de la dame se dressent sous sa robe crochetée. Elle ne fait pas du gringue à ce vieux type, tout de même ? Elle doit être meilleure actrice que je ne le pensais.

— Excusez-moi, dis-je en m'approchant.

Bobby Warren me gratifie d'un sourire et d'un regard brillant.

— Je ne crois pas vous connaître.

— Je suis invitée par votre directeur du marketing.

— Il va falloir que je gronde Luke.

Il me prend la main et m'attire plus près de lui, comme s'il voulait lire mon badge. Mais je n'en porte pas.

— Il sait pourtant que l'on doit me présenter toute jeune et jolie femme qui entre chez moi. Je suis sûr que vous connaissez déjà Rochelle.

— Je me suis brièvement entretenue avec son mari.

Je jette un coup d'œil du côté de Jesse. Il semble captivé par ce que lui raconte la princesse Gabby. Rochelle le remarque, elle aussi.

— Pourquoi le fait d'être une princesse fascine autant les gens ? lance-t-elle en secouant la tête.

Son parfum est aussi fort et entêtant que sa voix. Cette odeur en dissimule une autre — celle du tabac froid, j'en jurerais. Je le subodore sous les puissants effluves.

— Ça a son charme, répond tranquillement le vieil homme.

— Comment peut-on inviter à un talk-show une femme qui s'exprime avec tant d'affectation ?

— Vous ne parlez pas de la princesse Gabby ?

La voix de Bobby Warren est restée amicale, mais il lui a lancé un regard d'avertissement.

— Gabby a été merveilleuse dans les talk-shows, poursuit-il. Tellement rafraîchissante d'honnêteté.

— J'ai entendu dire qu'elle songe à une carrière d'animatrice, interviens-je, histoire de titiller un peu plus Rochelle.

— Avec un peu de chance, elle y arrivera. En tout cas, je le lui souhaite, conclut Warren.

Jesse rit maintenant aux éclats avec la princesse. Rochelle choisit de leur tourner carrément le dos.

Je me lance.

— Pourquoi pensez-vous qu'elle veuille devenir l'ambassadrice de *Killer Body* ?

Elle me jette un regard vert émeraude, assorti aux pierres autour de son cou. Elle porte des lentilles de contact, bien sûr, et pas une couleur discrète. Ça vous saute à la figure, comme les pierres de son collier.

— Qui êtes-vous, exactement ?

Je décline mon nom et le mot de passe qui m'a permis d'entrer ici — journaliste du *Valley Voice*, San Joaquin, Californie.

— Vous avez invité une journaliste à cette réception ? demande-t-elle à Warren, visiblement choquée.

Il se redresse de toute sa hauteur avec un sourire qui emprunte à la fois à John Wayne et à Gregory Peck. Le sourire d'un homme à qui vous donneriez le bon Dieu sans confession et qui se débrouillera toujours pour vous démontrer que quelque chose est bien, puisqu'il l'a décidé.

— Absolument, affirme-t-il. C'est un événement d'importance pour *Killer Body* et nous sommes ravis que la presse s'y intéresse.

Rochelle lui prend le bras.

— Nous avons à parler, Bobbo.

— Bien sûr. Mais plus tard. Je dois m'occuper de mes autres invités. Je crains de vous avoir égoïstement monopolisée, ma chère.

En dépit de sa tendresse, il y a un je-ne-sais-quoi de dédaigneux dans sa voix qui n'échappe ni à Rochelle ni à moi.

Il s'éloigne lentement vers Tania Marie et nous laisse seules. Rochelle jette un coup d'œil à la dérobée en direction de son mari, puis elle me regarde. J'ai l'impression qu'elle se demande qui, de la princesse ou de moi, est le pire des maux.

J'en profite pour reprendre le fil de mes questions.

— Pourquoi voulez-vous représenter *Killer Body* ?

— Cette question, c'est dans le cadre de votre reportage sur la nouvelle ambassadrice ?

— Bien entendu.

— Eh bien, disons que je respecte la façon dont M. Warren dirige sa société, et je serais ravie d'encourager toutes celles que *Killer Body* peut aider, comme le fait si bien Julie Larimore.

Je serre les dents, je n'ose pas sortir mon calepin.

— Vous connaissez Julie ?

— Cela fait des années que je ne l'ai pas vue.

— Mais vous l'avez rencontrée ?

— Oui. C'est même moi qui l'ai présentée à M. Warren. En quelque sorte, c'est grâce à moi qu'elle a eu ce travail.

— Vous ne briguiez pas la place à l'époque ?

— Seigneur, non. Pas du tout. Je me consacrais exclusivement à ma carrière dans le show-biz.

— Ça fait bien six ou sept ans, je crois ?

— Non, moins que ça. Mon émission est finie depuis trois ans.

Elle n'en dit pas plus. Nous savons toutes les deux ce que cela signifie pour une femme à Hollywood.

Le serveur approche avec les entrées. Une nourriture en accord avec le programme *Killer Body*. Rien de frit ou de trop salé. Il y a quand même du saumon sur une pâle biscotte, parsemé de câpres.

Je me sers. Rochelle secoue la tête et le serveur s'éloigne.

— Je suppose que c'est M. Warren qui a choisi le buffet.

— Oh, oui. M. Warren est partout à la fois. Il sait tout faire, c'est absolument hallucinant. Ne le trouvez-vous pas adooorable ?

— Vous l'avez bien connu du temps de sa splendeur, n'est-ce pas ?

— Il est beaucoup plus âgé que moi, mais il se défendait encore très bien quand je l'ai rencontré.

Elle fait un signe au serveur.

— Au moins, il sert de l'alcool.

— Mais on ne peut pas fumer.

— Vous n'y pensez pas ! se récrie-t-elle en fronçant les sourcils. Vous êtes non-fumeuse, j'espère.

— Oui.

— Je m'en doutais. Ça se voit à votre teint.

Elle se tait et caresse sa joue du bout des doigts d'un air absent.

Le serveur apparaît avec un plateau. Cette fois, je le reconnais. Il m'avait déjà tapé dans l'œil quand j'ai harponné la princesse à l'hôtel.

— Vous êtes donc là, lui dis-je en prenant un verre.

— Vous aussi.

— Alors, chauffeur ou serveur ?

Il m'adresse un sourire comique.

— Qui sait ? D'après ce que j'ai entendu, ici, ils appellent ça un extra au noir.

— Tout comme moi.

Avant que j'aie pu ajouter quoi que ce soit, il me tourne le dos et se dirige vers un groupe un peu plus loin. Je n'ai pas le temps de lui demander pourquoi il s'est fait engager comme extra à cette réception.

Tania Marie

Mot du jour : *Tartare* : appartenant au royaume infernal des Tartares ou Tatars.

Tania Marie prenait toujours le temps de regarder le mot du jour sur son ordinateur, juste après avoir ouvert ses e-mails. C'était tout ce qui lui restait en commun avec Marshall. Il lui avait transmis son goût pour le vocabulaire, et elle se rappela combien l'enrichir relevait chez lui de l'obsession. Elle essaya de se souvenir du mot du jour, un truc en rapport avec l'enfer.

Justement, elle y était, en enfer. Pas le moindre bout de viande dans ce buffet. Si on lui présentait encore un rouleau de tofu, elle n'était pas sûre de pouvoir résister aux biscuits dissimulés dans son sac. Devant tout le monde. Il ne manquerait plus que ça.

Tartare. Voilà le mot du jour. Le royaume des Enfers où les âmes noires purgeaient leur peine. Mais en ce moment, cela lui évoquait surtout le délicieux steak cru que l'on servait dans les restaurants. De la viande hachée, des oignons, une sauce bien relevée… Elle aurait donné n'importe quoi pour en manger. Sauf qu'il n'en était pas question pour le moment.

Elle suivit M. Warren sur la terrasse et s'installa à sa table.

Il apporta un verre, mais il n'y avait toujours rien à se mettre sous la dent. En face d'eux brillaient les lumières de Santa Barbara.

— Je suis heureux que vous soyez venue ce soir, articula-t-il d'une voix pâteuse. Enchanté, vraiment.

Il avait dû descendre quelques verres. Voilà pourquoi il n'avait pas faim.

Elle rentra le ventre et redressa les épaules en espérant qu'elle n'avait pas l'air trop grosse.

— Merci de m'avoir invitée. J'adore *Killer Body*. J'y crois vraiment, vous savez.

— *Killer Body* vous aime aussi.

M. Warren tourna la tête, mais il posa ses doigts glacés sur sa cuisse gauche. Redoutant que le contact de sa peau flasque ne lui paraisse gélatineux, elle contracta son muscle. Elle se sentait au bord des larmes. L'humiliation. A présent, il n'y avait plus que ça dans sa vie.

— Je ne vous décevrais pas, assura-t-elle. Je suis capable de travailler dur.

— C'est courageux de votre part, surtout après ce que vous venez de traverser.

Bobby Warren relâcha un peu la pression de ses doigts, mais sa main resta agrippée à sa cuisse.

— Je me sens capable de repartir de zéro, de me construire une nouvelle image.

— Dans ce cas, vous avez déjà fait la moitié du chemin.

— *Killer Body* m'aide vraiment, mentit-elle.

Il n'avait pas besoin de savoir qu'elle se rendait aussi dans un centre concurrent — et beaucoup moins cher. Elle se privait depuis un mois de ses biscuits préférés, les Milanos.

M. Warren lui pressa de nouveau la cuisse.

— *Si vous travaillez, le programme travaillera pour vous.* Ce slogan est de moi, vous savez.

— Je le trouve très accrocheur, susurra-t-elle.

Au même moment, les portes de la baie vitrée coulissèrent, et un serveur apparut sur la terrasse.

— Je m'excuse de vous déranger, monsieur Warren, mais on vient d'apporter un colis de la part de Julie Larimore.

Le vieil homme bondit littéralement de son siège.

— De la part de Julie ? Elle est ici ?

— Non, elle vous a fait livrer un colis.

— Je le savais. Je savais qu'elle ne me laisserait pas sans nouvelles !

Il se précipita dans la pièce, plantant là Tania Marie. Elle le suivit.

Un livreur attendait près de la porte du salon avec, sous le bras, une grande enveloppe rembourrée. Un petit paquet, peu volumineux. Cela rassura Tania Marie, mais elle n'aurait pas su dire pourquoi.

Les invités n'avaient rien remarqué et continuaient à parler et à rire — excepté la journaliste qui s'était détournée de Rochelle pour les regarder.

M. Warren prit l'enveloppe des mains du livreur et le fit raccompagner.

— L'adresse est écrite de sa main ! s'exclama-t-il, triomphant, en se tournant vers Tania Marie. Vous voyez, je vous l'avais dit.

S'il l'avait dit, elle ne s'en souvenait pas.

— Je suis heureuse. Heureuse de la savoir saine et sauve.

Il éventra le paquet, ses yeux noirs brillant d'impatience. Tania Marie avait cru qu'il s'agissait d'une lettre, mais non. Ils virent apparaître du tissu. Un tissu noir.

— Qu'est-ce que c'est que ça ? demanda-t-il en lâchant l'enveloppe pour le saisir à deux mains.

C'était une longue robe noire fendue sur le côté.

A y regarder de plus près, elle n'était pas fendue, mais déchirée, tailladée, en lambeaux. Quelqu'un s'était acharné sur la robe de Julie Larimore.

— Non ! cria M. Warren.

Le silence se fit dans la salle et tous se tournèrent vers lui. Il tenait la robe à bout de bras, comme pour l'éloigner de lui. Il ouvrit la bouche pour parler, mais ne parvint à émettre qu'un long gémissement angoissé qui résonna au milieu du silence tombal. Puis quelqu'un — la journaliste — fit écho à son cri.

Rikki

Bobby Warren brandit une robe en piteux état — exactement la même que celle de Lisa —, et je me sens défaillir. Les invités se précipitent vers lui, et moi, je reste clouée sur place à hurler.

Ensuite, quelqu'un m'attrape le bras.

— Ça va ?

Lucas Morrison, le directeur du marketing de *Killer Body.* Je tente de rassembler mes esprits et je lui fais un signe d'assentiment. C'est l'homme en costume noir que j'ai remarqué tout à l'heure en grande conversation avec une superbe blonde.

— Je vais bien, merci.

— Je reviens tout de suite. Ellen, reste avec elle, ordonne-t-il à la blonde.

Il se cache derrière des lunettes sombres, mais à l'évidence, sa voix est habituée à donner des ordres. Tandis qu'il se faufile entre les invités jusqu'à Bobby Warren, je ne quitte pas des yeux son visage sympathique, un peu trop séduisant.

Je n'oublie pas, même si je suis à moitié évanouie, que c'est grâce à lui que je suis entrée dans la maison. Quand on m'a proposé de rencontrer le directeur du marketing, je m'attendais à voir quelqu'un de plus vieux et de plus malsain, avec des cheveux plus longs, des manches courtes, quelques chaînes en or et un petit ventre. Certainement pas cet homme au charme indéniable, vêtu d'un costume Brooks Brothers.

Je me tourne vers la femme qu'il a appelée Ellen. Apparemment, elle s'inquiète à mon sujet.

— Je vais bien, je vous assure.

— Vous êtes sûre ? demande-t-elle d'une voix où perce le doute.

Je hoche la tête avec une ébauche de sourire. J'ai encore la peau moite.

— Oui. C'était juste le choc.

— Je comprends. Alors, je vous laisse. Il faut que j'aille m'occuper de M. Warren.

Son regard perçant me dévisage, puis elle m'adresse un petit sourire — signe qu'elle me juge capable de me débrouiller seule. Elle fait demi-tour et se fraye un chemin parmi les gens qui entourent le vieil homme.

Les invités sont partis. Je suis assise à la table de Lucas, sur la terrasse. Tout en me tendant un verre d'eau, Ellen lui demande s'il veut une autre Corona.

— Non, je n'ai besoin de rien. Pourquoi ne t'assieds-tu pas avec nous, Ellen ?

— J'aimerais rentrer chez moi, si ça ne te dérange pas. Je

n'ai pas réussi à convaincre Bobby d'avaler quelque chose. Il n'a pas l'air bien du tout.

— Rentre chez toi et viens à l'heure que tu veux demain matin.

— Ce que je veux, c'est que Bobby s'en remette, réplique-t-elle avec un frisson. Il faut l'obliger à se reposer, Lucas. Sa santé est fragile.

Il lui lance un regard aigu.

— Il va bien. Il est juste un peu fatigué.

— Je voulais dire qu'il était déjà sur les nerfs et qu'il n'avait pas besoin de ça. A propos, comment as-tu trouvé la démonstration de désespoir de Rochelle McArthur ? Joli numéro, non ? J'espère que Bobby se rend compte que tout ce qu'elle espère, c'est décrocher un contrat avant que Julie Larimore ne réapparaisse.

— Nous parlerons de ça plus tard.

Cette fois, il lui fait carrément les gros yeux et me regarde en coin, pour lui rappeler ce que je fais comme métier. Elle comprend enfin.

— Oui, bien sûr. A plus tard.

Et elle détale. Plus exactement, elle disparaît là où doivent disparaître les fidèles employés de *Killer Body* quand leur journée est finie, quand ils ont bien servi le maître.

Lucas et moi restons seuls à respirer l'air de la nuit sur la terrasse. Je travaille sur mon ordinateur portable et je rédige devant lui l'article que j'enverrai par e-mail au *Valley Voice.*

Lucas veut intervenir, mais Bobby Warren passe la tête dans l'encadrement de la baie vitrée.

— Laisse donc cette jeune fille faire son travail. De toute façon, il faudra bien que quelqu'un écrive un article. Autant elle qu'une autre.

Entre Lucas et moi, l'air est chargé d'animosité, mais nous sommes tellement choqués par la scène terrible de tout à l'heure que nous n'avons pas l'énergie de passer à l'attaque.

Bobby Warren nous rejoint sur la terrasse, enveloppé dans une veste fourrée d'un ton marron chaud dont il a remonté le col. Son visage n'en paraît que plus osseux, mais il reste tout de même séduisant.

— Ellen est rentrée chez elle, annonce-t-il en tirant une chaise à lui. Elle veut que tu l'appelles plus tard pour lui donner de mes nouvelles.

Il rit et sa voix tremble un peu.

— Je lui ai pourtant dit de ne pas s'inquiéter.

— Je suis sûr que demain, tu auras oublié, affirme Lucas.

— Qu'en sais-tu ? Ce n'est pas toi qui as touché cette robe.

Il s'approche de nous, et je note ses joues décolorées. Lucas semble préoccupé — plus que ça, sincèrement inquiet à son sujet.

— Il faut que tu manges quelque chose, Bobby.

— Un cocktail, ça m'ira très bien.

— Tu n'as pas bu le dernier que je t'ai servi.

Warren baisse les yeux vers la table en teck et glousse.

— Vous tenez un scoop, déclare-t-il en se tournant vers moi. J'ai dû prévenir la police. Mais attention, ça ne signifie pas forcément qu'un meurtre ait été commis.

— Tu as bien fait, commente Lucas.

Le vieil homme se passe les mains dans les cheveux.

— Cette robe... Elle portait son odeur. Ce parfum délicieux de talc pour bébé. Oh, Seigneur...

— Bobby, arrête d'y penser.

Il baisse les mains. Des larmes coulent sur son visage.

Lisa aussi utilisait un parfum qui sentait le talc pour bébé. J'ai la gorge nouée, mais je me crois obligée d'apporter un commentaire.

— C'est peut-être simplement une farce stupide.

Mais je ne vois pas qui pourrait s'abaisser à une plaisanterie d'aussi mauvais goût.

Warren s'éloigne vers le bar pour rafraîchir son verre — selon sa propre expression —, et Lucas me demande si je veux quelque chose moi aussi.

— Il faut que j'y aille.

— Vous habitez à Santa Barbara ?

— Non. Je suis venue ici pour mon reportage.

— Un reportage sur quoi, exactement ?

Il a posé sa question calmement, mais ses yeux perçants me fixent à travers ses lunettes.

— Sur le sujet qui intéresse tout le monde.

— La disparition de Julie ?

— En effet.

— Ou les candidates qui se bousculent au portillon pour représenter *Killer Body* ?

— Les deux.

— En ce qui concerne Julie…

Il marque un temps d'arrêt, comme s'il hésitait.

— C'est vraiment un coup dur pour Bobby W. Il n'est plus en âge de supporter un violent chagrin.

— Il en a eu beaucoup ?

— Sa vie n'a pas été de tout repos. Et Julie est comme sa fille.

— Pourtant, il s'est dépêché de lui chercher une remplaçante.

— Il ne voit pas les choses sous cet angle, remarque Lucas en remuant sur sa chaise.

Je l'observe dans la pénombre. Une faible lueur nous éclaire depuis l'intérieur où le calme contraste singulièrement avec l'animation qui régnait tout à l'heure, mais j'y vois assez clair pour me rendre compte qu'il se prépare à changer de tactique.

— Il y a quelque chose que je voulais vous demander, commence-t-il. Pourquoi un journal comme le *Valley Voice* s'intéresse-t-il à cette histoire ?

Je sens mon corps se raidir et je reste immobile sur ma chaise.

— Beaucoup de journaux s'intéressent à cette histoire. *Killer Body* est connu sur tout le territoire américain et Julie Larimore en est l'emblème.

— Mais ces journaux ne vont pas jusqu'à envoyer des journalistes à Santa Barbara.

— Pas encore.

Je repousse ma chaise. Elle grince quand je heurte la rambarde de la terrasse. Il se lève aussi.

— Tout le monde était bouleversé par ce qui s'est passé ici ce soir, mais vous trembliez comme une feuille. J'ai cru que vous alliez vous évanouir.

— Vous voyez bien que ce n'était rien. Je suis tout à fait remise. Bon, je dois vraiment y aller, maintenant.

Il attrape mon bras comme tout à l'heure et approche son visage du mien, suffisamment près pour que je lise la méfiance dans ses yeux.

— Rien de personnel, là-dedans ? Auriez-vous des raisons d'en vouloir à Bobby W. ?

Je le repousse.

— Non. A vos deux questions.

Alors que je me dirige vers la sortie, il me lance :

— Je veux le nom de la personne qui vous a chargée de ce reportage et celui de votre rédacteur en chef.

Je m'arrête net et je sors une carte de visite au dos de laquelle je note le nom et l'adresse e-mail de Dennis Hamilton.

— Vous me trouverez à l'hôtel El Cerrito, dis-je sèchement avant de lâcher d'un seul trait : vous savez, je me borne à faire mon travail de journaliste.

— Si c'est le cas, nous serons prêts à coopérer avec vous.

Il est clair que je n'ai pas apaisé ses craintes.

— C'est le cas, rétorqué-je.

Je quitte la maison en emportant l'image de cette robe noire en loques.

La robe de Julie Larimore… Celle de Lisa…

L'interview

Votre colis-surprise a fait sensation. Vous voilà satisfaite ?

Je voulais attirer leur attention et ça a marché. Elles l'ont vue. Toutes les trois. La grosse, la vieille sorcière décatie et l'autre, la princesse de pacotille qui n'a plus de famille. Depuis ma disparition, elles tournent autour de Bobby et ne pensent plus qu'à se faire belles, à se mettre en valeur, à exhiber leur corps et leurs vêtements.

Même la journaliste s'en est rendu compte. Elle s'endormira moins bête ce soir. Et demain, elle se réveillera d'excellente humeur pour écrire son article. Elle va commencer à reconsidérer la question, comme les autres.

Entends la plainte que je t'adresse, océan de Santa Barbara !

Que tes vagues l'emportent loin ! Bientôt tout rentrera dans l'ordre. Je serai de nouveau forte.

Mais je ne suis pas satisfaite, non. Je ne me sens pas encore vengée.

7.

Tania Marie

Mot du jour : *dédaigneux* : hautain, méprisant, arrogant.

Quatre lignes suffisent à gâcher un après-midi.

Assise à la terrasse d'un bistrot, Tania Marie replia le journal et le posa près d'elle — avec les mensonges qu'il colportait — sur la chaise en fer forgé. C'était Jay Rossi qui lui avait apporté cette charmante prose ce matin, au volant d'un pick-up minable dans lequel elle avait honte de se montrer. Virginia avait perdu la tête…

D'un autre côté, ce Rossi avait un assez joli visage, un sourire moqueur et des cheveux d'un brun très doux, comme seuls en possèdent les bruns qui ont été des enfants blonds. Mais mieux valait ne pas y penser.

D'abord, il travaillait pour Virginia, ce qui signifiait qu'il était son larbin. Ensuite, il avait le comportement typique d'un homme de petite taille. Et pour finir, il conduisait un horrible pick-up, qu'il surnommait Blackie. Un véritable danger — la porte du passager ne s'ouvrait même pas. Si elle n'avait pas été si bouleversée par ce qui s'était passé chez M. Warren, elle n'aurait jamais accepté qu'il la raccompagne.

Boire son café en face de ce minable plein de morgue, ça

n'avait rien d'agréable, mais c'était toujours mieux que de le supporter pendant tout un repas. Et elle ne voulait plus ni journal ni garde du corps. Elle avait déjà mis le premier de côté, ne lui restait plus qu'à se débarrasser du second.

Elle avala une dernière gorgée de son café au lait — sans matières grasses ni sucre vanillé, merci —, puis se leva brusquement pour jeter son gobelet à la poubelle.

— Pourquoi lisez-vous ce qu'on écrit sur vous, puisque vous le supportez si mal ? demanda Rossi.

— Pourquoi ralentissez-vous quand vous passez devant un accident ?

Il rit et referma ses deux mains sur son café. Un pauvre type, un endroit merdique. Il était temps de mettre un terme à ce pitoyable tête-à-tête.

— Je peux rentrer à pied chez moi, déclara-t-elle. Ravie de vous avoir connu.

— Moi de même.

L'imbécile se leva et s'enroula dans son ciré.

— Même Virginia n'a pas assez d'argent ni assez d'arguments pour m'obliger à supporter ça.

— Je vous ai dit que je n'avais pas besoin de garde du corps.

Il tressaillit.

— Et moi, j'en ai assez de votre insolence. Et je n'ai pas choisi d'être ici, ajouta-t-il avant qu'elle ait pu riposter.

— Vraiment ?

— Oui. Je rends service à votre mère, c'est tout.

Il jeta un billet sur la table et se dirigea vers son pick-up.

— Virginia vous paie combien pour ça ?

— Pas mal. Mais j'aurais accepté pour rien, en échange de son savoir-faire.

— Un autre aspirant chef cuisinier complètement mordu. J'aurais dû m'en douter.

Ses yeux méfiants jetèrent un éclat froid.

— Virginia n'est pas une bonne mère. Ça, je vous l'accorde. Elle n'aurait pas dû avoir d'enfants.

Tania Marie en resta sans voix. Virginia inspirait aux gens des sentiments extrêmes : soit on la détestait, soit on l'adorait. Mais c'était la première fois qu'elle entendait quelqu'un énoncer froidement une vérité à son sujet.

— Pourtant, ajouta-t-il, c'est un chef hors pair et j'ai bien l'intention d'apprendre d'elle tout ce que je pourrai.

— Même si vous devez pour ça jouer les baby-sitters auprès de sa vagabonde de fille ?

Il s'approcha d'elle. A sa grande surprise, il ne sentait pas le parfum, ni aucune autre odeur de cosmétique. Il ne se mettait pas non plus de gel sur les cheveux. Quel homme avait encore le cran de sortir sans déodorant ni gel ?

— Virginia me donne ma chance. Mon père aurait voulu que je prépare une maîtrise de gestion. J'ai été jusqu'à la licence pour lui faire plaisir… Virginia croit en mon talent et, que vous le vouliez ou non, elle s'inquiète à votre sujet.

— Dans la mesure où elle peut s'inquiéter d'autre chose que d'elle-même.

Tania Marie chercha son regard en se demandant s'il choisirait la vérité ou la facilité.

— En effet, concéda-t-il.

Encore un point pour ce petit homme aux yeux saisissants.

— En quoi consiste exactement votre mission ?

— Vous suivre, ne pas vous lâcher.

— Et vous présenter ensuite au rapport, conclut-elle.

Il lui lança un regard appuyé et ramassa ses clés sur la table. Cet homme n'était pas un menteur, mais il n'était pas non plus disposé à trahir sa mère.

— Elle attend un compte rendu, n'est-ce pas ? Elle ne veut pas perdre de temps à s'occuper de moi, alors c'est vous qui en êtes chargé à sa place.

— Vous pourriez vous calmer un peu ? Sinon, les gens vont finir par croire que je vous agresse.

De nouveau, elle sentit la colère monter en elle.

— Laissez-moi ou je me mets à crier, menaça-t-elle.

— Pas la peine.

Il eut un sourire triste et furtif et se pencha vers elle.

— J'ai hâte de vous quitter.

Ce sale type l'avait humiliée en la traitant comme une grosse grincheuse que personne ne peut supporter, mais après s'être débarrassée de lui, elle avait passé une journée convenable.

A présent, elle ne songeait plus qu'à se détendre et à profiter des avantages du club. Ici, personne ne la reconnaîtrait, elle pouvait facilement se fondre dans la masse. Elle avait même enfilé un horrible bonnet de bain. Ces femmes en avaient vu d'autres. Entourée de bras suants de graisse et de cuisses bardées de cellulite, Tania Marie laissait ses complexes au vestiaire. Elle se trouvait presque mince — surtout en regardant la femme qui entrait en ce moment dans la piscine d'eau chaude, le meilleur endroit pour se dissimuler aux regards des autres.

C'était la quatrième fois qu'elle venait au club en nocturne et la première qu'elle osait s'aventurer dans la piscine chaude, au milieu de cet étalage de corps surdimensionnés. L'eau l'aiderait à se détendre, à éliminer sa colère… Quant à ses autres péchés, le sauna s'en chargerait. Elle avait apporté six barres *Killer*

Body, parfum citron, et elle en avait mangé plusieurs dans la voiture. Chez elle, il n'y avait plus rien dans le frigo, excepté quelques plats congelés préparés par Victoria. Et bien sûr, les Milanos dans leur cachette secrète. Mais il fallait qu'elle évite d'y penser, ou elle était perdue. Quand elle commençait un paquet, elle ne pouvait plus s'arrêter.

— Votre nom ? demanda la monitrice qui venait d'arriver près de la piscine avec son porte-bloc à pince.

— Mary.

Merde, elle ne se souvenait plus du patronyme qu'elle avait utilisé lors de son inscription. Elle avait payé en liquide, pour un an. Ah, oui, c'est vrai… Warren, le nom du vieux bonhomme. Pour que ça lui porte chance.

— Mary Warren, précisa-t-elle.

Elle se sentait sans défense.

— C'est la première fois que vous assistez à mon cours ?

Elle hocha la tête.

— Super. Je m'appelle Betty. N'hésitez pas à poser des questions.

La monitrice sourit et entra dans l'eau. Tania Marie remarqua qu'elle avait des formes, elle aussi — rien à voir avec les professeurs anorexiques et sans fesses des clubs new-yorkais.

— Très bien, lança Betty. On va commencer par courir tranquillement en faisant le tour du bassin.

Elles se mirent à trottiner avec force éclaboussures, au son de *Kansas City* — seule voix d'homme dans ce club réservé aux femmes.

Tania Marie sautillait joyeusement dans l'eau tiède. Elle se sentait légère, presque heureuse, et saluait de la tête les grosses femmes quand leurs regards se croisaient. Elles étaient toutes plus enrobées qu'elle. Pour un peu, elle les aurait trouvées belles.

Elle en remarqua une, énorme, colossale, avec un bonnet de douche du genre de ceux que l'on trouvait encore dans certains hôtels. Et une autre qui glissait dans ses chaussures violettes en caoutchouc. Les deux lui sourirent.

Ici, les femmes portaient comme elle des maillots une pièce — ainsi que les appelait dédaigneusement Virginia qui leur vouait le même mépris qu'aux faux seins. Mais ce n'était pas le moment de gâcher son plaisir en pensant à sa mère. Tania Marie accéléra. Elle volait littéralement à la surface de l'eau, sans effort, libre.

— Grande marche croisée ! cria la monitrice.

Tania Marie imita la femme à côté d'elle et avança une jambe tandis que son bras fendait l'eau pour accompagner la course.

— Bras gauche, jambe droite, précisa la monitrice.

Quelques-unes se tournèrent dans la direction de Tania Marie, sans cesser d'avancer.

Elle fit de son mieux. Elle s'arrêta de façon à repartir du bon pied — bras droit en avant, jambe gauche en arrière — et tenta de trotter au rythme de la chanson, sans succès. C'était trop difficile. Betty traversa la piscine pour venir vers elle, ses mèches blondes collées à son front. Tania Marie se revit au cours d'éducation physique. Grosse avec, par-dessus le marché, une mauvaise coordination. Elle ne pouvait quand même pas aller se réfugier dans les vestiaires pour pleurer !

Quelle idée stupide d'avoir voulu prendre ce cours ! Elle aurait pu s'épargner ce calvaire en filant directement au sauna.

— Venez.

Betty lui prit la main et l'entraîna dans son sillage.

— C'est pas mal du tout, lui murmura-t-elle.

Mais Tania Marie n'en crut pas un mot.

Merde. Elle n'allait tout de même pas se dégonfler le premier jour.

— Skate-board, maintenant, mesdames.

Betty lui montra comment monter son genou à la poitrine et lancer ensuite le pied en arrière, comme si elle essayait d'avancer sur une planche à roulettes. Le temps qu'elle comprenne les gestes, elles étaient revenues à la course.

Le cours dura un peu plus d'une heure. A la fin, Tania Marie resta un peu à patauger tandis que les autres femmes sortaient de la piscine. Betty vint vers elle en nageant sous l'eau, et elle rajusta son bonnet de bain. Sans maquillage et les cheveux tirés, elle se sentait grosse et quelconque.

— Ça ira mieux la prochaine fois, Mary. C'est comme le ski, on progresse rapidement.

Tania Marie se garda bien de lui avouer qu'elle n'avait jamais fait le moindre progrès sur des skis. Marshall l'avait emmenée plusieurs fois en week-end à la montagne, mais ils s'étaient enfermés dans leur chambre pour un tout autre genre de sport. Les journalistes n'avaient pas manqué d'en faire des gorges chaudes.

— Je finirai bien par y arriver, se rassura-t-elle en soupirant.

— Venez régulièrement, c'est l'essentiel. Pour ce soir, les cours sont terminés, mais vous pouvez rester dans la piscine.

Elle le savait. Elle ne fréquentait le club qu'en soirée, aux heures creuses, juste à temps pour prendre les derniers cours, et elle partait au moment de la fermeture. Tout ça parce qu'elle redoutait qu'on la reconnaisse. Combien de temps encore devrait-elle se prêter à cette mascarade ?

— Vous croyez que je peux perdre du poids avec ces exercices ?

— Bien entendu, assura Betty en palpant ses propres hanches généreuses. Mais à condition d'absorber moins de calories que vous n'en brûlez. Vous êtes suivie au niveau diététique ? Vous allez chez *Weight Watchers, LA Weight Loss* ou un autre ?

— *Killer Body.*

Elle l'avait à peine murmuré.

Betty haussa les épaules sans répondre.

— Le régime Julie Larimore. Vous avez entendu parler de sa disparition ? Qu'est-ce que vous en pensez ?

— Je n'en pense rien, répondit Betty.

— En tout cas, Julie est réellement parfaite, n'est-ce pas ?

La monitrice leva ses bras hors de l'eau.

— Vous pouvez obtenir de bons résultats, vous aussi. L'essentiel est de vous accrocher. A demain soir ?

— Oui, dit Tania Marie.

Elle se sentait prête à suivre régulièrement le cours de cette femme si sympathique et pas du tout parfaite. Au moins Betty ne la considérait pas comme une gourde sous prétexte qu'elle ne possédait pas les qualités d'une championne de gymnastique ou de natation.

Elle s'enfonça dans l'eau jusqu'à la nuque, savourant cette douce tiédeur. Pour maigrir rapidement, elle devait établir un plan d'attaque, comme Virginia lorsqu'elle avait décidé d'ouvrir son premier restaurant. L'eau la libérait de son tour de taille et de son poids, et elle se mit à sautiller, légère comme un bouchon, tout en réfléchissant à la manière dont elle allait s'y prendre. Pourquoi ne pas essayer *Weight Watchers* ? Elle avait assisté à une réunion sympathique, mais on n'obtenait pas forcément des résultats immédiats. Et puis, il fallait avouer ses égarements devant tout un groupe.

Il existait des méthodes encore plus radicales. L'usage de

l'Epsomite, par exemple. On en parlait. Bien sûr, il ne fallait pas en prendre trop longtemps... Mais ça vous nettoyait, ça vous débarrassait déjà de deux ou trois kilos. Marshall lui avait dit une fois que sa femme en prenait. Si sa femme en avait pris, pourquoi pas sa maîtresse — enfin, ex-maîtresse.

Il fallait absolument qu'elle maigrisse de façon spectaculaire dans les deux semaines à venir pour que la presse s'en rende compte. Et aussi Bobby Warren. Ensuite, elle choisirait un programme intelligent, un truc qui donne des résultats durables. Mais entre-temps, elle serait devenue l'ambassadrice de *Killer Body*.

Elle en avait assez de la piscine. S'agrippant à la rambarde afin de ne pas glisser, elle gravit les échelons de l'échelle et son poids s'abattit sur elle comme une serviette mouillée. Elle poussa un profond soupir.

Arrivée au sauna, elle s'installa sur un banc trop étroit où aucune personne normalement constituée ne se serait sentie à l'aise. L'air chaud et moite l'enveloppa. Ça faisait du bien. Elle savoura le plaisir de rester allongée, à essuyer la sueur qui dégoulinait sur son visage. Elle n'avait plus qu'à s'abandonner, la mauvaise graisse s'évaporait sans qu'elle ait à bouger le petit doigt.

Il était déjà tard et elle se sentait fatiguée. Elle réfléchirait demain à son plan minceur. Ce soir, elle avait dû éliminer l'équivalent d'un gros gâteau au chocolat en s'agitant dans la piscine. Elle eut brusquement envie de rentrer chez elle pour s'empiffrer. Une dernière fois.

Son corps était trempé de sueur et l'air chaud lui emplissait les narines. Rien qu'avec l'eau qu'elle perdait en ce moment, elle aurait déjà l'air plus mince — à condition de ne pas trop boire.

Elle passa en revue les possibilités qui lui restaient à cette heure-ci : s'arrêter en route afin d'acheter une préparation toute faite pour gâteau ou une de ces affreuses pâtisseries surgelées qu'elle mangerait sans attendre, ou bien aller carrément chez *Trader Joe's* et se régaler d'un énorme gâteau au fromage blanc dans la voiture.

Elle hésitait encore entre ces deux options quand la lumière s'éteignit brusquement.

Et elle se retrouva dans le noir, seule avec le bruit de sa respiration et son odeur.

Son cœur s'accéléra. Pourquoi éteignaient-ils les lumières ? Depuis combien de temps était-elle allongée là ?

Elle voulut se lever et s'aperçut qu'elle commençait à respirer difficilement. La chaleur l'avait terrassée progressivement, sans qu'elle s'en rende compte. Elle se sentait trop faible pour bouger, elle manquait d'air.

Elle se redressa lentement et resta assise quelques minutes à réfléchir. Personne ne viendrait à son secours, tout le monde était sûrement déjà parti. Il fallait trouver un moyen de sortir de là. Son portable étant enfermé dans un casier au vestiaire, il ne lui restait plus qu'à traverser le club dans le noir pour aller le chercher. Ensuite, elle appellerait quelqu'un à son secours.

Mais qui ?

C'était une constatation déprimante, mais personne ne s'inquiétait à son sujet et elle serait sans doute obligée de se rabattre sur le 911. Bon, il y avait quand même sa mère, Virginia, et sa meilleure amie, Sheree, qui habitait New York. Et en cas d'extrême urgence, Marshall accepterait sûrement de lui parler… Non, inutile de se raconter des histoires. Depuis que la presse avait révélé leur liaison, Marshall lui faisait répondre par sa nouvelle assistante qu'il était occupé. Il ne lui avait plus adressé la parole, pas même le jour où elle s'était fait virer.

Elle avança en trébuchant jusqu'à la porte et voulut l'ouvrir, mais ses mains humides glissèrent sur la poignée. Elle retourna prudemment en arrière pour les essuyer sur sa serviette et revint à la charge. Sans plus de succès. La porte était-elle fermée à clé ou coincée… ?

Elle eut envie de crier.

Mais crier ne lui aurait pas plus ouvert le battant, et elle ne pouvait pas se permettre de gaspiller inutilement de l'énergie. La pénombre l'enveloppait, menaçante, la pénétrait, grimpait le long de ses bras nus et de son dos. L'air brûlant et humide devenait suffocant.

Elle essaya de se rassurer. Quelqu'un viendrait bientôt. Elle sortirait de là. Il devait s'agir d'une simple coupure de courant… Mais ces pensées ne lui procurèrent aucun soulagement. Parce qu'elle n'en était pas moins enfermée dans un endroit étouffant, seule pour affronter cette épreuve — comme toujours.

Putain de merde.

Elle commençait à avoir le vertige. Elle n'était plus qu'un lourd rocher humide qui s'enfonçait dans un océan de sueur. Elle tambourina à la porte et tenta de crier. Elle allait mourir. Comme Julie Larimore. Non !

Puis elle se sentit sombrer. Elle se laissa engloutir par la noirceur, l'humidité, ce vrombissement dans ses oreilles, ce poids sur sa poitrine.

Une seule pensée affleurait encore à sa conscience. *Tania Marie est morte. Avant ses parents, avant Marshall Cameron, l'unique amour de sa trop courte vie.*

Un bruit, une sorte de crissement, lui parvint du dehors, et elle lutta pour s'éveiller, pour se dégager du poids qui l'oppressait, ouvrir ses narines pincées. Etait-ce possible ? Le bruit se fit plus net. Un courant d'air frais balaya la pièce. Elle ouvrit la bouche et gonfla sa poitrine de toutes ses forces. Oui, c'était bien de l'air doux et pur, et elle l'inspira avidement.

Elle avait perdu la notion du temps. Depuis quand était-elle devant cette porte ? Une minute ? Une heure ? Quelle importance, du moment qu'elle respirait de nouveau. Elle avait cru mourir étouffée, mais elle était bien en vie. La sortie avait dû se trouver momentanément bloquée… Un frisson la parcourut. Quelqu'un l'avait enfermée, puis libérée. Quelqu'un qui l'avait tenue à sa merci dans cette pièce.

Il faisait toujours très sombre, mais ses yeux s'étaient accoutumés à l'obscurité et elle décida de sortir. Elle n'avait pas le choix.

A l'extérieur du sauna, l'air frais sur sa peau nue lui donna la chair de poule. Apparemment, le chauffage ne fonctionnait pas. Tout le monde était vraiment parti. Elle se souvenait d'avoir suspendu son autre serviette près de la porte du couloir qui menait au vestiaire. Elle avança en suivant le mur à tâtons et ses doigts finirent par la rencontrer. Elle s'enroula dans le doux coton égyptien avec autant de volupté que s'il s'était agi d'un manteau de fourrure — fausse, bien sûr. Elle se jura de ne plus porter de vraies fourrures et de ne plus jamais coucher avec un homme marié. Seigneur, si elle sortait d'ici, elle promettait aussi de mettre sa vie en ordre. Pitié.

La porte ne devait plus être loin. Elle sentit les moulures de l'encadrement, et ses doigts cherchèrent maladroitement la poignée.

Rien.

Elle essaya dans l'autre sens.

Rien non plus.

Quand donc sortirait-elle de ce tombeau glacial ? Elle voulait son casier, ses vêtements, son téléphone.

Elle tira sur la porte en hurlant et secoua violemment la poignée. Sans résultat.

Elle n'allait quand même pas mourir de froid dans ce trou, après avoir failli mourir de chaud…

— Pourquoi moi ? gémit-elle en se laissant glisser à terre, sans toutefois cesser de tambouriner à la porte. Pourquoi ?

Elle allait crever ici. Celui qui avait enlevé Julie Larimore — car il fallait admettre qu'il lui était arrivé quelque chose de grave, qu'on l'avait enlevée et peut-être même tuée — s'en prenait maintenant à elle. Elle n'avait aucun moyen de lui échapper. Elle se mit à sangloter tel un bébé en appelant sa mère. Une pauvre ratée, voilà ce qu'elle avait été toute sa vie.

— Seigneur… Pourquoi ?

Tout d'un coup, elle eut l'impression que la porte bougeait et elle ouvrit les yeux. Oui, la porte s'ouvrait. Une vive lumière inonda la pièce, merveilleuse, éclatante. Des voix humaines.

— Tania Marie. Regardez-moi, ma chérie. Faites-moi un sourire. Très bien. C'est très bien. Merci. Allez, encore un autre.

— Tania Marie ? Depuis combien de temps fréquentez-vous ce club ?

— Tania Marie, où vous avez dégoté ce maillot ? Quelle taille est-ce ?

Une horde de journalistes envahit le hall encore sombre et désert quelques secondes plus tôt. On ne l'avait pas enfermée pour l'éliminer physiquement, non. Elle comprenait maintenant de quoi il retournait : on la jetait en pâture aux lions, à moitié nue, rouge et essoufflée. Elle avait tout d'une baleine, et tous les journalistes de la ville se trouvaient là pour en témoigner.

Elle leva une main entre eux et elle — piètre bouclier. Elle n'allait pas mourir, mais c'était bien pire.

— Je ne suis pas en état de répondre à vos questions, lâcha-t-elle.

— Dites-nous au moins comment vous vous êtes retrouvée enfermée là-dedans, Tania Marie, insista un homme assez agressif.

— Ce club est réservé aux femmes. Je vous demande donc de sortir immédiatement.

— Allez, Tania Marie.

Cette fois, il avait pris un ton enjôleur, mais elle ne se laissa pas attendrir et fila dans le couloir qui menait aux vestiaires. Là, elle pourrait enfin se rhabiller, leur échapper.

— Dehors, lança-t-elle quand le journaliste voulut la suivre à l'intérieur.

Il hésita sur le pas de la porte.

— Dehors !

Par-dessus son épaule, elle aperçut la petite journaliste qui l'avait prise de haut à la réception de Bobby Warren. Rikki quelque chose.

Tania Marie se sentait un peu plus brave maintenant qu'elle avait repris son souffle. Elle se redressa et la défia du regard.

— C'est vous qui avez monté ce coup, n'est-ce pas ?

— Jamais de la vie, se défendit Rikki quelque chose en rougissant.

A présent, ses confrères la dévisageaient avec curiosité. Très bien, songea Tania Marie. Elle rendait à cette salope la monnaie de sa pièce.

— Inutile de nier, l'accusa-t-elle en élevant la voix.

Se battre jusqu'au bout. S'efforcer de retourner la situation.

Virginia disait toujours que lorsqu'on vous attaquait, il fallait riposter immédiatement. C'était comme ça qu'elle s'était fait un nom dans la restauration.

— Vous m'avez enfermée et j'ai failli mourir étouffée dans le sauna. Ensuite, vous débarquez comme si de rien n'était et vous voulez me faire croire que vous vous trouvez là par hasard. Je suppose que vous avez aussi ameuté les autres ?

Un murmure l'interrompit. La journaliste était livide, avec deux taches rouges sur les joues.

— Je n'ai ameuté personne, je ne sais pas de quoi vous parlez.

— Bien sûr… Et vous ne savez pas non plus comment la robe de Julie Larimore est arrivée à la réception de Bobby Warren à laquelle vous assistiez — tout à fait par hasard, bien entendu. Pourtant, vous vous êtes évanouie en la voyant.

— Tout le monde vous suit, en ville. Il n'y a pas que moi.

Rikki s'était avancée, si près que Tania Marie distinguait les nuances de bleu de ses yeux.

— Et n'importe lequel d'entre nous a pu faire ce dont vous m'accusez.

— Quelqu'un vous a prévenue ? demanda Tania Marie avec inquiétude.

Elle rajusta sa serviette autour d'elle. Si ce n'était pas cette Fitzpatrick, qui donc l'avait enfermée ?

— J'ai trouvé un message en arrivant à mon hôtel, expliqua la journaliste. Croyez-moi, je ne cherche pas à vous faire du tort. Je m'intéresse à l'affaire Julie Larimore, c'est tout.

Elle avait un regard franc, mais Tania Marie ne s'y fia pas. Elle avait déjà appris à ses dépens qu'on ne pouvait pas faire confiance à ces gens-là.

— Tania Marie, regardez par ici, je vous prie.

Elle avait froid, ses seins débordaient de son maillot et elle n'avait qu'une petite serviette pour se protéger. Elle était complètement démunie, à la merci de cette meute déchaînée.

— Aidez-moi à sortir de ce guêpier, murmura-t-elle à Rikki. Aidez-moi à récupérer mon téléphone pour que je puisse appeler mon garde du corps.

Virginia avait raison, comme toujours. Elle ne pouvait pas se passer d'un garde du corps.

8.

Rikki

C'est un peu à cause de ses grands yeux effrayés.

Et aussi de la manière pathétique avec laquelle elle tente de se cacher en s'enroulant dans sa serviette.

Pourtant, ce qui me pousse avant tout à aider cette pauvre femme, c'est le sentiment confus qu'elle traverse une passe difficile, que nous ne valons pas mieux qu'elle et que nous devrions la ménager.

Peut-être aussi que j'y vois une occasion de me rapprocher d'elle et de lui soutirer des informations en exclusivité. Je sais que j'en suis capable. En ce moment, tout est bon pour faire avancer mon enquête.

Je n'hésite pas. Sans m'appesantir sur mes réelles motivations, je prends Tania Marie par le bras, et avant que les autres aient pu réagir, je l'entraîne vers les caméras et les questions. Puis, m'inspirant de la réaction que j'ai observée tant de fois depuis mon entrée dans ce métier, je fonce dans le tas d'un air décidé.

— Pardon. Laissez-nous passer, je vous prie.

Quelques-uns de mes indélicats confrères nous poursuivent jusqu'à l'entrée du vestiaire. Par chance, toutes les lumières se rallument brusquement, et je vois plusieurs personnes qui se précipitent vers notre petit groupe. Les moniteurs du club.

— Qu'est-ce qui se passe, ici ? demande une petite blonde aux cheveux courts.

Elle nous dépasse sans même nous accorder un regard et fond sur les autres.

— Vous n'avez pas vu les pancartes ? Les hommes n'ont pas le droit de pénétrer dans ce club.

— Allons-y, dis-je en entraînant Tania Marie.

Nous filons vers la sortie. Ma voiture attend de l'autre côté de la rue. Elle se jette sur le siège du passager et moi derrière le volant. Je démarre aussitôt.

— Mes vêtements, gémit-elle.

— Franchement, ce devrait être le cadet de vos soucis. Vous devriez plutôt vous réjouir de leur avoir échappé.

— Et mon portable.

— Je retournerai vous le chercher plus tard.

— Merci, dit-elle en s'essuyant les yeux à sa serviette. Vous ne pouvez pas vous imaginer l'effet que ça fait de se sentir prise au piège. Maintenant, on ne va parler que de ça dans les journaux. Ils vont recommencer à me persécuter.

Je ne réponds pas que ça n'a jamais cessé. Je comprends que quand la presse vous traîne dans la boue, vous vous accrochiez à l'idée qu'on finira par vous laisser tranquille. Un jour de répit et vous croyez que ça y est. Je jette un coup d'œil attendri à cette femme en maillot de bain noir et serviette de bain bleue. Je sais qu'elle en a pour des années avant que tout soit oublié — si on l'oublie un jour.

Lorsqu'un homme comme Marshall Cameron est compromis dans une affaire d'adultère, le public réserve sa désapprobation à la maîtresse, surtout si elle est jeune et qu'elle souffre de surcharge pondérale. Les Américains exigent une conduite irréprochable de leurs journalistes. Et quand ces derniers font un écart, c'est à la femme qu'ils s'en prennent.

Je m'arrête dans Holister Avenue et je lui demande :

— Où dois-je vous déposer ?

— Chez moi. Il faut avant tout que je m'habille un peu plus décemment. Puis-je utiliser votre téléphone portable pour appeler mon garde du corps ?

Je le lui tends sans un mot. Elle compose son numéro, puis se met à jurer et raccroche en soupirant bruyamment. Je continue à rouler dans la direction qu'elle m'indique.

— Je vais vous déposer chez vous, et ensuite, je retournerai au club chercher vos affaires.

— J'ai donné un faux nom en m'y inscrivant, m'apprend-elle.

— Je comprends.

— Je ne pourrai plus jamais y retourner.

Sa voix tremble et elle s'essuie encore les yeux.

— Mais si… Dans un jour ou deux, ça se sera tassé.

Elle se tourne vers moi.

— Quelqu'un vous a vraiment avertie de ma présence là-bas ? Vous ne m'avez pas menti ?

— Non, c'est la vérité. On m'a laissé un message à la réception.

— Un homme ou une femme ?

— Je n'en sais rien, mais je demanderai à l'employé.

— Que contenait ce message ?

— Il mentionnait simplement que vous étiez dans ce club.

Et aussi qu'il y aurait de superbes photos à faire. Mais ça je n'ose pas le dire.

— Je vais encore me retrouver en couverture des magazines à scandales. C'est fichu pour *Killer Body.*

Sa voix exprime une telle angoisse que je ne peux m'empêcher de lui demander — et ce n'est pas par curiosité professionnelle :

— Pourquoi voulez-vous tellement devenir l'ambassadrice de *Killer Body* ?

— Je ne peux pas vous le dire, réplique-t-elle en croisant les bras. Vous m'avez aidée, mais je n'oublie pas le métier que vous faites. Je sais que vous n'hésiterez pas à m'assassiner dans vos articles dès que vous en aurez l'occasion.

— Vous avez décidément une piètre opinion de la presse.

— Mettez-vous à ma place… Après tout, qu'ai-je fait de si terrible pour mériter un tel acharnement ? Il me semble que bien d'autres avant moi ont commis la même erreur.

Tomber amoureuse du type dont il ne faut pas. Je l'ai fait, moi aussi, mais personne ne l'a su.

— Je ne vous juge pas, Tania Marie.

— Non, en effet. Mais vous voulez me soutirer de quoi écrire un bon article, comme les autres.

Je m'arrête au feu rouge et j'en profite pour la regarder droit dans les yeux.

— Je ne cherche pas à exploiter votre malheur, je ne mange pas de ce pain-là. Je vous ai déjà dit que je m'intéressais simplement à la disparition de Julie Larimore.

— Pourquoi ?

Le feu passe au vert, je démarre. Elle resserre sa serviette autour d'elle comme si elle essayait de se protéger. Mon instinct me souffle qu'elle sait quelque chose.

— Etiez-vous amies ?

— Pas exactement. Elle gardait ses distances avec tout le monde.

— Comment l'avez-vous rencontrée ?

— Comme si vous ne saviez pas que je me suis inscrite au programme *Killer Body* après avoir tout perdu.

— Après votre histoire avec Marshall Cameron ?

— Il fallait que je retrouve du travail, c'était urgent. Quelqu'un de chez *Killer Body* m'a dit qu'on pouvait me proposer un emploi — pas aussi important que celui de Julie, bien sûr —, un poste de chargée de relations publiques. Il suffisait que je perde un peu de poids pour vanter les mérites de leur programme. Tout le monde y trouvait son compte.

— Et ça n'a pas abouti ? Pourquoi ?

— On m'a écartée. On ne m'a même pas laissé le temps de m'entretenir seule avec Bobby Warren. Les gens qui travaillent avec lui ont fait savoir à mon agent que je ne convenais pas à l'image de *Killer Body*.

— C'était peut-être vrai.

— Non. Quelqu'un était intervenu pour me casser. C'était très bien parti, et tout à coup, ils ont changé d'avis.

— Vous pensez que Julie s'en est mêlée ?

— Sur le moment, j'ai effectivement pensé qu'elle était responsable de ma disgrâce. Mais ensuite, j'ai commencé à avoir des doutes.

— Pourquoi ?

— Vous ne comprendriez pas. Vous n'êtes pas le genre de femme à comprendre ce que vous n'avez pas vécu.

— Ce n'est pas très gentil.

J'ai l'impression d'avoir été agressée physiquement. Je me retiens d'arrêter la voiture pour lui demander de lever son gros derrière de mon siège et de rentrer à pied jusque chez elle, puisqu'elle a une si mauvaise opinion de moi.

— Vous me décevez.

— Vous aussi vous me décevez, rétorque-t-elle. Je vous ai dit que je ne voulais pas vous parler de ma rencontre avec Julie. Pourquoi ne respectez-vous pas ma vie privée ?

Elle vient de marquer un point. C'est vraiment grossier de ma part de la harceler de questions maintenant.

— Très bien. Je vois.

Je continue à conduire sans un mot, mais le silence me paraît tellement pesant que je ne peux m'empêcher de le rompre.

— Avec qui aviez-vous eu des contacts chez *Killer Body*, cette fois-là ?

— Julie. Et le séduisant Lucas Morrison. C'est lui qui a fait savoir que je ne les intéressais pas. Mais quand mon agent a appris la disparition de Julie, il les a joints de nouveau, par acquit de conscience. C'est M. Warren qui a répondu et il a tout de suite accepté ma candidature.

J'essaie de tirer des conclusions de ce scénario. Il va falloir que je demande à parler à Lucas Morrison. Je ne dois négliger aucune piste pour comprendre ce qui est arrivé à Julie Larimore.

— Ils vous ont fourni des documents publicitaires sur *Killer Body* ? Je veux dire, un peu plus que ce qu'on donne généralement à la presse.

— J'en ai des tonnes.

— Accepteriez-vous de me les montrer ?

— Je peux même vous les donner. Après ce qui vient de se passer, je n'ai plus aucune chance.

— Sait-on jamais…

— C'est cela, oui, lâche-t-elle avec lassitude en s'adossant à son siège. Je meurs de faim. Et vous pouvez l'écrire noir sur blanc, je m'en fiche.

— Je ne cherche pas à vous nuire, répété-je. Nous sommes bientôt arrivées, non ?

— Tournez à gauche, j'habite à deux carrefours d'ici.

Elle frissonne.

— J'espère que personne ne nous a suivies jusqu'ici.

— Je peux faire le tour du pâté de maisons, si vous y tenez. Mais je crois qu'ils ont de quoi écrire leurs articles.

— Ils ne me harcèlent pas seulement pour écrire des articles.

Elle se met à égrener sur ses doigts.

— Ils se déplacent pour voir mes seins, en espérant qu'ils ont grossi depuis la fois précédente. Et mes fesses, au cas où elles auraient pris de l'ampleur. Ils font de belles photos qu'ils publient dans leurs journaux pourris, afin que tout le monde puisse rire aux dépens de Tania Marie — « l'abeille » comme ils disent.

Je ne trouve rien à répondre. Je sais qu'elle a raison et je me demande une fois de plus si ses déboires amoureux auraient intéressé autant de monde si elle avait été mince.

Nous entrons dans sa résidence et je découvre avec surprise qu'elle n'habite pas un appartement de luxe avec vue sur la mer, choisi par maman. L'ennui, c'est que cette constatation réveille ma culpabilité. Je l'ai abordée pleine d'idées préconçues, je me sens vraiment nulle.

— Je peux entrer ? Pour prendre les documents de *Killer Body*.

— Non. Je n'ai pas envie de lire la description de mon salon dans le journal de demain.

Je me gare devant un petit jardin clôturé. Tania Marie n'a

pas bougé, mais son angoisse sature l'habitacle de la voiture. La tension me donne des élancements dans la tête. Je n'ose imaginer ce qu'elle ressent en ce moment.

— Vous voulez que je sorte et que j'aille vous ouvrir la porte ?

— Merci, déclare-t-elle en posant une main sur mon bras. J'ignore pourquoi vous m'avez aidée, mais sachez que j'apprécie.

— Je vous le répète, je m'intéresse uniquement à la disparition de Julie Larimore.

— Eh bien, bonne chance. Personne ne sait vraiment qui est Julie, pas même le vieux M. Warren.

— Qu'est-ce qui vous fait dire ça ?

Elle ouvre la bouche pour répondre, mais change d'avis et m'adresse son plus beau sourire.

— Vous n'y comprenez strictement rien, n'est-ce pas ?

— Dans ce cas, pourquoi ne pas m'éclairer ?

Elle remue nerveusement sur son siège.

— Je voulais seulement vous aider, observe-t-elle sèchement. Inutile de m'agresser.

— Calmez-vous. Je ne vous agresse pas.

— Je ne peux pas me calmer.

Et elle éclate en sanglots.

— Vous ne comprenez donc pas ce que je traverse en ce moment ?

J'ai envie de lui dire que ça pourrait être pire. Qu'elle aurait pu perdre une cousine et tomber sur une tante qui lui aurait demandé de résoudre un problème insoluble. Qu'au lieu d'avoir une mère riche et célèbre vivant à San Francisco, elle aurait pu être la fille d'une pauvre femme du Colorado, une femme qui se serait détruite à chercher désespérément un sens à sa vie.

J'ouvre ma portière.

— Tout a l'air calme. Ressaisissez-vous, vous serez bientôt chez vous, à l'abri.

— Facile à dire, marmonne-t-elle en écartant de son front quelques courtes mèches de sa frange. Vous ne venez pas de frôler la mort.

— Vous non plus.

J'ai parlé d'une voix plus dure que je n'aurais voulu et, de nouveau, je vois des larmes dans ses yeux.

— Je vous assure qu'on a failli me tuer. On m'a enfermée dans le sauna. Je ne pouvais plus sortir et j'ai failli crever dedans !

Un frisson me parcourt les bras, même si je la soupçonne d'exagérer un peu, sous le coup de l'émotion.

— La porte était peut-être coincée.

— Non, elle était fermée à clé. Ensuite, quelqu'un l'a ouverte. J'ai distinctement entendu le mécanisme de la serrure qui tournait.

Cette fois, je frissonne carrément. La main sur ma portière, j'étudie son visage dans la pénombre : les grands yeux et cet air décidé. Tania Marie est quelqu'un de très direct, et cela lui a attiré suffisamment d'ennuis pour qu'elle gâche sa vie à cause d'un petit moment de faiblesse.

— Vous prétendez qu'on vous a délibérément enfermée dans le sauna ?

— Ensuite, je me suis retrouvée dans le noir.

Je réfléchis. Quand je suis arrivée, les lumières étaient allumées et la porte du club ouverte.

— Et vous avez entendu la porte se déverrouiller ?

— Je me suis précipitée au-dehors, j'ai pris ma serviette et je me suis retrouvée nez à nez avec cette horde de journalistes.

Quelqu'un m'a enfermée intentionnellement, dans le but de m'infliger cette humiliation.

— Qui aurait pu faire une chose pareille ?

— Je ne sais pas, gémit-elle en sanglotant de plus belle. Mais je me dis que ça peut recommencer.

En allant récupérer les vêtements et le téléphone de Tania Marie, je décide d'en profiter pour essayer de comprendre ce qui s'est passé. J'interroge la blonde, laquelle se trouve être responsable du club en soirée. Elle n'apprécie ni mes questions ni la façon dont je fais intrusion dans la vie privée de ses clients. Quand je lui demande si je peux parler aux employés chargés de la fermeture, elle s'y oppose catégoriquement et menace d'appeler ses avocats. Je pars en l'assurant que je vais me renseigner sur son compte, tandis qu'elle me poursuit de ses invectives.

Tania Marie refuse de me laisser entrer. Je laisse donc son téléphone, son jean et son T-shirt devant sa porte, ainsi qu'elle me l'a demandé.

Je dois m'entretenir avec Pete, le fiancé de Lisa, mais j'ai peur de l'affronter. J'ai aussi de bonnes raisons de différer ma démarche. Après tout, je dois encore interviewer Rochelle McArthur et la princesse Gabby. Mais rien n'y fait. Toute la nuit, je me retourne dans mon lit. Je quitte l'hôtel le lendemain matin à la première heure.

Il est près de 11 heures quand j'arrive à Pleasant View. Le bureau de Pete Lewis se trouve au onzième étage d'une tour, dans cette partie de la ville où les bâtiments ont poussé comme des champignons. J'ai préféré le retrouver ici. Je n'aurais pas supporté d'entrer dans la maison où Lisa aurait dû vivre. Mais maintenant, je regrette de n'avoir pas choisi un endroit encore plus neutre, une cafétéria par exemple.

Nous nous installons dans sa salle de réunion, avec vue sur la brume. Pete n'a pas l'air d'avoir beaucoup dormi non plus. Il est vêtu d'un jean et d'un pull marin qui semblent flambant neufs, de même que tous les vêtements qu'il porte. Je me souviens que je taquinais Lisa en disant qu'il était trop soigné et que ça me donnait envie de lui ébouriffer les cheveux. Mais cette perfection ne la dérangeait pas. Elle était comme lui. Impeccable.

Il m'accueille chaleureusement, même si je sais que ça lui coûte de me recevoir. Il me demande comment s'est passé mon voyage — sans histoires — et si je veux déjeuner avec lui — mais je n'ai pas le temps. Il finit par s'asseoir sur le bord de la grande table de conférence et me fixe avec une telle intensité que je détourne les yeux.

— Je suis allé au cimetière ce matin, déclare-t-il.

— Je compte m'y arrêter tout à l'heure.

— Le soir de l'enterrement, j'y ai passé la nuit. Dans ma voiture.

— Oh, Pete…

— Je ne supportais pas de la laisser seule.

Le chagrin qui fait trembler sa voix répond à celui que j'essaie de dissimuler. Mais devant lui, je me laisse aller, je ne retiens plus mes larmes. Il se penche, m'entoure de ses bras et pleure, le nez dans mes cheveux, puis il se détourne brusquement et marche jusqu'à la fenêtre.

— Comment allons-nous oublier, Rikki ?

— Je n'en sais rien. En nous noyant dans le travail, je suppose. C'est ce que j'essaie de faire.

— Tu enquêtes sur la disparition de Julie Larimore ?

— Oui, réponds-je à son dos.

— Et tu as trouvé quelque chose d'intéressant ?

— Pas pour l'instant. Je suis justement venue te demander ton aide.

Il se retourne vers moi.

— Je ne vois pas en quoi je peux t'aider.

Je me redresse et je tente de me convaincre qu'il n'est qu'une source de renseignements. J'essaie d'oublier que j'ai en face de moi l'homme qui a aimé ma cousine, celui qui a passé la nuit entière dans un cimetière pour rester près d'elle.

— Je voudrais te parler des causes de la mort de Lisa.

— Elle avait le cœur fragile, comme ta mère. Ce genre de maladie, ça vous emporte à n'importe quel âge. Comme ça.

Il fait claquer son pouce et son index.

Je hoche la tête, dubitative, et je remarque :

— Elle avait perdu beaucoup de poids.

— C'était pour le mariage. Elle ne pensait qu'à ça. Pourtant je lui disais qu'elle était belle, la plus belle de toutes les mariées.

— Enormément de poids, Pete.

Il a le regard vague, comme s'il la voyait, là, debout entre nous deux.

— Elle n'est pas morte à cause d'un programme minceur. Tu crois ça parce que tu as besoin de trouver un responsable.

— Elle idolâtrait Julie Larimore.

— Le mot est un peu fort.

— Elle se coiffait comme elle, portait les mêmes vêtements. Elle possédait même le pendentif à son effigie.

Il tire une chaise à lui et s'assied avec raideur.

— Beaucoup de femmes admirent Julie Larimore. Et je

comprends pourquoi. Je l'ai vue plusieurs fois dans des talk-shows et elle est vraiment formidable.

— Sens de la rigueur, attitude responsable...

Je m'installe à sa droite et je l'oblige à me regarder pendant que je parle.

— Ces gens-là prennent des médicaments, non, pour maigrir autant et aussi vite ?

Le doute se lit dans ses yeux. Puis l'avocat reprend le dessus et il se met à argumenter.

— Rikki, crois-tu que Lisa aurait voulu que tu fouilles dans son passé ?

Je me suis posé la même question. Et peut-être bien que ce n'est pas l'avocat qui parle en ce moment. Il a suffisamment souffert comme ça, il se protège.

Je décide de lui révéler tout ce que je sais.

— Elle l'aurait voulu si elle avait su que ça pouvait aider Julie Larimore.

— Tu penses vraiment qu'il y a un lien entre la mort de Lisa et la disparition de cette fille ?

Je ne peux pas lui mentir.

— Je n'en suis pas sûre, mais je dois m'accrocher à cette hypothèse. Vendredi soir, j'assistais à une réception chez Bobby Warren, et quelqu'un lui a envoyé par le biais d'un livreur la robe noire de Julie Larimore — ou en tout cas la même. Elle était en lambeaux. Je me suis pratiquement évanouie. Bobby Warren a prévenu la police.

— Seigneur !

— Et ce n'est pas tout. On a voulu effrayer — peut-être même tuer — une personne en rapport direct avec *Killer Body*, hier soir, dans un club de remise en forme. J'ai besoin de savoir à quel point Lisa s'était impliquée dans le programme.

— C'était sa passion, tu le sais. Elle y allait tous les jours pour perdre du poids et tout le reste. Elle s'est rendue plusieurs fois à Los Angeles où elle rencontrait quelqu'un de la société. Elle se donnait à fond.

— A-t-elle rencontré Julie Larimore ?

— Tu plaisantes ? Tu penses bien que tu l'aurais su si ç'avait été le cas ! Elle se serait empressée de t'en parler. Mais elle travaillait avec des gens qui côtoyaient Julie Larimore.

Il se tait, apparemment hésitant.

— C'est tout ce que je sais. Elle est partie deux ou trois fois dans le Sud afin de passer une sorte d'audition.

— Pour qui ?

— Quelqu'un de là-bas lui avait dit qu'elle ressemblait à Julie Larimore et qu'ils l'engageraient pour vanter les mérites du programme *Killer Body* à la télévision, à condition qu'elle perde un peu de poids. Je ne pensais pas que ç'avait de l'importance, sinon je t'en aurais parlé plus tôt.

Ses yeux s'assombrissent et il se mord la lèvre inférieure.

— Elle allait devenir ma femme, je lui faisais confiance.

Je décèle quelque chose dans ses yeux. Aussitôt, mon sixième sens se remet en alerte. Pete ne me dit pas toute la vérité.

9.

Rochelle

Elle avait réservé une séance d'entraînement avec Elvis le Blond en fin de journée. Pas moyen d'obtenir un rendez-vous plus tôt et, pourtant, il y avait urgence.

Elle le trouva dans une salle, entre deux doubles miroirs, en train de contempler intensément ses biceps et les muscles de son dos. Elle connaissait la sensation que l'on éprouve après une bonne heure de travail, quand tout votre corps vous obéit, souple et puissant à la fois.

— Je suis en avance ?

— Non, je termine, répondit-il en se détournant de son image. Vous allez me prendre pour un de ces nombrilistes sans cervelle qui passent leur temps à se regarder dans le miroir.

— Je savais déjà que vous en étiez un. Et je ne vaux pas mieux que vous.

— C'est vrai. Si je commençais à me laisser aller, je crois que je préférerais qu'on m'abatte. Je compte sur vous.

Il jeta un dernier regard rêveur à son dos parfait.

— Franchement, à quoi sert de vivre si votre ventre vous empêche de voir votre sexe ?

— Je comprends très bien ce que vous voulez dire. Moi aussi, je compte sur vous pour m'empêcher de devenir aussi grosse que Tania Marie.

— Vous n'avez pas de souci à avoir, la rassura-t-il en se dirigeant vers la porte. Vous n'en êtes pas à vous inscrire sous un faux nom à un club de remise en forme pour grosses... Ni à voir vos fesses dans tous les journaux.

Il avait dit *vos fesses* — pas vos seins ou vos abdominaux.

— Vous auriez dû m'envoyer Tania Marie, plaisanta-t-il. D'autant plus qu'elle fait partie maintenant de la grande famille de *Killer Body*.

— Certainement pas. Vous connaissez presque tous mes petits secrets.

L'étage était plus calme que d'habitude et l'on n'entendait que le grincement des machines. Rochelle fixa deux haltères de huit kilos sur une barre et entama une série de mouvements avec une ardeur décuplée par la beauté nordique d'Elvis et son commentaire sur ses fesses.

Elvis le Blond, ainsi que tout le monde l'appelait, était un entraîneur hors pair. Il vous poussait à dépasser vos limites, sans pour autant mettre votre santé en danger. Et il ne vous jugeait pas.

A la fin du cours, elle s'essuya le front et la nuque avec une serviette. Elle sentait en elle une force animale et cela l'ébranlait profondément — sans doute l'euphorie due au flot d'endorphine libéré par son cerveau.

Sa main tremblait encore quand elle remplit le chèque.

— Voilà, déclara-t-elle en le lui tendant. Vous êtes aussi cher qu'un psychiatre, mais vous obtenez de bien meilleurs résultats.

— C'est ce que je dis à mes clientes.

Elle aperçut sa silhouette dans le miroir. Seigneur, quelles grosses fesses ! Et pourtant, elle portait du bleu marine. De quoi avait-elle donc l'air en robe de soirée ? Qu'en pensait Bobbo ? Et Jesse ?

— Qu'est-ce qu'il y a ? Vous semblez préoccupée ?

— C'est à cause de mon derrière, avoua-t-elle.

Elle rencontra son regard bleu porcelaine et esquissa un sourire contrit.

Fronçant les sourcils, il tourna autour d'elle en secouant la tête.

— Et alors ? Je le trouve parfait.

— Ne vous moquez pas de moi, Elvis. Avec Tania Marie hors de course, la place pour *Killer Body* va se jouer entre la princesse Gabby et moi.

— Merde, laissa-t-il échapper, l'air contrarié. La princesse Gabby est super-mignonne.

— Je ne veux pas le savoir, d'accord ? Tout ce que je vous demande, c'est ce que je peux faire. J'ai besoin d'une solution rapide, un truc efficace.

— Qu'est-ce que vous mangez ?

Jesse posait ce genre de questions aussi et elle savait quoi répondre, mais il ajouta :

— Et ne racontez pas d'histoires à Elvis le Blond.

Elle ne put s'empêcher de rire. Décidément, il ne fallait pas le sous-estimer.

— Avec cette nouvelle coupe de cheveux, je vous trouve un côté Billy Idol, remarqua-t-elle.

— Ne changez pas de sujet, Shel. Je vous ai demandé ce que vous mangiez.

— Du riz. Vous êtes satisfait, maintenant ?

Il posa une main sur son épaule.

— Ce n'est pas aux vieux singes qu'on apprend à faire la grimace. Je suis passé par là, moi aussi.

Jesse lui aurait déjà débité un sermon, mais Elvis comprenait.

— Un bol entier pour seulement un tiers d'hydrate de carbone, précisa-t-elle.

— … et zéro vitamines, mais je ne vais pas vous infliger un cours de diététique. Qu'est-ce que vous mangez d'autre ? Laissez-moi deviner. Des petits pots de légumes pour bébé ?

— Oui, et du thon aussi, quelquefois.

— Une seule cuillerée à soupe ?

— Un quart de tasse.

Dieu, que c'était bon de parler librement.

— Vous prenez du Clen ?

L'abréviation pour Clenbuterol. Elle se pencha vers lui, si près que l'odeur forte de sa transpiration lui brûla les narines.

— Ce nom, ça sonne un peu comme une maladie vénérienne, vous ne trouvez pas ?

— Ça donne très rapidement des résultats. C'est bien ce que vous voulez, non ?

Brusquement, elle prit conscience d'une chose à laquelle elle n'avait encore jamais réfléchi. Depuis qu'elle avait quitté la maison de ses parents, elle avait toujours dû se dépêcher, emprunter le chemin le plus court, puis repartir de zéro. Jesse et Megan étaient les seuls points d'ancrage de sa vie, ses seuls engagements durables. Son mari. Sa fille. Et son corps, bien sûr. Ce traître.

— J'en ai déjà pris. Ça coûte combien, de nos jours, avec les frais du voyage à Mexico ? Un dollar pièce, c'est ça ?

— Je peux vous avoir une cinquantaine de comprimés pour

environ vingt dollars, murmura-t-il d'une voix de conspirateur.

Elle fut surprise que ce soit si bon marché. Jesse lui en avait déjà procuré — cela faisait bien quatre ans, puisqu'elle jouait à l'époque dans une série —, mais il les avait payés plus cher. Elle essaya de se souvenir des doses.

— Combien je peux en prendre ? Jusqu'à six par jour ?

Elvis se tira les cheveux en arrière, comme s'il voulait les arracher.

— Ça me paraît beaucoup.

— Ne vous inquiétez pas, je connais le produit.

Une émotion fugitive et qu'elle n'avait jamais vue auparavant passa sur son visage.

— Qui vous a conseillé de pareilles doses ?

Et sans lui laisser le temps de répondre, il ajouta :

— Ne recommencez plus, Shel.

Elle hocha la tête. Il disait vrai. La dernière fois, elle s'était sentie si nerveuse et agitée qu'elle avait dû se bourrer de Valium pour dormir.

Cet Elvis avait une façon de vous parler, agréable, intime, à croire que vous étiez seule au monde à ses yeux. Elle jeta un coup d'œil autour d'elle et s'aperçut qu'il ne restait presque plus personne dans la salle.

— Je crois que nous ferions mieux d'y aller, conclut-elle. Je tiendrai compte de vos conseils.

Il la serra dans ses bras.

— Vous êtes en excellente forme, Shel. Je vous trouve magnifique.

— Et la princesse Gabby, comment la trouvez-vous ?

Il détourna son regard un instant, puis ses beaux yeux revinrent se poser sur elle.

— Elle est mignonne, mais ça ne signifie pas qu'elle va vous coiffer au poteau. Vous savez, ceux qui obtiennent quelque chose sont ceux qui le désirent le plus. Et vous voulez cette place plus que quiconque.

— C'est exact.

— Le Clen vous donnera un petit coup de pouce.

— Et si le Clen ne marche pas ?

— Ça marche toujours.

Vide, le club ressemblait à un entrepôt. Pour la première fois, Rochelle sentit s'effriter la confiance aveugle qu'elle avait placée dans ce type qui ne débitait finalement que des platitudes.

Elle serra son bras épais.

— Mais s'il ne faisait pas d'effet ? Que se passera-t-il si je n'arrive pas à perdre mes kilos superflus ?

— Dans ce cas, je pourrais vous procurer des « accessoires ».

— Des « accessoires » ?

— C'est comme ça que les appellent les culturistes.

Le mot attisait sa curiosité.

— Des « accessoires », répéta-t-elle en écho. Eh bien, renseignez-vous. Au cas où…

Rikki

Après avoir quitté Pete, j'appelle Dennis Hamilton pour lui annoncer que je compte rester à Pleasant View cette nuit et que je passerai au bureau demain matin. Il me demande si je préfère prendre l'apéritif ou déjeuner avec lui. Traduction : vais-je l'accompagner dans sa beuverie ou bien manger pendant qu'il se nourrit d'alcool ?

Depuis ma courte visite à Pete, je ne me sens pas d'humeur

à parler, aussi je décline l'invitation de mon rédacteur en chef. J'ai besoin de réfléchir, de décider d'une ligne de conduite. Tania Marie a tenu sa promesse et m'a cédé sa littérature *Killer Body*, mais je n'en ai pas tiré grand-chose de nouveau. Si ce n'est un historique de la société de ses origines à nos jours.

Bobby Warren, culturiste célèbre dans le monde entier et inventeur de machines de musculation révolutionnaires, a élaboré le programme *Killer Body* dans le but d'aider sa femme, Dolores, à perdre du poids. Ça a marché et il a lancé son affaire.

L'entreprise a pris progressivement de l'ampleur jusqu'à devenir numéro un du genre aux Etats-Unis. En tout cas, c'est celle qui pèse le plus en dollars, loin devant *Jenny Craig*, *Weight Watchers* et *LA Weight Loss*. Le secret de sa réussite, c'est l'égérie du groupe. Enfin, c'était.

Julie Larimore.

Son image est omniprésente dans tous les centres *Killer Body*, même si sont aussi diffusés des témoignages de « gens ordinaires », selon l'expression en vigueur dans les spots publicitaires. Eux expliquent en détail comment ils ont perdu du poids grâce à la méthode de Bobby Warren.

Tous les adhérents sont suivis par des conseillers en diététique qui règlent leur alimentation dans les moindres détails. Ensuite vient le volet musculation du programme. Dans les centres de gymnastique, vous pouvez faire du ski sur des machines compliquées, courir sur des tapis roulants et vous soumettre à toutes les tortures que vante la publicité, autrement appelées « cours de transformation et de modelage du corps ». Tout ça au son de la voix enregistrée de Julie Larimore qui vous prodigue des encouragements à travers les haut-parleurs.

En résumé, on vous prend en charge et on vous lave le cerveau. Ça marche. Du moins pendant un temps.

Pour obtenir un corps de rêve, il faut le désirer, tel est le slogan de *Killer Body*. C'est diffusé dans les salles, à grand renfort de CD et de haut-parleurs.

J'ai visité un centre *Killer Body* avec Hamilton la semaine dernière, mais nous n'avons rien appris d'intéressant. Je décide de recommencer, seule cette fois.

Le centre de Pleasant View n'est pas aussi somptueux que celui de Santa Barbara, et les locaux pourraient tout aussi bien convenir à un cabinet de dentiste ou à un studio de photographe. Mais l'ambiance y est animée, les vidéos diffusent en continu des témoignages de membres vantant la compétence des diététiciens et des moniteurs. Tous sont coulés dans le même moule — un visage sérieux et un corps svelte, si l'on reprend le jargon employé par *Killer Body*, notamment au sujet de Julie Larimore.

En entrant, j'entends de la musique qui provient, je suppose, de la salle d'entraînement. Une fois que vous avez franchi la porte d'entrée, on ne vous laisse plus ressortir. Je reconnais *Personality*, le morceau attitré de *Killer Body*. Voilà ce qui est en jeu quand vous adhérez à *Killer Body*, voilà pourquoi toutes ces grosses dames font la queue et dépensent des sommes folles. Elles veulent changer de personnalité.

La femme qui se trouve juste devant moi a l'âge d'être ma mère. Elle me regarde et me lance :

— Vous êtes menue, vous devez venir depuis longtemps. Vous avez même atteint votre objectif, on dirait.

— J'ai eu des problèmes de poids, réponds-je.

Et c'est la vérité.

Elle hoche la tête, tout en avançant vers la vitrine du comptoir.

— Malheureusement, c'est le genre de problème qu'on traîne toute sa vie. Il faut sans cesse lutter.

Encore une fervente adepte. Je me demande comment je me sentirais si j'occupais autant de place qu'elle, et j'essaie de me souvenir de la période où j'étais moi-même un peu ronde. Est-ce que *Killer Body* m'aurait effrayée ou, au contraire, adhérer à un club m'aurait-il aidée ? Je fais taire les questions trop personnelles qui se bousculent dans ma tête. Encore deux clientes, et ce sera mon tour.

Derrière le comptoir et ses vitrines exposant les produits de la marque — barres de céréales et compléments nutritionnels —, il n'y a qu'une seule employée. Le mur est entièrement recouvert d'un poster géant de Julie Larimore sur fond rouge brillant. Elle porte son pendentif rouge en émail et sa robe noire fendue qui laisse voir la perfection de ses jambes. Au-dessus de sa tête, on peut lire le slogan, noir sur rouge : *Pour obtenir un corps de rêve, il faut le désirer.*

Je tourne le dos au poster et j'attends.

La jeune femme de la réception a certainement désiré ce corps parce qu'elle l'a obtenu.

— Bonjour, me salue-t-elle en fronçant les sourcils comme si elle cherchait à mettre un nom sur mon visage. Je remplace Joyce aujourd'hui. C'est donc moi qui vais vous guider.

Une nouvelle. Elle tend la main vers un dossier volumineux.

— Quel est votre numéro d'adhérent ?

Lisa payait pour une société où elle n'était rien de plus qu'un numéro. Comment a-t-elle pu en arriver là ? Pourquoi n'avons-nous pas perçu son désespoir ?

La jeune femme attend ma réponse en tambourinant sur le comptoir de ses doigts fins, aux ongles peints du même rose que les rayures de son haut et de son pantalon bleu marine. Son visage doit être séduisant dans la pénombre, mais ici, exposée aux rayons du soleil, elle n'est pas aussi belle que Julie Larimore, même si elle possède un corps de rêve.

— Votre numéro ? répète-t-elle en se forçant à sourire.

— Je ne m'en souviens pas.

— Bon. Votre nom, alors ?

— Lisa Tilton.

Le mensonge est sorti de ma bouche avant que je me rende compte à quel point il est énorme. Même dans mes rêves les plus fous, je n'arriverai jamais à la cheville de Lisa Tilton.

Elle m'observe attentivement et me jauge. J'ai peur. Dire que je me fais passer pour ma cousine…

— Ah, voilà. Lisa Tilton ! s'exclame-t-elle en sortant une carte recouverte d'un plastique vert. Vous êtes le numéro mille huit cent quarante-cinq. Allons dans une salle privée où nous pourrons parler tranquillement. Voulez-vous que je vous pèse, d'abord ?

Elle me prend au dépourvu, mais je referme ma main sur la carte et je réponds :

— Bien sûr.

Nous entrons dans une salle près de la réception. Elle me montre la balance, plate et noire, reliée à un dispositif électronique posé sur la table. Je songe aussitôt à mes écarts de conduite de ces derniers jours — le saumon à la réception de Bobby Warren, le cheese-burger et la bière d'hier.

J'enlève mes sandales, mais ça ne suffit pas à me rassurer et je me déleste aussi de mon affreuse montre. J'aimerais pouvoir m'en débarrasser définitivement. De cette montre et de mes plombages dentaires.

Elle assiste sans un mot à mes préparatifs — sans doute

en subit-elle plusieurs fois par jour. Ensuite, il n'y a plus que nous deux, la musique et le terrible instrument sur lequel je me décide à monter.

J'ai envie de dire que j'ai bu une bière hier soir. Et mangé un hamburger. Mais je me tais. Les chiffres défilent sur le cadran. Je lui lance un regard interrogateur. Combien de temps dois-je rester là-dessus ?

La main qui se pose sur mon bras répond à ma question silencieuse.

— Vous avez pris un peu de poids.

Elle a parlé dans un murmure, et pourtant, personne ne peut nous entendre.

— Combien ?

— Un petit kilo, mais c'est parfait pour votre taille, me rassure-t-elle en souriant. Je vois sur votre fiche que vos objectifs sont encore plus ambitieux que les miens. Il ne faut pas non plus que ça devienne trop difficile à atteindre. En tout cas, vous avez accompli un superbe travail, surprenant… Vraiment. Surtout si l'on regarde d'où vous êtes partie.

— C'est-à-dire ?

— Comme on oublie vite, commente-t-elle en tapotant la carte plastifiée de vert.

Je jette un œil sur la courbe qu'elle me montre et je constate qu'en effet, elle chute. De nouveau, je sens la colère gronder en moi. Ces gens se prétendent sérieux et professionnels et ils osent encourager de telles pratiques ?

Je remarque une signature, toujours la même, qui avalise le poids noté chaque semaine, avec la date et les initiales de Lisa. Sûrement la personne qui la suivait. Il faut que je lui parle. Je n'ai pas envie de me griller, mais je dois savoir.

— Je voudrais parler à mon conseiller personnel, demandé-je. Vous pourriez me donner un rendez-vous ?

— Joyce ? Pas de problème.

Elle reprend la carte en main.

— Voyons… Vous êtes inscrite depuis un an, c'est bien ça ?

Puis brusquement, avant que j'aie pu acquiescer, son visage se ferme.

— Où voulez-vous en venir ? me lance-t-elle, le regard fixé sur moi.

Des gouttes de sueur froide dégoulinent dans ma nuque. Je suis coincée et je le sais.

— Que voulez-vous dire ?

— Ecoutez, commence-t-elle en plantant ses mains sur ses hanches. Vous travaillez avec l'équipe de M. Warren et vous venez pour nous contrôler incognito, mais je suis une bonne employée, sérieuse et dévouée. Alors, vous allez le leur dire… Vous n'avez pas intérêt à raconter des salades sur mon compte.

— Je ne suis pas une espionne de M. Warren. Qu'est-ce qui… ?

— Ceci, me coupe-t-elle en m'agitant les graphiques sous le nez. Notre système informatique nous permet de suivre les gens même s'ils changent de centre. Les données sont conservées sur une même fiche. Vos cinq dernières séances ont été estampillées « Membre invité ». Qu'est-ce que vous avez à répondre à ça ?

Je me rends directement au journal, en survêtement et T-shirt — tant pis. Quand j'arrive, je suis encore sous le coup de la colère. Mes cheveux indisciplinés sont aussi ébouriffés que des plumes et je n'ai pas une ombre de maquillage sur le visage, mais je m'en moque. Je revois encore le sourire condescendant de la femme, puis son étrange réaction lorsqu'elle a cru que j'espionnais pour le compte de Bobby Warren. Elle aurait dû se mettre en quatre pour me recevoir. Mes oreilles bourdonnent et j'entends encore ces mots : *membre invité.*

Dennis Hamilton n'a pas ouvert la porte de son bureau, ce qui signifie qu'il ne veut pas être dérangé. J'entre sans frapper. Il travaille devant son ordinateur et fait pivoter sa chaise. Il semble pris au dépourvu et la lueur qui brille dans ses prunelles me révèle qu'il n'a pas oublié ce qui s'est passé entre nous.

— Désolée, je sais que j'arrive à l'improviste.

— Que se passe-t-il ?

Je m'aperçois seulement maintenant que mes mains tremblent et que je serre toujours dans mon poing la carte de membre de Lisa.

— Je la lui ai arrachée des mains, dis-je. C'était celle de ma cousine.

— Assieds-toi et raconte.

Son ton de commandement tranquille et sa voix rauque et chaude me remettent d'aplomb. Je sors enfin du brouillard qui m'enveloppait depuis mon entrée dans ce club.

J'obéis et je m'assieds, mais mes mains continuent à trembler violemment. J'essaie de me justifier.

— Je suis tellement furieuse !

— Je peux jeter un œil dessus ?

Il se lève et contourne son bureau pour aller fermer la porte. Puis il s'approche de moi et attend, debout. Je lui tends la carte. Il retourne s'asseoir et l'examine avec attention des deux côtés. Au bout d'un moment, il lève ses yeux gonflés, des yeux vert pâle, assortis à son T-shirt kaki.

— Comment l'as-tu obtenue ?

— Je suis allée dans le centre *Killer Body* de Pleasant View, sans leur dire que j'étais journaliste.

Je marque une pause. Je dois m'obliger à continuer.

— Je me suis fait passer pour Lisa.

— Merde.

— Je sais. Mais ça valait le coup. Regarde les cinq dernières séances, Den.

— Elle avait fondu !

— Non, la signature.

— Ce n'est pas une signature, c'est un tampon.

— Exactement. « Membre invité », m'a dit la monitrice. Elle m'a prise pour une espionne de la direction et elle était furieuse.

— Ça ne m'étonnerait pas que Bobby Warren envoie des gens pour surveiller ce qui se passe dans ses centres.

Je lui prends la carte des mains et contemple une fois de plus le tampon. Je ne tiens plus en place. Je veux rencontrer Bobby Warren, je veux qu'il me dise ce que lui et ses sbires ont fait à ma cousine.

Hamilton me pousse du coude.

— Tu veux du café ?

— Si j'avale encore de la caféine, je vais grimper au faux plafond.

— Un petit tour, alors ?

Son visage est trop près du mien et son sourire crispé. Il se raidit et s'éloigne en même temps.

— Den.

— Je sais. Fais-moi confiance.

Il ouvre la porte de son bureau. Nous retrouvons le parquet impeccablement ciré qui mène jusqu'à l'escalier. Il marche devant moi et je le suis, les yeux fixés sur son T-shirt vert, puis sur ses chaussures abîmées qui commencent à descendre les marches.

L'étage de l'administration est plutôt tranquille. Depuis que la direction du personnel a installé un distributeur dans la cafétéria, les employés ne défilent plus ici.

L'une des responsables du service — une femme encore jeune mais aux cheveux prématurément gris — m'adresse au passage un sourire lumineux. Elle doit savoir que j'ai perdu ma cousine. Je m'efforce de lui sourire en retour.

Le garde de faction lève à peine le nez quand Dennis et moi passons la porte pour sortir.

— Je n'aurais pas dû me précipiter au journal, m'excusé-je. J'aurais dû attendre de me calmer un peu.

Hamilton fronce les sourcils et me dit ce que j'ai besoin d'entendre.

— Tu as fait ce qu'il fallait.

— Oui. Tu as raison.

Les gens qui travaillent dans l'immeuble du *Valley Voice* forment une seule et grande famille. Une famille qui a soutenu financièrement une employée dont le mari était en train de mourir d'un cancer. Une famille qui a subventionné une école dans un quartier défavorisé. Une famille qui, en ces temps de restriction, a encore les moyens d'organiser une fois l'an un banquet réunissant tous les salariés, y compris les anciens, et où il y a tant de monde qu'il faut deux services. Une famille qui monte tous les ans un spectacle de qualité composé de bénévoles et dont les bénéfices sont reversés à United Way.

Les huit cents personnes qui viennent ici tous les matins partagent beaucoup plus qu'un simple job.

C'est pour ça que je suis venue me réfugier ici, près de Hamilton, au journal. Parce que je préfère circuler dans cet immeuble, au milieu de ce peuple de fourmis laborieuses, que de perdre mon temps avec Pete ou tante Carey, dont les larmes et la culpabilité me rappellent ma propre souffrance.

Un courant d'air frais me frappe de plein fouet quand je commence à descendre les marches. Je ne suis pas assez couverte et j'ai froid, mais mes joues me brûlent.

— Je n'arrive pas à me calmer, Den.

— Je comprends, affirme-t-il tout en me précédant. J'ai moi-même traversé une période difficile après mon divorce. J'ai pris rendez-vous avec la psy du journal.

Le rouge me monte au visage. En apprenant la promotion de Den — le lendemain de ma première et dernière nuit dans son lit —, je me suis précipitée chez elle, justement.

— Toi aussi ?

— Eh oui… Remarque, ça ne m'a pas apporté grand-chose. Sauf peut-être qu'elle m'a fait comprendre que la colère n'était qu'une émotion secondaire. Celui qui se donne un coup de marteau sur le pouce va se fâcher, mais la première émotion, celle qui est à l'origine de son état, c'est la douleur. Si tu évites de justesse une voiture en traversant…

— L'émotion primaire est la peur, récité-je. Je crois que nous avons vu la même, Den. Pourquoi ne m'as-tu jamais dit que tu l'avais consultée ?

Son visage s'assombrit tandis que nous sortons sur le trottoir et longeons le bâtiment.

— Parce que je suis ton supérieur hiérarchique, je suppose.

Sa voix est indifférente, presque froide, mais je devine qu'il est ému. Il est mon supérieur hiérarchique et cela nous sépare, il me l'a clairement fait comprendre. Mais je peux vivre avec ça. J'ai connu pire.

J'aperçois sa Volvo qu'il gare loin du journal, dans la cambrousse, comme disent les employés. On ne trouve plus de places dans le quartier après 9 heures.

— N'oublie pas que la colère que tu ressens contre *Killer Body* n'est qu'une émotion secondaire.

Il me regarde comme s'il venait de me faire un cadeau et attendait un remerciement. Mais je ne suis pas d'humeur. Pas plus que je ne me sens d'humeur à boire un café avec lui.

— Secondaire ?

— Oui.

La Volvo n'est plus qu'à quelques pas. Mon regard passe de la voiture à son propriétaire.

— Où allons-nous ?

— Prendre un café, un vrai. Rien à voir avec celui de la cafétéria.

Je hoche la tête. J'essaie même de lui sourire tandis qu'il déverrouille les portes en me considérant droit dans les yeux.

— Dis-moi comment je peux t'aider.

— Tu le sais.

Il me touche doucement le bras. J'ai envie de me laisser aller contre lui, comme cette nuit un peu folle, après cette stupide fête où j'avais un peu trop goûté au champagne et à Dennis. Juste assez pour en vouloir plus.

— Je t'écoute, Rikki…

— *Killer Body.*

J'ai l'impression de lui jeter les mots à la figure. Je vais finir par mourir de rage impuissante ou par tuer quelqu'un.

— Trouve tout ce que tu peux là-dessus, je t'en prie.

— Tu voudrais que j'utilise mes tuyaux pour me renseigner sur une affaire qui n'est pas du ressort d'un journaliste ?

— Ne dis pas ça. On peut trouver matière à écrire un article. Tout dépend de ce que l'on découvre.

— Donc, tu veux que je fouine, c'est bien ça ?

Sa voiture me paraît moins sale que d'ordinaire et je m'étonne presque qu'il ait songé à la laver. Puis je me rappelle qu'il a suivi un convoi d'enterrement la semaine dernière.

Dennis est extrêmement respectueux de la déontologie — sans doute le journaliste le plus respectueux que je connaisse —, et voilà que j'essaie de le convaincre de trahir ses principes. Mais je n'ai pas d'autre solution. Je dois venger la mort de Lisa et j'ai besoin de son aide.

— En quelque sorte, oui.

— Que j'espionne pour ton compte ?

— Non. Que tu m'aides à découvrir ce qu'ils cachent.

— Tu as l'air convaincue que je vais trouver quelque chose.

Je rencontre de nouveau son regard.

— Oui.

J'ai honte, mais cela n'entame pas ma détermination.

— Je n'ai pas le choix, Den.

— Tu crois que ça nous aiderait à découvrir ce qui est arrivé à Julie Larimore ?

— Exactement.

Nous savons tous les deux que je ne m'intéresse pas réellement à Julie Larimore. Tandis qu'il ouvre ma portière, je ressens le besoin de m'excuser, de lui expliquer.

— Den…

— Quoi ?

Ses yeux perçants, détecteurs de mensonge, me scrutent. Ils sont tellement clairs qu'ils semblent presque transparents à la lumière extérieure.

— Ce n'est qu'une émotion secondaire.

— Je l'espère, répond-il d'un air renfrogné qui trahit son agacement. Allons-y.

Je ramasse le dossier qui traîne sur le siège du passager et je m'assieds. A l'intérieur, ça sent le propre et une odeur chimique de diffuseur de parfum — vanille, il me semble. Eh bien… Il ne s'est pas contenté de l'extérieur, il a aussi fait nettoyer l'habitacle. Et je suppose que cette horrible senteur est comprise dans le forfait. Grâce à Dieu, il fait le tour de la voiture pour s'asseoir derrière le volant. Je préfère qu'il ne me voie pas. J'ai besoin d'une petite seconde pour me recomposer un visage décent.

En posant à l'arrière le dossier que j'ai ôté de mon siège, je baisse machinalement les yeux dessus. Et je remarque les mots qui se détachent sur la couverture. *Killer Body.*

J'entends un faible gémissement et je me rends compte qu'il sort de ma gorge. Peu importe, je ne pense plus qu'au trésor que je tiens entre mes mains. Je l'ouvre. Bon sang, Dennis n'a pas chômé ! Il y a là la biographie de Bobby Warren, avec des photos de la période où il remportait tous les concours. De nombreuses pages sur Julie Larimore. Je reconnais l'écriture vive et élancée de Dennis, ses notes, enrichies de nombreuses citations. Il a fait bien plus que je ne lui demandais, il a interrogé des gens. En levant le nez, je m'aperçois qu'il est déjà assis près de moi et observe ma réaction.

Je me tourne vers lui, incrédule, confuse. Et surtout reconnaissante.

— Comment as-tu réussi à justifier ça auprès de la direction ?

Ma voix tremble tellement que j'ai du mal à la reconnaître.

— Je n'ai rien justifié.

— Mais…

— J'espère que tu vas m'apporter du solide. Et rapidement. Sinon, je n'ai plus qu'à me jeter du quatrième étage.

Je refoule mes larmes et mon désir de lui sauter au cou. Pour moi, pour ma famille, ma cousine, ma tante. Surtout pour moi.

A la place, je déclare tranquillement :

— Tu es un type bien.

— Je suis un salaud.

— Non.

Il démarre, et le bruit du moteur couvre mes protestations.

J'attends que nous sortions du parking.

— Tu veux que je te dise pourquoi je pense que tu es un type bien ? demandé-je, revenant à la charge.

De nouveau, je le sens sur la défensive.

— Si ça te fait plaisir…

— Parce que tu me donnes envie de devenir meilleure.

Il se tourne vers moi, et nous nous regardons comme nous ne l'avons jamais fait, ni avant de passer cette nuit ensemble ni après.

— Je te trouve parfaite.

Puis il démarre en trombe, avec une sorte de rage contenue, et je me demande si j'ai bien entendu, si je n'ai pas rêvé, si je ne prends pas mes désirs pour des réalités. Mais je n'ai pas de temps à perdre avec ce genre de considérations. La seule chose qui compte, c'est ce dossier que je tiens dans mes mains.

Tandis que nous buvons ce café dont je n'avais pas besoin et que je me remplis de la présence de Hamilton, je me dis qu'il faudra que je songe à me désintoxiquer.

10.

Rochelle

Elle s'allongea sur la table, soulagée de pouvoir rester habillée.

— Remontez un peu sur l'oreiller, s'il vous plaît.

Rochelle soupira. Tout le monde lui donnait des ordres, même l'esthéticienne.

Une actrice sans rôle, voilà ce qu'elle était devenue. *Les blondes se fanent vite, chérie.* C'était ce que Jesse disait toujours.

Elle glissa le long de la table.

— J'adooore cet endroit, susurra-t-elle. J'en suis littéralement dingue. On ne peut faire autrement que de l'adooorer.

Elle s'attendait à un rire, au moins à un sourire, à l'ébauche d'une réaction, ne serait-ce que par politesse. Mais l'esthéticienne devait la considérer comme quantité négligeable, car elle conserva un masque impassible.

— C'est bon, ordonna-t-elle. A présent, redescendez de nouveau.

— J'ai l'impression que vous allez m'opérer du cerveau, fit remarquer Rochelle.

— Désolée, s'excusa la femme en rougissant.

Mais apparemment, la remarque lui avait déplu. Peu importait.

Rochelle n'avait aucune envie de se mettre à plat ventre devant qui que ce soit.

— Fermez les yeux, je vous prie.

Elle contempla le visage dénué d'expression de l'esthéticienne, ses boucles rousses, sa bouche marquée d'un pli amer qu'elle n'avait pas vu tout à l'heure. Rochelle McArthur était trop vieille pour l'intéresser. Ici, il n'y avait de place que pour la jeunesse et la beauté.

— Vos yeux, madame. Il faut les fermer.

— D'accord, d'accord.

Elle regretta de ne pas avoir attendu un jour de plus, de façon à avoir la fille qui s'occupait d'elle d'ordinaire. Mais Bobbo avait convoqué photographes et journalistes vendredi, et il fallait qu'elle soit prête. Elle ne pouvait pas se présenter devant lui avec ces sourcils.

— Est-ce que ça fait mal ? J'aimerais juste savoir.

— Bien sûr que non.

— Mon mari m'a dit que oui.

— Il vient ici ?

— Non, il fréquente un salon près de chez nous, sur les collines de Hollywood.

— Ça peut picoter un peu, admit l'esthéticienne en appuyant son index entre les deux sourcils de Rochelle. Une petite piqûre et c'est fini. Le résultat est surprenant. Vous verrez tout de suite l'amélioration.

S'agissait-il d'une pique déguisée ? Rochelle leva les yeux, mais le visage de la femme reflétait le calme. Elle se concentrait sur sa tâche.

— Fermez les yeux, je vous prie.

Seigneur ! Il fallait vraiment souffrir pour être belle…

Le gel lui brûlait les paupières et dégoulinait entre ses cils. Son mascara allait encore couler. Elle en mettait toujours trop.

L'opération se révéla indolore, pas plus gênante qu'un peeling. Cette employée — Elisabeth ? — connaissait parfaitement son travail. Rochelle se demanda pourquoi elle n'avait pas pensé à se faire teindre les sourcils plus tôt. Aucune femme, et a fortiori aucune actrice, ne se présentait plus avec des arcades plantées de poils gris et clairsemés qui trahissaient son âge. On se teignait bien les cheveux, pourquoi avoir honte de le faire pour les sourcils ? Parce que seuls les vieux en avaient besoin, voilà pourquoi.

— Je porte de nouvelles lentilles de contact, il ne faudrait pas que la couleur jure, fit remarquer Rochelle.

— J'ai opté pour un marron assez doux. Si vous voulez plus foncé, je peux recommencer.

La deuxième application ne dura que quelques minutes. Rochelle sentit un tissu imbibé d'un liquide tiède et inodore, puis Elisabeth annonça :

— C'est terminé.

— J'espère que c'est réussi, lâcha Rochelle de sa voix la plus hautaine.

Mais son effet retomba à plat dans cette petite pièce. Elle était bien meilleure devant les caméras et elle le serait encore — si on lui donnait l'occasion de se montrer.

— Regardez et dites-moi ce que vous en pensez.

L'esthéticienne lui présenta un petit miroir. Rochelle s'observa longuement et se trouva rajeunie de dix ans. Ses sourcils luisaient, parfaitement incurvés. Plus que cinq ans à perdre et elle pourrait annoncer… Combien ? Vingt-cinq ? Elle mentait depuis si longtemps au sujet de son âge qu'elle finissait par ne plus s'y retrouver.

— C'est formidable. Vraiment.

— Ça vous donnera un petit coup de pouce. Vous en avez besoin.

— De quoi parlez-vous ? répliqua-t-elle, interdite, en posant bruyamment le miroir sur la table.

Elle se tourna vers l'esthéticienne et demanda sèchement :

— Vous savez, pour l'interview télévisée de vendredi ?

La femme soutint son regard, puis sourit d'un air énigmatique.

— Je reviens, dit-elle en sortant.

Rochelle en resta saisie. Jamais on ne l'avait traitée avec tant de mépris. Un an plus tôt, cette femme l'aurait soignée comme une reine, sans la faire payer, juste pour se vanter de compter Rochelle McArthur parmi ses clientes.

Elle reprit le miroir. Son menton s'empâtait légèrement et elle se trouva un regard inquiet, mais rien à redire au sujet des sourcils. Ils étaient parfaits — presque trop, au point de lui paraître empruntés à une autre personne. L'esthéticienne ne lui manifestait pas beaucoup d'égards, mais elle n'avait pas bâclé son travail. Il ne restait plus qu'à trouver un moyen pour que le reste soit à la hauteur des sourcils.

Depuis quelque temps, Rochelle sentait poindre les prémices du déclin. D'abord, les gens qui vous servaient se mettaient à renâcler — dans votre dos, pour commencer, puis devant vous, sans prendre de gants. Ensuite, ce comportement gagnait rapidement tout votre entourage. Pour finir, on vous reléguait dans le passé et on vous oubliait. Mais Rochelle n'entendait pas se laisser oublier, elle était au contraire résolue à lutter ainsi qu'elle l'avait toujours fait, à se battre corps et âme pour rester sur le devant de la scène.

Elle ôta son peignoir en éponge, enfila son chemisier, puis

se hâta de sortir de la pièce. Elle faillit heurter l'esthéticienne qui revenait.

— J'ai laissé l'argent sur la table.

La garce ne se poussait même pas pour la laisser passer.

— Vous avez un problème ? lui demanda Rochelle, agacée.

— Moi, non…

La femme lui tendit un journal avec un sourire insolent et ajouta :

— Mais vous…

Rochelle attrapa le journal. En effet, elle avait un problème. La journaliste qui s'était faufilée à la réception de Bobby Warren avait publié un article tellement épouvantable qu'elle crut s'évanouir en le lisant. En guise d'introduction, cette chienne appelait la princesse Gabby « la jument de race », elle-même « l'ancienne pouliche » et Tania Marie, « le poney ». Rochelle sortit en titubant sur le trottoir pour héler un taxi, mais Jesse l'attendait dans sa Lexus, garé le long du trottoir. Elle sauta sur le siège du passager et lui agita le journal sous le nez.

— Tu ne vas pas en croire tes yeux ! vociféra-t-elle.

Il ne la regarda pas et démarra, le visage fermé.

— Mais si, je le crois. Le problème est de savoir comment nous allons réagir.

Elle baissa les yeux vers l'article.

— Qu'est-ce que tu veux faire contre ça ?

Elle entreprit de le lire à voix haute, tout en essayant secrètement de se persuader qu'après tout, ce n'était pas si catastrophique.

— « On est toujours sans nouvelles de Julie Larimore et la société *Killer Body* a déjà lancé la course à la remplaçante, manifestant ainsi une indélicatesse qui se passe de commentaires. Néanmoins, selon Bobby Warren, fondateur de *Killer Body* et ex-Monsieur Univers, il ne s'agirait pas de remplacer Mlle Larimore, mais d'engager quelqu'un pour la seconder et la mettre en valeur… »

— Je l'ai lu, la coupa Jesse. Cet article a au moins le mérite de te compter dans la course.

— Oui, comme jument sur le retour…

— C'est toujours mieux que Tania Marie.

— C'est bien trouvé, le poney. Pour la princesse Gabby, par contre, la jument de race, c'est un peu exagéré… Et pas vraiment flatteur, quand on y réfléchit.

— Elle est quand même mieux lotie que toi, fit remarquer Jesse. Elle ne se fait pas traiter de vieille peau.

— On verra de quoi aura l'air cette royale emmerdeuse quand elle aura mon âge.

— Officiellement, vous avez le même âge.

Il s'engagea dans Colorado Avenue et ralentit en cherchant du regard la rue qui menait à leur hôtel.

— Je n'ai pas dû tourner au bon endroit.

Il possédait un déplorable sens de l'orientation.

— Je croyais que les hommes ne se perdaient jamais, persifla-t-elle. Que ça faisait partie de leurs attributs sexuels, comme les couilles.

— Qu'est-ce qui te prend ? Personne ne t'entend, tu peux arrêter ton numéro de salope.

— C'est pourtant ce numéro qui m'a aidée à m'en sortir. Une femme qui n'est pas une salope n'arrive à rien dans ce métier.

— Mais pourquoi te venger sur moi ?

Que pouvait-elle lui répondre ? Qu'elle avait vu briller une drôle de lueur dans ses yeux pendant qu'il parlait à la princesse Gabby, à la réception de Bobbo ? Qu'elle venait d'être traitée comme de la merde par une femme qui était censée lui redonner confiance en elle ?

— Je crois que je suis fatiguée.

— Moi aussi. Mais au lieu de nous chamailler, nous ferions bien de réfléchir à la façon dont il convient de réagir à cet article.

— Ça, c'est ton boulot, trancha-t-elle.

Il se tourna et lui adressa un sourire rayonnant. De ceux qui lui faisaient tout oublier, Hollywood inclus.

— Je crois que j'ai une idée.

Gabriella

Comme elle devait se lever très tôt le lendemain pour l'ouverture officielle du concours *Killer Body*, ils descendirent à l'hôtel Westin de Pasadena Avenue à Los Angeles. Un bon rapport qualité-prix, avait dit Christopher — et il ne mentait jamais. Son futur ex-mari prétendait qu'elle le gardait parce qu'il était à sa botte, mais il se trompait. Un homme doux, attentionné et sincère n'est pas forcément un lèche-bottes.

La chambre était coquette, meublée dans le style de San Francisco, avec un canapé interminable qui divisait la pièce en deux.

Christopher considéra le tissu imprimé d'un air laconique — le même qu'il avait affiché en découvrant les appliques en faux vert-de-gris du couloir —, et leva un sourcil amusé.

— Regardez ça. Je ne manquerai pas de place.

— Vous avez payé la chambre, Christopher, je ne vous laisserai pas dormir sur le canapé. Vous prendrez le lit.

— La princesse Gabby ne dormira pas sur une banquette. Vous avez besoin d'une bonne nuit de sommeil pour être en forme demain.

Elle réfléchit aux options qui leur restaient : un immense lit au couvre-lit blanc, ou un fauteuil-club des années 60 entouré de deux petites tables rondes en faux vert-de-gris.

— Je vous assure que je peux très bien passer la nuit dans le canapé et me réveiller fraîche comme une rose, déclara-t-elle.

Elle se redressa fièrement, heureuse de se sentir redevenue belle et forte, l'espace d'un instant.

— Je sors avec un ami. Je peux dormir chez lui, proposa Christopher.

— Ça me gêne un peu.

— Frank est très sympa. Pas mon genre, mais je peux compter sur lui.

— Sur vous aussi, on peut compter. Pourquoi je ne trouve pas un type comme vous chez les hétéros ?

— Parce que le moule est cassé. On n'en fait plus des comme moi.

Elle s'installa sur le canapé, toujours en se tenant bien droite.

— Vous rougissez, fit-elle remarquer. Ne vous croyez pas obligé de rester chez Frank si ça ne colle pas entre vous.

— Ça ne colle pas spécialement, mais ça ira pour un soir.

— Oh ! Christopher…

Dans leur langage secret, c'était sa façon à elle de l'appeler au secours.

Il vint s'asseoir à son côté, et son regard lui confirma qu'il avait entendu l'appel.

— J'ai l'impression que vous avez sommeil, gronda-t-il.

— C'est à cause de ma voix, quand je suis inquiète. Les deux autres seront là aussi, demain matin.

— J'aimerais pouvoir me rendre utile.

Il rit.

— Et j'aimerais bien être un peu moins dépendant de ma libido.

— Au moins, vous êtes lucide. C'est déjà bien de connaître ses défauts.

Il la serra dans ses bras en souriant tristement.

— Vous êtes merveilleuse, savez-vous ?

— Vous croyez que je peux appeler mon futur ex-mari pour lui dire que vous me trouvez merveilleuse ?

— Je ne pense pas que ça arrangerait vos affaires, répondit-il. Laissez-lui du temps. Vous avez besoin de temps. Mais il vous reviendra, je vous le jure. Il ne vous laissera pas dépérir.

— Je n'ai pas l'intention de me laisser dépérir. Tant qu'il restera sur cette terre des frites, du Baileys et des glaces.

Elle avait une façon élégante et courageuse de parler de cette pauvreté avilissante.

— Si je décrochais cette place chez *Killer Body*…

— Je sais.

Il se leva et prit le journal avec un sourire de Bouddha. Son crâne chauve brillait sous la lumière du lampadaire.

— D'après cette Rikki Fitzpatrick, vous êtes une jument de race.

Christopher la couvrait toujours de compliments. Avec lui, elle se sentait exceptionnelle. Mais il fallait en convaincre Bobby Warren et les journalistes. Ce travail réglerait ses problèmes financiers et l'aiderait à obtenir le show télévisé dont elle rêvait. Elle avait suffisamment participé à ce genre d'émission pour pouvoir en animer une, et elle se promettait de se montrer bienveillante avec ses invités, pas comme Rochelle McArthur — une vraie teigne. Elle n'était pas disposée à faire n'importe quoi pour gagner sa vie, même si elle avait de sérieux problèmes d'argent.

Rochelle était sa seule rivale digne de ce nom, à moins que quelqu'un ne surgisse à la dernière minute. Tout le monde savait que Tania Marie n'avait pas l'ombre d'une chance. En d'autres circonstances, Gabriella aurait eu la bonté d'expliquer à cette pauvre chose comment perdre du poids, mais c'était oublier que Tania Marie était une gamine butée et qu'elle ne l'aurait probablement pas écoutée.

Christopher était parti depuis à peine cinq minutes quand le téléphone sonna. Elle reconnut aussitôt la voix éraillée et sensuelle de Jesse McArthur.

— Comment m'avez-vous trouvée ?

Elle avait pris malgré elle un ton sec, à la limite de l'impolitesse. Qu'est-ce qu'il lui voulait ?

— Lucas Morrison m'a communiqué le numéro de téléphone de votre hôtel.

Elle aurait dû s'en douter. Elle avait laissé ses coordonnées à l'assistante de Lucas. Tout à coup, elle se sentit mal à l'aise. Jesse était l'un des hommes les plus séduisants qu'elle eût rencontrés — et l'un des plus attentionnés —, et elle pensait un peu trop souvent à lui ces derniers temps. Elle avait déjà dû se justifier une fois devant la télévision nationale. Pas question de recommencer avec un homme marié — surtout à Rochelle McArthur.

Elle s'efforça de soigner sa diction ainsi que son mari le lui avait appris, comme il sied à une princesse.

— Que puis-je pour vous, monsieur McArthur ?

— Appelez-moi Jesse, pour commencer. Et acceptez de boire un verre avec moi.

— Un verre ? Avec Rochelle et vous ?

— Avec moi seul. C'est important, je voudrais vous faire une proposition.

— Une proposition honnête, j'espère ?

— Je sais que vous tenez à rester dans le droit chemin, déclara-t-il.

Elle crut déceler une note d'humour dans sa voix.

— Il s'agit de travail.

Travail, cela signifiait argent. Gabriella eut la bouche sèche.

— J'accepte de vous rencontrer. Mais je ne boirai pas d'alcool.

— Du moment que vous venez…

— L'ennui, c'est que mon chauffeur a pris sa soirée.

— Je serais ravi de venir vous chercher.

Il avait parlé d'un ton appuyé, bien que respectueux, et elle se sentit soudain à sa merci. Et s'il possédait des informations compromettantes à son sujet ?

— Ce ne sera pas nécessaire, répondit-elle. Je vais trouver une solution.

Elle songea à appeler Christopher, mais elle se ravisa. Il méritait de passer une nuit tranquille avec son ami. Inutile de le déranger, elle avait une idée.

11.

Rochelle

Pendant que Jesse rencontrait la princesse Gabby, Rochelle naviguait sur Internet, histoire de tuer le temps. Elle s'était assise là, sans même l'avoir prémédité. Comment s'occuper autrement dans une chambre d'hôtel impersonnelle et sans âme ?

Elle trouva facilement le site qu'elle cherchait en passant par Google. Elle l'avait déjà visité plusieurs fois et fit rapidement défiler la première page, celle qui contenait des définitions médicales à donner la chair de poule. Dire qu'il existait des gens qui ne mangeaient que la nuit, d'autres qui avalaient de la craie, du sable, des ongles ou des cheveux, d'autres encore qui régurgitaient et ruminaient leur repas… Une véritable galerie des horreurs. Enfin, elle trouva ce qu'elle cherchait et cliqua sur *test.* Le texte apparut dans un petit écran bleu et blanc, comme une vague. Le test commençait.

Vous avez été abusée sexuellement au cours de votre enfance ou de votre adolescence. Ce n'était pas son cas, un point positif.

Vous ressentez fréquemment un sentiment d'insécurité. A Hollywood, tout le monde aurait répondu oui. Pas de quoi en faire un drame.

Vous avez des pulsions kleptomanes ou asociales. Non. Encore un point.

Vous aimez changer de partenaire sexuel. Pendant une courte période de sa vie seulement. Un demi-point.

Jusque-là ça marchait très bien, comme chaque fois qu'elle jouait. Elle n'avait pas besoin de continuer pour savoir qu'elle réaliserait un excellent score. Mais elle poursuivit quand même.

Vous sautez souvent des repas en prétextant avoir déjà mangé. D'accord, un point en moins. Mais quand on n'avait pas faim, on ne pouvait pas se forcer.

Quel que soit votre poids, vous vous trouvez trop grosse. Aïe ! Elle se leva pour aller vérifier dans le grand miroir posé contre le mur, près de la fenêtre.

Elle n'avait pas l'allure d'une garce, même si Jesse prétendait le contraire. Elle était vêtue sobrement, d'un jean et d'un chandail vert bruyère. Seigneur, mais quelles fesses… Jesse avait raison. Et ses cuisses… Elle avait même cru remarquer des vergetures en s'habillant le matin. Le Clen ne faisait pas assez rapidement effet. Il fallait augmenter les doses et demander à Elvis s'il n'avait pas autre chose à lui proposer. En tout cas, pour en revenir au test, un point en moins. Mais toutes les femmes de trente ans s'inquiétaient de leur poids, de nos jours. Surtout quand leur mari sortait prendre un verre avec une personne aussi belle et attirante que la princesse Gabby.

Vous sentir mince vous procure une sensation de toute-puissance. Ça, elle ne songeait pas à le nier, même si elle se sentait un peu coupable.

Le résultat du test indiqua qu'elle ne souffrait pas de troubles de l'alimentation. C'était tout ce qu'elle voulait savoir.

Elle jeta un coup d'œil en direction du mini-bar. Il contenait sûrement, en plus des boissons, des cacahuètes et des cookies au chocolat, peut-être même des biscuits salés. Elle pouvait au moins mastiquer, du moment qu'elle n'avalait pas.

Elle eut envie d'une cigarette, mais Jesse les avait cachées. Elle espéra qu'il ne tarderait pas à rentrer. Et qu'il ne remarquerait pas à quel point la princesse Gabby avait un corps de rêve.

Gabriella

Elle avait de la chance. La navette de l'hôtel était une berline noire, le jeune chauffeur bien policé qui la conduisait remplissait son rôle à merveille, et l'hôtel Hilton ne se trouvait qu'à quelques pâtés de maisons du sien. Au moins, Jesse McArthur ne la verrait pas descendre d'un quelconque taxi jaune. Elle en avait souvent pris avec sa grand-mère pour les petits déplacements dans le centre-ville, mais ce n'était pas une raison.

— J'aurais pu marcher, ce n'était pas très loin, déclara-t-elle au chauffeur.

— Une princesse ne déambule pas toute seule dans la rue.

Il sortit de la voiture pour lui ouvrir la porte. Un homme plein d'attentions et de douceur, comme Christopher.

— Vous m'avez reconnue ?

Elle s'en voulut de cet accès de narcissisme.

— Il n'y a qu'à ouvrir le journal.

Elle plongea son regard dans celui du jeune homme en se demandant s'il était sincère et si elle parviendrait un jour à décrypter le comportement des hommes. Malheureusement, on ne choisissait pas un partenaire comme on choisit un vêtement. Dommage, cela aurait limité les risques d'erreurs… Dans un magasin, on remarquait tout de suite que les laissés-pour-compte de l'année précédente entassés dans les bacs de solde ne valaient pas un clou.

Elle allongea vers lui sa main délicate dont les doigts fins tenaient un billet.

— Vous savez comment rentrer ? lui demanda-t-il.

— Ils doivent avoir une navette ici aussi. Sinon, je reviendrai à pied.

Le visage de l'homme se figea. D'habitude, elle cernait assez rapidement les gens, mais ce chauffeur lui paraissait décidément bien énigmatique.

— Je vous déconseille de rentrer à pied. Même pour une aussi courte distance.

— Et pourquoi donc ?

Il détourna le regard, puis ses yeux plongèrent de nouveau dans les siens.

— Quelqu'un a appelé plusieurs fois la réception de l'hôtel pour poser des questions à votre sujet.

Il regarda le billet qu'il serrait maintenant dans sa main et secoua la tête.

— Je n'aurais pas dû vous le dire.

— Vous prétendez que je ne peux pas faire cent mètres à pied et vous refusez de m'expliquer pourquoi.

Ses pupilles s'assombrirent et il se raidit un peu plus.

— Je ne peux pas vous répondre, mais je suis prêt à venir vous chercher quand vous sortirez. Il suffit que vous me donniez un coup de fil. Vous êtes une femme vraiment gentille. Ça me fait plaisir de vous rendre service.

— Qui vous a appelé ? insista-t-elle. Faut-il que je m'adresse à votre supérieur ?

— Très bien, dit-il en glissant le billet dans sa poche. Une femme qui voulait savoir quand vous arriviez et dans quelle chambre vous seriez. Bien entendu, la réception ne divulgue pas ce genre d'informations, mais un des employés prétend qu'elle lui a proposé de l'argent en échange du renseignement. Il n'est pas impossible qu'un autre se soit laissé tenter.

— La presse…

Sans doute était-ce cette enquiquineuse de Rikki Fitzpatrick qui ne la lâchait plus. Elle voulait sûrement une interview… Après tout, pourquoi pas ? Elle n'était pas bien méchante, finalement.

— Merci de m'avoir prévenue.

— Soyez prudente. Il y a pas mal de dingues par ici.

Elle le regarda monter dans la voiture en se demandant s'il n'avait pas tout inventé et s'il n'était pas lui-même un de ces dingues dont il parlait.

Lucas

— Jesse McArthur est en train de boire un verre avec la princesse Gabby dans le salon de l'hôtel Hilton.

La voix de Bobby W. lui parvint à travers le grésillement du téléphone.

— Comment le sais-tu ?

— Jesse a joint Ellen pour lui demander où était descendue la princesse. La princesse nous a appelés moins d'une heure plus tard. Elle tenait à nous informer de ce rendez-vous par correction, et pour qu'on ne l'apprenne pas par quelqu'un d'autre. Remarque, je ne vois pas pourquoi elle ne pourrait pas rencontrer Jesse.

— Où est Shelly ?

— Dans sa chambre, probablement. La princesse Gabby a précisé que Rochelle McArthur ne serait pas avec eux.

— Tu n'en sais rien, Luke, puisque tu n'as pas vérifié.

— Mais où veux-tu qu'elle soit ?

Ce que le vieil homme pouvait être pénible, parfois...

— Et d'ailleurs, qu'est-ce que ça peut faire ?

— Je veux m'assurer qu'elle va bien, répondit Bobby W.

— J'ai le numéro de sa chambre.

— Je n'appelle pas une femme à cette heure-ci, à moins qu'elle ne me l'ait expressément demandé.

Lucas soupira et contempla par la fenêtre le crépuscule grisâtre.

— Appelle-la, Bobby. Elle sera sûrement ravie de t'entendre. Toutes les femmes ne peuvent pas se vanter de recevoir un coup de fil de Bobby Warren dans leur chambre d'hôtel.

Il l'entendit glousser à l'autre bout du fil.

— Je suppose que tu as raison. Et toi, qu'as-tu trouvé du côté de la journaliste ?

— Rien à lui reprocher. Rien ne permet de penser qu'elle veut nous créer des ennuis.

De nouveau, il détourna les yeux vers la fenêtre. Les motivations de Rikki semblaient dépasser le cadre strictement professionnel. Devait-il en parler à Bobby ? Non, le pauvre homme n'avait pas besoin de ça en ce moment.

— Elle a obtenu l'an dernier une récompense pour une série d'articles sur la boulimie. Ce n'est donc pas surprenant qu'elle s'intéresse à *Killer Body*. Mais je la surveille de près.

— J'ai l'impression que tu es bien indulgent. On dirait qu'elle ne te déplaît pas.

— Ma loyauté envers toi passe avant tout, assura Lucas avec force. Si tu ne l'as pas encore compris, c'est sans espoir.

— Je l'ai compris.

A l'autre bout du fil, Bobby soupira légèrement. Ou bien il avait du mal à respirer.

— Je te considère comme mon propre fils. J'espère que tu le sais.

— Tu as pris tes compléments alimentaires ?

— Oui, bien sûr. Et toi ?

— Je vais le faire dès que j'aurai raccroché.

— Promis ?

— Promis. Bonne nuit, Bobby.

— Bonne nuit à toi. Hé ! Luke ?

Il fallait toujours qu'il pose une question au dernier moment, avant de raccrocher.

— Oui ?

— Je suis sûr que cette Rikki-Rikki t'intéresse.

— Tu es fou !

Ce vieux salaud lui avait raccroché au nez sans lui laisser le temps de se défendre. Bobby se trompait, il ne se laisserait pas aveugler par ses sentiments. Il n'avait pas besoin de se polariser sur cette femme, il en connaissait quantité d'autres qui ne demandaient qu'à sortir avec lui — à commencer par celle du bureau voisin.

Il décrocha le combiné et appuya sur le bouton marqué *Horner.* Ellen ne répondit pas. Ce n'était pas son habitude de partir si tôt et il se sentit un peu déçu car il aurait voulu l'inviter à dîner. Il leur arrivait fréquemment de prolonger leur journée par un tête-à-tête au restaurant, où ils parlaient à bâtons rompus des problèmes de *Killer Body.* Elle lui avait clairement fait comprendre dès le début qu'il ne pouvait y avoir autre chose entre eux et cela leur avait permis d'établir une relation d'amitié solide et sans ambiguïté.

Lucas se demanda s'il ne ferait pas mieux de rentrer chez lui tout de suite. Il pouvait s'arrêter en chemin pour s'acheter à dîner et passer chez Bobby W. Non. Bobby avait sûrement attaqué le bourbon depuis déjà un moment et il n'avait pas envie d'être témoin de cet affligeant spectacle.

Il venait d'éteindre son ordinateur quand Ellen fit irruption dans son bureau.

— Je viens d'essayer de t'appeler.

Puis il remarqua la rougeur de son visage et ses yeux écarquillés.

— Heureusement que tu n'es pas encore parti ! s'exclama-t-elle en lui tendant un bloc-notes. Je me suis renseignée sur Rikki Fitzpatrick. Elle avait une cousine.

— Avait ?

— Oui. Elle est décédée.

Ellen vint près de lui et tambourina de l'index sur ses notes manuscrites.

— Il y a seulement deux semaines, Lucas.

Les mots qu'il déchiffrait sur la page semblaient le narguer. Impossible ! Il sentait à peine la présence d'Ellen, vaguement conscient de son parfum, de l'atmosphère étouffante de la pièce surchauffée qui semblait se refermer sur lui.

— Lucas ?

— Seigneur… Pas Lisa Tilton !

12.

Gabriella

Elle regrettait de s'être montrée si sèche avec Jesse au téléphone, car il se comportait d'une manière impeccable. Il alla commander deux verres et, sur son insistance, elle opta finalement pour un ballon de chardonnay. Mais elle aurait préféré s'en passer, le vin contenait trop de sucre.

Une seule table restait inoccupée dans le salon du Hilton. Pour un jeudi soir, il y avait du monde. Sûrement des gens qui participaient à un congrès.

Ils s'installèrent tout près du bar, contre le mur, à la table la plus tranquille de cette salle sombre où l'on pouvait à peine s'isoler.

— Pourquoi Rochelle n'est-elle pas venue ? demanda Gabriella.

Il lui semblait naturel de poser la question.

— Elle ne m'accompagne jamais dans mes rendez-vous de travail.

Elle se sentit plus à l'aise. Mais il sourit et ajouta :

— Dans votre cas, je dois avouer que le travail se mêle au plaisir. Je vous trouve merveilleuse.

— Voilà qui est toujours agréable à entendre.

Elle trempa les lèvres dans son vin. Un compliment, ça ne se refusait pas. Jesse restait très correct, et après tout, elle n'avait pas mis cette robe fuchsia à volants pour qu'on l'ignore.

— On ne sait jamais quoi porter, ici. Le temps change si vite.

— Selon Rochelle, Bobby apprécie qu'une femme mette sa féminité en valeur. Je suis sûr qu'il aimera beaucoup cette robe.

Elle allait lui dire qu'elle ne porterait pas cette robe le lendemain, mais la sonnerie de son portable — l'ouverture de *Guillaume Tell* — l'interrompit. Il fallait qu'elle songe à demander à Christopher de programmer quelque chose de plus discret.

— Je vous prie de m'excuser, dit-elle en s'inquiétant déjà pour son chauffeur. Peu de gens possèdent ce numéro et c'est peut-être important.

Une voix de femme lui répondit.

— Gabriella Paquette ?

— C'est exact.

— Vous êtes bien Gabriella ?

— Je viens de vous le dire. Que désirez-vous ?

— Je m'appelle Courtney, expliqua la femme. Je vous appelle au sujet du découvert de votre carte de crédit.

Elle se sentit horriblement gênée et une vague de chaleur l'envahit. Elle jeta un coup d'œil en direction de Jesse. Il l'observait avec une curiosité polie.

— Qui vous a communiqué ce numéro ?

— Madame, c'est notre travail de retrouver les gens en cas de problèmes bancaires. Il faut virer de l'argent sur votre compte de toute urgence.

— Tout de suite ?

— Tout de suite. Je peux enregistrer un virement, même par téléphone. Vous comptez verser la totalité de la somme ?

Jesse la regardait toujours avec attention. Brusquement, elle eut la bouche sèche. Il fallait qu'elle parvienne à lui faire croire qu'il s'agissait d'un journaliste.

— Mademoiselle Paquette ? fit la voix à l'autre bout du fil.

— Je vous rappellerai plus tard, répondit-elle.

— Non, mademoiselle Paquette. J'insiste. Il faut combler immédiatement une partie de votre découvert. Nous patientons depuis des mois et je vais devoir confier votre dossier au service des contentieux si vous ne faites pas un petit geste.

— Je vous rappellerai, articula-t-elle péniblement d'une voix grinçante.

Puis elle raccrocha. Cette Courtney n'avait qu'à confier son dossier à qui elle voulait. De toute façon, ils n'allaient pas lui tomber dessus ce soir.

Elle se retourna vers Jesse avec gêne.

— Désolée. Où en étions-nous ?

— Des ennuis ? demanda-t-il d'un air interrogateur.

De nouveau, elle eut l'impression qu'il faisait partie de ces hommes qui lisent dans vos pensées.

— Les médias ne me lâchent plus.

Elle essaya de prendre un air excédé et tendit sa main moite de sueur vers son verre de vin. Elle se sentait souillée.

— Ce chardonnay est excellent, déclara-t-elle.

— Vous en voulez un deuxième ?

— Non, merci. Jamais plus d'un verre.

Elle avala une gorgée afin de se donner du courage. Et aussi pour lutter contre ce tremblement qui venait de l'intérieur.

— Vous parliez de travail.

Il hocha la tête en souriant.

— Vous m'intimidez, vous savez. Vous êtes bien plus que belle... Je vous trouve éclatante, lumineuse. Je n'ai jamais rencontré une femme comme vous.

Ce n'était pas un bon début. Il en faisait un peu trop.

— Merci, mais je me trouve très ordinaire.

— Il n'y a rien d'ordinaire en vous, Gabby. Vous pourriez viser beaucoup plus haut que *Killer Body*. Beaucoup plus.

Voilà donc où il voulait en venir.

— *Killer Body* n'est qu'un début pour moi, un tremplin.

— Même pour un début, vous pouvez trouver mieux. Et je voudrais vous y aider.

— Vous me proposez de prendre ma carrière en main ?

— Je me débrouille bien, vous savez. Et je connais pas mal de gens qui pourraient vous être utiles.

Pourquoi ne se servait-il pas de ses contacts pour aider sa femme à remonter la pente ? D'abord cet affreux coup de fil, maintenant cette proposition insultante. La soirée commençait très mal, elle ne voyait pas de raisons de s'attarder encore. Elle ôta posément ses lunettes et repoussa sa chaise en arrière.

— En contrepartie, il faudrait que je retire ma candidature à *Killer Body*, n'est-ce pas ?

— Attendez, dit-il en levant la main. Avant de prendre une décision hâtive, vous devriez réfléchir à l'aspect financier de la question.

— Que me proposez-vous ?

— Je prends en charge les frais de mes clients jusqu'à ce qu'ils soient lancés.

Elle ravança sa chaise et s'efforça de lui dissimuler son intérêt.

— N'est-ce pas un peu inhabituel ?

— Ça m'a toujours réussi.

Il lisait dans ses yeux. Et il savait exactement quoi dire pour la rassurer.

— Vous pouvez faire mieux que *Killer Body.*

— Mais… Et votre femme ?

Elle rougit de cette remarque peu élégante, mais il ne l'envoya pas sur les roses et se contenta de hocher sentencieusement la tête.

— Malheureusement, les possibilités sont très limitées à son âge. Contrairement au vôtre.

Elle s'apprêtait à faire un rapide calcul mental pour évaluer l'âge de Rochelle, mais elle eut honte. Une telle bassesse était indigne d'elle. Et pas question de demander à Jesse.

— J'aimerais animer un talk-show, avoua-t-elle.

— C'est en effet une excellente idée et vous n'avez pas besoin de passer par *Killer Body* pour en arriver là.

Il allongea le bras par-dessus la table et lui serra la main.

— Laissez-moi chercher pour vous. Je vous avancerai de l'argent dès que nous aurons scellé notre accord.

Etait-ce donc si facile ? Il lui suffisait de laisser tomber *Killer Body* pour sortir de ce marasme financier, le temps que son divorce soit prononcé et qu'elle touche sa pension. Et elle aurait son talk-show. Elle aurait bien voulu en parler avec Alain avant de prendre une décision — il était toujours de bon conseil. Malheureusement, il n'en était pas question. Le divorce détruisait l'amitié et la confiance, en même temps que les liens du mariage. Qu'aurait-il dit ? La réponse lui vint aussitôt à l'esprit.

Elle tapota gentiment la main de Jesse et se redressa sur sa chaise, très digne.

— Je ne sais pas. Il faut que j'y réfléchisse.

La chambre d'hôtel lui parut un peu plus accueillante quand elle s'y réfugia après cette soirée éprouvante. Elle avait repris le même taxi-navette et avait demandé au chauffeur de s'arrêter pour lui acheter des frites et une glace en cornet qu'elle ne put s'empêcher d'attaquer dans la voiture. Quel délice… Elle se garda de quoi les terminer avec un petit nappage au Baileys en arrivant à l'hôtel.

Debout dans la salle de bains, elle trempa ses frites avec délectation dans le mélange de glace et de Baileys, et constata une fois de plus que la fraîche liqueur aux reflets d'ambre était un remède miracle contre le vague à l'âme.

La proposition de Jesse la mettait devant un choix difficile. Comment décider ?

Elle ne se souvenait pas de s'être endormie, mais elle se réveilla en sursaut. Elle crut d'abord avoir fait un cauchemar, mais non. Elle entendait bien une sirène dont le hurlement strident résonnait dans sa tête. Dans son demi-sommeil, elle crut un instant qu'elle se trouvait au Texas, qu'elle était étudiante et qu'elle avait déclenché l'alarme incendie en fumant une cigarette. Impossible… Mais non, l'alerte était bien réelle et elle ne pouvait pas l'ignorer plus longtemps.

Elle ouvrit la porte et passa prudemment la tête au-dehors afin de s'assurer qu'elle ne rêvait pas.

Seigneur ! Le couloir grouillait de gens à moitié déshabillés, la plupart vêtus du peignoir en éponge fourni par l'hôtel. Elle rentra en courant dans sa chambre et enfila un long chandail en macramé par-dessus son T-shirt Victoria's Secret. Tandis qu'elle sortait de la chambre, affolée, une voix d'homme annonça d'un ton autoritaire :

— L'accès de l'ascenseur est interdit. Veuillez emprunter l'escalier.

Elle n'avait jamais vu autant de peignoirs que dans cet escalier humide. Tous ces gens avaient été interrompus dans leurs activités nocturnes. Il y avait là ceux qui venaient de se coucher, ceux qui s'étaient déjà endormis, ceux qui étaient restés debout pour se soûler.

Les plus rapides descendaient en tête, comme si être plus agiles leur conférait des droits. Certains s'accrochaient à la rampe pour aller plus vite. Un couple, parmi les derniers, se mit à sangloter.

Tout se passera bien. Ne t'inquiète pas.

Une grosse brute la bouscula pour la dépasser.

— Plus vite, bon sang. Vous voulez crever ici ou quoi ?

Elle s'agrippa à la rampe et laissa passer cette flèche en short et sweat-shirt gris. Un homme ou une femme ? Difficile à dire, en un tel moment. Elle voyait surtout des êtres terrifiés, qui obéissaient à leur instinct de survie.

Elle aussi avait peur, et pourtant, quelque chose lui soufflait qu'elle n'avait rien à craindre. Elle sentait que ce n'était pas la fin. Plutôt une sorte de test. Bobby Warren avait peut-être programmé une fausse alerte pour voir comment elle se comportait en cas d'urgence. Oui, ça lui ressemblait assez. Mais elle savait surmonter sa peur. Elle avait appris toute petite, le jour où sa grand-mère l'avait obligée à passer devant la cage des singes, si effrayante à ses yeux.

Au bout de l'escalier, une lourde porte beige s'ouvrait sur la rue. Ils déferlèrent sur le trottoir — véritable marée d'angoisse —, puis s'arrêtèrent afin de contempler la façade de cet hôtel qui, quelques heures plus tôt, remplaçait encore leur maison pour une nuit ou deux.

— Vous pouvez regagner vos chambres, messieurs-dames, annonça une douce voix de femme depuis la réception. Les ascenseurs sont de nouveau accessibles.

Un homme quasiment nu sous un peignoir dont il n'avait pas même noué correctement la ceinture se précipita au comptoir.

— Je veux que cette information me soit confirmée par un responsable.

Une femme en tailleur-pantalon noir — la même qui avait parlé — avança d'un pas.

— Vous venez de l'entendre de la bouche d'une responsable.

Gabriella applaudit avec force. D'autres l'imitèrent. La femme sourit.

— Nous regrettons le désagrément causé par cette alerte, déclara-t-elle. Pour se faire pardonner, la direction offre la chambre à tous les clients. Ce soir, vous dormirez aux frais de la maison.

Aux frais de la maison… Gabriella s'approcha de la femme derrière le comptoir. Elle lui posa quelques questions, la remercia pour le geste et retourna vers l'ascenseur en songeant à l'ironie de la situation.

Dans l'ascenseur, elle se retrouva coincée au milieu des peignoirs et crut qu'elle allait mourir étouffée par cet amas de tissu-éponge blanc. Alain lui manqua soudain cruellement. Lui aurait compris ce qu'elle ressentait, il aurait su quoi faire. Elle l'entendait presque lui dire : « Chérie, quitte immédiatement cet hôtel. Je viens tout de suite te chercher. »

Mais il n'y avait plus rien entre eux. Si elle l'appelait maintenant, elle risquait de le trouver au lit avec Judith. C'était à cause de Judith qu'elle s'était consolée avec David. Cette chienne avait fait mine d'être son amie, puis elle avait couché avec le pauvre Alain après l'avoir soûlé.

Le pauvre Alain… Et dire qu'en plus, elle plaignait ce salaud.

Les portes de l'ascenseur s'ouvrirent sur le sixième étage et Gabriella sortit.

Elle surmonterait l'épreuve toute seule. Pas besoin d'appeler Alain. Le service d'étage suffirait à lui remonter le moral. Elle songea à commander la salade de poisson qu'elle avait repérée sur la carte, au vinaigre balsamique et sans huile. L'idée lui parut excellente.

Elle avait à peine commencé à introduire sa carte magnétique dans la fente que la porte s'ouvrit, comme si elle n'avait pas été fermée. Etrange, elle aurait pourtant juré l'avoir tirée derrière elle.

Elle fit un pas à l'intérieur. Tout lui parut normal dans le petit couloir menant jusqu'à la chambre, mais elle remarqua de la lumière dans la salle de bains. Il lui semblait bien avoir éteint avant de se coucher.

Avant même d'y entrer elle comprit qu'il s'était passé quelque chose. Le miroir était en miettes. Des éclats de verre brillaient sur le marbre rose du lavabo. Son pot de fond de teint gisait par terre en mille morceaux, comme si l'on avait cassé le miroir avec. On avait profité de la fausse alerte pour s'en prendre à elle. Etait-ce un hasard ? Elle sentit qu'elle transpirait sous son pull et se détourna de cet endroit dévasté, de l'image morcelée que lui renvoyaient les débris de miroir. Il fallait qu'elle change de chambre, tout de suite.

Elle sortit en hâte dans le couloir. Elle ne songeait plus qu'à prendre sa valise, filer d'ici et…

Elle s'arrêta sur le seuil de la chambre et poussa un gémissement. Elle avait du mal à en croire ses yeux, et pourtant, elle était là, sur le mur, derrière le canapé, sur ce fond rouge brillant, avec sa robe noire et ses jambes parfaites qui semblaient peintes à l'aérographe. Et sous la silhouette magnifique de Julie Larimore, le slogan dont Bobby Warren se montrait tellement fier.

Pour obtenir un corps de rêve, il faut le désirer.

Julie Larimore.

Emportant au passage son téléphone portable et ses clés, Gabriella sortit comme une folle dans le couloir. Tout plutôt que de rester là... Dans le couloir, elle faillit renverser la jeune femme en tailleur-pantalon noir.

— Je veux absolument changer de chambre, supplia-t-elle.

— Calmez-vous, madame. Il n'y a aucun problème. Vraiment, je m'excuse pour les désagréments...

— Désagréments ?

Elle essaya de se maîtriser. Inutile de s'en prendre à cette pauvre femme qui ne faisait que son travail.

— On a vandalisé ma chambre, j'en veux une autre.

— De quoi parlez-vous ? Quelqu'un a actionné l'alarme à incendie par mégarde. C'est tout.

— Et qui donc, si je puis me permettre ?

Elle avait brusquement recouvré ses esprits et s'exprimait calmement.

La femme secoua la tête d'un air angoissé. Gabriella comprit : trop jeune pour de telles responsabilités, vingt-trois ans, peut-être — et beaucoup moins dans sa petite tête frisée.

— Une alarme, répéta-t-elle. Une alarme incendie.

— A quel étage ?

— Nous le saurons bientôt. Nos techniciens sont en train de vérifier.

— Ainsi, vous l'ignorez encore.

— C'est-à-dire... Nous sommes pratiquement sûrs que...

Elle toussa, puis la regarda fixement, comme si elle se demandait où voulait en venir Gabriella.

— A cet étage.

— Seigneur !

— Mais il n'y a pas l'ombre d'un feu, madame. Ce n'était qu'une fausse alerte, je vous le répète.

— Une fausse alerte... Venez donc voir ma chambre. Elle est littéralement saccagée.

— Qu'entendez-vous par là ?

— On a brisé le miroir de la salle de bains, renversé ma trousse de beauté...

— Vous êtes-vous disputée avec votre compagnon ? demanda la jeune femme avec un œil inquisiteur.

— Quel compagnon ?

— Vous étiez bien deux à signer le registre pour cette chambre ?

— Bien sûr.

Il ne manquait plus que ça. Qu'elle soit obligée de rentrer dans les détails de la vie privée de Christopher pour se justifier...

— Ce n'est pas mon petit ami. Et lui non plus ne voudra pas dormir là. Je suis sûre que vous pouvez nous en trouver une autre.

— Oui, mais il y a un petit problème, rétorqua la femme. Si l'alarme a vraiment été déclenchée à cet étage, il va falloir que nous interrogions tout le monde.

— Et alors ? Ça ne vous empêche pas de me donner un endroit où les miroirs ne sont pas en miettes et mes affaires sens dessus dessous.

Le visage bronzé de la jeune femme s'assombrit. Pour la

première fois, Gabriella y lut autre chose que l'expression neutre de l'employée d'hôtel et elle en fut touchée.

— Je ne suis pas flic. Je ne sais pas comment réagir dans une situation pareille.

— Pour commencer, attribuez-moi une nouvelle chambre.

Ce fut fait en moins d'une heure. Nouvelle chambre, nouvelle vie, sans oublier de laisser un message à la réception à l'attention de Christopher. Elle avait retrouvé le même lit au grand couvre-lit blanc — celui sur lequel elle était assise en ce moment — avec ses adorables petits coussins et la liste des prestations d'étage sur la table de nuit.

Une bouteille de vin ou une demi ? Elle pouvait prendre un verre. Ou manger, pourquoi pas ? Elle jeta un coup d'œil à la carte. Farfalle, risotto, saumon. Avec son dernier régime, elle avait appris que ce n'était pas si difficile de résister. Juste une question de volonté. La faim n'avait pas grand-chose à y voir.

Elle tourna la page du menu. La tentation était là, en un seul mot : « Desserts ». Gâteau fourré aux pépites de chocolat, tarte au citron, pudding aux pommes et au rhum, tiramisu au café et au marsala, glace à l'eau-de-vie, milk-shake composé de Häagen-Dazs et nappé de chocolat… Le nappage au chocolat eut raison de sa résistance.

Que le Seigneur lui pardonne, elle voulait goûter à tout, mais seulement un petit morceau, pas comme d'habitude. Une bouchée, une seule. Après cette soirée épouvantable, elle avait bien droit à une consolation. Les desserts étaient moins chers que les alcools. Et puis le vin lui ferait un visage bouffi, et demain, elle aurait l'air d'un monstre.

Elle décrocha pour passer sa commande.

— Je voudrais faire monter des desserts.

— Combien de couverts ? demanda une voix.

— Nous sommes assez nombreux, attendez… Tu veux le flan, toi ? demanda-t-elle en feignant de s'adresser à quelqu'un d'autre dans la chambre.

Puis elle poursuivit.

— Ce sera donc un flan, une crème brûlée, une tarte au citron, une tarte sablée aux fraises…

Un quart d'heure plus tard, on frappa à sa porte. La serveuse était encore sous le coup de l'émotion provoquée par la fausse alerte, Gabriella le voyait à son regard hébété. Elle restait plantée devant la porte, son plateau à la main.

— Où dois-je poser ceci ? demanda-t-elle.

— Donnez-le-moi, mon ami le portera à l'intérieur. Nous avons invité quelques clients de l'hôtel, ils sont allés passer une tenue décente. Ils vont bientôt nous rejoindre.

La serveuse la regardait d'un air morne et Gabriella comprit qu'elle lui donnait trop d'explications. La jeune femme se fichait pas mal de savoir qui mangerait ces gâteaux, elle attendait simplement de régler les formalités de paiement. Gabriella lui tendit la carte magnétique de sa chambre.

— Le service est compris ?

— Oui, et je n'ai pas besoin de cette carte. Vous devez seulement signer ici. Vous êtes sûre que vous ne voulez pas que je pose le plateau à l'intérieur ?

— Non. Mon ami va s'en occuper. Nous le laisserons dans la chambre demain matin.

L'expression de la jeune femme s'adoucit.

— Très bien.

Le ton sûr et hautain d'une princesse, ça fonctionnait toujours.

Gabriella resta dans le couloir, la tête haute, tandis que la serveuse s'éloignait en direction de l'ascenseur.

Quand elle eut disparu, elle rentra dans la chambre et s'enferma à double tour après avoir enclenché la chaîne de sécurité. Puis elle contempla son trésor. Par où commencer... Elle ne savait plus où donner de la tête dans ce festival d'odeurs et de textures. Ces fruits garnis, ces petits points de crème fouettée, ces petites noisettes concassées sur le gâteau au chocolat...

Elle regarda son index pâle et blanc, avec son ongle lilas. Puis, lentement, elle plongea avec délice ce doigt immaculé dans la coupe en argent contenant le milk-shake. Il traversa la couche de chocolat tiède. Enfin, elle se sentit libérée de sa peur. Les événements de la nuit furent oubliés et elle se concentra sur sa tâche.

Assise sur le carrelage de la salle de bains, Gabriella se penchait de nouveau au-dessus de la cuvette. Elle venait de se passer de l'eau fraîche sur le visage. Plus rien à vomir, ni à manger non plus. Craquer si brusquement après avoir résisté pendant de si longs mois...

Le puits sans fond de la cuvette paraissait la narguer. Elle en était arrivée là...

13.

Gabriella

Elle se réveilla vers 5 heures du matin, submergée de honte. Elle s'en voulait. Le pire dans les crises de boulimie, c'était ce dégoût de vous-même qui vous restait après coup. Mais cela ne se reproduirait pas. Elle était capable de se contrôler, elle l'avait déjà prouvé et elle le prouverait encore.

Elle s'était sentie si seule et démunie, la veille au soir, dans cet hôtel… Heureusement, ce matin, le club de remise en forme du troisième étage était ouvert. Elle choisit un tapis de course face à une rangée de fenêtres et oublia les autres personnes qui s'entraînaient dans la salle, derrière elle. Elle marchait d'un bon pas, le regard rivé aux montagnes sombres qui se détachaient sur le ciel lumineux. A cette heure-ci, il y avait peu de circulation dans Los Robles et encore moins dans Walnut. Gabriella écouta les bruits rassurants de la ville qui s'éveillait peu à peu. Tout pouvait basculer si vite et nos vies se révélaient bien fragiles, même si l'on s'efforçait de croire qu'elles reposaient sur de solides fondations. Alors, on se raccrochait à de petites choses — telles qu'une réceptionniste qui vous émeut, la perspective d'une belle carrière, le mariage.

A présent, elle savait qu'elle ne pouvait compter sur personne pour ce qu'elle allait devoir affronter dans quelques heures. Elle commençait à se demander si cela valait la peine de mettre sa santé en péril — peut-être plus si l'on réfléchissait à ce qui s'était passé la veille dans sa chambre. Finalement, l'offre de Jesse méritait qu'elle y réfléchisse sérieusement.

Rikki

Les médias sont venus en nombre dans le quartier de Los Robles pour assister à l'inauguration du nouveau centre *Killer Body* à Los Angeles. Bobby Warren a déjà coupé le ruban, et même si le petit immeuble carré ne paie pas de mine, les participants ont l'air ravis. Les trois femmes qui accompagnent le fringant Bobby n'osent pas se regarder en face, mais ça ne dérange personne. Un journaliste lance en plaisantant que c'est quand même plus joyeux que la rubrique des accidents de voiture qu'il couvre d'ordinaire, mais nul ne paraît choqué.

— Pour une fois, vous n'aurez pas à parler de morts dans votre article, réplique Bobby Warren de sa voix rauque. Moi, je suis encore bien vivant.

C'est bien pour ça que nous sommes tous venus. Pour contempler Bobby Warren, ce dinosaure, le dernier des pionniers de la culture physique. Plus grand que Jack La Lanne, que Joe Gold et ses gymnastes, qu'Harold Zinkin qui a lancé la mode en devenant le premier Monsieur Californie et a inventé plus tard la première machine de musculation.

Il porte un T-shirt Versace — je reconnais la marque pour l'avoir vue dans le journal, le jour où nous avons fait la une avec l'assassinat du grand couturier —, et je dois avouer qu'il ne manque pas de séduction, en dépit de son attitude cynique, de sa bedaine et de ses cheveux gris et clairsemés.

— Bienvenue à tous, déclare-t-il en regardant droit vers les caméras.

Il utilise un micro dont il pourrait aisément se passer. Personne ne songerait à lui couper la parole, il n'a pas d'ennemis. Mais je remarque au bas de l'estrade quelqu'un qui me lance un mauvais regard par-dessus ses lunettes noires à demi baissées. Il n'a pas l'air enchanté de me voir. Je détourne les yeux et concentre mon attention sur son patron.

— Nous sommes heureux d'être là aujourd'hui pour inaugurer le nouveau centre *Killer Body.*

La voix de Bobby Warren est un peu pâteuse. Il n'a pourtant pas commencé à boire à cette heure-ci… Je creuserai la question plus tard. Pour le moment, je suis captivée par la manière dont il nous présente « ses chères amies », comme il les nomme, qui sont venues fêter avec lui le succès de *Killer Body.*

Pendant qu'il parle, un camion de télévision s'arrête devant l'immeuble et un cadreur en descend. Ils viennent sûrement pour Tania Marie.

Les trois femmes avancent d'un pas à l'appel de leur nom. Il commence par la princesse, et je suis subjuguée par le foulard qui retient savamment ses cheveux en arrière, tout en laissant échapper quelques mèches blondes et frisées. Puis je remarque que sa robe est la même que celle de Julie Larimore, la même que celle de ma cousine, à part sa couleur mauve sombre. Seigneur ! Elle porte aussi la ceinture, très lâche, qui souligne la courbe de ses hanches.

Je suis encore sous le choc quand j'entends Bobby s'adresser à la caméra.

— Je voudrais vous présenter ma très chère amie, Rochelle McArthur.

La dénommée s'avance aussitôt, tout sourires. Le vieux en

oublie ce qu'il allait dire, hypnotisé par la façon dont elle marche, enveloppée dans sa robe fendue jusqu'aux genoux et dont l'ouverture est soulignée par un pâle liséré rose assorti à l'une de ses bretelles.

— Et bien sûr, notre petite Tania Marie, à qui je vous demande de souhaiter également la bienvenue.

Un concert de sifflements et de hurlements s'élève.

Tania Marie est tout sauf « petite », bien que son ensemble pantalon bleu et longue veste lui allonge la silhouette. A moins qu'elle n'ait perdu du poids depuis la réception de l'autre jour. Elle a lissé ses cheveux en un carré aux pointes sagement rentrées dont la sévérité tranche avec sa frange courte et ses lunettes à la John Lennon. Cela lui donne un côté vulnérable et provocateur à la fois.

Les journalistes de la télévision se précipitent vers elle, cameraman en tête. Un autre camion s'arrête devant l'immeuble. Tania Marie hésite, elle semble sur le point de prendre ses jambes à son cou.

Bobby détache les yeux des magnifiques chevilles de Rochelle et de ses sandales à lacet, le temps de rassurer Tania Marie d'une petite chiquenaude paternelle et de lui murmurer quelque chose à l'oreille. Elle hoche la tête et le dévisage, puis tourne vers nous son sourire de petite fille.

— Bienvenue à tous, clame encore Bobby dans le micro.

Il en fait presque trop.

— Tania Marie, demande un gros homme, est-ce vrai que vous voulez devenir l'ambassadrice de *Killer Body* ?

— Quelle femme n'en rêverait pas ? rétorque-t-elle en élargissant encore son sourire.

Mais elle a du mal à cacher sa nervosité.

— Et qu'en pense Marshall Cameron ?

Elle rougit. Près d'elle, Bobby Warren fronce les sourcils et Rochelle baisse les yeux — pas assez vite, cependant, pour cacher la lueur amusée qui vient de les traverser.

— Je regrette, mais mon avocat m'a conseillé de ne pas aborder ce sujet.

— Tania Marie, suivez-vous le programme *Killer Body* ?

Cette fois, c'est une femme qui a parlé, la cinquantaine, le ton condescendant.

— Je trouve ce programme formidable, c'est vrai, répond Tania Marie en se mordant la lèvre inférieure.

Puis elle retrouve son sourire.

— Pourriez-vous me laisser souffler un peu ? Je n'ai pas envie de répondre à des questions personnelles.

Je ne sais pas pourquoi, mais elle me peine. Elle fait partie de ces personnes que l'on a envie d'aider et de protéger. Sans doute est-ce la manière courageuse et digne dont elle se défend, bien qu'elle se sente de toute évidence humiliée. Je me surprends moi-même en faisant un pas en avant.

— J'ai une question pour vous, monsieur Warren.

Avant même qu'il ait eu le temps de se tourner vers moi, je lance :

— Avez-vous des nouvelles de Julie Larimore ?

Lucas qui se tient au bas de l'estrade me jette un regard plein de haine. Je lui en sers autant.

Bobby passe la main sur son cou ridé.

— Non, répond-il à voix basse.

— Vous n'avez aucune idée de l'endroit où elle se trouve ?

— La police a enregistré sa disparition et nous espérons que tout se passera au mieux.

— Qu'entendez-vous par là ?

— Que pensez-vous qu'il ait pu arriver à Julie ? renchérit une autre journaliste.

— J'aimerais bien le savoir. Désolé, messieurs-dames, ce sera tout pour aujourd'hui.

Le hall d'entrée où nous nous trouvons est bien plus luxueux que celui du centre de Pleasant View. Au milieu de cette débauche de miroirs et de plantes, on se sent revigoré et plein d'espoir. On ne peut pas visiter les installations, la porte qui y donne accès est fermée et Lucas s'est posté devant, dans son costume gris anthracite assorti à ses lunettes. Il a une allure folle.

— Plus de questions, insiste-t-il. A présent, Bobby et ses amis voudraient se retrouver seuls pour continuer la fête.

Le vétéran des journalistes vient se placer devant l'affiche de Julie Larimore et se tourne vers Lucas.

— Qu'est-il arrivé hier soir à la princesse Gabby ? Il paraît que quelqu'un a saccagé sa chambre d'hôtel.

Je l'ignorais.

— Je n'en sais rien, répond Lucas. Vous me l'apprenez.

— Bobby Warren fera son choix dans combien de temps ?

— Très bientôt.

— Il y a d'autres candidates ?

— Pourquoi pas ? répond Lucas en se tournant vers son assistante. Nous les attendons. Ellen, appelez la sécurité, je vous prie. Je veux que l'on fasse sortir ces gens.

Nous avons notre article. Il n'y a rien de plus à glaner par ici, en tout cas pour les autres. Tandis qu'ils se dirigent docilement vers la sortie, mes yeux croisent ceux de Lucas et nous nous jaugeons du regard.

Puis il vient vers moi.

— Je veux vous parler.

— Nous parlerons si vous le souhaitez, réponds-je d'un

ton peu amène, mais ça ne m'empêchera pas d'écrire ce que je veux.

Il vient tout près de moi, de mon visage. Il me force à l'affrontement, mais sa voix reste calme.

— C'est pour votre cousine que vous êtes là, n'est-ce pas ?

Abasourdie, je regarde autour de moi le hall de plantes et de miroirs pour m'accrocher à la réalité. Ma cousine.

Après quelques secondes, je retrouve l'usage de la parole. Mes lèvres tremblent.

— Effectivement, je suis là pour elle. Et pour *Killer Body.*

— Vous cherchez à nous mettre dans l'embarras, inutile de le nier. C'est vous qui avez prévenu vos confrères de la télévision ?

— Non, mais il n'y avait pas besoin d'être bien malin pour se douter que Tania Marie serait présente à l'inauguration d'un centre *Killer Body.*

— Surtout depuis la parution d'un certain article qui révélait sa candidature.

Lucas jette un coup d'œil à son assistante qui reste devant la porte, comme si elle était chargée de surveiller les entrées et les sorties. Une jolie vigile, toute de blanc vêtue.

— Ils sont partis, Ellen ?

Elle acquiesce d'un signe de tête.

— Je voudrais m'entretenir seul avec Rikki.

— Bien entendu.

Elle s'exprime d'un ton posé et impersonnel, à l'image des secrétaires qui répondent au téléphone dans les cabinets d'avocats.

— La soirée d'hier a été longue, la matinée aussi et je dois retourner à Santa Barbara. Si tu n'as pas besoin de moi ici…

— Non, ça ira. Tu peux partir.

— Je passe par mon hôtel pour régler les formalités et prendre mes affaires, ensuite je file directement au bureau. Tu comptes m'y rejoindre dans l'après-midi ?

— Je ne sais pas encore. Je t'appellerai.

Il la regarde partir, puis se tourne vers moi.

— Asseyez-vous, je vous prie.

Je suis en colère et n'ai pas la moindre envie de m'asseoir, mais j'obéis. Je m'installe sur l'une des chaises blanches en fer forgé. Il fait de même. Il me paraît moins impressionnant assis que debout.

— Il y a des hommes qui s'inscrivent dans vos centres ?

— Quelques-uns. Mais nous comptons surtout des femmes parmi nos membres, comme vous le savez sûrement.

— On le comprend rien qu'à regarder la décoration.

Puis je passe à l'attaque.

— Pourquoi lui avoir demandé de partir ?

— Parce que je veux vous dire quelque chose que personne ne sait, pas même Bobby Warren.

Je me demande ce qu'il pourrait bien avoir à me confier qu'il cacherait à son patron, mais ses yeux me soufflent qu'il ne ment pas.

— De quoi s'agit-il ?

— Je connaissais bien votre cousine.

Gabriella

Une fois les journalistes sortis, Rochelle McArthur s'était suspendue au bras de Bobby Warren, avec cette bretelle rose qui ne cessait de glisser de son épaule bronzée. Elle était vraiment prête à tout pour obtenir cette place, songea Gabriella. Enfin, si l'offre de Jesse était sérieuse et s'il payait suffisamment, cela n'avait plus tant d'importance.

Elle trouvait la fête décevante, elle s'éclipsa par la porte de derrière et fit le tour du bâtiment. A part Tania Marie, tout le monde était à l'intérieur avec Bobby. Dans son centre, comme il l'appelait. Ils devaient se retrouver dans quelques heures pour enregistrer une émission télévisée, et Gabriella ne doutait pas que l'incident de l'hôtel reviendrait encore sur le tapis. Le simple fait de penser à ce qui s'était passé la veille lui donnait des sueurs froides — l'alerte, le miroir brisé… Et surtout cette affiche qui réveillait sa culpabilité.

Où était donc Christopher ? Elle détestait attendre sur le trottoir. Et elle redoutait la solitude, surtout en ce moment. Cela lui rappela le commentaire d'Alain, le jour où elle lui avait annoncé qu'elle le quittait : « Si tu veux passer tes nuits à te morfondre… »

Elle lui avait répondu qu'elle était sûre au contraire de savourer sa liberté.

— Hé, Gabby.

Elle se retourna et aperçut Tania Marie. Elle s'approcha d'elle.

La pauvre petite essayait de se cacher derrière ses lunettes, mais on voyait qu'elle était au bord des larmes. Enfin, pour une fois, elle était bien coiffée. Ce carré lui allait mieux que la masse crépue qui encadrait d'ordinaire son visage.

— Que se passe-t-il ? Ça ne va pas ?

— Je n'ai que des ennuis. Mon portable ne fonctionne plus et je ne peux pas appeler mon garde du corps. Pourrais-je passer un coup de fil depuis votre téléphone ?

— Bien entendu.

Au même moment, une berline s'arrêta devant le centre *Killer Body*.

— Enfin, mon chauffeur ! s'exclama Gabriella. Vous ne voulez pas que je vous dépose ?

— C'est vraiment gentil de votre part. Oui, ce serait merveilleux.

Malgré son épaisse et brillante couche de rouge à lèvres — aussi épaisse et brillante que la couche de vernis qui recouvrait ses ongles —, la bouche de Tania Marie s'élargit en un sourire qui semblait venir du fond de son cœur.

— Je ne veux pas dépendre de ce crétin de garde du corps plus qu'il n'est nécessaire, si vous voyez ce que je veux dire.

— Je comprends, acquiesça Gabriella qui ne comprenait pas du tout.

Elle s'étonnait qu'une jeune fille comme Tania Marie, pleine d'avenir — car elle ferait sûrement quelque chose avec ce beau visage et cette tignasse impressionnante —, prenne plaisir à converser avec une femme comme elle. Une femme que tout le monde savait au plus bas.

En tout cas, Christopher impressionna beaucoup leur passagère, sans doute autant pour son allure que pour sa conduite irréprochable. Il joua impeccablement son rôle de chauffeur et Gabriella se félicita une fois de plus de l'avoir engagé. Il roulait vite mais sans excès, et il évita en douceur les chauffards qui leur coupaient la route. Gabriella détestait ces gens du sud de la Californie. Des agités — excités, aurait dit Christopher — qui jouaient trop facilement avec la vie.

— Vous êtes d'ici ? demanda-t-elle à Tania Marie.

— Oui, mais je n'y ai pas vécu longtemps. Mes parents ont divorcé quand j'étais encore bébé et ma mère s'est installée avec moi à San Francisco. Elle vient d'y ouvrir un nouveau restaurant.

Ça, tout le pays le savait déjà.

— Et que fait votre père ?

— Mon père est retourné à New York.

Tania Marie se tut, puis termina sa phrase d'une voix incertaine.

— C'est le meilleur barman de tout le pays.

— Je vous crois volontiers.

Voilà une information qu'elle n'avait pas lue dans les journaux à scandales.

— J'adore le restaurant de votre mère, à San Francisco. Où habitez-vous ?

— A Santa Barbara, répondit Tania Marie en levant un sourcil. J'avais trop de problèmes à New York.

— Avant la disparition de Julie Larimore ?

— Oui. Je ne suis pas venue pour *Killer Body*, tout de même.

Ses yeux s'assombrirent, mais peut-être n'était-ce que le changement de luminosité, car ils s'engageaient à présent dans Colorado Avenue.

— Et vous ? Où vivez-vous ?

— Pour le moment, à Los Angeles.

Elle rencontra le regard de Tania Marie.

— Comme vous, je tente de soigner un cœur brisé à l'écart des ragots et de la presse. Je n'apprécie pas beaucoup que l'on fasse étalage de ma vie privée.

Les yeux de Tania Marie s'emplirent de larmes.

— Ces journalistes sont odieux.

— Quelquefois, admit Gabriella. Il m'arrive de les haïr, de haïr mon mari. Mais parfois, il me manque tellement…

Tania Marie s'essuya les yeux sans ménager son mascara. Elle avait maintenant un œil de raton laveur à droite.

— Moi aussi, je pense souvent à ce salaud.

Gabriella comprenait qu'on puisse traiter de salaud l'homme qu'on aimait. Elle aurait bien voulu être capable d'en faire autant.

Ils arrivaient sur Los Robles et Tania Marie se pencha vers Christopher.

— Il faut prendre dans Walnut.

Gabriella sentit un léger frisson lui parcourir le dos.

— Vous êtes descendue au Westin ?

Tania Marie hocha la tête.

— C'est un hôtel charmant. J'adore leurs peignoirs et leurs douches pour deux personnes.

— Vous y étiez hier soir ?

— Non, j'ai pris ma chambre ce matin. Mais j'ai entendu parler de ce qui s'était passé.

Elle plissa les yeux.

— Vous savez ce que je crois ?

Gabriella avala péniblement sa salive et plongea son regard dans les prunelles bleu-gris de Tania Marie. Cette jeune fille était-elle moins naïve qu'il n'y paraissait ?

— Non. Dites-moi…

— C'est Rochelle, cette salope.

Gabriella frissonna de nouveau.

— Comment ça ?

— Elle veut absolument gagner, vous ne le voyez donc pas ? On m'enferme dans le sauna de mon club de remise en forme, on saccage tout dans votre chambre d'hôtel, mais à elle, il ne lui est rien arrivé.

— Ce sera peut-être bientôt son tour, fit remarquer Gabriella.

— Ça m'étonnerait. Cette garce était prête à me pousser dans les bras de son mari pour m'inciter à abandonner la compétition.

— Elle a voulu vous jeter dans les bras de son mari ? répéta Gabriella.

Elle ne put s'empêcher de rougir et se détourna afin de regarder par la vitre de sa portière.

— Vous m'avez mal comprise. Il m'a proposé de devenir mon agent, de me trouver un rôle intéressant dans un film.

— Il vous a offert de l'argent ?

— Non. Il sait que je n'ai pas besoin de gagner de l'argent.

— En effet. Il vous a fait miroiter ce que, selon lui, vous désiriez plus que tout.

Gabriella faillit ajouter que Jesse lui avait fait à elle aussi une proposition, mais elle se retint. Après tout, c'était Tania Marie qui était descendue à l'hôtel Westin, pas Rochelle. Et elle avait bien plus de raisons que Rochelle de vouloir éliminer ses concurrentes.

— Cette journaliste ne s'est pas trompée à votre sujet, observa Tania Marie. Vous avez quelque chose de racé, une distinction naturelle. Ça m'est égal que vous obteniez *Killer Body*, mais je ne veux pas que cette Rochelle l'emporte sur moi. Elle couche avec Bobby Warren.

— Première nouvelle.

— Pourtant, les journaux en ont parlé.

— Ces mêmes journaux prétendent que vous avez eu des relations sexuelles avec l'un des présentateurs les plus respectés des Etats-Unis.

— Vous croyez que je l'ai attaché pour le violer ? Tout le monde me considère comme un monstre, et lui ne serait qu'une pauvre victime, répliqua Tania Marie en s'essuyant les yeux. Cet homme n'est pas aussi irréprochable qu'on le croit. A son âge, quand vous trompez votre femme avec une assistante qui pourrait être votre fille, c'est que vous n'en êtes pas à votre coup d'essai. Ce que je regrette, ce n'est pas d'avoir couché avec lui, ni de m'être sottement laissé surprendre par la femme de ménage… Le pire, c'est que je croyais tous ses mensonges.

Elle se mordit la lèvre.

— Nous avons un point commun, toutes les deux. L'homme que nous aimions nous a trahies, commenta Gabriella.

— Oui, c'est pour ça que je préfère vous voir gagner, plutôt que Rochelle. Vous avez vu ses faux ongles de pieds ? Ils sont en acrylique. Et ceux des mains aussi. Et le vernis ? C'est affreux.

Gabriella contempla à la dérobée ses propres ongles en acrylique, dissimulés sous un vernis lilas. Elle, au moins, avait choisi une couleur subtile.

— Et vous ? Que faites-vous pour vos ongles ? demanda-t-elle.

Tania Marie éclata de rire.

— La nature ne m'a pas particulièrement gâtée, mais elle m'a attribué des ongles exceptionnels, des dents impeccables et des cheveux épais.

Elle pointa une griffe bordeaux, longue et fine comme un stylet.

— Que vous le croyiez ou non, ceci m'appartient.

— Eh bien, je vous crois. Même si ça vous étonne.

— J'en suis ravie, dit Tania Marie.

Puis elle se tourna vers elle et baissa la voix.

— Qu'est-ce qu'on va faire pour cette garce de Rochelle ?

Gabriella ne voyait plus aucune raison de lui dissimuler l'offre de Jesse McArthur.

14.

Rikki

En dépit de cette prise de contact difficile, Lucas et moi avons fini par trouver un terrain d'entente. Ça fait à peine deux heures qu'il m'a avoué avoir connu ma cousine et j'ai déjà accepté de déjeuner avec lui.

Je roule derrière lui sur l'autoroute, dans le matin triste de cette ville grisâtre. J'ai encore du mal à croire ce qu'il vient de m'apprendre et j'ai peur d'entendre la suite. Mais je ne peux plus reculer.

Nous nous arrêtons dans le parking d'un restaurant et je sens que je ne pourrai pas entrer avec lui tant que je n'aurai pas posé la question qui me brûle les lèvres.

— Tout va bien ? me lance-t-il d'un air légèrement inquiet.

Je regarde approcher cet homme à lunettes et aux courts cheveux bruns, avec ses biceps saillants sous le T-shirt Brooks Brothers.

— Pourquoi ne m'avez-vous pas dit tout de suite que vous la connaissiez ?

— Comment aurais-je su qu'elle était votre cousine ? Vous ne portez pas le même nom de famille. Elle s'appelait Tilton.

— Nos mères étaient sœurs. Je porte le nom de mon père. Il est mort avant ma naissance.

Il semble étonné.

— Je suis désolé…

Une phrase toute faite, ça ne signifie rien pour lui.

— Pas de quoi. Il a disparu pendant la guerre du Viêtnam.

J'oublie le ciel gris, le trafic derrière nous, et je fixe intensément son visage.

— Comment avez-vous rencontré Lisa ?

— Je l'ai croisée dans un centre que je visitais.

— Elle vous a dit qu'elle était fiancée ?

Je n'ai pas pu m'empêcher de lui cracher mon venin.

— Pas au début, répond-il en regardant au loin. Elle était très belle, mais quand j'ai remarqué sa bague de fiançailles, j'ai fait en sorte que nos relations restent strictement professionnelles.

Je me demande si j'ai raison d'accepter de déjeuner avec un homme qui s'intéresse à moi parce que je lui rappelle ma cousine. J'ai envie de m'en aller, mais je suis coincée. Tout à l'heure, il va assister à l'interview télévisée avec les candidates de *Killer Body*. Je voudrais bien m'y faufiler aussi, mais la presse n'est pas invitée. J'ai besoin de Lucas pour entrer.

Ma colère fond lentement et je ne sais pas si c'est une bonne chose. La haine que je déchargeais sur Lucas Morrison me faisait oublier mon chagrin et me donnait l'illusion de tenir la promesse que ma tante m'a extorquée.

Le restaurant est bien dans le style Los Angeles, coquet et rempli de clients bio-écolo, comme en témoignent les bicyclettes qui s'agglutinent à l'extérieur dans le parking à vélo. Je commande une salade du Sud-Ouest, lui le seul plat de la carte qui propose de la viande. Quand je lui fais remarquer que le hamburger va le changer des plats diététiques *Killer Body*, il me rétorque que la seule fois où il a goûté des produits *Killer Body*, c'est quand Bobby Warren a voulu sa photo sur un paquet de céréales.

J'apprends aussi qu'il rêvait de devenir écrivain, qu'il a suivi des études de journalisme et que cela l'a amené à travailler pour le *Times*.

La façon dont il s'adresse à moi me rappelle d'autres tête-à-tête pénibles. Le pire, c'est quand la personne assise en face de vous ne cesse de parler pour meubler le silence. Mais ici, ce n'est pas le silence que nous craignons, mais un sujet précis. Lisa.

Je contemple son visage. Ses lunettes noires lui donnent un air féroce. Je passe en revue les sourcils épais, les lèvres. J'ai toujours pensé que je possédais un sixième sens pour repérer le mensonge — Hemingway prétendait que c'était à ça qu'on reconnaissait un véritable écrivain. Si cet homme ment, c'est du grand art, car je ne détecte rien.

Je voudrais que ce déjeuner se termine, j'ai hâte de rejoindre les studios de télévision. Après tout, je trouverai peut-être une employée complaisante qui me laissera assister à l'émission de John Crosby ? Mais je ne peux pas abandonner aussi aisément.

— Vous rencontrez sûrement de très belles femmes, dans les centres *Killer Body*. Pourquoi avoir jeté votre dévolu sur Lisa ?

Il ne me répond pas tout de suite, puis, finalement, son visage s'éclaire un peu.

— Vous pensez que j'ai profité de ma place au sein de *Killer*

Body pour séduire votre cousine. Détrompez-vous, je ne fraye pas avec les clientes.

Notre serveuse apporte les plats et nous nous taisons un instant. Nous ne touchons même pas à nos assiettes.

— J'aurais dû me douter que vous étiez parentes, finit-il par lâcher. Vous lui ressemblez. Elle était simplement…

Beaucoup plus belle, je complète mentalement. Et à lui, je demande :

— Lui avez-vous fait miroiter qu'elle pouvait remplacer Julie Larimore ?

— Jamais de la vie ! se défend-il.

Il a presque bondi de son siège. C'est un peu exagéré.

— Pourtant, c'est ce qu'elle a raconté à sa mère.

— Vous en êtes sûre ? Je peux vous assurer que je ne lui ai jamais dit ça. Je me suis rendu compte qu'elle idolâtrait Julie, bien entendu. Et je lui ai proposé des publicités locales et un poste de consultante dans le centre que nous venons d'inaugurer.

De nouveau, je le regarde pour essayer de deviner s'il ment, mais cette fois encore, je ne lis que la sincérité sur le visage de cet homme un peu trop séduisant. Un homme qui prétend que son seul péché est d'avoir eu un faible pour ma belle cousine. Je pense à cette conversation avec ma tante le jour de l'enterrement, à sa voix suppliante qui me murmurait que Lisa rencontrait régulièrement quelqu'un à Los Angeles et qu'il la préparait pour des publicités télévisées. Quand je lui ai répondu que Julie Larimore était la seule à représenter *Killer Body*, elle a insisté : « Elle n'a pas mal compris, il a été très clair. Il lui a dit que Julie Larimore envisageait de tout laisser tomber. »

Je prends ma fourchette et je me force à manger un peu de

cette salade aux deux sauces — ranch et barbecue. Comme s'il n'attendait que ce signal, Lucas avale d'une bouchée la moitié de son hamburger.

J'attends un peu, le temps qu'il termine, et j'enchaîne :

— Un homme lui a assuré que Julie Larimore allait laisser tomber.

— Je n'aurais jamais fait une chose pareille, même si ç'avait été vrai.

A présent, il paraît étrangement nerveux et feint de s'intéresser aux tables voisines pour éviter mon regard. J'ai d'autant plus envie d'insister.

— Etait-ce le cas ?

Il secoue la tête.

— Jamais je n'aurais révélé quoi que ce soit au sujet de Julie. Ni à votre cousine ni à personne d'autre. J'ai pu lui proposer de remplir un rôle similaire à celui de notre égérie nationale, mais seulement à un niveau très local. Elle n'aurait pas été la seule.

Son cynisme me donne la chair de poule et je repose violemment ma fourchette qui résonne contre l'assiette avec un son strident. Je pense à toutes ces femmes comme Lisa dans leurs centres.

— Pas la seule à quoi ?

— Toutes les femmes veulent ressembler à Julie. C'est comme ça. Je l'ai maintes fois constaté en visitant les centres. Il y en a toujours au moins une qui porte sa robe ou sa ceinture ; les pendentifs se vendent comme des petits pains. Mais Lisa avait naturellement de l'allure. Comme vous.

Je fais mine de ne pas remarquer la rougeur qui envahit ses joues et je tente de lui dissimuler à quel point je suis troublée.

Mais je sens que si je reste assise ici une minute de plus, je vais éclater en sanglots.

— Il faut que je respire…

Je me lève et je cours vers la sortie, sur le trottoir, où je prends une grande bouffée d'air. Je me rends compte que je ne maîtrise pas aussi bien la situation que je l'avais prévu. Je me suis comportée comme une idiote. A présent, il va falloir que je prétexte un quelconque malaise, que je trouve une explication à mon comportement.

Malheureusement, Lucas ne m'en laisse pas le temps. Il est déjà près de moi et sa main se pose sur mon bras.

— Ça va ? demande-t-il.

Je hoche la tête et j'essaie de me recomposer un visage décent.

— Il fallait absolument que je sorte, j'avais besoin d'air.

Il fait la grimace.

— Il n'y a pas beaucoup d'air par ici. Je me demande comment font les gens pour vivre dans un endroit aussi pollué.

— Ils sont habitués. On s'habitue à tout.

Je regarde le ciel sale.

— Il y a deux Californie — trois si l'on compte la vallée. Mais la plupart des gens nous englobent dans l'une des deux autres, celle de la baie ou celle de Santa Barbara, c'est selon.

— Je crois savoir laquelle vous préférez.

— Et vous ? Laquelle préférez-vous ?

Il s'arrête et lève un menton sévère en direction du ciel.

— Je déteste les films qui font passer les effets de style avant le contenu. Et je ne comprends pas que l'on endure des kilomètres de bouchon dans un enchevêtrement sans fin d'autoroutes pour rejoindre l'île Catalina, juste pour apercevoir Winona Ryder de loin.

Nous regardons en direction de l'étroit trottoir qui borde le parking, derrière le restaurant. Des gens courent, indifférents à ce qui les entoure. Je crois que si je criais au viol, ils se contenteraient de monter le son de leurs baladeurs.

— Où aimeriez-vous vivre ?

J'essaie de le pousser à se dévoiler. A travers ces questions anodines, il répondra peut-être de manière détournée à celles que je n'ose pas poser.

— Loin, là-bas, répond-il en pointant vaguement un doigt vers l'océan.

— A Santa Barbara ?

— Peu importe. Sur l'océan, c'est tout. Dès que vous vous éloignez du rivage, vous ne pouvez plus vous cacher de vous-même.

— Et vous aimez ce sentiment ?

— J'en ai besoin. Rappelez-vous ce que disait Socrate. A quoi sert de vivre, si l'on ne réfléchit pas sur sa vie ?

— Vous savez comment a fini Socrate ?

Nous nous dirigeons vers le parking. Tout est de plus en plus noir, gris et poussiéreux.

— Pourquoi Lisa possédait-elle une carte de membre invité ?

Il se tourne vers moi en plissant les yeux, comme s'il cherchait le piège.

— Ça ne vient pas de moi.

— Pourtant, je l'ai vue.

Je sais qu'il est en train de se demander jusqu'où il peut se confier.

— Nous avons effectivement un tampon pour les invités,

m'apprend-il. Ça plaît à Bobby. Je me demande comment il a bien pu réussir dans les affaires, il jette l'argent par les fenêtres.

— Qui possède ce tampon ?

— Les gens autorisés par Bobby, répond-il en fronçant les sourcils.

Un frisson me parcourt la nuque, comme si un souffle d'air venait de passer sous mes cheveux.

— Il y en a un dans chaque centre ?

— Oui. Normalement, seul le responsable y a accès, mais il peut arriver qu'il traîne sur un bureau. Qui a bien pu valider la carte de Lisa ?

Il n'y avait que quelques mètres à parcourir pour rejoindre ma voiture et ça ne nous a pris que quelques secondes, mais j'ai fait un pas de géant dans mon enquête.

— C'est ce que j'aimerais découvrir. Vous pouvez vous renseigner ?

— D'accord. Je vous tiens au courant.

Je lui fais confiance malgré moi. En fait, il me plaît.

Dehors, il me paraît bien plus séduisant que dans le restaurant. Il me fait comprendre du regard qu'il sait que son charme ne me laisse pas indifférente.

— Qui bénéficie de ce privilège, généralement ?

J'ai parlé un peu plus sèchement que tout à l'heure.

— Des gens que Bobby Warren veut impressionner. Ses vieux amis, des vedettes susceptibles d'attirer les médias.

Sans me quitter des yeux, il marque une pause, puis ajoute :

— Bobby adore les médias.

Je marmonne :

— Vous savez ce qu'il me reste à faire, n'est-ce pas ?

J'entends distinctement son soupir, en dépit du bruit des voitures.

— Vous voulez le rencontrer.

— Ça s'impose.

Il plonge la main dans la poche de sa veste et joue avec ses lunettes noires.

— J'aimerais que vous n'ayez pas une aussi mauvaise opinion de nous, Rikki.

— C'est un pluriel de majesté ou bien vous parlez d'un groupe ?

— Je parle de Bobby, de moi. Votre méfiance me blesse.

— Mais je vous apprécie beaucoup, Lucas.

Peut-être est-il réellement sensible et fragile. Toutes les belles femmes ne sont pas des cruches, ni tous les hommes séduisants des menteurs.

— Mais vous n'avez pas confiance en moi. Ni en Bobby.

— Je n'en sais rien.

Je joue avec mon trousseau de clés, comme lui avec ses lunettes. Partir ou se dissimuler derrière des verres fumés, nous avons chacun notre tactique pour fuir la difficulté. Vais-je démarrer avant qu'il se retranche derrière son écran ?

— Moi non plus, Rikki, je n'en sais rien.

Il me jette un regard qui illustre parfaitement l'adjectif candide.

— J'adore ce vieux Bobby, je m'occupe de la publicité de son entreprise, et il est hors de question que je vous laisse l'assassiner dans un article.

— Je n'ai pas l'intention de l'assassiner. Je cherche simplement la vérité au sujet de Julie Larimore.

— Et de votre cousine.

Ce n'est pas une question.

— Oui, et de ma cousine.

Je tends le bras vers la portière de ma voiture et j'insère la clé dans la serrure.

— Vous assistez à l'émission télévisée ? me demande-t-il.

— Si on me laisse entrer…

— Rejoignez-moi là-bas. Je vous ferai entrer.

La clé dans la serrure, je lève les yeux vers lui. Il sort ses lunettes de sa poche. Ses yeux noirs affichent une détermination que je n'ai pas vue avant.

— J'ai l'impression que nous poursuivons le même but, remarque-t-il. Même si nous empruntons des chemins différents.

— C'est possible.

Il se tait. Je note qu'il tient ses lunettes comme d'autres tiendraient leur pipe.

— J'ai une idée, dit-il.

— Laquelle ?

— Pourquoi ne pas unir nos efforts ?

A présent, c'est moi qui me réfugie derrière mes lunettes.

— Rendez-vous devant le plateau de télévision.

15.

Tania Marie

Mot du jour : *ivrogne* : porté sur la boisson, dont l'état est momentanément altéré en raison d'un abus d'alcool.

Plus tard dans l'après-midi, elle profita encore de la berline avec chauffeur de la princesse Gabby pour rejoindre les studios de télévision. La journée avait mal commencé et le pire restait encore à venir. Tania Marie se demanda si les journalistes la laisseraient en paix ou si l'interview du matin leur avait simplement mis l'eau à la bouche — comme aurait dit Marshall. Encore lui ! Cette ordure méritait de griller en enfer. Elle espéra qu'il entendait souvent leur chanson, *Avec toi pour toujours*, et qu'elle lui rappelait ses mensonges éhontés.

Merde, elle aurait tellement voulu entendre sa voix…

Elle s'était changée pour la télé et, mis à part les bijoux, elle portait comme toujours une tenue achetée en ligne chez Chico's ou Bloomies. Pas question d'entrer dans un magasin et de donner ses mensurations à une vendeuse qui risquait de les communiquer aux médias. Elle ne regrettait pas son choix. Bien sûr, elle n'arrivait pas à la cheville de la princesse Gabby qui pouvait se permettre de porter un fourreau, mais avec ce foulard noué autour de sa tête à la chevelure maigrelette, Mlle Paquette avait surtout l'air d'une femme de ménage.

Il y avait quand même une justice sur cette terre. Personne ne possédait d'aussi beaux cheveux qu'elle. Et surtout pas la merveilleuse Gabby.

Quant au reste, il fallait reconnaître que la princesse était mieux lotie qu'elle — d'un point de vue physique autant que financier, sans parler d'un mari séduisant et probablement prêt à tout pour qu'elle revienne. Elle portait un parfum de femme riche, une odeur subtile et discrète. Tania Marie faillit lui demander ce que c'était, mais elle craignit que la princesse ne la trouve vulgaire.

Vulgaire, grossière. Une grosse. Voilà comment on parlait d'elle, l'image que véhiculaient les médias. Il fallait qu'elle s'en débarrasse.

— J'adore votre parfum, déclara-t-elle.

Gabriella fit un signe de tête en direction du crâne chauve de son chauffeur. Mais où donc avait-elle dégoté cet homosexuel aux petits soins envers elle ?

— C'est Banana Republic pour femme. Un cadeau de Christopher.

— J'aime beaucoup cette odeur. Je la trouve très délicate.

Un chauffeur offrant du parfum à une princesse... Elle se pencha un peu sur son siège et dévisagea discrètement Christopher dans le rétroviseur.

Comme s'il avait deviné sa pensée et voulait lui prouver que oui, il était bien chauffeur, il accéléra. Ils quittèrent bientôt l'autoroute et se retrouvèrent sans encombre dans Burbank Avenue, mais Tania Marie en avait encore le vertige.

— Vous êtes sûre qu'on peut lui faire confiance ?

— C'est un excellent conducteur.

— Je suis nerveuse, je crois. Je m'effraie d'un rien.

— Détendez-vous, lui conseilla la princesse. Comme disait ma grand-mère, ils ne vous mangeront pas.

Sa voix douce mais ferme l'apaisa. Comme c'était bon de se laisser guider.

— J'ai du mal à vous imaginer avec une grand-mère qui s'exprimait de cette manière.

— Et pourtant… Elle prisait du tabac aussi. Mais elle ne buvait pas, elle ne portait jamais de rouge à lèvres et je crois que je ne l'ai jamais surprise en flagrant délit de mensonge.

La princesse Gabby se tourna vers elle. Ses boucles fines commençaient à pendouiller lamentablement autour de son visage. Vraiment dommage, ces cheveux. C'était ce qu'elle avait de plus moche.

— Vous devriez surveiller votre langage, ce soir, remarqua-t-elle.

Tania Marie eut l'impression d'avoir reçu une gifle.

— Je ne vois pas pourquoi je me gênerais pour envoyer paître ceux qui me cherchent des noises.

La princesse Gabby s'éloigna légèrement d'elle et se redressa sur son siège.

— Les femmes ne jurent pas.

— Mais ça ne vous pose pas de problème qu'elles trompent leurs maris.

Merde, sa langue avait encore fourché. Elle le regretta aussitôt.

— Je ne l'ai pas volé, commenta la princesse Gabby.

L'espace d'un instant, Tania Marie crut voir briller des larmes dans ses grands yeux.

— Non, vous ne méritiez pas ça. C'était vraiment méchant de ma part.

— Vous êtes sur les dents, voilà tout. Je ne voulais pas vous offenser, mais vous avez eu raison de me remettre à ma place. Pourtant, si vous briguez ce travail…

— Vous savez bien que je n'ai pas l'ombre d'une chance. C'est vous qui l'obtiendrez, tout simplement parce que vous la méritez. Ou alors ce sera la vieille aux faux seins qui décrochera le pompon. Elle connaît bien le vieux M. Warren.

— Vous avez sans doute raison, admit la princesse en baissant la voix.

Apparemment, elle ne voulait pas que son chauffeur entende les détails sordides de cette conversation.

— Comme vous l'avez déjà appris à vos dépens, coucher avec un homme ne vous donne sur lui qu'un pouvoir momentané. Ne soyez pas votre pire ennemi, ma chère. Voilà tout ce que je vous conseille.

Tania Marie eut envie de pleurer. Cette femme prenait la peine de l'écouter, de se pencher sur elle. Personne ne lui avait jamais accordé autant d'intérêt, pas même Virginia.

— De ne pas jurer ?

Gabby pinça les lèvres avec un peu trop d'ostentation.

— Evitez surtout le mot qui commence par M.

— Ça m'aide à évacuer ma nervosité. Ma vie est tellement…

Tania Marie marqua une pause avant d'achever :

— M…ortelle. C'est mieux comme ça ?

— Encore un peu trop familier, répondit la princesse avec un petit sourire. Moi aussi, il m'arrive de me laisser aller à dire certaines choses — et je reconnais que ça fait du bien —, mais jamais en public. Vous devriez essayer.

— Avez-vous des enfants, Gabby ?

Elle regretta aussitôt d'avoir posé la question.

— Nous en voulions, au début.

Le regard de la princesse se durcit et sa voix se fit plus sèche.

— Pourquoi me demandez-vous ça ?

— Parce que je crois que vous feriez une mère formidable.

— Merci beaucoup, Tania Marie, la remercia-t-elle d'un ton plus doux. Nous verrons bien laquelle de nous trois l'emportera. En tout cas, ça m'étonnerait que ce soit Rochelle, surtout quand Bobby Warren saura que son mari vous a demandé de renoncer à *Killer Body*.

— Elle l'appelle Bobbo ! s'exclama Tania Marie. Quel culot !

— Je reconnais qu'elle exagère. Mais vous, vous ne devriez pas l'appeler M. Warren, ça ne cadre pas avec votre personnage.

— Vous croyez ? répondit-elle, songeuse.

Elle avait entendu à la télévision que les enfants qui animaient l'émission de Walt Disney s'étaient toujours adressés à lui en l'appelant respectueusement M. Disney. Cela lui avait paru normal. Le fait de côtoyer un grand homme ne vous autorisait pas à lui donner du Oncle Walt — ou du Bobbo.

Mais la princesse n'aurait sûrement pas compris. De plus, ils venaient d'arriver aux studios et elle n'avait plus le temps de lui expliquer. Tania Marie eut envie de la serrer dans ses bras. Elle eut envie de crier. Elle aurait voulu être mince avec de gros seins, faux ou vrais, peu lui importait — après tout, cette salope de Rochelle ne s'était pas gênée pour tricher. Puis elle songea qu'elle poursuivait des buts bien dérisoires et cela l'attrista.

Avant qu'elle ait eu le temps de s'appesantir sur la question, le chauffeur ouvrit la portière et elle sortit. Le parking des studios de télévision n'avait rien de particulier, il se fondait dans la grisaille ambiante.

— Merci, Christopher.

Un instant, ils restèrent tous les trois à contempler le bâtiment. Finalement, vu d'ici, il n'était pas si impressionnant.

— Mesdames, dit Christopher en les prenant toutes deux par le bras.

— Allons donc affronter ces salopards, lança gaiement la princesse.

— Hé ! lança Tania Marie de l'autre côté de la mince silhouette du chauffeur. Je croyais qu'on devait surveiller son langage.

— En effet.

Les pitoyables cheveux de la princesse rappelaient maintenant ces rubans que l'on frise avec des ciseaux pour emballer les cadeaux de Noël.

Plantées comme des potiches sur un petit canapé, les trois femmes attendaient le début de l'émission. Tania Marie se sentait comme quelqu'un que l'on s'apprête à jeter à l'eau avec un sac de ciment attaché à la cheville.

Heureusement, la présence tiède et bienveillante de la princesse Gabby la rassurait.

— Tout se passera bien, lui murmura cette dernière. Mais pas de gros mots, d'accord ?

Les projecteurs s'allumèrent, puis les caméras. Crosby fit son entrée sur le plateau.

Tania Marie essaya de se raisonner. John Crosby n'était pas un journaliste déplaisant, en tout cas pas avec les gens qu'il invitait à son émission. Le problème, c'est que d'habitude, elle réveillait ce qu'il y avait de plus mauvais chez les gens. Elle espéra que ce serait différent avec lui.

— Bienvenue à L.A., déclara-t-il.

Son visage était souligné d'un léger maquillage, plus discret que celui de Marshall.

— Merci, murmurèrent Rochelle et la princesse Gabby.

Tania Marie, elle, ne fit que remuer les lèvres, comme quand elle se voyait contrainte de réciter une prière — ou pire, de chanter l'hymne national.

Les yeux de Crosby, grossis par ses lunettes, se posèrent sur elle. Bien sûr. Rien de nouveau. La première victime, c'était elle.

— Tania Marie, « l'abeille », comment allez-vous ?

Elle faillit lui répondre qu'il pouvait aller se faire voir et sentit les larmes monter à ses yeux, comme toujours. Puis elle sentit un léger coup de coude sur son bras.

Elle retrouva le sourire.

— Très bien, John. Et vous-même ?

Lucas

Derrière les projecteurs, Rikki suivait l'enregistrement de l'émission, assise sur un canapé, près de lui. Il la sentit se raidir quand Crosby appela Tania Marie « l'abeille », mais celle-ci réagit comme il fallait. Elle demeura charmante et enjouée. Une attitude qui plaisait au public et qui lui permettrait sûrement d'amadouer l'irréductible Crosby.

Désarçonné par son calme, le présentateur préféra tourner ses lunettes vers la princesse.

— Gabby, avez-vous parlé à Son Altesse récemment ?

— Nous sommes en contact, oui. Même si ce n'est pas aussi souvent que je le souhaiterais.

Lucas admira le gros plan sur la princesse. Ce foulard des années 60, cette nouvelle coiffure, ces yeux…

— C'est elle qui correspond le mieux à l'image de *Killer Body*, commenta Rikki, mais elle ne sera pas choisie, n'est-ce pas ?

— Je n'en sais rien.

Ils avaient dû rater quelque chose, car le ton monta brusquement sur le plateau.

Crosby s'adressait maintenant à Rochelle, laquelle expliquait son intérêt pour la gymnastique d'entretien depuis plusieurs années — et pour la méthode *Killer Body* depuis qu'elle l'avait découverte.

— *Killer Body* aide réellement les gens. C'est ça qui me plaît, récita-t-elle.

— Pardonnez-moi, John. Puis-je poser moi aussi une question à Rochelle ?

La caméra revint se fixer sur les traits délicats de Tania Marie. Elle passait vraiment très bien à la télévision.

— Quelque chose vous chiffonne, Tania Marie ?

L'espace d'un instant, Lucas crut qu'elle allait bondir de son siège et crier à Crosby qu'il n'était qu'un con, mais elle se tint tranquille.

— En effet, reconnut-elle très calmement. Je voudrais simplement demander à Rochelle pourquoi son mari, Jesse McArthur, m'a proposé de devenir mon agent… à condition que je retire ma candidature à *Killer Body*.

— C'est ridicule ! se défendit Rochelle.

Mais une rougeur coupable envahit progressivement son visage.

Rikki se tourna vers Lucas.

— C'est vrai ? demanda-t-elle.

— Je ne sais pas.

Il se concentra de nouveau sur l'écran et le visage de Tania Marie. Le cadreur devait en pincer pour elle car il la prenait sous un angle avantageux qui accentuait ses pommettes et faisait paraître ses joues moins rondes.

— La princesse pourrait peut-être le confirmer, commenta-t-elle calmement.

La caméra vint se poser sur la princesse qui se tenait la tête haute, le regard brillant, tel un chat prêt à bondir. Lucas comprit qu'elle savait déjà que Tania Marie poserait cette question. Elles avaient dû en parler ensemble.

— Figurez-vous que Jesse McArthur m'a fait quasiment la même proposition. Il m'a même offert de l'argent.

La caméra fondit sur Rochelle, sa mâchoire délicate, ses clavicules saillantes.

— Je ne vous crois pas.

— C'est pourtant la vérité, insista la princesse.

Rochelle s'humecta les lèvres. On aurait dit un chien qui vient de boire.

— Je ne me tiens pas au courant des démarches que mon mari entreprend dans le cadre de son métier. Sauf, bien sûr, lorsqu'il s'agit de ma propre carrière.

— Je vous en prie ! s'exclama Tania Marie. Vous n'espérez quand même pas nous faire croire ça !

Elle n'avait pas pu s'en empêcher, Lucas la reconnaissait bien là.

Mais la caméra ne quittait plus Rochelle, guettant sa réaction. Lucas sentit son front se couvrir de sueur. Pourtant, ce n'était pas lui qui affrontait cette machine impitoyable, ni le regard inquisiteur de Crosby.

— C'est une question de principes, se défendit Rochelle en souriant à la caméra.

Elle avait pris le ton de quelqu'un qui s'adresse à un enfant un peu naïf — Tania Marie, en l'occurrence.

— Le show-business est un panier de crabes, vous le savez bien. Mon mari doit rester discret.

— Donc, vous ignoriez qu'il avait fait des propositions à ces deux jeunes femmes ?

Rochelle ferma les yeux un instant, puis les rouvrit.

— Absolument. Et comme il n'est pas sur ce plateau pour répondre, je ne peux pas vous en dire plus.

— Pas mal, commenta Rikki.

— Oui.

Lucas s'essuya le front. Il priait intérieurement pour que Bobby ne soit pas en train de regarder l'émission. Car Rochelle McArthur était en mauvaise posture.

16.

Rikki

Me voilà de retour chez moi, dans la vallée de San Joaquin, ravie de réintégrer mes pénates.

Je salue mon appartement de célibataire, mes verres alignés la tête en bas sur mes dessous-de-verre, mon immense lit.

Finalement, je me sens mieux ici que dans les locaux du *Valley Voice*. Je souffre moins de l'absence de Lisa.

Je ne sais que penser des accusations portées contre Jesse McArthur, ni de la réaction de Lucas devant cet assassinat en règle. Il semblait surtout s'inquiéter de ménager le vieux Warren et l'a appelé sur son portable. Quand il a appris que Bobby faisait la sieste, il a paru soulagé qu'il n'ait rien vu de l'interview et lui a expliqué brièvement ce qui s'était passé. Tous les deux ont décidé de convoquer Rochelle dans le bureau de Bobby à Santa Barbara, dès le lendemain matin. C'est-à-dire aujourd'hui. L'information n'est pas tombée dans l'oreille d'une sourde.

J'ai aussi des questions à poser à Bobby, mais ça attendra un peu. Je n'ai pas l'intention de laisser passer une telle occasion d'interviewer Rochelle.

La décoration est plus chaleureuse dans les bureaux de *Killer Body* que dans la demeure de Bobby Warren, et je me demande si ce n'est pas là sa vraie maison. Lucas et lui se partagent la plus belle vue, de chaque côté du bâtiment, aux deux extrémités d'un long couloir en parquet recouvert d'un magnifique tapis persan qui a dû coûter l'équivalent de l'inscription annuelle de plusieurs membres. Le bureau d'Ellen se trouve entre celui de Lucas et celui de Bobby. Je remarque en passant qu'elle est déjà au travail. En face de la pièce qu'elle occupe, une grande salle abrite six ou sept employés, tous parfaits, avec un physique de rêve. Bobby Warren n'embauche que des bourreaux de travail, d'après ce que m'a dit Lucas. Ces gens-là n'ont donc pas de vie privée ? Ils n'ont rien de mieux à faire un samedi matin ?

— Puis-je vous aider ?

Ellen m'a vue et elle sort sur le pas de sa porte pour me héler. Le ton de sa voix est amical, l'expression de son visage aussi, mais je sais très bien qu'elle joue son rôle, rien de plus.

— Lucas sait que je suis là.

Elle croise les bras sur son petit haut blanc en tricot.

— Il n'est pas encore rentré de Los Angeles.

— Il est rentré tard hier soir, en même temps que moi, répliqué-je du même ton policé.

— Oh !

Il me semble qu'elle a rougi.

— Il m'a dit que Rochelle rencontrait M. Warren à 7 h 30 et que je pouvais l'interviewer ensuite.

— Très bien.

Elle m'adresse un sourire bien trop chaleureux pour cette heure matinale.

— Vous devriez attendre dans le hall qu'ils aient terminé. Je vous ferai servir un café pendant que j'appelle Lucas.

Elle a beau s'exprimer avec l'enthousiasme d'une pom-pom girl, j'ai parfaitement compris son sous-entendu. Après la décharge d'adrénaline qu'elle vient de me déclencher, je n'ai plus besoin de café.

Elle retourne s'enfermer dans son bureau, juste au moment où la lourde porte de Bobby s'ouvre. Rochelle sort. Elle ne m'a pas encore vue, et j'ai tout le loisir d'observer son visage avant qu'elle ne se compose une attitude. Ses lèvres fines forment un pli amer et je la trouve ratatinée, décharnée — excepté son opulente poitrine. Une des bretelles noires de son soutien-gorge a glissé sur son épaule bronzée. Dès qu'elle me voit, elle se redresse en la remettant en place.

— Que faites-vous ici ? me demande-t-elle.

— Lucas m'a autorisée à vous poser quelques questions.

Elle tourne la tête vers la porte qu'elle vient de refermer, puis elle me regarde. Elle cherche à s'enfuir, tel un animal pris au piège.

— Je pensais que vous vouliez m'interviewer par téléphone.

— Je préfère vous rencontrer en chair et en os.

— J'ai un autre rendez-vous.

— Ce ne sera pas long.

Je décide de me lancer de façon à couper court aux négociations.

— Quelle a été la réaction de Bobby en apprenant ce qui s'était passé hier soir ?

— Il l'a très bien pris.

Elle a la voix plus rauque que d'habitude, comme si elle avait beaucoup parlé à l'émission de Crosby. Ou trop fumé.

— Vous savez ce que je pense de M. Warren.

— Vous l'adooorez, réponds-je, ironique.

— Là n'est pas la question.

Elle n'est pas au mieux de sa forme, aujourd'hui. Elle semble sur le point de craquer.

— M. Warren est un homme droit et honnête. Vous le savez déjà, je suppose.

— En diriez-vous autant de votre mari ?

— Une minute, jeune demoiselle…

J'ai entendu dire que lorsqu'elle animait son émission, elle était infecte avec ses invités. Ce que je vois briller dans ses yeux doit être un reliquat du temps de sa splendeur.

— Pour qui vous prenez-vous ? De quel droit insultez-vous mon mari ?

— Je me demande pourquoi il a essayé d'écarter les concurrentes qui vous gênaient.

— Nous ne savons pas s'il l'a réellement fait.

Elle sort ses lunettes de son sac et les glisse sur sa tête, sur ses cheveux en désordre.

— Si vous voulez me poser des questions, il faudra vous contenter du téléphone.

Elle me lance un regard mauvais et se dirige à la hâte vers l'ascenseur.

Je lui emboîte le pas.

Elle appuie déjà sur le bouton du rez-de-chaussée, mais j'ai le temps de rentrer dans la cabine.

— Je rapporterai à Bobby Warren que vous me harcelez, menace-t-elle.

— Et moi, je lui dirai que vous avez refusé une interview programmée par son directeur du marketing.

— On aurait dû me prévenir. J'ai un autre rendez-vous.

— Je voudrais vous poser une dernière question, et ensuite, nous pourrons finir par téléphone, si vous le souhaitez.

— De quoi s'agit-il ?

— C'est au sujet de Julie Larimore. C'est bien vous qui l'avez présentée à Bobby Warren ?

— Comment le savez-vous ?

— Vous me l'avez dit chez Bobby Warren quand nous avons échangé quelques mots.

— Il est vrai que ce n'est pas un secret, admet-elle en haussant les épaules. Elle a eu la place en quelque sorte grâce à moi.

Les portes s'ouvrent et elle sort précipitamment dans le hall. La rue se reflète dans ses lunettes miroir, avec ses bâtiments aux tuiles en pisé et aux murs d'une blancheur tellement immaculée qu'on croirait qu'ils ont été repeints la veille. Mais peut-être sont-ils simplement à l'abri des outrages du temps, à l'instar du vieil homme qui les contemple depuis son bureau.

Arrivée devant la porte, Rochelle se retourne une dernière fois pour me regarder, et je comprends brusquement le sens de l'adjectif léonin. Elle a l'air tellement féroce avec sa crinière blonde et son regard furibond mal dissimulé par ses lentilles colorées que, l'espace d'une seconde, je me demande laquelle de nous deux est le chasseur, et laquelle le gibier.

— C'est tout ce que vous vouliez ? Suis-je libre de partir, à présent ?

Je ne crois pas qu'à cet instant précis, on aurait pu l'empêcher de faire quoi que ce soit.

— Je voudrais simplement savoir si vous étiez amie avec Julie Larimore.

— Je viens de vous dire que je lui ai présenté Bobby Warren.

— Ça ne signifie pas forcément que vous aviez des affinités avec elle.

Elle serre les lèvres pour réprimer un sourire, mais elle n'y parvient pas.

— Vous croyez vraiment que je vais répondre à cette question, alors que vous dissimulez probablement un magnétophone dans votre sac à main ?

Sans un mot, je tends vers elle mon sac que je portais en bandoulière, et je l'ouvre afin de lui montrer que je ne triche pas. Il faut que je réagisse tout de suite ou elle va me filer entre les doigts. J'aurais aimé que Hamilton soit près de moi pour me conseiller, mais finalement, il vaut mieux qu'il ne me voie pas en ce moment. Ce n'est peut-être pas dans le seul but d'écrire un article que je me donne tout ce mal et je ne peux plus m'interroger sur mes motivations profondes. Je suis allée trop loin.

— Ça restera entre nous.

Une formule magique…

— Vous êtes sérieuse ?

— Oui. Il n'en sera fait mention dans aucun de mes articles. Etiez-vous amie avec Julie Larimore ?

— Vous me prenez vraiment pour une demeurée.

De nouveau, elle me fixe avec ses yeux de félin en colère.

— Je ne pensais pas que vous commettriez l'erreur grossière de me juger d'après ceci, ajoute-t-elle en me montrant ses seins.

— Je vous juge d'après vos réponses. De toute façon, je finirai bien par découvrir ce que je veux savoir. Je n'abandonne jamais. Si vous me facilitez le travail, je m'engage à ne pas publier vos révélations.

Elle s'approche de moi, si près que je vois distinctement le cercle de ses lentilles de contact et que je sens son haleine sur ma figure. Une forte odeur de menthe qui camoufle mal des relents de tabac froid.

— Contrairement à ce que l'on a pu vous raconter, Julie Larimore n'avait pas d'amis.

— Pas même Bobby Warren ?

— Je ne parlerai pas de M. Warren avec vous. Que vous écriviez ou non ce que je vais dire. Il a eu raison d'engager Julie, elle a fait pour lui de l'excellent travail.

Elle soupire et secoue la tête.

— Je suis vraiment fatiguée. Et mon mari m'attend.

— Vous n'êtes pas la seule à détester Julie Larimore.

Le sourire de Rochelle s'élargit. Elle acquiesce.

— Je sais.

Elle se penche encore vers moi. Son haleine de cigarette me paraît de plus en plus forte derrière l'odeur mentholée et son parfum entêtant.

— Vous n'avez jamais rencontré une personne irréprochable, absolument parfaite ?

— Je ne crois pas, non.

— Eh bien, il faudrait que vous rencontriez Julie. Elle est arrogante, sûre d'elle. Elle pense que sa supériorité lui donne le droit de mépriser tout le monde. Le pire, c'est qu'elle est réellement parfaite, croyez-moi. Une peau exceptionnelle, une silhouette magnifique, une belle voix… Et elle se consacre entièrement à son travail.

— Quoi d'autre ?

— Toujours entre nous, n'est-ce pas ?

Elle a un regard avide, elle n'a aucune envie de s'arrêter. Je me souviens que Hamilton répète souvent qu'une personne en colère est toujours une excellente source de renseignements.

— Oui, je vous l'ai promis.

Elle poursuit, le regard dans le vide :

— Je pensais qu'elle me serait reconnaissante de l'avoir aidée. Mais elle m'a poignardée dans le dos, elle a essayé de détruire l'amitié qui me liait à Bobby, elle a raconté des horreurs sur mon compte à la presse. Et on dit que c'est moi la garce...

Puis, toujours sans me regarder, elle ajoute :

— Il faut que j'y aille, maintenant.

— Je sors avec vous.

Je dois reconnaître qu'il y a quelque chose d'attachant chez cette femme, quelque chose qu'il faut aller chercher sous le maquillage et la colère.

— Pourquoi êtes-vous toujours sur la défensive ?

Elle fait glisser ses lunettes et les pose sur son nez. Jesse passe avec sa Lexus devant l'entrée, le long du trottoir, et je sens qu'elle est soulagée de le voir. Mais il n'y a pas de place pour se garer et la voiture continue.

— Vous voulez dire : pourquoi je me conduis comme une salope. Admettez-le.

— Non.

Je reste près d'elle, sous un jacaranda en bourgeons. Elle finit par répondre.

— Quand elle n'aime pas quelque chose, notre grande princesse a coutume de dire avec mépris que c'est « tellement califoornien ». Moi, je ne renie pas la Californie. J'ai mené un certain nombre de batailles dans ce métier. Si j'avais été un homme, on m'aurait considéré comme un héros, ou un pionnier. A l'image de Bobbo.

— Peut-être bien.

Je m'apprête à continuer, mais la Lexus s'arrête à notre hauteur et le visage de Rochelle s'éclaire.

— Je dois y aller, déclare-t-elle. Appelez-moi si vous voulez poursuivre cet entretien. Je tiens à me montrer coopérative.

Une vraie girouette... D'abord elle m'envoie promener, ensuite elle m'assure de sa coopération. Je suis sûre que Bobby Warren lui a demandé de se montrer conciliante avec les journalistes.

Je l'accompagne jusqu'à la voiture.

— Vous m'avez été très utile.

— Tant mieux. Encore une fois, n'hésitez pas à m'appeler.

A présent, elle ne regarde plus que son mari et avance vers la Lexus comme une somnambule.

Chaque fois que je me retrouve en présence de Jesse McArthur, je ne peux m'empêcher de penser qu'il n'a pas l'air d'un homme marié, avec sa queue-de-cheval et son sourire de circonstance. D'un bond, il sort de la voiture et fait le tour en courant afin d'ouvrir la portière à sa femme.

Ils se regardent, elle incline légèrement la tête. Ils ne vont quand même pas s'embrasser... Mais non, c'est beaucoup plus subtil. Il passe entre eux un courant d'émotion et de complicité que ne connaissent que ceux qui ont longtemps vécu ensemble. Du coup, cela modère l'opinion que j'avais d'eux.

J'ai envie de m'approcher, de poser d'autres questions, mais j'entends quelqu'un m'appeler. Je me retourne.

Ellen est sortie sur le trottoir, un téléphone portable à la main. Elle me rejoint, tout sourires.

— Je crois qu'il y a un malentendu, explique-t-elle. J'ai Lucas en ligne, il voudrait vous parler.

Je presse l'appareil contre mon oreille tout en rendant son sourire à Ellen.

— Bonjour, Lucas.

— Qu'est-ce qui se passe ? Selon Ellen, vous prétendez que je vous ai donné l'autorisation d'interviewer Rochelle ce matin.

Ellen me regarde fixement. Elle attend, comme Lucas, que je m'excuse platement pour cette intrusion dans leur monde parfait.

— J'ai menti.

— Vous avez menti ? Pourquoi ? Je croyais que nous devions unir nos efforts.

— Il le fallait, Lucas. Je vous expliquerai ça de vive voix.

J'entends un soupir exaspéré à l'autre bout du fil.

— Quand ? demande-t-il.

— Tout de suite, si ça vous convient.

17.

Rochelle

— Donne-moi une cigarette. Et puis merde, donne-moi carrément le paquet.

— Tu vas le regretter. On est à peine au bout de la rue. Cette fille nous suit peut-être.

Elle ouvrit la boîte à gants d'un coup sec et en sortit une trousse de secours dont elle souleva le couvercle en étain. Sous les pansements, enroulées dans une bande de gaze, elle trouva deux cigarettes.

Elle en alluma une en tremblant et sentit qu'il la regardait.

— Ce n'est pas sain, commenta-t-il.

Elle aspira avec délice la première bouffée.

— Pas bon pour la santé, corrigea-t-elle.

Elle avait la voix de ces fumeurs de joints qui essaient de parler tout en retenant la fumée dans leurs poumons.

— Les gens sont sains. Pas les choses.

— Ils sont sains… parfois.

Il fit légèrement descendre la vitre du côté de Rochelle. Elle détestait ça et mit l'air conditionné. La fumée de cigarette emplissait déjà l'habitacle. Elle se laissa aller contre le siège en cuir. Elle se sentait sans force, incapable de se lancer dans une polémique. Et elle avait d'autres soucis. D'abord cet entretien éprouvant avec Bobbo, ensuite cette Rikki qui lui avait soutiré des confidences en promettant de les garder pour elle. On verrait bien si elle tiendrait parole.

Jesse prit l'autoroute. Il conduisait doucement, sans doute pour la ménager. Puis il se tourna carrément vers elle. Il allait bientôt prendre sa voix la plus douce et lui parler du cancer du poumon, de l'emphysème et des effets secondaires de la cigarette.

— D'ailleurs, qu'est-ce que la santé ? reprit-elle en soufflant vigoureusement la fumée par l'interstice de sa vitre. Une fois qu'on est mort, fumeur ou non-fumeur, il n'y a plus de différence.

— Voilà une pensée réconfortante. Dois-je comprendre que Bobby te connaît trop bien et que tu n'as pas réussi à le convaincre de ta bonne foi ?

Comment faisait-il pour deviner ses pensées les plus secrètes ? La voiture fit un bond. Un trou dans la chaussée… A moins qu'il n'ait encore roulé sur un séparateur.

— Occupe-toi plutôt de ta conduite, répliqua-t-elle. J'ai fait de mon mieux avec Bobby. Il n'était pas ravi d'apprendre que tu avais voulu écarter Tania Marie et la princesse Gabby.

— Tu as nié, j'espère.

— Bien entendu.

— C'est vrai ? Tu ne m'as pas tout collé sur le dos ?

Elle prit une bouffée de sa cigarette, puis la recracha.

— Depuis combien de temps faisons-nous équipe ?

— Tu devrais t'en souvenir. Je m'occupe de toi depuis que ton émission s'est arrêtée et j'entends bien continuer.

— Tant que je gagnerai de quoi mettre du beurre dans les épinards.

Une fois de plus, les yeux de Jesse quittèrent la route. La prochaine fois, il la ferait descendre de voiture. Une mèche de cheveux gris vint barrer son visage et elle regretta sa dernière méchanceté. Mais elle ne s'excusa pas. Elle se contenta d'aspirer une bouffée en lui jetant un regard de défi.

— J'espère que ce n'est qu'une pique de la vilaine Rochelle, celle que tu montres au public, commenta Jesse. Tu n'es quand même pas assez bête pour croire que c'est toi qui nous fais vivre.

— Je ne suis pas bête et je maintiens que je participe grandement à notre train de vie. Si j'obtiens cette place à *Killer Body*, notre avenir est assuré. Au pire, Bobbo me confiera la machine à muscler les fessiers. Il me l'a encore confirmé aujourd'hui. Tout ce qu'il veut — exige serait plus juste —, c'est une image irréprochable. Ce sont les mots qu'il a employés.

— Il a voulu dire que si ton mari essayait de truquer la donne, ça ne lui convenait pas.

— Exactement. Je viens de te l'expliquer.

— Mais c'était ton idée, chérie. D'ailleurs elle n'était pas si mauvaise.

— Elle aurait dû marcher.

Elle avait un goût de cendrier dans la bouche. La cigarette la dégoûtait. Elle la balança par la vitre et la regarda rebondir sur la chaussée en faisant des étincelles.

— Mais ça a été le bide...

— Pourquoi, d'après toi ?

— Parce que ces deux putes se sont liguées contre moi. Incroyable, non ? Tania Marie l'abeille et la princesse. Qui aurait pu imaginer qu'elles se feraient des confidences ?

— J'avoue que je n'avais pas envisagé cette éventualité, moi non plus.

— Tu as loupé notre bifurcation ! lança-t-elle soudain en se cachant les yeux. Merde, Jesse !

Il la prit au dernier moment — comme d'habitude —, et la voiture pencha dangereusement. Rochelle songea à la fragilité de leur existence.

— Tout va bien, la rassura-t-il en lui tapotant la main.

Son geste n'avait rien d'affectueux et lui rappela ces médecins qui vous donnent un petit coup de marteau sur le genou afin de vérifier vos réflexes.

— Tu deviens un véritable sac d'os, tu sais, fit-il remarquer.

— Mais ça me va bien.

Elle se redressa, tout en restant détendue. Elle ne voulait pas avoir l'air d'un bâton de chaise, comme une certaine princesse de sa connaissance.

— Tu préférerais que je ressemble à Tania Marie ? Ou peut-être à Gabriella Paquette ?

Un sourire furtif éclaira son visage.

— Je t'aime telle que tu es.

Il répondait toujours ça, mais aujourd'hui elle avait du mal à le croire. Il lui sembla qu'il avait dit cette phrase machinalement, par habitude. Et puis elle avait remarqué qu'il salivait dès qu'on prononçait le nom de la princesse Gabby.

Chaque fois qu'elle faisait un long trajet en voiture seule avec lui, elle se mettait à ruminer. Elle réfléchissait à leur couple, à leur vie, aux engagements qu'ils avaient pris autrefois... S'aimaient-ils encore ?

Elle avait le choix entre garder le silence ou passer à l'attaque. Elle opta pour le silence. Elle avait suffisamment matière à réfléchir. Pour commencer, la gentille Rikki tiendrait-elle sa promesse ? Si la journaliste décidait de publier ses confidences, cela risquait de lui créer des ennuis. Mais que Jesse s'intéresse à Gabby la contrariait bien plus encore.

— Tu crois que Bobby nous soutiendra ? demanda-t-il.

— Je le pense, mais on ne sait jamais avec lui.

— Tu devrais pourtant le connaître.

— Pourquoi ? Parce que nous avons eu une liaison autrefois ? J'étais une gamine, Jesse. Et lui, il était splendide. Je l'ai longtemps aimé.

— Je sais.

— Dans ce cas, où veux-tu en venir ?

Pas de réponse. Elle avait horreur de cette attitude.

— Tu te fais des idées à son sujet, lâcha-t-elle enfin. C'est un homme gentil, malgré les apparences.

— C'est un tyran alcoolique.

— Parfois, oui. Je préférerais ne pas avoir à travailler avec lui, mais je ne suis pas en position de me montrer difficile. Tout ce que j'espère, c'est que notre bourde ne gâchera pas mes chances.

— Moi aussi.

— C'était stupide de penser qu'on pouvait les acheter.

— Ça valait le coup d'être tenté. Tout le monde est à vendre. Il suffit de trouver la faille.

Le ton qu'il avait employé la fit frissonner, et elle étudia son profil à la mâchoire volontaire. Elle avait l'impression de contempler un étranger, avec ce soleil qui aiguisait ses traits.

Ils approchaient d'une sortie. Il ralentit.

— Je suppose que tu ne veux pas aller manger quelque part ?

Elle aurait voulu le gifler pour ce sourire entendu. Mais ils devaient faire équipe et là, au moins, elle le reconnaissait.

— Je préfère rentrer. On mangera plus tard.

Ils filèrent tout droit sur l'autoroute, en attendant ce plus tard qui ne viendrait jamais.

Rochelle ouvrit la boîte à gants et allongea le bras vers la trousse de secours.

Lucas

La vanité ne faisait pas partie de ses défauts. Dans les concours de culturisme, il avait rencontré pas mal de ringards imbus d'eux-mêmes, et il s'était juré de ne jamais leur ressembler. Mais il n'avait jamais eu honte du sentiment de fierté qu'il éprouvait d'ordinaire en contemplant sa maison, le havre de paix qui abritait sa solitude.

Pourtant, aujourd'hui, il le contemplait d'un œil critique. Il n'avait ni femme ni enfants, et pourtant il habitait un duplex assez grand pour accueillir une famille nombreuse. Rikki ne trouverait-elle pas cela grotesque et prétentieux ?

Il avait pensé mettre une musique d'ambiance discrète, mais il décida finalement de ne pas cacher son jeu — comme aurait dit Bobby — et de passer les CD qu'il préférait. Donc pas de jazz, ni de musique d'ascenseur, mais Lyle Lovett, ce poète qui chantait sur des rythmes big band, avec *If I had a boat.* Ensuite Iris DeMent, une ou deux chansons d'amour de Rod Stewart, puis de nouveau les douces mélodies de Lyle.

Merde ! Elle sonnait déjà. Trop tard ! Il n'avait plus qu'à la laisser entrer en espérant que tout irait bien.

Il étudia attentivement l'expression de son visage tandis qu'elle passait la porte, mais il n'aurait pas su dire si l'endroit lui plaisait ou non. Ses courts cheveux blond-roux étaient tout ébouriffés et sa poitrine se soulevait doucement. Il en déduisit qu'elle avait dû monter les quatre étages en courant. De près, sa ressemblance avec Julie Larimore n'existait plus. Julie possédait une certaine arrogance dans le regard. Pas Rikki.

Mais il lui trouvait tout de même quelque chose de bizarre et, en regardant plus attentivement ses yeux, il comprit qu'elle venait de pleurer. Il se garda bien de lui dire qu'il l'avait remarqué pour ne pas gâcher ses chances.

— Vous auriez pu prendre l'ascenseur, observa-t-il.

— Comment savez-vous que je suis montée à pied ?

— Vous respirez la santé, selon une des expressions favorites de Bobby. Vous pratiquez une activité physique régulière ?

Il voyait à son corps, à sa manière de bouger, que c'était le cas. Mais il était curieux de savoir ce qu'elle allait répondre.

— Quelquefois, répondit-elle en croisant les bras à la façon de quelqu'un qui ne veut pas se livrer. Nous avons une salle de gymnastique au journal.

Elle portait un jean court, une chemise blanche et une veste noire. Pas de décolleté... S'habillait-elle sobrement parce qu'elle était en deuil de sa cousine ou pour trancher avec l'univers *Killer Body* ? Comme ils se regardaient — ou plutôt se jaugeaient, debout l'un en face de l'autre —, il se demanda ce qu'elle portait quand elle ne travaillait pas.

— Entrez et asseyez-vous, proposa-t-il. Bobby va bientôt arriver. Il passe un coup de fil.

Il ne prit pas la peine de préciser que le vieil homme répondait à un appel prétendument urgent de Rochelle. Celle-là ne le lâchait plus.

Rikki s'installa dans un fauteuil en cuir. Il prit le canapé, face à la vue, et attendit qu'elle finisse de détailler la décoration de la pièce — les rayonnages de la bibliothèque derrière lui, les tables gigognes en ébène que la femme de ménage disposait en dégradé avec, sur la plus grande, un plateau rectangulaire en cuivre.

— Très joli, dit-elle.

Elle jeta un coup d'œil du côté des fenêtres, puis reporta son regard sur lui.

— On dirait que *Killer Body* se montre généreux avec vous.

— C'est Bobby qui est généreux. Je faisais un stage au *Times* quand je l'ai rencontré à l'occasion d'une interview. Nous nous sommes connus au bon moment, je suppose.

— Etait-ce avant ou après la mort de son fils ?

Elle lançait ses questions comme on lance une attaque, rapidement, puis scrutait son visage en attendant la réponse.

— Je vois que vous êtes bien renseignée.

— Assez.

— Je n'ai jamais vu Greg. Bobby ne fréquente ni la famille ni les amis de ses employés. Il est très rigoureux, cette règle s'applique dans les deux sens.

— Son fils est mort en 1999.

— Oui, dans un accident de voiture, ainsi que vous le savez sûrement. Ça ne me dérange pas d'en parler avec vous, mais il vaudrait mieux que nous choisissions un autre moment. Bobby ne va pas tarder à revenir et c'est un souvenir encore très douloureux pour lui.

Elle le dévisagea avec encore plus d'insistance.

— Vous êtes quelqu'un de très loyal.

— Bobby dit que le handicap d'un homme est aussi ce qui fait sa force.

— Pour soulever des poids ou dans le travail ?

— Dans la vie. Et vous, quel est votre handicap ?

La question avait fusé sans qu'il l'ait préméditée, et Rikki parut aussi surprise que lui.

— Mon handicap ?

— Bobby dit également que lorsqu'une personne répète une question avant de répondre, c'est qu'elle s'apprête à mentir.

Elle eut un rire gêné.

— Je n'ai rien à cacher.

— Quelle est donc votre force ?

— D'après mon patron, Dennis Hamilton, je suis particulièrement tenace.

— Tel un chien qui convoite un os ?

Elle hocha la tête.

— Sans doute.

— Ça ne fait pas forcément de vous quelqu'un de gentil.

— Du point de vue de l'os, probablement pas.

Ce fut comme si l'on venait de lever un voile. Toute trace de tristesse ou de défiance disparut du visage de Rikki. Lucas se tut.

Un ange passa.

Ils se regardaient droit dans les yeux, lui sur le canapé et elle dans son fauteuil, avec en fond la voix de Lyle. Ils échangèrent un sourire.

— Quand tout ça sera terminé, croyez-vous que nous pourrons passer un peu de temps ensemble ?

— C'est-à-dire ?

Elle avait répondu assez froidement et il songea qu'elle ne s'intéressait pas vraiment à lui.

— Désolé. Je suis un peu cavalier. D'autant plus que vous devez avoir un petit ami.

— Ce n'est rien.

Elle se pencha en avant.

— J'avais un petit ami. Si l'on peut dire…

Elle rougit.

— Mais c'est fini.

— Pourquoi ?

— C'est compliqué. Ça ne dépendait pas de nous.

— Mais vous avez toujours des sentiments l'un envers l'autre ?

Elle haussa les épaules.

— Comme je vous l'ai dit, ce n'est pas si simple. Et vous ?

— Je suis un bourreau de travail et il me reste peu de temps pour une vie privée.

Il aurait pu en rester là, mais il ne put s'empêcher de poursuivre, de lui dire la vérité. Une vérité qu'il n'avait même jamais confiée à Ellen.

— Avant de travailler pour *Killer Body*, j'ai été marié avec mon amour de jeunesse.

Visiblement, elle ne s'attendait pas à ça. Il se demanda ce qu'aurait dit Bobby W. à sa place.

— Pas longtemps, et ça a été l'erreur la plus monumentale de ma vie.

Elle fronça les sourcils.

— C'est vraiment charmant… Et flatteur pour votre ex-femme.

Décidément, il ne commettait que des impairs avec elle. Il se pencha lui aussi en avant et essaya de se rattraper.

— Elle penserait probablement la même chose en ce qui me concerne et elle aurait raison.

— Si vous le dites, commenta Rikki d'un ton conciliant.

Mais le moment de grâce était passé. Elle s'était de nouveau repliée sur elle-même.

— Vous pensez que M. Warren en a encore pour longtemps ?

Il venait justement de se poser la même question.

— Je vais voir ce qu'il fait.

Il monta les marches deux à deux. Il pensait à la fois où il avait sauvé le vieil homme de justesse en l'emmenant aux urgences.

Mais Bobby était probablement encore pendu au téléphone. En ce moment, il passait son temps à appeler de vieux amis ou d'anciennes maîtresses.

Lucas le trouva assis dans le bureau, à l'étage. Il lui tournait le dos et regardait par la fenêtre.

— Hé, fit Lucas en frappant doucement à la porte ouverte. Ça va ?

C'est alors qu'il remarqua les rayons du soleil qui jouaient sur la bouteille de bourbon.

Bobby W. se retourna, le regard embué par l'alcool et les larmes.

Il montra son portable d'une main tremblante.

— Elle m'a appelé, bredouilla-t-il.

— Qui ? Rochelle ?

Il secoua la tête et baissa les yeux vers le téléphone comme s'il avait regardé quelqu'un — ou plutôt son fantôme.

— Julie.

18.

Rochelle

En dépit de la conduite ahurissante de Jesse, ils arrivèrent en vie chez eux, et il la déposa dans l'allée en lui adressant une dernière recommandation.

— Tâche de manger un peu. Je vais m'acheter un sandwich en allant au bureau.

Elle approcha lentement de la maison, soulagée que le cauchemar de ces deux derniers jours soit maintenant derrière elle. Elle vérifia au passage la boîte aux lettres et y trouva des factures et des publicités, comme d'habitude. Jamais personne ne lui écrivait. Mais elle comptait sur un e-mail de sa fille. Megan lui donnait des nouvelles tous les jours.

Elle ouvrit la porte d'une main en tenant tant bien que mal le tas de factures qui glissait sur un catalogue. Merde, Jesse avait encore oublié de brancher l'alarme.

Elle lança le courrier sur le bar carrelé de blanc et admira un instant la grande affiche au-dessus du réfrigérateur noir. Elle avait vraiment de l'allure… Cette Rochelle-là avait beau appartenir au passé, elle avait marqué ces vingt dernières années — autant que les trois drôles de dames de la série *Charlie's Angels.*

Elle aurait bien allumé une cigarette, mais elle ne fumait jamais à l'intérieur de la maison : elle aurait eu l'impression de la souiller. Il suffisait de tromper son envie en s'occupant. D'abord ouvrir les factures. Ensuite allumer l'ordinateur.

Une enveloppe couleur crème s'échappa du catalogue Victoria's Secret. Sans doute un carton d'invitation. Elle l'ouvrit fébrilement. Ce n'était pas une invitation pour un défilé de mode, mais une carte d'inscription *Killer Body* où le sourire énigmatique de Julie Larimore s'affichait en grand. Au dos, il y avait le slogan de Bobbo — *Pour obtenir un corps de rêve, il faut le désirer* — et, dans un coin, là où auraient dû se trouver son nom et son adresse, ces mots : « N'essaie même pas. »

Rochelle lâcha la carte. Cette vilaine farce ne l'impressionnait pas. Celle qui avait fait ça — car il ne pouvait s'agir que d'une femme, probablement une gamine de l'âge de Tania Marie — ignorait à qui elle avait affaire. Mais cela lui déplaisait qu'on lui envoie cette saleté chez elle, qu'on viole son sanctuaire.

Elle la ramassa. Il fallait la garder afin de la montrer à Jesse. En collant ça sur le dos de Tania Marie, ils mettraient Bobbo de leur côté.

Elle allait ranger la carte dans l'enveloppe quand elle s'aperçut que celle-ci contenait autre chose. Elle la secoua. Deux morceaux de papier tombèrent. A première vue, il s'agissait de photographies découpées dans un magazine.

Mais en y regardant de plus près, elle reconnut le visage souriant de sa fille.

Elle bondit aussitôt sur le téléphone et composa le numéro de Megan, debout devant l'évier, tout en fixant par la fenêtre la plante grimpante à fleurs jaunes qui recouvrait la barrière. Rien ne laissait deviner qu'une ombre planait sur leur vie de privilégiés. Et pourtant, quelqu'un leur voulait du mal.

Megan décrocha dès la première sonnerie.

— Tout va bien, ma chérie ?

— Oui, pourquoi ? Tu as une drôle de voix, maman. Ne me dis pas que tu as recommencé à fumer…

— Ecoute, ma chérie. C'est très important.

Elle avait l'impression que quelqu'un lui serrait la gorge.

— Je veux que tu reviennes à la maison. Tout de suite.

— Que se passe-t-il ? demanda Megan d'une voix inquiète. Il est arrivé quelque chose à papa ?

Elle avait tout de suite pensé à son père. Il passait avant tout.

— Non, il ne s'agit pas de nous, je t'assure. Je veux juste t'avoir près de moi à la maison.

Elle entendit distinctement un soupir, puis Megan reprit la parole, plus calmement cette fois.

— Maman, je suis en plein milieu de mes examens. Je n'aurai jamais mon année si je laisse tomber maintenant. Tu as eu un problème avec *Killer Body* ?

Sans lâcher le téléphone, Rochelle allongea le bras pour fermer les volets.

— Oui, et je veux que tu rentres. Examens ou pas.

Rikki

J'entends Lucas qui referme la porte du bureau derrière lui et je comprends que mon interview avec Bobby Warren est compromise. Il va sûrement trouver une excuse afin de m'expliquer que son patron ne peut pas nous rejoindre.

J'ai profité de son absence pour me lever et admirer la vue sur la mer, ce que jamais je n'aurais osé faire en sa présence. Je ne suis pas étonnée qu'il ait tenté un rapprochement. Ça arrive souvent quand une jeune femme se rend chez un homme. Hier, je pensais encore que nous aurions pu nous entendre si nous

nous étions rencontrés à un autre moment. La promesse que j'ai faite à ma tante m'empêche d'aller vers lui. Et lui se doit de rester loyal envers Bobby. Pourtant, son charme discret m'attire et cela m'étonne : je n'ai pas encore oublié mon unique nuit d'amour avec Den.

Mais maintenant, je sais qu'un gouffre me sépare de Lucas. Il vit dans ce luxueux appartement meublé de chrome et de cuir, avec vue sur la baie et l'île, tandis que j'habite dans la vallée de San Joaquin. Et je m'y trouve bien, à condition de faire abstraction de mon voisin de gauche, ce cinglé qui prend son pick-up noir pour un salon et passe des heures à lire le journal sur le siège de sa voiture.

Ma vallée que j'aime tant et où il règne l'été une chaleur écrasante que les natifs supportent sans broncher, mais qui ferait fuir toute personne normalement constituée…

Je songe aussi que mon petit jardin se réduit à la dimension d'un timbre-poste depuis que j'ai décidé d'y planter des tomates, des poivrons et des piments. Les légumes ont envahi tout l'espace disponible. A l'intérieur, ce n'est pas très grand non plus et, dès l'entrée, les yeux tombent sur l'aspirateur, les factures qui s'entassent dans un coin, les magazines et les notes manuscrites que j'accumule pour mes articles.

A part ces menus inconvénients, ma maison me plaît, mais je ne suis pas certaine que Lucas la trouverait décente.

C'est vraiment déprimant de contempler sa vie à travers les yeux d'un homme que vous hésitez encore à approcher.

Ma vie sentimentale est un désert depuis ma désastreuse expérience avec Den. Mais j'ai appris à mes dépens que lorsqu'une relation paraît compliquée avant même d'avoir commencé, on court à la catastrophe. Je n'ai pas envie de souffrir, or je sais pertinemment qu'une liaison ne survit pas aux difficultés de la vie quotidienne quand elle débute avec un handicap.

En attendant, Bobby Warren ne se montre toujours pas. Je m'apprête à aller voir quand j'entends quelqu'un descendre l'escalier. Lucas. Il est seul et il arbore un air consterné. J'en conclus qu'il s'apprête à m'annoncer une mauvaise nouvelle, celle que je redoutais. Bobby se défile. Je décide de forcer le passage. Je ne repartirai pas sans ce que je suis venue chercher, même s'il faut pour ça sauter par-dessus ce magnifique canapé italien en cuir.

Il entreprend de s'expliquer. J'écoute patiemment.

— Bobby est très perturbé. Julie vient de lui téléphoner. Il parlait avec elle pendant que nous l'attendions ici.

Je subodore un mensonge, au moins par omission.

— Julie Larimore ? Vous pensez que je vais gober ça ?

Il me lance un regard tellement courroucé que je voudrais disparaître dans un trou de souris. Puis ses yeux s'adoucissent et je retrouve le Lucas que je connais. La remarque de Hamilton me vient aussitôt à l'esprit : la colère est une émotion secondaire. Est-ce la peur ou la douleur que cache la colère de Lucas ?

— Lui, en tout cas, en est persuadé, répond-il sans se démonter. Il prétend avoir reconnu sa voix, même si elle était légèrement déformée.

— Laissez-moi lui parler. Je peux vous être utile.

— Impossible.

En deux grandes et souples enjambées, il me barre l'accès à l'escalier et je mesure pour la première fois à quel point il est large d'épaules.

— Si elle l'a vraiment appelé, il faut savoir d'où.

Je me rapproche l'air de rien de mon objectif : l'escalier. Il n'oserait quand même pas employer la force. Je dois tenter le coup. C'est trop important. Je ne bougerai pas d'ici tant que je n'aurai pas entendu l'histoire de la bouche même de Bobby.

— Non, Rikki.

Il fait un pas de côté, juste au moment où je veux me faufiler. Dire que je songeais tout à l'heure à l'embrasser et qu'il est maintenant prêt à se battre avec moi.

— Je vous promets que vous serez la première informée s'il y a du nouveau. Mais il faut d'abord que je discute seul avec Bobby. Vous comprenez, n'est-ce pas ?

Je scrute ses yeux noirs à travers ses lunettes. Il dit la vérité. Il a peur et je suis brusquement devenue sa pire ennemie. Pourtant, grâce à lui, il y a seulement quelques minutes, je me sentais de nouveau désirable.

Je m'approche encore pour imposer mon point de vue, pour qu'il m'entende, malgré son angoisse.

— Nous n'avons pas le temps, Lucas. S'il s'agissait bien de Julie, elle a peut-être besoin d'aide. Il faut que je parle à M. Warren.

Son visage semble animé d'une volonté de fer et je comprends pourquoi il a obtenu tant de récompenses aux haltères. Il est du genre à ne jamais laisser tomber. Il préférerait mourir.

— Je regrette. Vraiment. Mais si vous ne partez pas tout de suite…

— Arrête tes conneries, Luke.

Bobby Warren est apparu en haut des marches, vêtu d'un survêtement vert océan. Il nous domine et nous contemple avec la dignité d'un monarque.

— Monsieur Warren…

Mais il m'interrompt aussitôt.

— Montez, ordonne-t-il. Vous tombez à pic. Ce n'est pas en

restant assis qu'on aidera la pauvre Julie. Tu n'es pas de mon avis, Luke ?

Lucas ne répond pas et je n'ai pas besoin de le regarder pour savoir qu'il me jette un regard noir. Obéissant, il recule d'un pas et se colle à la rambarde en chrome, comme s'il voulait se fondre en elle.

Je suis déjà en haut où ça empeste l'haleine de bourbon de sa majesté Bobby, et je lui emboîte le pas dans la pièce — apparemment le bureau de Lucas.

Une fois à l'intérieur, je ne sais plus trop que faire. Un grand bureau vert monté sur roulettes fait face à l'océan. Bobby Warren se dirige vers la chaise rembourrée au dossier en teck. Puis il se laisse aller — complètement. Son corps, sa peau, son regard, son attitude, tout paraît s'affaisser.

— Si vous voulez que je vous aide, il faut d'abord tout m'expliquer en détail.

— Rikki ! intervient Lucas.

Je l'ai senti derrière moi avant d'entendre sa voix. En ce moment, on ne peut pas dire que nous poursuivons le même but.

— Elle a raison, dit Bobby Warren avec des larmes dans les yeux.

Il tourne la tête vers Lucas.

— Il faut agir, Luke.

— Nous aviserons ensemble de ce qu'il faut faire. Dès que mademoiselle sera partie.

— Non. Je refuse d'attendre une minute de plus.

Cette fois, c'est moi qu'il regarde.

— Si je vous dis que Julie m'a appelé sur mon portable, vous me croyez ou vous pensez que je ne suis qu'un vieux fou ?

Que lui répondre ? Je reste debout près de lui, à tirer sur la chemise que j'avais choisie pour plaire à Lucas. Je lui ai plu, mais nous n'en sommes plus là. Quant à Bobby Warren, il a bien d'autres préoccupations.

— Si vous l'affirmez, je vous crois.

Il acquiesce d'un regard si vague que je me demande si nous ne devrions pas appeler une ambulance ou l'emmener aux urgences. Depuis la première fois que je l'ai vu, il a vieilli de dix ans. Il semble réellement paniqué.

— Personne ne me croira, continue-t-il. Même Luke pense que je débloque.

Puis il se tourne vers moi, comme pour s'assurer que je suis bien de son côté. Je m'approche.

— Vous dites qu'elle vous a appelé sur votre portable ?

Il hoche la tête et ramasse l'appareil qu'il avait posé sur le bureau.

— Je sais que c'était bien ma Julie. Elle m'a dit que nos coups de fil lui manquaient. Elle me téléphonait tous les matins afin que je lui donne du courage. Sa voix était comme étouffée, mais je suis sûr qu'il s'agissait bien d'elle.

— C'est facile à vérifier.

J'ai du mal à respirer et je me détourne un instant, face au tableau gris et blanc accroché au mur. Une peinture dont les teintes pastel m'apaisent.

— Votre portable conserve la trace des appels reçus, n'est-ce pas ?

— Je suppose.

Il le lève à hauteur de ses yeux, exactement comme mon oncle George — le dernier mari de tante Carey — quand il essayait de lire sans ses lunettes.

— Bobby ! tonne dans mon dos la voix de Lucas.

Je pose la main sur le téléphone.

— Vous permettez ?

— Bobby, il faut d'abord que nous en parlions tous les deux.

— Pourquoi ? Je n'ai rien à cacher et cette femme ne cherche qu'à rendre service.

— Elle veut écrire un article.

— Eh bien, qu'elle l'écrive, si ça peut permettre de retrouver Julie.

Il me tend le téléphone.

— Vous nous aiderez, n'est-ce pas ?

— J'essayerai.

Je ne peux pas m'empêcher de lancer un regard de triomphe en direction de Lucas. J'appuie sur la flèche du haut et l'écran du téléphone s'éclaire.

— Alors ? s'inquiète Bobby Warren.

— Vous venez effectivement de recevoir un appel.

J'entends distinctement le soupir de soulagement de Lucas. Il pensait sans doute que Bobby était complètement soûl et ce coup de fil, un délire d'alcoolique. Bon, d'accord, le vieux a reçu un appel, mais pour le moment, rien ne prouve qu'il émanait bien de Julie.

— Nous serons bientôt fixés, déclaré-je en manipulant de nouveau les touches du clavier.

Un numéro s'affiche.

— Ça vous dit quelque chose ?

Je tends le téléphone à Bobby, puis je me rends compte qu'il n'arrive pas à lire. Il refuse de porter des lunettes, par coquetterie sans doute.

Pendant qu'il déchiffre péniblement les chiffres, je me penche au-dessus de lui et je manque de défaillir sous l'odeur violente de son après-rasage qui masque mal celle du bourbon. Ça me rappelle le parfum entêtant de Rochelle McArthur, destiné à couvrir les relents de tabac froid.

Je lui prends le téléphone des mains et j'appuie sur *Rappeler.*

— Ça sonne.

Surprenant. On verra bien qui décroche.

J'entends le déclic d'un répondeur. Il faudra s'en contenter. Le téléphone toujours collé à l'oreille, je fais quelques pas en direction du tableau gris et blanc, car je me sens incapable de soutenir le regard suppliant de Bobby Warren.

« Bonjour, vous êtes bien sur le répondeur de Julie Larimore. Laissez un message et je vous rappellerai. »

Je reconnais immédiatement la voix douce. Pas de doute, c'est bien elle.

— Alors ? demande Bobby en se levant de son fauteuil.

Il va se placer près de Lucas. Maintenant, ils font bloc, face à moi.

Je tends le téléphone à Lucas.

— Je pense que lorsque vous aurez entendu ça, vous n'hésiterez plus à prévenir la police.

19.

Tania Marie

Mot du jour : *effroyable* : alarmant, effrayant, menaçant.

Ce soir, elle s'était réfugiée à la réunion *Weight Watchers* pour éviter de se goinfrer de gâteaux aux pépites de chocolat. Mais elle avait longuement hésité. D'abord parce qu'elle avait sûrement grossi depuis la dernière fois, et ensuite parce qu'elle craignait toujours que quelqu'un la reconnaisse et ameute les journalistes, lesquels ne manqueraient pas de se répandre en commentaires désobligeants sur sa corpulence. Elle n'était quand même pas obèse !

Maintenant, elle se sentait rassurée. Une chance. Les participants d'aujourd'hui semblaient seulement soucieux de leur petite personne et, à l'évidence, tout le monde se fichait de savoir qui elle était. Elle ne craignait pas non plus que M. Warren apprenne qu'elle suivait un programme minceur chez un concurrent. L'important était qu'elle perde du poids, peu importait comment. De plus, *Weight Watchers* donnait de meilleurs résultats que tout ce qu'elle avait déjà essayé — *Killer Body* compris.

Au moins, chez *Weight Watchers*, ils n'utilisaient pas de

musique. Pas comme dans les centres *Killer Body* où leur chanson, *Personality*, passait toutes les cinq minutes. En ce moment, au pays de Bobby Warren, les haut-parleurs braillaient probablement un refrain qui magnifiait le corps — quelque chose de sensuel et de narcissique à la fois. Quand on possédait une silhouette impeccable, c'était supportable, mais dans son cas…

Tout en attendant son tour pour la pesée rituelle, Tania Marie se demanda si elle devait ôter son chapeau de paille. Rien n'échappait à l'attraction terrestre en ce bas monde, même son tatouage à la cheville valait quelques milligrammes.

Le moment de vérité arrivait, c'était à elle. Elle rendit son sourire à la jeune femme élancée qui descendait de la balance et, laissant de côté sa fierté, elle ôta ses chaussures et lança sa montre en or — un cadeau de Virginia — sur la table en Formica.

— Bonjour, ma chérie. Alors, vous avez tenu le coup, cette semaine ?

Annie, la petite brune, était l'animatrice préférée de Tania Marie à cause de son accent de Brooklyn — le même que son père. Elle la trouvait attendrissante, avec ses courts cheveux bouclés et son petit corps bien fait que l'on devinait sous sa longue robe moulante indigo, du même ton que ses yeux.

— Je vous préviens, j'ai fait des conneries.

Avec Annie, elle n'avait pas besoin de censurer les grossièretés.

— Ne vous inquiétez pas. Je suis sûre que ce n'est pas aussi catastrophique que vous le croyez.

Tania Marie monta en fermant les yeux pour ne pas voir le chiffre qui s'affichait.

— Vous avez pris 450 grammes, murmura Annie.

— Seigneur, presque un demi-kilo !

— Ne vous laissez pas abattre. Pensez plutôt aux six kilos que vous avez perdus.

Six kilos. Vraiment ? Rien qu'en participant à ces réunions stupides pour obèses et en laissant de côté les Milanos et les petits plats que lui envoyait sa mère. Elle réfréna son envie de serrer les mains d'Annie, et descendit sans un mot de la balance pour enfiler ses chaussures.

— Merci. A présent, je dois partir.

— Vous êtes sûre ?

Cette fois, le sourire d'Annie n'était pas seulement amical.

— Pourquoi cette question ?

— Vous savez, ça peut paraître fou, mais les gens qui assistent aux réunions maigrissent plus vite. Nous avons des statistiques nationales qui le démontrent. Parce qu'ils se sentent entourés, soutenus.

Elle resterait donc pour la réunion.

— Au fait, reprit-elle après avoir remis son chapeau de paille, que pensez-vous de la méthode *Killer Body* ?

Annie fit la grimace.

— D'après leur publicité, elle est absolument parfaite, railla-t-elle. Avec eux, du moment que vous payez, on est content de vous. Ici, on exige des progrès.

A présent, Tania Marie était de retour chez elle, dans cette maison trop grande, trop claire le jour et trop sombre la nuit. Elle s'y sentait perdue. Dans la cuisine surtout.

Avant tout, elle avait besoin de manger. Elle ouvrit le congélateur et passa en revue les plats préparés par Virginia. Ce soir, pas question de se contenter d'un morceau de gorgonzola ou d'une salade de framboises. Noisette d'agneau à l'ail et purée de pommes de terre… Strudel de légumes… Saumon au beurre blanc… Non.

Elle referma violemment la porte et pensa aux paroles d'Annie : le plus difficile quand on avait commencé à perdre du poids était de conserver son acquis.

Elle devait tenir le coup, pour elle-même. Elle n'avait même pas faim. Elle mangeait afin de combler un vide, de calmer son angoisse. Mais elle apprenait peu à peu à surmonter ce problème.

Elle entra dans le petit réduit attenant à la cuisine qui lui servait de garde-manger, à la recherche de fruits secs à grignoter. Et ses yeux tombèrent sur une préparation pour gâteau de Savoie.

Pourquoi pas ? Le gâteau de Savoie n'était pas trop calorique, ni trop gras. Annie leur avait justement donné une recette aujourd'hui, avec des fruits. Avait-elle seulement des fruits dans ce foutu placard ? Voilà… De l'ananas en boîte. Parfait. Il ne lui restait plus qu'à le mélanger avec la préparation pour gâteau.

Quand ce fut fait, elle versa le tout dans deux grands moules en songeant que Virginia serait bien étonnée de la voir cuisiner. Puis elle fut tentée de goûter à la pâte crue — juste une lichette — et trempa la cuillère de bois dans la préparation.

Elle sentit un doux picotement contre son palais, comme des bulles de champagne qui explosent. C'était étourdissant. Digne des glaces Ben&Jerry… Impossible de résister, elle lécha la cuillère, puis nettoya du bout de l'index le plat dans lequel elle avait mélangé les ingrédients, jusqu'à ce qu'il soit propre et net.

Tout cela lui avait mis l'eau à la bouche et elle contempla les moules qui attendaient d'aller au four.

Elle en prit un et le huma. Après tout, rien ne l'obligeait à faire cuire les deux.

Elle allait plonger sa cuillère dans le moule quand un léger bruit attira son attention. Intriguée, le cœur battant, elle se dirigea vers la fenêtre de la cuisine et scruta le jardin à travers les volets. Tout paraissait calme. Elle alla lentement reposer le plat sur le plan de travail en granit de la cuisine. Elle tremblait, elle avait l'estomac noué, son cœur cognait dans sa poitrine. Comme le soir où on l'avait enfermée dans le sauna. Elle ne voulait pas revivre une telle angoisse. Elle se sentait incapable de supporter pareille épreuve une deuxième fois.

Appeler la police, c'était risquer de voir débarquer avec les flics une nuée de photographes qui ne se priveraient pas de publier des clichés de sa silhouette dodue en première page des journaux à scandales. Mais elle ne pouvait tout de même pas rester terrée dans cette cuisine avec la peur au ventre.

Un souvenir affleura à sa mémoire. La voix de son père qui tentait de la rassurer lorsqu'elle faisait des cauchemars.

La prochaine fois que tu verras ce monstre, demande-lui donc qui il est réellement.

Et s'il refuse de répondre, papa ?

Il répondra. Tu dois l'affronter.

Elle était sûre d'avoir fermé la porte de derrière à clé, mais elle traversa la maison en courant pour aller vérifier. Et celle de devant ? Elle refaisait le chemin en sens inverse quand on sonna.

Les mains moites, elle appela à travers la porte.

— Qui est là ?

— C'est moi, Jay Rossi.

— Laissez-moi tranquille.

— Impossible, Virginia veut vous voir.

— Je ne vous laisserai pas entrer. Allez-vous-en ou j'appelle la police.

— Ne soyez pas stupide. Je veux seulement vous aider. Votre mère s'inquiète beaucoup à votre sujet.

— C'est vous qui le dites.

— Téléphonez-lui, si vous ne me croyez pas.

— Vous savez bien qu'elle ne prend aucun appel quand elle travaille.

— Merde ! dit-il en donnant un coup de poing dans la porte. Nous n'avons pas de temps à perdre en conneries de ce genre.

Il y eut un bruit de clés et le verrou tourna. Ce n'était quand même pas Virginia qui lui avait confié un double. Mais qui d'autre ? La porte s'entrebâilla. Tania Marie courut vers le téléphone portable posé sur la table de la cuisine. Trop tard. Jay Rossi l'avait déjà rejointe et une main ferme l'arrêta.

— Laissez-moi, espèce de salaud !

Elle tenta de se libérer de sa poigne de fer, en vain. Il lui immobilisa les deux bras. Elle hurla, une main se posa sur sa bouche.

— Calmez-vous.

Elle voulut crier de nouveau, il accentua sa pression.

— Taisez-vous, dit-il calmement.

Il la poussa vers la porte de la cuisine qui menait au garage.

— Je ne veux pas vous faire de mal, mais je ne partirai pas sans vous. Nous allons sortir gentiment et monter dans mon pick-up.

Elle se débattit de toutes ses forces, mais elle n'était pas de taille à lutter contre lui. Le visage contre son torse, elle sentit qu'il la traînait et se mit à pleurer. Elle pouvait à peine respirer tant il la serrait.

Il relâcha légèrement son étreinte et elle continua à sangloter, tout en prenant une goulée d'air avec avidité.

— Bien. Etes-vous enfin disposée à entendre raison ?

Elle hocha lentement la tête.

20.

Lucas

Bobby W. arborait un visage radieux quand ils montèrent dans le bateau qui faisait la navette entre l'île et le continent. Une fois en mer, il s'épanouissait comme une fleur qui a besoin d'eau. Une vedette de patrouille s'approcha doucement d'eux et Bobby W. leur fit signe. Cette escapade le rajeunissait. Lucas remarqua qu'il se tenait droit et bien campé sur ses jambes pour la première fois depuis longtemps.

— J'aime l'air du large.

Les autres passagers du bateau se tournèrent vers lui. Quelques femmes sourirent et un couple échangea des signes entendus.

— Hé ! fit une jeune fille blonde dont les fins cheveux flottaient au vent. Vous n'êtes pas le type de *Killer Body* ?

— Entre autres titres moins prestigieux, répondit-il.

Il avança la tête hors de son col montant et lui lança ce que Lucas appelait son regard appréciateur, lequel obéissait à une hiérarchie immuable : d'abord les seins, puis les jambes, et en dernier, le visage.

— Chère mademoiselle, minauda-t-il, puis-je me permettre de vous faire remarquer que la nature vous a particulièrement gâtée ? Soyez prudente, c'est un patrimoine qu'il n'est pas toujours facile de conserver en prenant de l'âge.

— Merci. Je suis très flattée.

Elle donna un coup de coude à son ami et se rengorgea dans son petit haut noir, sa poitrine menaçant de s'échapper de son décolleté plongeant.

Le charme du vieil homme fonctionnait toujours. Lucas remarqua qu'il avait les yeux brillants et que ses joues roses luisaient sous les lumières du port. Peut-être commençait-il enfin à oublier un peu Julie, à penser à autre chose.

Mais Rikki, que dira-t-elle ?

La question avait surgi brusquement. Il revit le regard intense et troublant de la journaliste, son menton volontaire, l'accusation muette qui se lisait parfois dans ses prunelles si bleues. Pour la première fois depuis son divorce, il se sentait attiré par une femme au point d'en oublier ses priorités.

— Alors, monsieur Warren ? reprit la blonde en bombant sa poitrine opulente avec ostentation. Quand choisirez-vous la nouvelle Julie ? Mon ami et moi, nous avons un faible pour la princesse Gabby.

Bobby s'accrocha à la rambarde.

— Je ne sais pas. De toute façon, il n'y aura jamais d'autre Julie, elle sera bientôt de retour, vous verrez.

Sa voix dérailla. Ils s'approchaient déjà de la jetée. La jeune fille fronça les sourcils et se détourna, ne s'intéressant plus qu'à l'accostage.

Le vieil homme hocha la tête et adressa à Lucas un sourire indulgent.

— Le plus grand défaut d'un homme fait bien souvent sa force, murmura-t-il.

— Et quel est le plus grand défaut de cette charmante demoiselle ?

— Elle croit que sa beauté est éternelle.

— Et c'est une force ?

Bobby leva un sourcil méfiant.

— Peut-être. Tout dépend du point de vue.

Ils échouèrent dans un café et mangèrent un bol de soupe, accompagné d'un pain qui sentait la levure et dont Bobby prit soin d'enlever la mie. Il grignotait la croûte, tout en sirotant son bourbon.

— Qu'allons-nous faire, Luke ?

— De quoi parles-tu ?

Une gorgée. Une bouchée.

— De Julie, bien sûr.

Lucas regarda dehors, à travers les rideaux bleu et blanc. Une foule bruyante de touristes emplissait les rues et les commerces. Ici, de ce côté de l'île Catalina, les gens venaient pour se promener et se divertir, mais restaient rarement plus de quelques heures.

— Tu ne crois pas qu'elle finira par refaire surface d'elle-même ?

— Ça m'étonnerait, répondit Bobby en secouant la tête. Si elle avait le choix, elle serait déjà là. Je l'ai trouvée étrange au téléphone.

— Etrange ? Comment ça ?

Chaque fois qu'il parlait avec Bobby, il fallait faire le tri entre réalité et fantasme.

— J'ai eu l'impression qu'elle ne s'exprimait pas librement. On aurait dit qu'elle récitait une leçon bien apprise.

Il prit sa carte de crédit et se leva.

— Elle ne semblait pas aller très bien. Peut-être qu'elle voudrait rentrer et qu'elle ne peut pas.

Lucas ne prit pas la peine de lui rétorquer que la jeune femme avait coutume de n'en faire qu'à sa tête. Ils ne voyaient pas Julie de la même façon.

Ils sortirent.

— Quelle est la prochaine étape ? demanda Lucas. Luau Larry's ? Le Marlin Club ?

— Le Marlin, bien sûr. J'adore leur bar en forme de poisson. J'y venais souvent avec Dolores, dans les années 80. Ensuite elle a eu son cancer. Mais elle était toujours la plus belle de l'île. Et la plus belle femme tout court.

Ils prirent donc la rue qui menait au passé de Bobby. L'air vif leur fouettait le visage et Lucas espéra que le vieil homme avait oublié Julie. Il n'en était rien.

— Il faut engager un détective pour la rechercher, décréta-t-il comme si c'était aussi simple que de commander à boire.

Lucas sentit une désagréable démangeaison le long de sa colonne vertébrale.

— Un détective, répéta-t-il en écho.

— Ou une journaliste, dit Bobby en s'arrêtant brusquement, le sourcil levé. Cette jeune femme m'a fait une excellente impression.

Il sentit une bouffée de chaleur envahir son visage, en dépit de la fraîcheur de l'air.

— Rikki ? Pas question.

— Les cheveux courts, c'est généralement affreux chez une femme. Mais, elle, ça lui va très bien. Tu as vu comme elle est bien foutue ?

— Et alors ? Je connais des tas d'autres femmes séduisantes.

— Ellen, par exemple ?

— Ellen et moi, nous n'avons que des relations strictement professionnelles.

— Vous mangez ensemble plusieurs fois par semaine et tu n'as rien obtenu d'elle ?

— Tu sais bien que c'est contraire à l'éthique *Killer Body*. Pas de contacts avec les collègues en dehors du travail. Je me trompe ?

Bobby serra ses lèvres fines et leva un sourcil.

— Et ça t'arrêterait ?

— Avec Ellen, sans aucun doute. Et je me suis abstenu avec d'autres par le passé pour la même raison. Tu me trouves trop sage, n'est-ce pas ?

Le Marlin Club était ouvert. Lucas se tournait vers Bobby pour lui demander si les physionomistes qui filtraient à l'entrée les laisseraient passer quand un individu, coiffé d'un bonnet, faillit le renverser.

— Vous ne pouvez pas faire attention, espèce de connard ? gronda l'homme.

Il était vaguement habillé en marin. Probablement un loueur de hors-bords.

Lucas se rebiffa.

— C'est plutôt vous qui devriez regarder où vous allez.

— Vous croyez ? répliqua le marin en brandissant une sorte de bâton.

Lucas leva les bras pour parer le coup, mais l'autre le frappa de toutes ses forces. Il ressentit une violente douleur et tomba. Seigneur, non… Pas sur Bobby W.

Mais c'était bien Bobby qui gémissait sous lui.

— La prochaine fois, vous ferez attention, bande de cons.

La voix de l'homme — un murmure rauque — lui parut réellement effrayante. Lucas tenta d'ouvrir les yeux, sans succès.

— Laissez-la tranquille, lâcha l'homme.

— Mais de quoi parlez-vous ?

Il obtint pour toute réponse un coup de pied dans les côtes.

— Julie, crétin. Ne vous avisez même plus de prononcer son nom. C'est compris ?

De nouveau, il ressentit une violente douleur, cette fois dans le bas du dos.

— Oui. Oui, j'ai compris.

L'homme lui balança en guise d'adieu un dernier coup de pied, encore plus brutal que les deux autres. Instinctivement, Lucas se recroquevilla pour se protéger. Cet homme frappait avec un plaisir évident, par pur sadisme.

A côté de lui, Bobby W. eut un haut-le-cœur. En entendant ses borborygmes, Lucas trouva la force de réagir et ouvrit les yeux. Au même moment, une femme se mit à hurler.

Tania Marie

Mot du jour : *rétablissement* : retour à un état antérieur après une maladie ou une période difficile.

Ils roulèrent à tombeau ouvert sans s'arrêter une seule fois — pas même pour manger ou aller aux toilettes — et se garèrent juste devant l'enseigne au néon où s'affichait en lettres mauves le nom du restaurant de Virginia.

Rossi lui ordonna d'attendre, mais il pouvait aller se faire voir. Elle ouvrit sa portière dès qu'il fut descendu. Saloperie de pick-up de merde. Il y avait de quoi se casser une jambe en descendant de là.

— Je vous avais dit de rester tranquille.

— Je vous emmerde.

Durant le long trajet jusqu'à San Francisco, Tania Marie n'avait pas desserré les dents. Elle avait eu le temps de réfléchir et elle savait ce qui lui restait à faire. Plantant là son garde du corps, elle fila comme une furie à l'intérieur, passa devant le crâne chauve de Max qui accueillait les clients à l'entrée — toujours fidèle à son poste —, puis devant l'hôtesse en longue robe noire. En dépit de l'heure tardive, la salle était encore très animée. Tant mieux. Les clients ne regretteraient pas de s'être attardés, ils allaient en avoir pour leur argent. D'un pas décidé, Tania Marie entra dans la putain de sacro-sainte cuisine.

Virginia qui s'activait avec sa blouse blanche ressemblait à une caricature de savant fou. En l'entendant entrer dans son sanctuaire, elle tourna brusquement la tête et ses cheveux coupés au carré, de la même couleur que les siens, bruissèrent comme un tissu.

— Il t'a fait entrer dans le restaurant ? s'exclama-t-elle en secouant la tête comme si elle rabrouait un de ses chefs cuisiniers. Quel crétin !

— Je vous défends de m'insulter, intervint Rossi. Ce n'est pas parce que je suis votre employé que vous pouvez tout vous permettre.

Il passa devant Tania Marie et se planta devant Virginia. Elle était aussi grande que lui.

— Mais enfin, vous savez très bien qu'elle ne va pas se gêner pour faire une scène en public !

Rossi soutint son regard.

— Vous vouliez peut-être que je l'attache dans le pick-up ?

Pas mal. Tania Marie n'avait jamais vu personne s'adresser à Virginia sur ce ton. Elle se régalait.

— Bien sûr que non.

— Vous m'avez demandé de vous l'amener, j'ai obéi. Et maintenant, vous me reprochez de l'avoir laissée entrer dans le restaurant…

Il jeta un coup d'œil vers Tania Marie, puis regarda de nouveau Virginia.

— Au cas où vous ne le sauriez pas, votre fille n'en fait qu'à sa tête.

— Je m'en suis aperçue, figurez-vous.

— Depuis quand ? lança Tania Marie.

Cette fois, elle ne pouvait écouter sans intervenir. Elle vint se placer au côté de Rossi, tout près du visage écarlate de Virginia.

— Depuis quand t'intéresses-tu à moi ?

— Parle moins fort, Tania Marie.

— Non !

— Je t'ordonne de baisser le ton. Tu es ici dans ma cuisine, dans mon restaurant.

Tania Marie parcourut la cuisine du regard. Elle se sentait calme, maîtresse d'elle-même, et cela la surprenait. Les cuisiniers continuaient à préparer les offrandes pour la déesse Virginia, surveillant les sautés et l'eau bouillante des pâtes. Tout le monde avait toujours plié devant sa mère. Tout le monde, sauf elle.

— Il s'agit de ma vie.

Tania Marie se mit à marcher de long en large, derrière les toques blanches alignées devant les fourneaux. Chacun prenait soin de baisser le nez à son approche.

— Ma vie, putain ! Comment as-tu osé envoyer quelqu'un pour me sortir de ma vie ?

Virginia s'appuya au comptoir, leva la main droite et fit un vague geste en direction de Rossi.

— Emmenez-la chez moi. Nous parlerons de tout ça quand j'en aurai terminé ici.

— Je n'irai pas chez toi ! tempêta Tania Marie.

— Tu iras, ma chère. Je ne peux pas te rejoindre maintenant et je n'ai pas le temps de me disputer avec toi.

— Vous n'avez pas entendu ? dit Rossi en posant une main sur le bras de Tania Marie. Elle vous a dit non.

— A vous de la décider, Jay.

Virginia avait pris sa voix la plus douce, la plus enjôleuse. Celle qui lui avait permis de devenir le chef féminin le plus célèbre des Etats-Unis — en plus de son talent, bien sûr. Même Rossi ne pouvait y résister, Tania Marie le savait.

— Je m'en vais, déclara-t-elle. Vous m'avez fait perdre assez de temps, tous les deux. Je rentre à Santa Barbara.

Elle jeta un regard en coin à Rossi et ajouta :

— Avec ou sans vous.

— Ce sera avec moi, dit Rossi en lui serrant le bras. Je regrette de vous avoir obligée à venir jusqu'ici. Je croyais sincèrement qu'elle s'inquiétait.

Virginia referma les doigts sur le poignet de sa fille — un étau de glace.

— Puisque c'est comme ça…

Puis elle la relâcha et se dirigea d'un pas décidé vers son bureau qu'une simple cloison de verre séparait de la cuisine. Tania Marie la suivit. La petite table était couverte de papiers et de Post-it — surtout de Post-it.

— Voilà, mademoiselle corps-de-rêve, dit Virginia en lui tendant une enveloppe.

— Qu'est-ce que c'est ?

— Regarde toi-même, puisque tu es si intelligente.

Tania Marie nota d'abord que l'adresse avait été dactylographiée, puis, du bout de l'index, elle sortit une carte *Killer Body*. Au dos, il y avait un message en lettres d'imprimerie. Ses mains tremblaient tellement qu'elle le déchiffra avec difficulté.

Eloignez votre fille de Killer Body.

Il y avait encore autre chose à l'intérieur. Qu'est-ce que c'était ? Il lui semblait reconnaître l'image. Merde, mais c'était elle — enfin, sa moitié inférieure. On voyait un short, le tatouage de sa cheville, de petites chaussures à brides.

Le cliché avait été découpé en deux.

— Qu'est-ce que ça signifie ? demanda-t-elle en l'agitant sous le nez de Virginia.

— Je l'ignore.

C'était la première fois de sa vie qu'elle voyait sa mère au bord des larmes.

— Je voudrais que tu restes avec moi quelque temps. Je m'inquiète de te savoir si loin.

Elle pleurait pour de bon, à présent. Pour elle. Tania Marie la prit dans ses bras.

— Ce n'est rien. Ça ira.

Virginia leva vers elle ses yeux pleins de larmes.

— Mais tu ne veux pas rester.

— Je ne peux pas, je regrette, s'excusa-t-elle en la serrant très fort. Il est trop tard.

Recroquevillée sur la banquette de cet horrible pick-up, Tania Marie revoyait encore le visage éploré de sa mère.

— Le moins qu'on puisse dire, c'est que vous lui avez tenu tête, commenta Jay Rossi avec un petit sourire prodigieusement agaçant.

Il portait son éternel ciré, un pantalon kaki et des bottes.

— Je ne vois pas ce qu'il y a de drôle. Vous m'avez obligée à sortir de chez moi. Ma mère vous avait donné l'ordre de m'enlever, c'est vrai. Mais ce n'est pas une excuse.

— Elle a vraiment peur pour vous. Vous vous en êtes rendu compte, je suppose.

— Disons plutôt qu'elle se sent coupable.

Elle n'arrivait pas à concevoir que sa mère puisse s'inquiéter de son sort. C'était tellement incroyable... Mais elle n'allait pas confier ses états d'âme à ce paysan.

Elle se cala contre le dossier de son siège lorsqu'ils s'engagèrent sur l'autoroute, un enchevêtrement de lumières et de voitures. Rossi conduisait d'une main sûre et elle avait confiance en lui.

— On lui a envoyé une carte *Killer Body* et une photographie de moi... La belle affaire ! C'est signé Rochelle ou la princesse Gabby. L'une d'elles veut m'effrayer afin que je me retire de la course. Je pencherais pour cette salope de Rochelle.

— J'espère que vous ne vous trompez pas.

— Quand on a enduré ce que j'ai enduré cette année, on ne se laisse pas émouvoir par un courrier anonyme.

— Ce n'est pas une raison pour amocher ceux qui cherchent à vous aider, remarqua-t-il en se frottant la joue.

Tania Marie contempla la mince estafilade qui barrait sa pommette. Elle avait dû le griffer en se débattant tout à l'heure. Bien fait !

— Vous n'aviez pas à forcer ma porte.

— Je le referais, s'il le fallait, répondit-il. Et si vous voulez mon avis, je trouve que vous ne devriez pas retourner chez vous.

Son assurance ébranla Tania Marie. Les menaces émanaient

peut-être de la personne qui l'avait enfermée dans le sauna... Elle n'était pas près d'oublier cette sensation atroce d'étouffement, le désespoir qui s'était emparé d'elle quand elle s'était crue perdue.

Rossi lui jeta un regard méfiant.

— A quoi pensez-vous ?

— A rien de spécial.

— Vous voulez qu'on en parle ?

— Ça ne vaut pas la peine de s'appesantir sur le sujet.

Elle croisa les bras et s'enfonça un peu plus dans son siège.

— Virginia a raison. Vous êtes trop exposée là où vous habitez. Vous devriez déménager.

— Dans un appartement choisi par Virginia ? Pas question. Vous prétendez que je ne suis pas en sécurité chez moi, mais qu'en savez-vous ?

— Vous ne possédez pas de système d'alarme et l'accès par le jardin n'est même pas correctement éclairé. Vous sortez à n'importe quelle heure pour arroser vos plantes, à moitié nue — pardonnez-moi de vous le faire remarquer. Vous ne vous enfermez jamais dans la salle de bains. Enfin, il y a un trou dans la moustiquaire de la porte de la terrasse. N'importe qui pourrait entrer par là.

Elle frissonna en l'entendant décrire avec tant de précision sa maison et ses habitudes.

— Depuis combien de temps m'espionnez-vous ?

— Je ne vous espionne pas. Virginia me paie pour que je veille sur vous.

— A mon insu.

Cette fois, elle était vraiment furieuse.

— Pourquoi ne pas m'en avoir parlé ?

Elle avait élevé la voix et il en fit autant.

— Parce que vous m'auriez envoyé au diable.

— Vous auriez pu essayer de me convaincre.

— Je l'ai fait, vous ne vous en souvenez pas ? Et vous n'avez rien voulu entendre. Vous avez failli crever dans ce club de remise en forme, on vous a photographiée presque nue, et maintenant, quelqu'un envoie des menaces à votre mère… Vous ne trouvez pas que ça suffit ?

Elle eut tout à coup très froid et arrêta l'air conditionné.

— Mais qu'est-ce que je peux faire ? Je suis sûre que Virginia veut encore m'envoyer en Europe. C'est ce qu'elle a fait la dernière fois que j'ai eu des emmerdes. Vous ne pouvez pas vous imaginer à quel point on se sent seule quand on déambule dans Paris avec le cœur brisé et la peur d'être démasquée par les journalistes.

Elle vit son visage s'adoucir un peu et il parut réfléchir.

— Non, je ne peux pas l'imaginer, en effet.

Elle crut déceler une note d'inquiétude dans sa voix.

Elle regarda par la vitre de sa portière. Ils ne devaient plus être très loin de Santa Barbara car elle sentait déjà l'air vivifiant de l'océan. Elle avait hâte d'arriver. Ils roulaient depuis des heures dans cet inconfortable pick-up et elle avait mal partout.

— Cette fois, vous risquez bien plus que d'être débusquée par quelque journaliste en mal de scandale, reprit-il.

— Pourquoi moi ?

Elle songea à Paris, à son aventure dans le sauna, à cette année affreuse, et les larmes lui montèrent aux yeux.

— Ce n'est pas juste. Après tout ce que j'ai traversé, je mérite de m'en sortir. *Killer Body* représente une formidable occasion.

— Une occasion de quoi ?

Elle pensa au mot du jour : rétablissement. Seigneur ! Comme Marshall lui manquait… Et comme elle le haïssait.

— De rétablissement. L'occasion d'obtenir un travail décent. Bien sûr, je peux toujours me montrer dans les talk-shows, mais tout ce qu'on attend de moi, c'est que je confie des détails sordides de ma vie privée.

Et que je montre mes seins.

— Qui a bien pu vous tendre ce piège au club de remise en forme ? Vous avez une idée ?

Cette question la rendait folle. Aucune réponse ne la satisfaisait.

— Peut-être Rochelle. Ou son mari, Jesse.

— Pourquoi eux ?

— Jesse McArthur a essayé de m'acheter et il a fait de même avec la princesse Gabby. Vous vous souvenez ? Ils essaient de nous effrayer.

Elle essuya les larmes qui coulaient sur ses joues, mais elle n'arrivait pas à s'arrêter de pleurer. Elle avait tant de raisons d'être malheureuse…

Rossi conduisait d'une main, un bras posé sur le dossier du siège près de lui, comme les fermiers. D'ailleurs, tous les bouseux dans son genre utilisaient sûrement des véhicules pareils à ce pick-up noir.

— Ça ne prouve rien, observa-t-il. Peut-être que vous et la princesse Gabby savez quelque chose que Rochelle ignore.

Elle ne voulait même pas y songer. Elle préférait se raccrocher à la seule explication qui lui venait à l'esprit.

— C'est ridicule.

Elle avait la nausée. Cela faisait trop longtemps — depuis la trahison de Marshall — qu'elle refoulait ses sentiments. A présent, elle avait trop peur, elle souffrait trop. Il fallait que ça sorte.

— J'ignore si la princesse Gabby sait quelque chose.

— Et vous ? insista-t-il.

Le trafic s'intensifiait et le bruit des voitures gênait à présent leur conversation.

— Rien qui serait susceptible de me mettre en danger, en tout cas.

Elle s'obligea à respirer calmement. Il lui parlait comme à une gamine et elle s'attendait qu'il continue, mais il se tut. Avec le silence qui s'installait dans le pick-up, le bruit des voitures redevint un doux ronronnement. Bercée par le bruit, elle se renfonça dans son siège et s'essuya les yeux.

Finalement, il reprit la parole.

— Quelqu'un se sent peut-être menacé par ce que vous savez. En parler vous aiderait sans doute à y voir plus clair.

— A vous, par exemple ?

Et il irait immédiatement le rapporter à Virginia, bien entendu.

— Pas forcément. A quelqu'un en qui vous avez confiance.

Il avait l'air bien sûr de lui. Pourtant, elle ne lui avait jamais dit qu'elle savait quelque chose. Jamais elle ne parlerait de ça. On ne la croirait pas.

— Ne dites à personne que j'ai pleuré.

— Promis.

— Merci.

— Je suis muet comme une tombe. C'est pour ça que Virginia m'a choisi pour vous protéger. Elle sait parfaitement que la plupart des gens en profiteraient pour tout raconter aux journalistes ou répandre des commérages.

— Et pas vous ?

— Je vous en prie, répliqua-t-il en la fusillant du regard. Vous croyez vraiment que je m'abaisserais à ça ?

— Je n'en sais rien.

— Eh bien, vous devriez le savoir. On m'a appris qu'on ne frappe pas un homme à terre.

Elle ne s'était pas attendue qu'un connard aussi prétentieux tienne ce genre de discours, et elle se détendit un peu.

— Sans blague ? demanda-t-elle.

Les fines lèvres de Rossi s'élargirent en un sourire.

— Sans blague.

Ils continuèrent à rouler en silence. Tania Marie songeait à Marshall, à leur amour, à leurs promesses de fidélité. Elle avait été bien naïve de croire un homme marié qui lui jurait de l'aimer toujours. Et bien bête de penser qu'elle pouvait l'emporter sur l'épouse légitime. De toute façon, le seul vrai gagnant de ce genre de guerre était toujours le mâle.

— Le pire dans tout ça, c'est que tout le monde pense que je suis une traînée.

— Pas moi, corrigea Rossi.

— C'est vrai ?

— Oui. Vous êtes tombée amoureuse du mauvais type, c'est arrivé à d'autres. Un jour, il faudra que vous racontiez votre version de l'histoire.

— Par exemple en écrivant un livre ou en acceptant de me confesser publiquement ?

Jamais elle ne pourrait se livrer en public.

— De toute façon, Virginia ne veut pas.

— C'est compréhensible. Mais n'oubliez pas qu'il s'agit de votre vie, pas de la sienne.

Il parut sur le point de lui faire un sermon. Finalement, il se ravisa et secoua la tête.

— Je parle beaucoup, mais j'ai obéi à mon père quand il m'a obligé à poursuivre mes études.

Sa voix était pleine d'une ironie mordante. Il était bien plus dur avec lui-même qu'il ne l'avait été avec elle.

Elle lui tapota gentiment la main.

— Ne soyez pas si intransigeant avec vous-même. Je crois me souvenir que vous avez tenu tête à Virginia. Je suis d'ailleurs étonnée qu'elle ne vous ait pas viré sur-le-champ.

— Je l'emmerde.

Il ralentit et fit descendre un peu sa vitre.

— Avec tout le respect que je lui dois, je crois que je n'ai pas besoin d'elle. Je suis suffisamment bon pour m'en sortir tout seul.

Elle espérait pour lui que c'était vrai. Et aussi que Virginia n'allait pas le virer. Que lui arrivait-il ? Voilà qu'elle se prenait d'affection à l'égard d'un type qui l'avait enlevée en pleine nuit et qu'elle se laissait aller à lui faire des confidences.

— Il y a moyen d'écouter de la musique dans ce pick-up de kidnappeur ? demanda-t-elle.

— Delbert Mac Clinton, ça vous va ?

Sans attendre sa réponse, il appuya sur un bouton et une voix rauque de blues résonna dans la cabine.

— Rossi, je crois que vous êtes quelqu'un de très doué.

— Vraiment ?

Ils avaient pratiquement passé la nuit à rouler et le jour allait bientôt se lever. A sa droite s'étendait l'océan, éclairé par les étoiles et les lumières des bateaux. Rossi ne lui semblait plus si petit, maintenant. Elle le trouvait attachant et séduisant, avec un côté mauvais garçon qui ne manquait pas de charme. Il souriait.

— Il semble qu'il soit trop tard pour aller se coucher, commenta-t-il. Que diriez-vous d'un verre de vin ?

L'interview

Quels mannequins admiriez-vous le plus quand vous étiez adolescente ?

Je ne sais pas. Je n'ai jamais cherché à copier qui que ce soit. Je ne voulais ressembler à personne d'autre qu'à moi-même et ça n'a pas été facile de me faire une place dans ce milieu.

Ce que je visais, c'était la perfection. Partout. Même en classe. J'avais honte de mon corps et j'ai travaillé pour qu'il devienne parfait. C'est comme ça que j'ai décroché *Killer Body*, mais je sais que j'aurais œuvré avec le même acharnement dans un autre domaine s'il avait fallu.

Le hasard a voulu que je m'inscrive à un club de remise en forme où j'ai rencontré une amie de M. Warren. Je l'appelle toujours M. Warren, vous savez. Elle me l'a présenté et il m'a engagée. Ensuite, j'ai travaillé comme une forcenée pour atteindre mon idéal de perfection.

A ce moment-là, j'entamais une nouvelle vie, mon passé était derrière moi. Mais il a resurgi et je ne peux pas m'en débarrasser aussi facilement que la première fois. Je me sens complètement désarmée. J'ai besoin qu'on m'aide, qu'on s'occupe de moi. Comme d'une enfant.

21.

Rikki

Julie Larimore a disparu, mais Bobby Warren a reçu un coup de fil qui émanait de son portable. Il prétend que c'était Julie et qu'elle lui a promis de revenir. Cela dit, il avait beaucoup bu et il a peut-être pris ses désirs pour des réalités. Lucas a insisté afin de remettre l'interview à plus tard, et quand j'ai demandé s'ils cherchaient toujours quelqu'un pour représenter *Killer Body*, aucun d'eux ne m'a répondu. Mais j'ai vu des larmes dans les yeux du vieil homme.

Je ne pense pas que je pourrais vivre dans une ville comme Santa Barbara. Ce climat trop clément et ce décor de carte postale donnent à la ville une atmosphère déliquescente qui me déprime. En rentrant à mon hôtel tard hier soir, je me suis arrêtée pour acheter un sandwich : poivrons rouges, dinde, laitue et tomates. Je ne crois pas qu'un truc pareil se vendrait ailleurs que dans ce petit monde « tellement califoornien », comme dirait la princesse Gabby. Ensuite, j'ai acheté du jus de carotte à un vendeur ambulant barbu. Même les gens de la rue sont politiquement corrects, ici.

J'ai raconté ça à Hamilton quand il m'a appelée et ça l'a fait rire — pourtant, on ne le déride pas aisément. Il m'a rejointe ici et j'en suis ravie, non seulement parce qu'il va m'aider dans ma tâche, mais aussi parce que au milieu de tous ces gens coulés dans le même moule — celui de la musculation —, j'ai besoin de parler avec une personne normale, bien réelle.

J'ai passé une partie de la nuit à compulser une pile de documents, épluchant les interviews de Julie Larimore, les transcriptions d'émissions télévisées, les articles sur elle ou *Killer Body*. La vie de cette femme se résume à une longue suite d'entretiens avec les journalistes.

— Je crois qu'elle ne me plaît pas, dis-je à Den.

Nous roulons dans sa Volvo, vers le club de remise en forme où Tania Marie s'est trouvée enfermée la semaine dernière. En longeant la plage, nous passons devant les bateaux alignés le long de la jetée. Je sais que Lucas en possède un et je contemple les voilures blanches en me demandant lequel est le sien.

Je suis déjà passée au club ce matin avec Den, mais on nous a priés de revenir en fin de journée, aux heures où l'on peut trouver la responsable de soirée. En attendant, nous avons tué le temps et flâné sur les trottoirs bondés de Santa Barbara, tout en parlant de Julie Larimore. Nous avons déjeuné ensemble, remonté State Street en faisant les boutiques et en échangeant des commentaires sur les spécimens qui s'exhibent ici. Au bout de la neuvième ou dixième femme en short et dos-nu — sans soutien-gorge — qui nous dépassait en courant, je n'ai pas pu m'empêcher de faire remarquer à Hamilton que les hommes de notre vallée sont privés de ce genre de spectacle. Il a rougi en prétendant qu'il ne voyait pas de quoi je parlais.

— Que reproches-tu à Julie ? demande Den. Tu ne la connais pas.

Il aime que l'on justifie ses opinions, il lui faut des faits.

— J'ai étudié ses interviews. Elle donne son avis sur tout, mais je n'ai pas détecté une once d'humanité dans ses réponses.

Elle ne cesse d'émettre des jugements catégoriques. *Si je peux le faire, vous le pouvez aussi, sinon c'est que vous n'êtes qu'un flemmard…* Ce genre de choses.

— Pourtant, elle plaît au public. Les gens l'admirent.

— Ils admirent son allure, son intelligence. Et son corps magnifique, bien sûr.

— Que sais-tu d'autre à son sujet ?

Il m'observe avec attention et j'ai l'impression qu'il attend une réponse précise.

Je fronce les sourcils.

— Tu as découvert quelque chose que j'ignore ?

— Peut-être, répond-il avec ce sourire indéchiffrable qui m'impressionnait tant. Que dirais-tu si je t'apprenais que Julie Larimore n'existe pas ?

— Je dirais que tu pètes les plombs.

Il a beau fixer la route, je sens l'intensité de son regard.

Je me tourne vers lui pour scruter son visage têtu et mal rasé, son profil aigu. Du coup, il me regarde aussi.

— Eh bien, tu aurais tort. La Julie Larimore qu'on présente au public n'existe pas, elle n'a jamais existé.

C'est seulement maintenant qu'il m'apprend qu'il a mené sa petite enquête de son côté et qu'il n'a pas trouvé trace de Julie Larimore avant son embauche à *Killer Body*…

Je lui dis aussitôt que j'en parlerai à Lucas Morrison. Je suis furieuse, Lucas m'a menti — au moins par omission.

Nous arrivons au club. Den se gare et nous sortons de la voiture. Je ne connais cette ville que depuis peu, mais j'ai eu le temps de remarquer qu'elle se métamorphose en fin de semaine pour devenir bruyante et agitée, comme ce soir. Les odeurs échappées des cuisines de restaurants se mêlent à l'air du large, et avec tous ces gens qui avancent d'un même pas sur les trottoirs, on se croirait sur les tapis roulants d'un aéroport. Il suffirait que l'un d'eux s'arrête pour qu'ils tombent tous les uns après les autres, telle une suite de dominos.

La responsable se montre à peine plus aimable que la nuit où Tania Marie a eu sa mésaventure. Elle nous fait d'abord remarquer que les hommes ne sont pas autorisés à pénétrer dans le club, puis accepte de sortir cinq minutes avec nous.

— Je n'ai rien à vous dire, déclare-t-elle en croisant ses bras bronzés et musclés sur son T-shirt blanc au logo du club. Et j'espère que vous n'avez pas l'intention de nous faire une mauvaise publicité.

— Vous ignoriez que Tania Marie Camp était inscrite chez vous ? s'enquiert Hamilton.

Elle secoue la tête.

— Je l'ai découvert en même temps que vous. Elle s'est présentée sous le nom de Mary Warren. Nous ne vérifions pas l'identité de nos clientes et personne ne l'a reconnue.

— Comment a-t-elle pu se retrouver enfermée dans le sauna ?

— Un regrettable accident...

Bien qu'il fasse presque nuit, je distingue nettement les gouttelettes de transpiration sur son front lisse. Comme nous ne disons rien, elle se croit obligée d'ajouter :

— Nous avions une nouvelle employée et elle n'a pas pensé à vérifier que le sauna était vide avant de fermer.

— Pourrions-nous lui parler ? demande Hamilton. Elle a peut-être vu quelque chose qui pourrait nous être utile.

— Elle ne travaille plus avec nous.

Hamilton bondit.

— Vous l'avez mise à la porte ?

— Non, elle a démissionné.

— Pourriez-vous nous donner son nom afin que...

— Je suis désolée, rétorque la femme en retournant vers le club. Je vous ai dit qu'il s'agissait d'une personne que nous venions d'embaucher.

— Nous ne cherchons pas à rendre l'établissement responsable de ce qui s'est passé, interviens-je.

Mais elle rentre sans me laisser le temps de poursuivre et la porte retombe lourdement derrière elle.

— Tu veux que j'y aille ? demandé-je à Hamilton.

Il fronce les sourcils.

— Il vaut mieux ne pas trop l'indisposer à notre égard. Nous reviendrons plus tard si c'est nécessaire.

— De quoi s'occupe-t-on, maintenant ? Du mystère Julie Larimore ?

Il hoche la tête.

— Tu crois que tu peux joindre Lucas ?

— Je vais essayer.

Je l'appelle depuis mon portable, mais je tombe sur le répondeur.

— C'est Rikki. Je voudrais que vous me rappeliez le plus vite possible.

Je n'en reviens toujours pas que Julie Larimore soit un pseudonyme et que Lucas me l'ait dissimulé.

Nous sommes toujours dans le parking du club, qu'il partage avec un magasin d'alcool, une cafétéria et quelques autres commerces. Tout en rangeant mon téléphone dans mon sac, je me rends compte que Den me dévisage de ses yeux pâles et je ressens le même malaise que devant un appareil photo.

— Qu'est-ce qu'il y a ?

— Rien.

— Tu as ton regard de journaliste. J'ai fait une bêtise ? Tu trouves que j'aurais dû me montrer plus diplomate ?

— Pas du tout. C'était parfait.

Il se dirige vers la voiture, mais il ne va pas s'en tirer à si bon compte.

— Je veux savoir pourquoi tu me regardais comme ça.

— J'ai simplement remarqué que tu as composé le numéro de ce type sans consulter ton calepin.

Je sens une rougeur coupable envahir mon visage et je sais que ça ne va pas lui échapper.

— J'ai une excellente mémoire des chiffres.

Il me sourit tout en ouvrant la portière de la voiture.

— Je ne disais pas ça pour t'embêter. Après tout, ça ne me regarde pas.

Je lui renvoie un sourire que j'espère tout aussi énigmatique que le sien.

— En effet.

— Mais si j'avais mon mot à dire…

Une bouffée d'espoir m'envahit.

— Oui ?

Je sens que je suis allée trop loin, mais c'est lui qui a commencé et j'attends sa réponse en l'observant attentivement.

— Je te rappellerais que tu me dois toujours un déjeuner. Je ne pense pas que le journal nous en tiendrait rigueur.

Je n'ose plus le regarder et je me contente de répondre :

— De toute façon, j'avais l'intention de t'inviter.

— J'ai déjà entendu ça.

Rochelle

Elle transpirait sur le tapis de course qu'elle avait installé dans le garage. Elle avait déjà travaillé au club ce matin, sous le regard attentif du bel Elvis, mais malheureusement, Jesse l'avait obligée à manger depuis et tout était à refaire. Il avait insisté pour partager ses œufs avec elle et l'avait regardée avaler chaque bouchée. Elle n'avait même pas pu mettre les jaunes de côté. Quand elle avait fini par se révolter et jeter sa fourchette, il était trop tard. Les œufs avaient disparu dans son estomac.

A présent, elle courait sur ce tapis pour éliminer, vêtue d'un long T-shirt qui dissimulait son short. Elle avait enclenché la vitesse maximale. Elle était en nage, comme possédée, et le bruit du moteur se transformait peu à peu en une sorte de litanie, ainsi qu'il le faisait chaque fois qu'elle courait longtemps. Elle finissait même par entendre des voix. Aujourd'hui, le tapis chantait « yaourt à la banane, yaourt à la banane, yaourt à la banane ». Elle accéléra encore. La mélopée suivit son rythme.

Seigneur, comme c'était bon ! Encore une heure et les œufs ne seraient plus qu'un mauvais souvenir. Il fallait qu'elle prenne de l'avance. Megan allait bientôt arriver et il faudrait se consacrer à elle. Mais elle ne regrettait pas de lui avoir demandé de venir, elle avait besoin de la savoir en sécurité.

Un frisson parcourut l'un de ses bras humides de sueur, comme si quelqu'un l'avait effleurée, et elle sentit confusément une présence dans la pénombre du garage. Elle ralentit et jeta un coup d'œil par-dessus son épaule. Une silhouette s'encadrait dans la porte de la cuisine.

— Merde, Jesse ! Tu m'as fichu une de ces frousses.

— Tu as bientôt fini ?

Le bruit de sa machine l'empêcha d'entendre la suite. Lui aussi était sur les nerfs depuis qu'elle lui avait montré la photographie déchirée de Megan et la carte *Killer Body*.

— Quand j'aurai besoin d'un nouvel entraîneur, je te ferai signe.

— Je pensais que ça t'intéresserait d'apprendre que je t'ai décroché un rôle dans une série.

— Un rôle ? Tu aurais dû commencer par là.

Elle sauta du tapis et se jeta à son cou.

— Oh, chéri… Tu es le meilleur.

— A présent, c'est à toi de jouer.

Il se débattit pour se dégager de son étreinte, mais elle couvrit son visage de baisers.

— Je savais que tu me trouverais quelque chose. Tu ne me laisseras jamais tomber, n'est-ce pas ?

Il soupira et lui tapota la joue comme à une enfant.

— Non. Jamais.

Lucas

L'homme avait déchargé toute sa haine sur Lucas, et Bobby W. s'en était sorti pratiquement indemne. Ils avaient porté plainte, mais on ne les avait pas pris au sérieux. Les flics leur avaient assuré qu'il ne pouvait s'agir que d'un ivrogne et Bobby s'était rangé à leur avis. Mais Lucas avait des doutes. Son corps douloureux lui rappelait sans cesse la violence et la colère de son agresseur.

Il fallait qu'il trouve une explication pour les bleus et les égratignures sur son visage car il ne voulait pas ébruiter l'affaire. Seule Ellen était dans la confidence.

Il trouva Bobby dans l'un des couloirs, « le musée » ainsi que l'appelait ironiquement le vieil homme. L'endroit rassemblait de vieux souvenirs de sa carrière, dont des clichés qui auraient fait baver d'envie les collectionneurs : John Grimek, Harold Zinkin — le premier Monsieur Californie — et Jack La Lanne, tous vêtus d'un minuscule short en coton plutôt ridicule et encadrés de deux souriantes jeunes femmes. On remarquait tout particulièrement le jeune Bobby W. qui se déhanchait derrière Zinkin, le bras posé sur les épaules d'une jeune fille en maillot de bain blanc.

En traversant le « musée », Lucas eut l'impression d'entendre une voix. Bobby W. parlait tout seul devant les photographies.

— Tu te sens bien ? lança Lucas d'une voix forte.

Le vieil homme se détourna de la photographie en noir et blanc qu'il contemplait — un portrait de lui jeune. Son eau de toilette créait un mur odorant entre eux.

— C'était le bon temps, Luke. Tout était différent. Pas de sida, pas de pensions alimentaires.

— Tu crois que ça tient à des choses comme ça ? Je ne pense pas que ce soit aussi simple.

— Rien n'est jamais simple.

Il désigna du doigt un cliché où il formait une pose impressionnante avec ses deux partenaires.

— Tu vois cette pose ? Personne n'a pu encore l'égaler.

Il radotait un peu, mais comme chaque fois, Lucas acquiesça.

— Vous étiez les meilleurs, tous les trois.

— J'ai eu beaucoup de chance de les côtoyer.

Bobby W. bomba le torse et releva le menton, tout en contemplant la plage de la photo.

— Je me suis inspiré de leur méthode de travail et de leur discipline pour élaborer le programme *Killer Body.* Je suis fier de ce que nous avons fait ensemble.

— Il y a de quoi.

— A présent que Julie va revenir, tout va recommencer comme avant. Et même mieux, si Dieu le veut.

Il avait prononcé ces derniers mots d'un ton ferme et regarda Lucas comme s'il attendait une réponse.

— Tu es sûr d'avoir parlé à Julie ?

— Nous nous appelions tous les jours au téléphone. J'ai parfaitement reconnu sa voix.

Ses yeux noirs plongèrent dans ceux de Lucas.

— Je vais te confier un secret.

Laissant là son passé, il alla jusqu'à la fenêtre afin de contempler les immeubles blancs aux toits rouges qui s'élevaient vers le ciel.

Lucas le suivit et s'arrêta à distance. Cette eau de toilette était décidément très entêtante — l'odeur puissante et sucrée du bois de santal, reconnaissable entre toutes.

— Je sais que tu m'as désapprouvé quand j'ai voulu engager une nouvelle ambassadrice alors que nous venions tout juste d'apprendre la disparition de Julie.

Il lui souriait avec tendresse, mais son regard aigu n'exprimait pas la moindre indulgence. Ce matin, il était resté sobre, se contentant de jus de tomate.

— C'est vrai, je t'ai désapprouvé.

— Parce que tu ne connais pas Julie aussi bien que moi. Tu ne sais pas ce qui la fait réagir.

— Et qu'est-ce qui la fait réagir ?

— Elle est *Killer Body* et elle en est fière. Elle ne fait pas ça que pour l'argent.

— Je le sais.

Il eut envie de dire qu'elle pensait surtout à elle et que *Killer Body* l'aidait à atteindre cet idéal de perfection qui tournait chez elle à l'obsession.

— Je savais que Julie ne resterait pas muette si elle apprenait que je cherchais à la remplacer.

Le vieil homme croisa les bras d'un air satisfait et sourit à la ville qui s'étendait sous lui d'un air conquérant — une conquête qu'il avait déjà gagnée si l'on y réfléchissait bien. Puis il abandonna la vue et il se retourna, des larmes dans les yeux.

— Et ça a marché, conclut-il d'une voix tremblante.

— Apparemment, oui. Quand revient-elle ?

— Elle ne me l'a pas précisé. Elle a dit que tout rentrerait bientôt dans l'ordre et que nous pourrions nous parler tous les jours au téléphone, comme par le passé.

Ses doigts glacés se refermèrent sur le poignet de Lucas.

— Elle m'a demandé de l'attendre.

— Tu penses que nous devrions annuler la compétition ?

— Je ne sais plus, Luke. Avant que Julie disparaisse, je voulais engager quelqu'un pour cette nouvelle machine de musculation des fessiers. A présent, je ne sais plus. Qu'en penses-tu, toi ?

Ils avaient fait une grosse publicité autour de cet événement, mais si Julie revenait, ils n'avaient plus aucune raison d'engager une femme pour les représenter. Surtout si, ainsi qu'il le soupçonnait, cette femme devait être Rochelle.

— Bobby, je ne peux pas m'empêcher de penser au salaud qui nous a agressés. Tu crois qu'il sait vraiment quelque chose au sujet de Julie ?

— C'était une brute, il avait bu, répliqua le vieil homme du bout des lèvres.

Sans doute avait-il honte de ne pas avoir été capable de le corriger comme il l'aurait fait dans sa jeunesse.

— Je n'ai pas l'intention de tenir compte des menaces de ce type.

La porte derrière eux s'ouvrit avec un léger bruissement.

— Désolée de vous déranger, s'excusa Ellen dont la voix douce tranchait avec son visage contrarié. Mais c'est cette journaliste, Rikki Fitzpatrick. Elle m'a harcelée au téléphone toute la matinée. Elle insiste pour te parler, Lucas.

Il tenta de dissimuler un sourire. Cela n'échappa pas à Bobby qui gloussa.

— Je crois que je ferais bien de prendre l'appel.

Ellen parut déçue. Elle replaça une mèche blonde derrière son oreille et lui tendit le téléphone.

— Bonne chance.

Il ne se sentait pas libre de parler. A coup sûr, Ellen et Bobby W. allaient tendre l'oreille sans se gêner, elle pour des raisons professionnelles et lui parce qu'il flairait anguille sous roche.

Lucas s'éloigna vers la fenêtre et leur tourna le dos afin de tenter d'oublier leur présence. Depuis le soir où Julie avait téléphoné, il n'avait plus revu Rikki et il rêvait de l'inviter à déjeuner.

Tout en portant le téléphone à son oreille, il contempla la vue qui s'étendait au-dessous de lui. Jamais Santa Barbara ne lui avait paru aussi belle, aussi pleine de promesses.

— Lucas, à l'appareil.

Il valait mieux entamer la conversation sur un registre professionnel.

— J'ai essayé de vous joindre tout le week-end.

La voix de la jeune femme était sèche, presque hostile.

Il lui arrivait de se montrer arrogante et incisive, mais jamais il ne l'avait vue en colère. Dire qu'il s'était senti si proche d'elle. Elle était attirée par lui, il le savait, il en était sûr.

— Que se passe-t-il, Rikki ?

— Vous m'avez menti.

La présence de Bobby et d'Ellen le gênait. Il sentait le poids de leurs regards sur sa nuque.

— De quoi parlez-vous ? demanda-t-il en baissant la voix. Nous sommes du même côté, souvenez-vous, ajouta-t-il en murmurant à peine.

— Dans ce cas, répondez à ma question.

Il l'entendit reprendre sa respiration et en fit autant. Il l'imaginait à l'autre bout du fil, il voyait presque son visage, sa poitrine qui se soulevait.

— Je vous écoute.

— Qui est vraiment Julie Larimore ?

22.

Rochelle

— Vas-y, dis-moi tout, dit Rochelle.

Ils étaient rentrés dans la maison et elle avait enfin lâché le cou de Jesse pour lui poser la question. Mille pensées se bousculaient dans sa tête. Et surtout, elle songeait que si on devait la filmer sous n'importe quel angle, elle allait devoir augmenter le rythme de son entraînement pour muscler et affiner ses fesses.

— Il s'agit d'une série télévisée, commença Jesse.

— Pas de problème. Je dois tout à la télévision… et au Clenbuterol.

— Tu n'en as plus besoin à présent, il vaudrait mieux arrêter.

Il avait l'air de dénigrer le Clenbuterol. Pourtant, c'était bien lui qui l'avait incitée à prendre ce médicament qu'on prescrivait aux asthmatiques et dont l'un des effets secondaires était de faire fondre les graisses à une vitesse surprenante. Trois semaines suffisaient à obtenir des miracles. Ensuite, il n'agissait plus.

— Tu crois ? Ce n'est pas un produit dangereux. Aurais-tu oublié que j'ai perdu quatre kilos en dix jours la dernière fois ? C'est un peu grâce au Clen que la petite femme que tu contemples aujourd'hui a obtenu ses rôles.

Elle désignait du doigt l'affiche près du réfrigérateur. Jamais elle n'avait été aussi belle et attirante qu'au moment où elle avait posé pour cette photo. Jamais elle ne s'était sentie aussi sûre d'elle.

— Tu n'auras pas besoin de ce truc, répéta-t-il.

Il ouvrit la porte du réfrigérateur et versa de l'eau fraîche dans un verre à vin. Il semblait se demander comment il allait lui présenter la nouvelle. Elle eut une pensée fugitive pour Megan.

Un saladier de pop-corn était posé sur le comptoir. Elle ne mangeait pratiquement plus que ça. Elle avait préparé sa ration de la journée, il fallait que ça dure jusqu'à ce soir — jusqu'à l'arrivée de Megan qu'ils allaient chercher à l'aéroport. Comme elle avait hâte de la savoir en sécurité à la maison… Enfin, ce saladier avait beau contenir sa pitance quotidienne, elle eut envie de le balancer à la figure de son mari.

— Arrête de me faire mariner, Jesse. Je veux que tu m'expliques de quoi il s'agit.

— Calme-toi, je réfléchis.

Il se percha sur le comptoir et lui fit signe de s'installer sur le tabouret près de lui, mais elle était trop énervée pour s'asseoir.

— Mon rôle, insista-t-elle. Tu n'as pas besoin de réfléchir pour m'expliquer mon rôle.

Elle n'avait pas pu s'empêcher de se montrer désagréable. Il la faisait attendre alors qu'il savait que la patience n'était pas son fort.

Il hocha la tête et accusa le coup en silence.

— Il s'agit d'une série dramatique inspirée d'un fait réel. L'égérie d'une société qui propose une méthode d'amaigrissement a disparu. Trois femmes se retrouvent en compétition pour sa succession.

Elle frissonna. Après tout, quelle importance ? Un rôle était un rôle, elle n'avait pas les moyens de faire la fine bouche. Elle était prête à accepter. Et avec joie.

— Parle-moi un peu de ces trois personnages féminins.

— L'une d'elles vient de divorcer d'un noble, une sorte de prince. L'autre s'est fait larguer par un présentateur connu et la dernière évolue plutôt dans le show-biz. Elle a été actrice, présentatrice… Tu vois, quoi…

— Et à part ça, que sait-on d'elle ?

Il but posément une gorgée d'eau.

— Elle a un problème de poids.

— Un problème de poids ?

Elle songea brusquement à Shelly Winters qu'elle avait connue autrefois, quand elle débutait dans le métier. Shelly était une femme lucide et forte, une actrice divine… mais elle s'était mise à grossir. Enfin, elle n'était pas aussi ronde que Shelly Winters, elle avait juste des hanches généreuses et des fesses rebondies. Si elle acceptait un rôle d'actrice trop enrobée, les gens l'identifieraient à son personnage et ils ne verraient plus que ses grosses fesses. Cela risquait de saboter définitivement sa carrière — à supposer qu'elle ait encore une carrière à défendre.

Elle vint se placer sous le visage de Jesse, tous les muscles de son corps tendus à l'extrême.

— Personne n'a jamais osé dire que j'avais un problème de poids. A part toi et Elvis le Blond, personne ne sait que je prends du Clen.

— Mais enfin, je te rappelle que nous parlons d'un rôle, pas de toi.

— Tout de même, ça ne me plaît pas.

— Peu importe que ça te plaise ou non, rétorqua-t-il. De toute façon, le rôle de l'actrice n'est pas pour toi, mais pour Carley Steel. Et je te ferai remarquer qu'elle n'a pas de problème de poids.

Un signal d'alarme résonna dans sa tête.

— Je suis sûre que tu sais de quoi tu parles, siffla-t-elle.

— Que veux-tu dire ?

Trop tard, il avait appuyé sur le mauvais bouton. De nouveau, elle se sentit d'une humeur de chien.

— Avec ses injections de Botox et ses gros seins, elle se prend pour la nouvelle Rochelle McArthur. J'ai remarqué la façon dont tu la reluquais. Pourquoi lui as-tu laissé ce rôle ?

— Mais, chérie, je ne suis pas le responsable de la distribution, répondit-il calmement. Et il n'y a aucun mal à regarder une jolie femme. Je ne suis pas comme Bobby Warren, tu n'as pas de souci à avoir.

La remarque fit mouche ainsi qu'il s'y attendait. Il savait se montrer cruel quand on l'attaquait. Elle s'obligea à détourner les yeux de son regard insistant et se demanda s'il disait la vérité. Si ce qu'il avait à la maison ne l'intéressait plus, peut-être regardait-il ailleurs…

Elle s'accouda au comptoir. D'habitude, l'entraînement lui insufflait une énergie nouvelle et lui permettait d'évacuer son angoisse, mais aujourd'hui, elle se sentait à la fois épuisée et angoissée. Quelque chose ne tournait pas rond dans cette histoire. Jesse semblait trop calme, ses gestes trop étudiés. Même la façon dont il buvait son eau à petites gorgées ne lui paraissait pas naturelle. On aurait dit un médecin qui s'apprête à annoncer à un patient qu'il souffre d'une maladie incurable.

— Donc, je ne joue pas l'actrice.

— De toute façon, tu n'aurais pas voulu de ce rôle. Le personnage est plutôt une actrice sur le déclin... selon les critères de Hollywood, précisa-t-il en la regardant. En plus, c'est elle l'assassin. Et ce ne serait pas bon pour ton image, il y a trop de détails qui rappellent ta propre vie.

Carley Steel, une actrice sur le déclin ? Rochelle ne la voyait pas du tout comme ça.

Elle s'approcha de lui. L'odeur des pop-corn lui donnait la nausée.

— Vas-tu enfin me dire quel est mon rôle dans cette foutue série ?

Il prit le temps de boire encore un peu d'eau avant de répondre et elle dut résister à l'impulsion de lui arracher son verre pour le jeter à terre.

— L'actrice de l'histoire a une mère.

Il avait prononcé ces mots tendrement, de sa voix la plus sensuelle, celle qu'il prenait pour lui dire qu'il l'aimait.

— C'est un rôle important, tu sais.

Rochelle en resta saisie. Elle crut qu'elle avait mal entendu.

— La mère ?

Il hocha la tête et sa bouche parut s'affaisser. Il avait l'air à la fois triste et embarrassé.

— Ça élargirait ton registre.

— Elargir mon registre, je n'ai fait que ça pendant toute ma chienne de vie.

Elle donna un violent coup de poing sur le comptoir et les pop-corn se déversèrent sur le sol en une pluie blanche.

— Plutôt crever.

— Comme tu voudras.

Il plongea le nez dans son verre, sa façon à lui de solliciter une trêve.

Ainsi, elle était déjà un sujet de moquerie dans le milieu. Les gens racontaient qu'elle perdait sa silhouette légendaire, son allure. Ils avaient remarqué qu'elle s'empâtait — enfin, que son cul prenait de l'ampleur.

— Jamais, murmura-t-elle.

Jesse se leva et alla se remplir un autre verre d'eau.

— Tu sais ce qui arrive quand on commence à refuser des propositions.

— Je m'en moque. Je ne le ferai pas. C'est tout.

Il ouvrit le réfrigérateur et se planta devant. Avec son jean et son polo qui moulait son torse encore ferme, il paraissait beaucoup moins que son âge. Elle s'apprêtait à lui demander ce qu'il fabriquait quand il se redressa.

— Mon repas, annonça-t-il en montrant un paquet venant de chez le traiteur. Je crois qu'on est tous les deux sur les nerfs, ma chérie. Que dirais-tu d'une cigarette ?

— Tu as raison, j'en ai bien besoin.

Rikki

Depuis quand Julie Larimore m'obsède-t-elle ainsi ? Je pense à ses innombrables interviews et j'entends sans cesse sa voix qui répond aux journalistes. *Ma couleur favorite ? Le blanc.* Je connaissais une autre personne dont c'était la couleur favorite. Lisa. Sa boisson préférée, l'eau. Sa chanteuse, Diana Krall — avec une prédilection pour les reprises des chansons de Nat King Cole, en particulier *A Blossom Fell* et *Maybe You'll Be There.* Tout comme Lisa.

Cette constatation me donne la chair de poule. Lisa avait dû lire ces articles. C'est triste de détester sa propre vie au point de vouloir se fondre dans celle de quelqu'un d'autre. Dire que je ne me suis aperçue de rien, et tante Carey non plus. A moins que nous n'ayons pas osé nous avouer la vérité.

Je suis assise avec Hamilton sur le balcon de ma chambre de motel, autour d'une table sur laquelle nous avons étalé nos dossiers, au milieu de nos tasses de café et de son cendrier. Je l'ai pourtant prévenu qu'ici personne ne fume et que toute personne qui transgresse la règle déclenche une sorte de détecteur cosmique qui met aussitôt la ville sens dessus dessous. Mais nous sommes lundi matin et il est encore trop tôt pour qu'il apprécie l'humour.

J'ai l'impression que je ne pourrai pas lire une ligne de plus. Chaque phrase me rappelle Lisa, combien elle me manque. Plus j'en apprends et plus je me pose des questions.

— Tu devrais te reposer un peu, me conseille Hamilton en me jaugeant du regard.

Ses yeux semblent encore plus clairs dans la lumière matinale.

— Je n'ai pas le choix, Den. On devrait trouver une piste en épluchant ses réponses. Je veux découvrir qui elle est vraiment.

— Demande à ton ami Lucas Morrison. Il n'y a que lui qui puisse te répondre.

J'ai un serrement de cœur en songeant que je commençais à faire confiance à Lucas. Sa trahison m'a blessée, ainsi que vient de me le rappeler Den, mais ma colère reprend vite le dessus.

— Plus j'en saurai et moins il pourra me raconter n'importe quoi.

— Je peux rester à Santa Barbara et t'accompagner.

Je flaire un piège. Il veut voir si je tiens à rencontrer Lucas seule.

— Pourquoi pas… Du moment qu'on n'a pas besoin de toi au journal.

Il allume une cigarette. J'ai touché le point sensible. Je le regarde souffler un rond de fumée, l'air pensif.

— Den ?

— Oui ?

Il contemple sa cigarette, puis lève les yeux vers moi.

— Nous ne sommes même pas sûrs que c'est bien Julie Larimore qui a appelé M. Warren, observe-t-il.

— J'ai rappelé moi-même et j'ai écouté le message du répondeur. C'était bien sa voix.

— Ça prouve qu'on a appelé Bobby Warren du portable de Julie, pas que c'est elle qui a composé le numéro.

— C'est quand même une possibilité.

— Oui, mais il y en a d'autres.

Il tapote la cendre de sa cigarette et se soulève pour mettre sa chaise à l'ombre, plus près de la mienne.

— Je trouve que tu devrais prendre un peu de repos, t'arrêter quelques jours, insiste-t-il d'une voix douce mais ferme. Je te l'ai déjà proposé.

— Et qu'est-ce que je ferais pendant ce temps-là ?

J'ai presque craché mes mots. Il fronce les sourcils comme s'il s'apprêtait à me réprimander.

— Je dois au moins rencontrer Lucas, Den. Si j'arrive à lui faire dire qui est réellement Julie Larimore, nous aurons peut-être une idée de ce qui lui est arrivé. Et si c'est suffisamment intéressant…

— Tu crois que ça peut couler *Killer Body* ?

— Les incriminer, au moins.

— Tu veux qu'ils paient pour ce qui est arrivé à ta cousine ? Pour que ta tante ait sa revanche, comme tu le lui as promis…

— Tu te trompes. Ma tante ne cherche pas à se venger. Elle a simplement besoin de comprendre pour pouvoir entamer le deuil de sa fille.

Je regrette à présent de lui avoir parlé de ma cousine. Il se méfie de moi, il pense que je ne me comporte pas en professionnelle.

— Très bien, rétorqué-je en le regardant droit dans les yeux — si près que je sens le goût de sa cigarette dans ma bouche —, je reconnais que j'ai commencé du mauvais pied. Mais le vieux Warren me fait pitié et Lucas n'est pas quelqu'un d'antipathique. Je n'ai rien contre eux, mais les faits sont là : il n'arrive que des ennuis aux femmes que Bobby Warren engage — ou envisage d'engager — pour représenter *Killer Body*. Il y a matière à un article.

— Pour l'instant, il me semble qu'on cherche surtout à les effrayer, pas vraiment à leur faire du mal.

— Excellente remarque, mais ça reste à prouver. En tout cas, cela justifie qu'on s'intéresse à l'affaire, non ?

Il s'appuie au dossier de sa chaise, visiblement peu convaincu.

— Dans ce cas, pourquoi ne pas attendre d'en savoir plus pour publier quelque chose ?

— Pour tenir les lecteurs en haleine, pour qu'ils ne se désintéressent pas de l'affaire.

— Et quoi d'autre ?

Pour garder *Killer Body* sur la sellette. Mais j'ose à peine me l'avouer. Peut-être que Hamilton a raison et que je suis motivée par le désir de me venger. Brusquement, la chaleur du soleil me dérange, ses rayons implacables me brûlent le visage. Je prends ma tête à deux mains. Mon cuir chevelu est brûlant.

Hamilton touche doucement mon bras nu. Je me redresse et je rencontre son regard.

— Il fait beaucoup trop chaud sur ce balcon.

— Va voir Lucas Morrison, me dit-il d'une voix basse et sèche. Selon ce que tu en tireras, nous déciderons ensemble de la marche à suivre.

— A propos d'écrire ou pas un article ?

Mais j'ai très bien compris ce qu'il voulait dire.

— Ça et le reste.

— Den, je t'en prie, ne m'oblige pas à prendre des vacances.

Il me regarde en plissant les paupières et les rides autour de ses yeux s'accentuent.

— Laisse-moi rester sur cette affaire, je t'en supplie.

Il regarde au loin, puis se lève brusquement en faisant grincer sa chaise sur le carrelage.

— Nous reparlerons de tout ça plus tard, d'accord ? Quand tu auras vu Morrison.

Dennis a un cœur de pierre et je regrette de l'avoir supplié. La seule chose qui pourrait le faire fléchir, c'est la force qu'il a vue en moi quand il m'a rencontrée, quand je n'étais pas encore déboussolée.

Je me lève à mon tour d'un mouvement décidé et je lui fais face.

— Lucas a sûrement des choses à raconter et je suis la seule personne à pouvoir lui tirer les vers du nez.

— Je préfère t'entendre parler comme ça.

Il penche tendrement son visage anguleux vers moi et je me

rappelle ce qui m'a attirée chez lui. Je sais aussi que nous avons en ce moment la même pensée.

— Qu'est-ce qu'il y a ?

Il secoue la tête.

— Je réfléchissais.

Puis il sourit.

— Je songeais à demander la rubrique nécrologique. Comme ça, je ne serais plus ton supérieur hiérarchique.

— Et moi, j'avais dans l'idée d'écrire des articles de mode.

— Tu es très bien là où tu es.

— Tu le penses vraiment ?

— Oui, affirme-t-il en me fixant. Quand nous… Quand j'ai postulé pour cette promotion, je ne pensais pas que toi et moi…

— Je sais, Den.

— Lorsque cette histoire sera terminée et que tu seras un peu plus disponible, il faudra que nous prenions un moment pour en parler.

Je lui souris. Nous ne trouverons peut-être jamais le temps, mais je sais qu'il est sincère et ça m'émeut.

— Ce serait bien.

23.

L'interview

Avez-vous déjà réfléchi à ce que vous aimeriez faire après ce métier, quand vous serez trop vieille pour continuer ?

Je ne crains pas la vieillesse et je trouve ridicule de se laisser tyranniser par cette peur vaine qui vous empêche de profiter de l'instant présent. Suivre le programme *Killer Body*, ce n'est pas une question d'âge, mais une question de choix, de mode de vie. C'est décider de prendre son destin en main.

De toute façon, Julie Larimore est indissociable de *Killer Body*.

Ce n'est pas mon âge qui m'inquiète. C'est cette lassitude que je ressens, cette douleur. Personne ne doit savoir. Promettez-moi que personne ne saura jamais. Il faut empêcher que quelqu'un découvre la vérité. Par tous les moyens.

Tania Marie

Mot du jour : *véhémence* : force, intensité, ferveur.

Comme il n'y avait pas de parking dans la Troisième Rue, ils durent se garer dans la Quatrième. Tania Marie avait accepté une interview pour le magazine *Woman* et elle avait besoin de s'acheter des vêtements en vue de la séance photo.

Elle ne s'était pas attendue que Jay propose de la suivre dans les magasins, mais il voulait absolument garder un œil sur elle. Au fond, elle était heureuse que quelqu'un s'inquiète de son sort — même si on le payait pour ça —, et elle s'était laissé convaincre.

A présent, elle commençait à regretter d'avoir cédé aussi vite. Depuis qu'ils avaient quitté son appartement, Jay la harcelait. Il prétendait qu'elle savait quelque chose qui la mettait en danger. Elle avait tenté de nier, bien sûr, mais il lui avait rétorqué qu'elle mentait très mal. Il n'avait pas tort : pas plus tard que l'année précédente, tout le pays avait pu constater qu'elle faisait une piètre menteuse.

— Et même si je savais quelque chose, pourquoi me confierais-je à vous ? demanda-t-elle tandis qu'ils entraient dans Santa Monica.

— Parce que ça m'intéresse.

— Fermez-la, Rossi.

Et elle éteignit la musique, coupant court aux joyeux beuglements de Van Morrison.

Depuis qu'elle avait accepté de dîner avec lui le samedi soir, il se croyait tout permis. Elle se félicitait qu'ils n'aient pas été plus loin. Pourtant, elle avait bien failli succomber à son charme — et revoir son jugement sur les hommes petits — lorsqu'ils s'étaient retrouvés seuls, à la lueur de ce vague quartier de lune, avec une bouteille de Frogs Leap.

— J'en ai pour une heure, ce ne sera pas trop long ?

— C'est la première fois que je fais du lèche-vitrine dans ce quartier, remarqua-t-il, ignorant sa question.

Il la suivit sans se plaindre à travers les galeries d'art, les échoppes de vendeurs de bijoux et les spectacles de rues qui jalonnaient la partie piétonne de la Troisième Rue. Le long des trottoirs s'alignaient des boutiques de vêtements, des restaurants et des cafés. Tania Marie commençait à saliver avec toutes ces odeurs de sucre chaud, de gâteaux et de beignets.

Brusquement, elle s'arrêta net devant un stand de barbe à papa.

— Jamais personne ne m'a accompagnée dans les magasins, ça me rend nerveuse.

— Essayez. Si vous êtes mal à l'aise, je vous jure de retourner vous attendre dans la voiture.

Il se dirigea vers une boutique dont la vitrine exposait des vêtements d'inspiration asiatique.

— Allez, venez. J'ai l'habitude de faire les magasins avec mes sœurs, vous savez. Un avis extérieur, c'est toujours utile.

Elle enfonça son chapeau de paille sur sa tête et rajusta ses lunettes noires.

— Vous avez combien de sœurs ?

— Quatre.

— C'est presque indécent…

— Ma mère serait probablement de votre avis.

— Vous êtes le seul garçon ?

— Oui. Et l'aîné. C'est pourquoi les femmes ne m'impressionnent pas.

Il lui sourit.

— Pas même vous.

— Vous non plus, vous ne m'impressionnez pas.

Elle fit mine de s'éloigner du magasin, mais il demeura obstinément planté devant la vitrine.

— Ma sœur numéro trois a été styliste pour Ralph Lauren. Maintenant, elle vit à Paris.

— Elle devrait offrir à son frère un pick-up neuf, répliqua Tania Marie. Et des chaussures convenables.

Il baissa les yeux vers ses pieds.

— Qu'est-ce que vous reprochez à mes bottes ?

— Vous avez déjà entendu le terme « bouseux » ?

— Je n'ai pas honte de mes origines paysannes. Et Blackie me convient parfaitement.

— On n'a jamais vu un grand chef cuisinier avec un vieux pick-up et des bottes de cow-boy.

— Eh bien, je serai le premier.

Il contempla dans la vitrine un haut camaïeu aux manches chauve-souris.

— Ça vous irait bien, déclara-t-il.

— Trop près du corps.

— Regardez comme le tissu est lumineux… Et cette couleur mettrait vos yeux en valeur.

Elle ne put s'empêcher de sourire.

— Je parie que vous ne sauriez pas dire quelle est exactement la couleur de mes yeux.

Derrière ses lunettes noires, elle sentit son regard intense plonger dans ses prunelles.

— J'en sais plus long sur vous que vous ne le pensez.

— C'est-à-dire ?

— Je sais que le tatouage que vous portez à la cheville est bien plus qu'un simple trèfle, ainsi que le prétendent les journaux…

Elle parut surprise.

— Je suis d'origine irlandaise.

— Ça aussi, je le sais.

Un effluve doux et tiède de barbe à papa lui chatouilla les narines. Elle eut une envie folle de sentir le sucre cotonneux coller à sa langue et fondre doucement dans sa bouche. Au lieu de perdre son temps à batifoler avec le larbin de sa mère.

— Vous prenez votre tâche très au sérieux, commenta-t-elle. Virginia sera contente de vous.

Il soutint son regard.

— Je ne fais pas ça pour Virginia.

— C'est quand même elle qui paie la note.

Il ouvrit la bouche pour répondre, puis secoua la tête d'un air écœuré.

— Entrons, trancha-t-il en la prenant par le bras. Vous allez essayer ce haut.

Sans savoir comment, elle se retrouva à contempler son image dans le miroir de la boutique. La vendeuse lui avait fait enfiler un masque pour protéger les vêtements de son maquillage, et maintenant, elle était toute décoiffée.

Elle se trouvait ridicule.

La styliste, qui portait une version prune du même article, la contempla en fronçant les sourcils.

— Pour vous, il faudrait légèrement le rallonger.

Tania Marie craignit un instant qu'elle l'ait reconnue. Mais non, la femme réfléchissait simplement à la meilleure façon d'adapter le vêtement à sa silhouette.

— On ne peut pas nier que ça a une autre allure sur vous, commenta Tania Marie avec résignation.

— Mais non, il vous va à merveille ! Il suffirait d'allonger un peu les manches.

Elle se sentait au bord de l'évanouissement. Cette styliste, cet endroit, son reflet dans le miroir… Tout lui donnait la nausée.

— Pourquoi pas ? murmura-t-elle.

Christopher conduisait, elle était assise à l'arrière de la voiture et ils roulaient sur l'autoroute I-5. Une pancarte indiquait NW en lettres turquoise. Le Nord-Ouest. C'était tellement rassurant de savoir où l'on allait.

Il faisait un peu trop frais dans la voiture. Christopher mettait l'air conditionné parce qu'il portait toujours une veste — aujourd'hui une grise, assortie aux sièges et au revêtement intérieur du véhicule. Elle avait dû baisser son train de vie, mais, Dieu merci, elle n'en était pas réduite à dépendre des taxis.

— Vous croyez que c'est une bonne idée, ce rendez-vous avec Tania Marie ?

— Je n'en sais rien, mais je ne pouvais pas refuser. Ce n'est pas une mauvaise fille.

— Une alliance avec elle ne vous apporterait rien.

Il donnait toujours son avis avec discrétion, raison pour laquelle elle l'écoutait si volontiers.

— Je ne compte pas faire alliance avec elle, mais je veux entendre ce qu'elle a à me dire. Et ça m'intéresse également d'écouter Rochelle.

— Vous croyez vraiment qu'elle va se montrer ? demanda Christopher, dubitatif, tout en prenant la sortie San Clemente.

— Elle a trop peur de nous laisser seules toutes les deux.

Il faisait si beau que l'on se serait cru au printemps, et les massifs de violettes et de roses plantés le long de la route renforçaient encore cette impression. La météo prévoyait de la pluie pour la semaine prochaine, mais pour le moment, pas un nuage n'assombrissait le ciel. Gabriella avait choisi une tenue qui convenait à ce jour radieux — pantalon blanc et haut fleuri — et portait le magnifique foulard que Christopher lui avait acheté dans la boutique de l'hôtel, le jour où elle avait failli mourir de honte.

— Tania Marie va peut-être annuler, observa-t-il. Elle a eu pas mal d'ennuis avec les médias, ces derniers temps.

— Et moi donc... Pourtant, ça ne m'arrête pas. Aucune de nous n'est du genre à abandonner. Elles viendront.

Il ne répondit pas. Ils roulèrent un moment en silence. Gabriella connaissait bien Christopher et elle savait qu'il ruminait quelque chose — comme aurait dit sa grand-mère. Peu après San Juan Capistrano, il se racla discrètement la gorge.

— Qu'y a-t-il, Christopher ?

— Pourquoi me demandez-vous ça ?

— Je vous sens préoccupé.

— C'est vrai, reconnut-il. Mais je ne veux pas en parler pendant que je conduis.

— Dans ce cas, arrêtez la voiture.

— Non. J'ai hâte de savoir ce que Tania Marie va raconter.

— Je ne vois pas le rapport. Et vous avez éveillé ma curiosité. Après tout ce que nous avons traversé ensemble, nous ne devrions pas avoir de secret l'un pour l'autre.

— Il ne s'agit pas de secret, mais de vous. Etes-vous sûre de vouloir devenir l'égérie de *Killer Body* ?

Elle se pencha en avant.

— Vous n'avez toujours pas compris ? *Killer Body* ne servira qu'à attirer l'attention sur moi. J'espère animer ensuite une émission... et toucher le salaire qui va avec.

— Pourquoi vous compromettre avec *Killer Body* ? Vous devriez aller directement au but.

— Vous savez bien pourquoi.

Elle avait honte de sa situation financière et il lui était pénible d'en parler.

— Je ne peux plus supporter de vivre ainsi et je ne veux pas demander l'aumône à Alain. Je refuse de lui donner ce pouvoir sur moi.

— Je ne pense pas qu'il en profiterait. C'est un gentleman.

— Un gentleman qui aime dominer. Il n'y a qu'à voir comment il a réagi quand je l'ai trompé, alors qu'il avait bien pire à se reprocher.

Long Beach. Ils n'étaient plus très loin de leur destination. Christopher se racla de nouveau la gorge.

Elle passa sa tête entre les deux sièges avant.

— Vous feriez aussi bien de m'avouer ce qu'il y a.

— Je ne peux pas vous mentir, Gabby. Voilà, j'ai parlé avec Alain.

— Alain ? Comment vous a-t-il trouvé ?

— Ce n'est pas lui qui m'a trouvé.

— Vous l'avez appelé. Oh, Christopher… Pourquoi ?

— Je suis désolé, je ne voyais pas d'autre solution.

Christopher était désarmant, mais cette fois, elle était bien près de se mettre en colère.

— Je savais que vous ne le feriez jamais. Vous êtes trop orgueilleuse pour ça.

Elle tira le foulard sur ses yeux et s'enfonça dans la banquette en gémissant.

— Je vous en prie, Christopher, dites-moi que vous ne lui avez pas demandé d'argent. Pas ça.

Gabriella aperçut Rochelle juste avant qu'ils soient en vue de la plage. Sa rivale attendait sur un trottoir où se côtoyaient bars et échoppes, non loin d'une boutique qui vendait des pipes et attirait une clientèle de drogués et d'adeptes du roller-skate couverts de tatouages.

— Arrêtez-vous par ici, ordonna-t-elle à Christopher.

Il trouva une place devant un magasin d'alcool et sortit pour lui ouvrir la portière de la voiture avec des yeux de chien battu. Elle se laissa attendrir et le serra dans ses bras.

— J'espère que ça ne sera pas long, déclara-t-elle. Nous en reparlerons quand je reviendrai.

Le trajet s'était terminé dans une atmosphère glaciale — selon l'expression de sa grand-mère. Elle avait beaucoup d'affection pour Christopher, mais elle était heureuse de s'éloigner un peu de lui, le temps que la brise douce et légère de Santa Monica emporte sa colère.

Rochelle vint à sa rencontre. Elle portait un pantalon court et un tout petit chemisier qui semblait avoir rétréci en même temps que sa cage thoracique. Elle continuait à maigrir, sans perdre sa poitrine — merci la silicone. Gabriella ne pouvait certes pas exhiber des attributs aussi généreux, mais au moins les siens n'étaient-ils pas en toc.

Elle n'en revenait pas que Christopher ait osé appeler Alain, qui plus est pour lui demander de l'argent. Maintenant, Alain savait qu'elle avait touché le fond et pensait probablement que ce n'était que justice.

— Drôle d'endroit, se plaignit Rochelle. Tania Marie a insisté pour que nous nous retrouvions dans un territoire neutre, mais là, c'est un peu exagéré.

— Elle est arrivée ?

— Je ne l'ai pas encore vue. J'ai préféré attendre dehors et j'étais en train de me demander si je n'allais pas partir sans vous attendre. Ma fille rentre à la maison et je n'ai pas le temps de m'amuser. Bref, j'ai autre chose à faire que de répondre aux convocations de cette demoiselle.

— Essayez de vous montrer un peu indulgente, répliqua Gabriella. Reconnaissez au moins qu'elle ne manque pas de courage. Après ce qu'elle vient de traverser, elle s'en sort bien.

— Ah ouais ? ironisa Rochelle en imitant le ton désinvolte de Tania Marie. Des illusions, voilà tout ce qui lui reste…

Une mini SUV s'arrêta en face de la voiture de Gabriella et elle reconnut le chapeau de paille et les lunettes noires à travers le pare-brise.

— La voilà.

— Très bien. Nous pourrions parler ici. Je ne veux surtout pas me promener sur la plage.

— Vous avez quelque chose contre la plage ?

— Non, mais je déteste perdre mon temps.

— Inutile de vous montrer désagréable.

Gabriella s'avança à la rencontre de Tania Marie. Elle la trouvait chaque fois plus belle et lumineuse. Aujourd'hui, la jeune femme semblait apaisée, presque joyeuse.

En dépit de sa tenue un rien excentrique — pantalon-bermuda et haut panthère —, elle arborait un air grave.

— Je suis heureuse que vous ayez pu venir.

Rochelle soupira bruyamment et dénoua le pull attaché à sa taille.

— Je crois que je suis folle d'avoir accepté, après le tour pendable que vous m'avez joué au *Crosby Show.*

— Il fallait remettre les pendules à l'heure, rétorqua Tania Marie.

Elle glissa son sac en macramé sur son épaule et prit la direction de la plage.

— En fait, c'est justement de ça que je veux parler aujourd'hui.

Rochelle soupira et posa son pull sur ses épaules, comme si elle avait besoin de se protéger.

— Je le savais. Si c'est encore un piège pour assassiner mon mari, vous pouvez aller au diable.

— Elle a raison, Tania Marie, intervint Gabriella. Nous en avons parlé une fois, ça suffit. Je ne veux pas accabler Jesse.

Au lieu de se montrer reconnaissante, Rochelle se dressa tel un serpent prêt à attaquer.

— Comme c'est généreux de votre part. Je lui ferai part de vos scrupules, soyez-en sûre.

— Ça suffit, la coupa Gabriella qui venait de comprendre de quoi il retournait. Votre mari s'est montré gentil avec moi et je ne lui veux aucun mal.

— Je vois très bien ce que vous voulez dire.

Le visage de Rochelle semblait desséché. Le soleil tapait fort, Gabriella sentait ses joues la brûler.

— Vous n'avez aucune chance, il aime les gros seins, ajouta Rochelle.

Gabriella devint écarlate.

— Les gros ou les faux ? rétorqua-t-elle. Qu'est-ce qui vous prend ? Je ne vous ai rien fait. Je crois que vous êtes complexée, c'est ça votre problème.

— C'est vous, la complexée. Pourquoi courez-vous après les hommes mariés ?

— Comment osez-vous…

— Ça suffit, vous deux ! intervint Tania Marie qui les précédait sur le sable.

Elle se tourna vers elles.

— Vous ne voyez pas que ça les amuse, que c'est ce qu'ils veulent ? Nous avons intérêt à nous entraider.

Le ton de sa voix arrêta net Gabriella qui s'apprêtait à répondre vertement à Rochelle. Le cœur battant, elle se tourna vers son adversaire. A présent, elle regrettait de s'être laissé entraîner dans une conversation aussi sordide.

— Ils ? Qui ça ?

— Ceux qui nous harcèlent. Votre chambre d'hôtel, le sauna… Et maintenant, ma mère qui reçoit des menaces.

Elle s'installa sur un banc, ôta ses lunettes et leva vers Rochelle ses yeux bleu-vert.

— Je suis sûre que vous avez eu votre part, vous aussi.

Gabriella s'attendait que Rochelle se remette en colère, mais elle vint s'asseoir près de Tania Marie.

— Quelqu'un a envoyé des menaces à votre mère ? demanda-t-elle avec une expression indéfinissable.

— Oui. Une carte *Killer Body* avec une photo de Julie Larimore et une autre de moi, déchirée.

Rochelle enleva ses lunettes.

— Seigneur…

Tania Marie

Elles échouèrent dans un bar dont la carte proposait une page de tapas et trois d'alcool. Tania Marie rêva devant les tacos, mais elle se retint en songeant aux paroles d'Annie, la femme de *Weight Watchers* — *Penser à la récompense : un corps mince et ferme.* En attendant, elle prendrait une tequila — tant pis s'ils la servaient sans chips.

Assises sur de petits tabourets autour d'une table ronde, toutes les trois évitaient de regarder le saladier de pop-corn et tentaient d'oublier la délicieuse odeur de maïs frit qui s'en dégageait. Tania Marie prit une tequila. Les deux autres l'imitèrent.

— La tequila est la boisson du sud de la Californie, comme le Martini est celle de San Francisco.

Elle but à la paille. Aussitôt, le liquide âcre lui donna mal à la tête.

Rochelle n'avait plus ouvert la bouche. Depuis la plage, elle les avait suivies comme un zombie, plongée dans ses pensées. Elle tendit le bras vers son verre et le vida d'un trait.

— J'ai cru que c'était vous, la coupable, lança-t-elle à la princesse Gabby.

— Moi aussi, je croyais que c'était vous, riposta Gabriella.

— C'est ridicule. Je ne me vois pas enfermer Tania Marie dans un sauna et encore moins saccager votre chambre d'hôtel.

— C'est vous qui avez le plus à gagner, dans cette histoire.

Tania Marie repoussa son verre.

— Soyons honnêtes, nous avons toutes beaucoup à gagner.

— C'est vrai, reconnut la princesse en hochant la tête. Mais si ce n'est pas l'une d'entre nous, qui est-ce ?

— C'est ce qu'il nous faut découvrir, répondit Tania Marie. Nous devons nous montrer solidaires, au lieu de nous mettre mutuellement des bâtons dans les roues.

La princesse se rebiffa.

— Je n'ai jamais…

— Vous voyez ce que je veux dire, n'insistons pas. Voilà ce que je vous propose : restons en contact et prévenons-nous si nous remarquons quelque chose de bizarre ou d'inhabituel. Il faut aussi que chacune dise ce qu'elle sait à propos de Julie. Elle est le seul élément que nous ayons en commun.

Rochelle montra son verre vide au serveur.

— Dire à qui ? Ça n'intéresse pas la police. Je les ai appelés quand j'ai reçu des menaces, mais ils ne se sont pas déplacés. Ils ont pris note par téléphone, c'est tout.

— Et si nous faisions appel à cette journaliste ? proposa la princesse.

— Elle ne m'inspire pas confiance, elle se fiche de ce qui peut nous arriver.

— Pourtant, elle a été gentille avec moi, remarqua Tania Marie. C'est elle qui m'a aidée à sortir du club de gym.

— Mais ça ne l'a pas empêchée de nous lapider dans son article.

La deuxième tequila de Rochelle arrivait et elle leva son verre pour contempler à la lumière du soleil les reflets ambrés de la boisson.

— Portons un toast.

Avec un rire dur, elle ajouta :

— A notre réussite.

Elles éclatèrent de rire et trinquèrent. Rochelle but une gorgée puis se tourna vers Tania Marie.

— Vous devriez pourtant être la dernière personne à faire confiance à la presse.

Tania Marie se sentit rougir jusqu'aux oreilles. Elle ôta brusquement ses lunettes. Peu importait qu'on la reconnaisse.

— C'est vrai. Mais je continue à croire que nous devrions parler avec Rikki Fitzpatrick, ainsi qu'avec M. Warren.

— Eh bien, ça promet, lâcha Rochelle avec un soupir. Si Bobbo pense que cette histoire risque de nuire à l'image de *Killer Body*, il n'hésitera pas à tout annuler.

— Vous ne trouvez pas…

La princesse s'interrompit. Elle baissa le nez vers le verre auquel elle n'avait pas touché.

— Vous ne trouvez pas que ce serait peut-être une bonne chose ?

Tania Marie allait répondre quand il lui sembla entendre une voix qui l'appelait.

— Ne vous retournez pas, murmura la princesse. Il y a un type avec un appareil photo.

— Merde.

Tania Marie sentit de nouveau cette bouffée d'humiliation et la peur qui l'accompagnait. A quoi bon se comporter avec droiture si vous obteniez le même résultat qu'en trichant ? Elle avait eu tort de se priver de barbe à papa et de tacos. Il était encore temps. Elle n'avait qu'à se lever et aller ailleurs pour manger tous les tacos qu'elle voulait.

Rochelle vida son verre.

— Allons-nous-en. Tania Marie, vous marcherez entre nous deux.

Elle se laissa glisser de son tabouret avec une grâce soigneusement étudiée.

— Hé, Tania Marie !

Un homme chauve et bronzé au pantalon tout froissé brandissait son appareil comme une arme.

— Vous êtes bien Tania Marie, n'est-ce pas ?

Il avait l'air d'un touriste, plus que d'un paparazzo, mais cela ne signifiait pas qu'il était inoffensif. Les journaux à scandales achetaient des photos à n'importe qui, du moment que ça faisait vendre.

Elle enfonça son chapeau et tourna le dos à l'objectif.

— Attendez, Tania Marie, ne partez pas !

Ce salaud ne lâchait pas le morceau.

— Allez vous faire foutre.

Elle l'évita et se faufila entre les tables, la princesse à sa droite et Rochelle à sa gauche. L'homme leur emboîta le pas. Combien de fois avait-on photographié ses fesses et ses seins ? Les larmes lui vinrent aux yeux. C'était trop injuste.

— Je vais filer, parvint-elle à murmurer.

La princesse Gabby la prit par le bras.

— Pourquoi ? Ils vous trouveront où que vous soyez. Ne fuyez devant personne et marchez la tête haute. C'est le seul moyen de ne pas devenir complètement cinglée.

— Elle a raison, renchérit Rochelle en passant elle aussi son bras sous le sien. Nous n'avons qu'à dire que nous sommes sorties faire les magasins ensemble. On ne va pas fuir devant ce minable.

— Ce minable est en train de me prendre en photo. De dos. Gros plan sur mes fesses.

— Je sais, c'est ce qu'il y a de plus terrible, compatit Rochelle en lui pressant gentiment le bras.

— Au moins, ne lui montrez pas que vous avez peur de lui, dit Gabby tout bas.

L'homme sortit avec elles sur le trottoir.

— Allez, Tania Marie, un sourire.

Ce petit salaud respirait l'autosuffisance. Tania Marie commit l'erreur de regarder dans sa direction. Il portait une moustache bien taillée et elle sentit son cœur se serrer. Marshall aurait sûrement trouvé une explication à ça.

Marshall cherchait un sens caché à tout. Si elle mettait des sandales noires, cela signifiait qu'elle portait le deuil de leur relation, les rouges étant une métaphore de sa sexualité ou de sa colère. Quand elle oubliait une chaussure dans sa voiture, c'était qu'elle désirait inconsciemment que leur liaison soit révélée au grand jour. Ça leur était arrivé, et qu'elle l'ait voulu inconsciemment ou non n'avait rien changé aux conséquences.

Maintenant, elle se sentait déstabilisée par ce salaud à moustache. Qu'est-ce que cela pouvait bien signifier ?

Galvanisées par la tirade de la princesse Gabby, elles passèrent leur chemin la tête haute. La princesse sortit un téléphone portable de son sac en paille et pressa un bouton.

— Christopher, nous avons besoin de votre aide, déclara-t-elle d'une voix pleine de délicatesse à l'image de son haut fleuri. Nous venons de quitter un établissement qui sert des tacos et de la tequila, sur la plage… Merveilleux. Je vous vois.

Tania Marie soupira de soulagement quand la berline apparut au coin. Elles se précipitèrent à l'intérieur tandis que le chauve à moustache restait sur le trottoir à les mitrailler.

— Il paraît que la plupart des gens qui traînent par ici veulent devenir acteurs ou écrivains, commenta la princesse Gabby après avoir claqué sa portière. Il y en a peut-être qui rêvent de devenir paparazzi, vous ne croyez pas ?

— Sûrement, répondit Rochelle. Acheter un appareil photo revient moins cher que de prendre des cours de théâtre, et il n'y a pas besoin de passer d'auditions.

— Putain de salaud !

Tania Marie savait que la princesse désapprouvait sa façon de parler, mais elle ne voyait pas de mots plus appropriés pour qualifier ce sale type. Les larmes se mirent à rouler sur ses joues. Demain, il y aurait encore un article sur son poids en Yo-Yo. Mais pour l'instant, elle était à l'abri, grâce à la princesse Gabby et à son chauffeur.

Elle se cala contre le dossier de la banquette, un peu étonnée de se sentir en sécurité entre ses deux rivales. Elle pouvait se passer de tacos, après tout. Il n'était pas trop tard pour assister à une réunion *Weight Watchers.* Avant de tout laisser tomber, elle devait lutter encore.

Et appeler Jay Rossi.

L'idée qu'elle avait quelqu'un à qui confier sa mésaventure la rasséréna un peu. Mais elle se mit à sangloter de plus belle... Cela faisait si longtemps que personne ne lui avait manifesté de l'intérêt.

Rochelle fouilla dans son sac et lui tendit un mouchoir en papier.

— Calmez-vous, ma chérie. Ça n'en vaut pas la peine.

— Je sais, mais je ne peux pas m'en empêcher. Je ne peux pas, répéta-t-elle en s'essuyant les yeux. Demain, les photos seront dans tous les putains de journaux.

La princesse s'éclaircit la gorge et lui lança un regard attristé.

Tania Marie lui rendit son regard.

— Dans tous les journaux, corrigea-t-elle.

24.

Rikki

J'appréhende de me retrouver face à Lucas. Mais je n'ai pas le choix. Je pense à Lisa, à Julie, à l'homme qui manipule peut-être d'autres malheureuses femmes en ce moment, et ça me redonne du courage. Je dois faire abstraction de ce que je ressens et me rappeler pourquoi je monte l'escalier de la jetée, vers l'emplacement où il a amarré son bateau.

J'avance prudemment sur les planches usées par le temps et je songe que je dois faire de même dans ma relation avec cet homme que je connais à peine. La dernière fois que je me suis abandonnée, ça n'a duré qu'une nuit. Avant ça, j'avais emménagé avec un quasi-étranger pour me rendre compte au bout de deux jours que je préférais vivre seule. Après ces deux expériences plutôt décevantes, je sais que je ne peux pas me fier à mon instinct et je me promets de me montrer prudente, cette fois.

Quand je baisse les yeux vers l'eau transparente qui clapote sous mes pieds, j'ai le vertige. J'avance donc vers le bateau en regardant droit devant moi. Le voilier est plus petit que je ne l'imaginais. Il comporte une cabine recouverte d'une bâche bleue et sa coque en fibre de verre luit au soleil.

J'aurais préféré rencontrer Lucas ailleurs que sur son bateau où nous serons seuls, mais il avait paraît-il du travail ici et m'a clairement fait comprendre que si je voulais lui parler, il fallait que je me déplace jusqu'à la marina.

Il sort justement de la cabine. Il devait guetter mon arrivée.

— Par ici. Laissez-moi vous aider.

Je remarque immédiatement la marque mauve derrière ses lunettes et les égratignures sur le bas de son visage.

— Que vous est-il arrivé ?

— J'étais avec Bobby et un type complètement soûl nous a agressés. J'aimerais pouvoir vous dire que je lui ai rendu la pareille, malheureusement il m'a sauté dessus et s'est enfui avant que j'aie pu réagir.

Je grimpe sur la passerelle, puis je descends à bord en m'accrochant à la bâche bleue afin de ne pas avoir à lui donner la main une deuxième fois. Il a mis un jean et un T-shirt blanc qui le font paraître plus jeune et lui donnent un air décontracté que je ne lui connaissais pas. Ses lunettes posent des reflets ambre sur son visage.

— J'ai l'air si mal en point ? demande-t-il.

— Non. Je remarque simplement que c'est la première fois que je vous vois sans cravate.

— J'en porte trop souvent à mon goût, mais Bobby y tient. Il trouve que ses employés s'habillent comme des catcheurs et je partage son avis. Venez, ajoute-t-il en passant devant moi, je vais vous faire visiter.

Je reste campée sur mes jambes — enfin, autant que possible — et je réplique :

— Je préférerais que nous restions sur le pont.

— Je peux au moins vous offrir une tasse de café. Il est chaud.

C'est vrai que je suis partie très tôt et que je n'ai pas eu le temps de manger, ni de boire un café. Je n'ai même pas eu droit à mon sacro-saint jus de tomate. Un arôme délicieux monte de la cabine, accompagné de la voix de Lyle Lovett. Je flaire un piège et je décide de l'éviter.

— Il faut d'abord que nous parlions, insisté-je.

Il secoue la tête en souriant.

— Votre défaut fait aussi votre force, je l'avais oublié. Dans un dictionnaire, vous illustreriez à merveille le mot « têtue ».

— Je viens pour m'entretenir avec vous d'un sujet important. Pas pour le café et votre politesse de marin.

Son visage se ferme.

— Je vous ai dit que j'ignorais que Julie Larimore n'était qu'un pseudonyme. Et Bobby également.

Je le crois et, comme chaque fois, je suis soulagée.

— Vous n'avez pas vérifié son identité avant de l'engager ?

— Le service du personnel a suivi la procédure habituelle. Elle a toujours travaillé sous le nom de Julie Larimore.

Il paraît sincère, mais je me méfie tout de même. Je m'approche de lui afin de sonder ses yeux. Il me rend mon regard sans ciller. Une autre bouffée de café se fraye un chemin jusqu'à moi dans l'air frais du matin.

— Vous savez ce qu'elle faisait avant de venir à *Killer Body* ?

Il secoue la tête.

— Pas exactement. Elle posait comme mannequin, je crois. Des petits boulots. Rochelle McArthur pourrait peut-être vous renseigner, c'est elle qui l'a présentée à Bobby. Je suis sûr qu'elle le regrette amèrement.

— Pourquoi ? Elle ne brigue quand même pas sa place ?

— Non, mais Bobby et Rochelle étaient des amis très

proches depuis des années — avant la mort de Mme Warren. Quand Julie est arrivée, Rochelle s'est trouvée reléguée au second plan.

— Il avait une liaison avec Julie ?

Il s'apprête à répondre, puis réfléchit.

— Impensable, répond-il enfin. Bobby était simplement son mentor. Ecoutez, je veux qu'on retrouve Julie, mais il ne faut pas que les médias profitent de la situation pour le salir.

— Vous savez bien que je ne suis pas ici uniquement en tant que journaliste. Il s'agit bien plus que d'un simple reportage pour moi.

— Je sais.

Mais je remarque qu'il reste distant.

— Faites comme vous voulez, lance-t-il. Moi, je vais me réchauffer devant une tasse de café.

Sur ce, il me tourne le dos et descend. Je le suis dans une cabine douillette, toute de bois et de chrome. Une sorte de canapé qui sert visiblement de couchette occupe presque tout l'espace. Le lavabo est au bout. Juste à côté, dans un réduit, se trouve la cuisinière, avec la cafetière. Je m'assieds sur le canapé.

Il s'affaire du côté de la cuisine et je lui demande ce qu'il sait de la famille de Julie.

— Elle m'a vaguement parlé d'un père, mais j'ignore si elle le voit toujours. Elle n'avait pas d'autre famille, je crois. Pas d'amis non plus.

— Pas de petits copains ?

Il vient s'asseoir près de moi en apportant nos tasses. Le bateau tangue doucement de temps à autre, chaque fois qu'un remous vient frapper la coque.

— Si vous la connaissiez, vous comprendriez.

— J'ai lu pratiquement toutes ses interviews. Croyez-moi, il me semble la connaître…

— Elle ne s'intéressait pas aux hommes.

— Elle était homosexuelle ?

— Non. Mais elle ne s'est jamais mariée, et chaque fois que je l'ai vue avec un homme, il s'agissait d'un ami. Elle était amoureuse de son travail. Ça ne laissait pas de place à autre chose. De plus, je crois que personne n'était assez bien pour elle, elle recherchait la perfection.

— Elle devait bien sortir un peu, quand même. Savez-vous avec qui ?

— Il lui arrivait de sortir avec son entraîneur, mais en amie. Il n'y avait rien entre eux, ça se voyait.

— Vous avez peut-être mal vu.

Il me fixe.

— L'attirance entre deux personnes, ça se sent tout de suite. Vous ne croyez pas ?

Je bois une gorgée de café de façon à éviter son regard.

— Si.

— Dans ce cas, croyez-moi quand je vous dis qu'il n'y avait rien entre elle et son entraîneur.

Je sors mon carnet.

— Comment s'appelle-t-il ?

— C'est l'un des meilleurs à Los Angeles. On l'envoie partout où il y a besoin de motiver les troupes. Je ne me souviens plus de son nom. Je vous le communiquerai plus tard.

— Vous ne connaissez pas le nom de vos employés ?

— Il travaille en indépendant. Nous l'engageons ponctuellement et nous lui envoyons des clients. J'ignore son vrai nom, tout le monde l'appelle Elvis le Blond.

— Elvis le Blond ?

— A cause de sa coiffure. En tout cas, c'est un type très bien qui prend son travail au sérieux.

— Où peut-on le trouver ?

— Il intervient dans plusieurs clubs.

Il pose sa tasse sur la petite table blanche qui prolonge une des extrémités du canapé.

Je regarde autour de moi et commente :

— Tout est soigneusement étudié, ici. Pas de gaspillage de place.

— Oui, ce n'est pas comme dans la vie de tous les jours. Vous faites du bateau ?

— Dans la vallée ? Vous voulez rire. Il y a bien un ou deux lacs, mais là-bas, c'est un loisir de privilégiés. Qui sait… Nous aurons peut-être un accès à la mer après le grand tremblement de terre.

— Ça me plairait de vous emmener faire un tour, un de ces jours.

Brusquement, je prends conscience de l'intimité qui s'est installée entre nous, proches comme nous le sommes sur ce lit maquillé en canapé. Je sais de quoi j'ai envie et je sais aussi que ce ne serait pas difficile de se laisser porter par le courant. Tout semble m'entraîner… Ce bateau qui se laisse bercer par les remous, la douce brise qui murmure sans nous déranger, ce carré de soleil sur le parquet de la cabine, la voix de Lyle Lovett.

Je me réfugie dans un coin du canapé-couchette et je prends ma tasse à deux mains.

— C'est la première fois que je monte sur un bateau.

— Et ça vous plaît ?

— Oui.

Je dis la vérité. C'est un baptême pour moi. Il m'a fait un beau cadeau.

— Ça me semble plus accueillant qu'un avion, plus chaleureux. Ce doit être merveilleux de voyager en mer.

— C'est aussi mon avis, acquiesce-t-il en me fixant. Venez avec moi, un jour. Je vous montrerai d'abord les îles et ensuite…

— Lucas…

Je pose la main sur son bras et j'en suis aussi surprise que lui. Je la retire aussitôt, en la regardant comme si elle ne m'appartenait pas.

— C'est impossible.

— Pourquoi ? Vous en avez envie.

— Oui. C'est vrai.

Assise ici près de lui, la tête appuyée contre les coussins qui lui servent probablement d'oreillers, je ne songe plus à mentir.

— Je ne peux pas. Pas maintenant. *Nous* ne pouvons pas.

— Quand tout ça sera terminé ?

— Peut-être.

Je n'en reviens pas d'avoir osé répondre ça et, pire encore, de le penser.

Il se rapproche de moi.

— Vous verrez, c'est merveilleux d'être réveillé le matin par les odeurs de bacon provenant du bateau voisin ou par quelqu'un qui fait du café avant le lever du soleil. Je vous emmènerai sur l'île Catalina et vous regarderez Los Angeles s'éloigner et disparaître brusquement, comme engloutie par l'océan.

Il m'enlève ma tasse des mains et la pose sur la table près de la sienne.

— Je voudrais vous montrer ce spectacle. Partager avec vous ce que l'on ressent quand on ne voit plus rien d'autre que la mer.

Jamais personne ne m'a fait une déclaration aussi sensuelle. Mais c'est peut-être parce que c'est lui qui parle que je suis aussi troublée.

— Peut-être.

Je ne sais pas quoi dire d'autre.

Il m'enlace et se penche vers moi. Mes bras se nouent autour de son cou, glissent sur ses épaules. Son corps est tellement musculeux que j'ai l'impression de caresser un bloc de pierre.

Sa bouche a le goût du café et du désir. Nous nous allongeons sans cesser de nous embrasser, au milieu des coussins. Mes doigts s'enfoncent dans sa chair. Il y a si longtemps… J'ai tellement envie. Mais je ne peux pas.

Je m'arrache à ses lèvres et je me redresse pour reprendre mon souffle. Il ne me retient pas.

J'attrape ma tasse d'une main tremblante, tout en essayant de calmer ma respiration. L'air hagard, il se lève pour s'occuper de la cafetière. Je ne vois plus que son dos. Il reste là un moment, puis il se retourne.

— Je suis désolé de ce qui s'est passé.

Je regarde ses lèvres encore rouges et gonflées que je viens d'embrasser.

— Moi aussi.

Devant son expression désemparée, je dois me retenir pour ne pas me jeter à son cou.

— Mais qui sait…

Une lueur d'espoir passe sur son visage.

— … nous verrons plus tard.

La lueur disparaît et il hoche sèchement la tête.

— Comme vous voudrez.

— C'est nécessaire… Jusqu'à ce que nous ayons résolu l'affaire Julie Larimore. Nous devons nous concentrer là-dessus.

— Par où voulez-vous commencer ?

Sa voix a changé, il est redevenu Lucas Morrison, l'homme de *Killer Body*. Ce n'était donc pas une question de costume et de cravate.

— Par son entraîneur personnel. Comment peut-on obtenir son adresse ?

Il va et vient un instant devant le petit réduit qui sert de cuisine.

Puis il déclare :

— Nous pourrions vérifier les relevés de compte de Julie.

Je me lève d'un bond. J'ai déjà oublié que nous nous sommes embrassés. La journaliste en moi se réveille.

— Vous possédez ses relevés de compte ?

Il hoche la tête.

— Ainsi que tout son courrier, ajoute-t-il.

25.

Rikki

J'ai failli sauter au cou de Lucas quand il m'a annoncé que nous pouvions consulter le courrier de Julie. A dire vrai, j'avais de toute façon une envie folle de l'embrasser et ça ne m'était pas arrivé depuis ma nuit avec Den.

Une chanson d'amour résonne dans ma tête, comme de la musique qui vous parvient assourdie de l'appartement voisin. J'examine avec attention mon reflet dans le miroir. Suis-je assez maquillée ? Cette barrette en forme de ciseaux de manucure est-elle originale ainsi que le prétend mon coiffeur, ou simplement bizarre ? Dois-je garder la couleur de mes cheveux, ce blond doré un peu voyant ? Vais-je continuer à les porter aussi courts ou bien les laisser pousser ?

Puis je détaille ma silhouette. Merde. Je suis ridicule. Heureusement, personne n'est témoin de cette sotte vanité.

Je suis déjà passée par ce genre d'état avec Den Hamilton, mais notre relation est restée sans suite et j'ai beaucoup souffert. Je me suis juré de garder la tête froide les prochaines fois. Pourtant, sur le bateau de Lucas, j'ai bien failli tomber tête baissée dans le piège. Heureusement, j'avais de bonnes raisons de lui résister.

Je ne peux m'empêcher de me demander ce que Lucas ressent

à mon égard. Il est très occupé, m'a-t-il dit, pourtant, il a accepté de me montrer aujourd'hui la maison de Julie Larimore. Je ne pense pas que Bobby soit au courant, mais il est possible que je me trompe. Lucas est aussi loyal que je suis tenace. Comme il le fait si bien remarquer, il est bon de connaître les qualités de quelqu'un, ça vous renseigne sur ses points faibles.

J'ai préféré le retrouver sur place. J'aurais apprécié de faire le trajet avec lui, mais je me sens plus en sécurité quand c'est moi qui conduis. Un peu gênée de passer tant de temps à me pomponner et à m'admirer, je finis par enfiler des vêtements noirs à la dernière minute.

A présent, j'attends Lucas devant une propriété au portail immense, protégée comme une forteresse. Sa petite voiture grise est déjà là, une Datsun 240Zs, un vieux modèle réservé aux collectionneurs nostalgiques. Il me rejoint et je sens une odeur citronnée, la sienne, avant même de le voir.

— J'apprécie beaucoup votre geste, vous savez.

Mais je regrette aussitôt cette phrase guindée.

— J'ai confiance en vous, répond-il simplement.

Sa réponse pleine de tendresse retenue me touche beaucoup. Je regarde en direction des immeubles.

— Je ne vous décevrai pas. Je vous le promets.

— Bobby W. a tenu à ce que *Killer Body* paie le loyer de Julie et ses factures, ainsi que les traites de sa Mercedes. C'est pour ça que j'ai les clés. Une façon pour lui de se persuader qu'elle va revenir.

— Si c'était vraiment elle au téléphone, l'autre soir, elle reviendra peut-être.

— *Si*, comme vous dites…

Je me tourne vers lui et je contemple son profil. Il paraît tendu, son visage est de marbre.

Je dois me montrer amicale, tout en gardant mes distances. Me comporter en professionnelle.

— Je suis heureuse que vous me laissiez jeter un coup d'œil à la maison de Julie. Il me viendra peut-être une idée en la visitant, sait-on jamais.

— C'est un peu ce que j'espère.

Il s'arrête au passage pour relever le courrier et nous passons la barrière du garage. Aujourd'hui encore, Lucas porte un T-shirt moulant et court qui épouse ses muscles, un jean et les bottes qu'il met probablement pour faire du bateau. Il a toujours son œil au beurre noir.

Comme s'il avait senti mon regard, il tourne la tête vers moi. Malgré ses lunettes noires, je vois que ses yeux s'adoucissent.

— Qu'y a-t-il ?

— Rien. Je remarquais simplement que c'est la deuxième fois que je vous vois sans cravate.

— Mais pas la dernière, j'espère.

Je ne réponds pas à cette remarque ambiguë et j'entre dans le salon.

On se rend tout de suite compte que l'endroit n'est pas destiné à recevoir des visiteurs. Dès que nous refermons la porte derrière nous, j'ai l'impression d'être une intruse. Le tapis blanc posé sur les tuiles rouges est tellement impeccable qu'on a même du mal à imaginer que quelqu'un vit ici.

Je me déplace prudemment sur les carreaux en évitant le tapis que je ne voudrais pas salir. La petite cuisine est aussi carrelée de rouge et paraît flambant neuve.

— On dirait que Julie ne reçoit pas beaucoup, murmuré-je.

— Elle est très solitaire.

Il serre sous son bras un porte-documents.

— Suivez-moi. La salle de gymnastique se trouve au bout du couloir.

Il me conduit dans une pièce tapissée de miroirs du sol au plafond. Elle me paraît immense. Les machines trônent au centre. J'essaie d'éviter mon reflet, mais il n'y a nulle part où se cacher. Sur l'unique mur qui ne possède pas de miroirs s'affiche le poster *Killer Body*. Mes yeux tombent sur le slogan : *Pour obtenir un corps de rêve, il faut le désirer*. Elle s'entraîne donc ici tous les jours, entre ses multiples reflets et cette affiche.

— Son entraîneur se déplace ?

— Oui. Ça n'a rien d'exceptionnel, surtout pour une vedette comme Julie. Elle est très perfectionniste quand il s'agit de son corps.

Je jette un regard circulaire à ce décor minimaliste et je commente :

— Pas seulement quand il s'agit de son corps.

Lucas serre toujours son porte-documents contre lui.

— Vous avez apporté ses relevés de compte ?

J'ai peur qu'il ait changé d'avis.

— J'ai apporté tout ce que j'avais.

Il traverse la salle et va s'installer dans une pièce attenante. Tout y est impeccable, évidemment, avec pour tout mobilier un bureau en forme de L sur lequel sont posés un ordinateur et trois paniers métalliques. Je m'intéresse d'abord aux livres : tous traitent de la réussite et de la motivation. Je prends un magazine. Elle est en couverture, je le repose. Elle doit bien conserver des photographies, des lettres, des souvenirs.

Je remarque un meuble à roulettes sous le bureau.

— Vous avez regardé là-dedans ? demandé-je à Lucas.

— Bien sûr que non.

Son regard désapprobateur me rappelle qu'il se compromet en me faisant entrer ici et qu'il ne faut pas que j'abuse.

— Des policiers sont venus jeter un coup d'œil.

— Ils n'ont rien trouvé ?

— Non. Sa Mercedes n'étant plus dans le garage, pour l'instant, ils considèrent qu'elle est partie de son plein gré.

Je dois prendre sur moi pour ne pas me précipiter sur ce meuble à roulettes.

— Vous avez ouvert son courrier, à part les relevés de compte ?

— Seulement les factures. Bobby W. tient à ce que l'on respecte la vie privée de Julie. Tout ce qu'il veut, c'est qu'elle retrouve sa maison en rentrant.

— Il semble persuadé qu'elle est vivante.

Il hoche la tête et ouvre son porte-documents.

— Depuis ce coup de téléphone, plus que jamais…

Nous étalons les papiers sur le plateau de verre du bureau. Ses relevés de compte sont classés avec des photocopies de ses chèques. Elle signe de son nom complet, Julie Larimore. Son écriture est recherchée.

La plupart sont adressés à PG & E, une banque auprès de laquelle elle a souscrit un emprunt-logement. Finalement, son quotidien est fait d'une routine qui ressemble à la mienne. Je trouve également des tickets de carte bancaire pour des achats effectués dans un supermarché — tiens, un deuxième emprunt-logement —, des factures de médecin et plusieurs versements à l'intention d'un certain Raymond Scott dont j'épluche le détail, dates et montants : cent dollars, deux cents, deux cent quarante.

— Ce doit être son entraîneur, dis-je. Vous savez combien il prend ?

— Dans les cent dollars de l'heure, je suppose.

Lucas se penche par-dessus mon épaule et je sens son haleine sur ma nuque.

— Oui, c'est Elvis le Blond, pas de doute. Je ne pensais pas qu'elle faisait aussi souvent appel à ses services.

Je lève les yeux vers lui, il ne bouge pas.

— Je crois que nous devrions essayer de l'appeler.

— Ça ne va pas être difficile de le trouver.

— Est-ce que je peux emprunter ce dossier ?

Il se redresse, l'air tendu.

— Je ne crois pas que ça plairait à Bobby W.

— Il n'a pas besoin de le savoir. Je suis sûre que vous ne lui direz pas que vous m'avez emmenée ici.

Il ferme son porte-documents, comme s'il était pressé de mettre les papiers à l'abri.

— Vous montrer la maison et les relevés de compte, c'est une chose. Mais son courrier personnel, il n'en est pas question.

— Pourquoi ?

Sa mâchoire se crispe.

— Parce que je n'oublie pas que vous appartenez à la presse. Vos articles ont déjà fait du tort à *Killer Body*.

Je me sens rougir et je détourne mon regard. Il a raison. Pourtant, si c'était à recommencer, j'écrirais exactement la même chose.

— Je ne cherche pas à nuire à qui que ce soit, je fais mon métier, c'est tout. Et ça consiste souvent à chercher une aiguille dans une botte de foin. Je répugne autant que vous à fouiller dans la vie privée de Julie, mais ce dossier renferme peut-être un élément qui pourrait nous aider à comprendre sa disparition.

— Il peut aussi contenir des informations que Julie ne voudrait pas divulguer.

— Par exemple ?

— Son poids, sa pointure… Je ne sais pas, moi. Je vous ai dit qu'elle était très secrète.

— Notre but n'est pas de nous immiscer dans sa vie. Bobby veut qu'on la retrouve. C'est ce que nous essayons de faire : la retrouver.

— Je sais.

Mais je lis le doute dans ses yeux.

— Et si elle préfère qu'on ne la retrouve pas ? murmure-t-il.

— C'est ce que vous croyez ?

— Je ne sais pas, je me le demande.

Il rouvre son porte-documents en secouant la tête.

— Pourtant, Julie n'a aucune raison de se cacher de *Killer Body*, marmonne-t-il. Bobby W. lui cède tous ses caprices.

— C'est-à-dire ?

— Il lui arrive d'annuler des rendez-vous au dernier moment, de prendre des semaines entières de vacances. Tout ce qu'il demande, c'est qu'elle lui donne quotidiennement de ses nouvelles.

— Vous ne l'aimez pas, n'est-ce pas ?

Il s'apprête à nier, mais il rencontre mon regard.

— Non.

— Pourquoi donc ?

— Parce qu'elle non plus ne m'aime pas. Elle ne voulait pas que Bobby W. m'engage et elle n'a jamais regardé d'un bon œil la place que je prenais près de lui.

Je ne peux m'empêcher de sourire. Je suis soulagée. Pourquoi ?

— Je me demandais si…

J'hésite à poursuivre.

— J'ai cru un moment que vous aviez eu une liaison.

— Non. De toute façon, personne n'est assez bien à ses yeux.

Il me considère en souriant et je me sens rougir comme une adolescente.

— Et puis elle n'est pas mon genre.

Il se penche lentement vers moi. Non, pas dans la maison de Julie. Et pas tant que je ne saurai pas où j'en suis avec Hamilton.

Je le maintiens gentiment à distance, la main posée sur son torse dont je sens les muscles fermes.

— Il faut trouver cet Elvis.

Il me prend la main et effleure mes doigts du bout des lèvres.

— J'allais le dire.

Nous échangeons un sourire, je ne sais pas pourquoi.

— Vingt-quatre heures, murmure-t-il.

— Quoi ?

— Je vous laisse ce dossier vingt-quatre heures. Pas une minute de plus. C'est compris ?

26.

Rikki

Je n'ai pas pour habitude de reluquer les hommes, mais avec Elvis le Blond, ce serait presque grossier de feindre l'indifférence. Il vient dans ma direction avec l'aisance et le naturel d'un cygne parmi les canards. Ses biceps impressionnants qui témoignent de sa compétence et son short moulant attirent irrésistiblement le regard.

Il a en effet le même genre de coupe qu'Elvis, en plus court, avec une grande mèche au-dessus du front plus sage et soigneusement laquée. Il arbore un demi-sourire enjôleur et je me demande si on ne l'a pas surnommé Elvis pour ses expressions plutôt que pour sa coiffure. Voilà donc l'homme qui s'occupe du corps des femmes riches. Il est indéniable qu'on a envie de s'inscrire à ses cours dès qu'on le voit.

Il est doté de ce teint lisse et bronzé que certains jugent ennuyeux, mais qui lui va à merveille. Ses yeux bleus et ses cheveux presque blancs à force d'être décolorés rehaussent sa peau hâlée — ce ton-là n'a pas été obtenu dans une cabine de bronzage.

— Vous êtes Raymond Scott ?

— Uniquement les mauvais jours, répond-il.

Sa voix me surprend. Je la trouve très douce, presque féminine, bien qu'il n'ait rien d'efféminé. Elle invite à la confidence, comme celle des prêtres habitués à la confession, et évoque plutôt une soirée pluvieuse en Georgie que le clinquant du rêve californien.

— Et aujourd'hui, c'est un bon ou un mauvais jour ?

— Tout dépend de ce que vous me voulez.

Il me détaille d'un regard amical, sans ambiguïté.

— Vous avez l'air en forme. Que cherchez-vous ? Un corps encore plus parfait ?

Le jeu m'amuse. L'espace d'un instant, je suis tentée de me faire passer pour une simple cliente, mais ça me gêne et je lui tends la main.

— Rikki Fitzpatrick. Je suis journaliste. On vous appelle Elvis le Blond, c'est bien ça ?

— Une journaliste ? Super !

Il secoue vigoureusement ma main et baisse encore sa voix de conspirateur.

— Vous pouvez m'appeler Elvis, c'est plus court.

— Je voudrais vous parler de l'une de vos clientes.

— Impossible. Ça risque de vous surprendre, mais je suis astreint au secret professionnel, tout comme un psychiatre. Et j'ai droit à pas mal de confidences.

Il sourit et je n'en reviens pas de la blancheur de ses dents.

Je regarde dans la salle de gym les gens qui s'entraînent, chacun sur une machine. Un assortiment de gros, de maigres, de grands et de petits qui se côtoient dans une atmosphère bon enfant.

— Ils n'ont pas honte d'être vus ici, fais-je remarquer.

— Comme la plupart de mes clients. Mais quelques-uns se cachent dans les salles où l'on travaille les poses.

Tout en parlant, il se dirige vers le haut comptoir de bois de la réception, une façon délicate de me signifier qu'il ne souhaite plus répondre à mes questions et que je peux partir.

— Par exemple, si vous décidiez de prendre des cours avec moi, je vous citerais probablement en exemple, mais jamais je ne répéterais ce que je sais de vous.

— Vous devez être un excellent entraîneur.

Il accepte le compliment sans fausse modestie.

— C'est pour ça que je peux me permettre de demander le prix fort. Avec moi, les gens obtiennent des résultats. Tout le monde peut y arriver, avec un peu de ténacité. Réfléchissez à la question. Je sais que les journalistes ne gagnent pas des sommes folles, mais investir pour son corps, ça vaut le coup.

— Vous me faites penser à Bobby Warren, en plus jeune.

— J'apprécie Bobbo, c'est un type bien. C'est lui que vous devriez interviewer. Il a des millions d'anecdotes croustillantes à raconter sur les débuts de la musculation et il parle volontiers à la presse.

— J'ai déjà rencontré M. Warren.

Nous sommes devant la réception et je m'arrête.

— Il traverse en ce moment un passage difficile.

Elvis a vraiment un joli visage... et on y lit comme dans un livre. En ce moment, je vois s'y inscrire le mot « panique ».

— Je ne suis pas au courant de ses difficultés. Ça fait des mois que je ne l'ai pas vu.

— Et Julie ? Quand l'avez-vous vue pour la dernière fois ?

— Julie qui ?

— Allez, Elvis. Je sais que vous êtes son entraîneur. Vous préférez discuter avec moi ou avec la police ?

Il m'a poussée à bout et la menace m'est venue spontanément aux lèvres. Vu sa tête, ça semble marcher.

— Vous pouvez dire aux flics que je ne sais rien. Je lui

donne des cours de musculation et de modelage du corps, c'est tout.

— C'est justement ce qui m'intéresse.

Finalement, la peur du gendarme a convaincu Elvis le Blond qui a accepté de m'accorder un moment. Il me conduit jusqu'à une petite pièce à l'écart, dans la partie du club réservée au personnel, et nous nous installons sur un affreux banc turquoise qui me rappelle les gradins de la piscine de Pleasant View. Là aussi, des miroirs partout. Des grands sur le mur et de plus petits, disposés au milieu de la salle.

— C'est là que vous étudiez les poses, avancé-je en essayant une fois de plus d'éviter mon reflet.

— Epargnez-moi les stéréotypes. Nous ne sommes pas là pour nous admirer bêtement, mais pour vérifier la justesse des positions.

Il ne cherche plus à se montrer sous son jour le plus aimable et se défend avant que je l'attaque.

— Laissez Julie en paix, elle a besoin qu'on la laisse tranquille en ce moment.

— Vous savez où elle se trouve ?

— Je n'ai pas le droit de vous répondre.

— Vous pouvez au moins me dire si elle est partie de son plein gré.

Il s'humecte les lèvres et secoue la tête.

— Pas si vous le publiez dans tout le pays.

Je me rends compte qu'il croit probablement que je travaille pour le *Times*. Je me garde bien de le détromper et je le regarde dans les yeux, le dos bien droit.

— Je ne cherche pas à faire du sensationnel. Je veux simplement m'assurer que Julie va bien.

Bon sang ! Je m'aperçois que je pense vraiment ce que je

viens de dire. Je ne cherche plus à venger ma cousine, j'ai dépassé ce stade.

— Vous n'avez pas à vous inquiéter pour elle. Julie est une battante.

— Contre quoi se bat-elle ?

— Est-ce que je ressemble au présentateur des *Grands mystères irrésolus* ?

Il se lève, impatient de s'éloigner d'ici, de se débarrasser de moi.

— Si je savais quelque chose, je ne vous le dirais pas, mais je n'ai rien à vous apprendre. Julie a toujours gardé ses distances. Pourtant, ce n'est pas faute d'avoir tenté de l'approcher.

Une lueur anime ses yeux bleu d'encre.

— Elle vous plaisait ?

— Si elle me plaisait ? C'est le moins qu'on puisse dire.

Ses pupilles ne reflètent plus maintenant que la colère.

— Je suis avant tout un professionnel. Il ne m'est arrivé que deux fois de me sentir attiré par une de mes élèves. Et j'ai éconduit plus de femmes que certains n'en possèdent dans toute leur vie.

— Et vous, vous lui plaisiez aussi ?

— Non.

Il se rassied tout au bout du banc.

— Mais j'ai gagné une amie dans l'histoire…

— Vous considérez Julie Larimore comme une amie ?

— Oui, absolument.

Il relève le menton, prêt à me tenir tête.

— Je la soutenais moralement… Vous savez, je pense qu'il serait mieux pour elle qu'elle ne revienne pas. Trop de pression, ajoute-t-il avec véhémence.

Puis il poursuit plus calmement :

— C'est pesant d'être sans arrêt surveillée par les médias. Sans compter le vieux qu'il faut chouchouter.

— Vous n'aimez pas M. Warren ?

— Je l'aime beaucoup, mais c'est un tyran.

Je surprends mon reflet dans le miroir et je me détourne brusquement. Pas assez vite pour ne pas m'apercevoir que je devrais confier mes cheveux à un coiffeur, plutôt que de rafraîchir ma coupe moi-même. Seigneur, comment font tous ces gens pour passer leur vie dans ces salles où l'on se voit sous toutes les coutures ?

— Julie avait visiblement de l'affection et du respect pour vous. Elle ne vous a pas révélé où elle allait ?

— Non, ça ne me regardait pas. Quand elle sera prête — si elle est prête —, elle refera surface.

Notre échange est si rapide et la sécheresse du ton m'a tellement surprise que je n'ai pas eu le temps de voir s'il dit la vérité ou s'il tente de noyer le poisson.

— Vous savez d'où elle venait ? Vous connaissiez son vrai nom ?

Son joli visage se décompose.

— Comment ça ?

— Elle ne s'appelait pas Julie Larimore. Ça, je peux vous l'affirmer.

— Mais son chéquier était à ce nom. Avec son adresse et son numéro de téléphone.

— Ça ne prouve rien. Dans ce pays, vous pouvez commander un chéquier au nom d'Elmer Fudd, si ça vous amuse, du moment que vous ne l'utilisez pas contre la loi. Ça ne dérange pas les banques.

— Sans blague ?

Il pose le menton dans sa main gauche et se gratte distraitement la lèvre inférieure du pouce.

— Hé, Elvis ! Je te cherche partout.

Une Afro-Américaine grande et mince se tient sur le pas de la porte. Elle hésite à entrer.

— Eh bien, me voilà. Qu'est-ce que tu veux, Shirley ?

— Toi, mon chou. Rochelle te demande au téléphone, elle attend. Tu peux la prendre ?

Il lève la main.

— Impossible.

— Apparemment, c'est important.

— Important… Elle veut sans doute me demander conseil pour la couleur de son vernis à ongles. Dis-lui que je la rappellerai.

Puis il ajoute, d'une voix plus douce :

— Dis-lui aussi d'embrasser Megan de ma part.

— Je n'y manquerai pas, promet la femme en repartant aussi vite qu'elle est venue.

— Les clients…

Mais mon cerveau est en ébullition.

— Vous faites travailler Rochelle McArthur ?

— Elle n'en a pas honte, je crois. Je ne vois pas de raisons de le cacher. Je l'entraîne depuis plus d'un an.

— Sait-elle que vous vous occupez aussi de Julie ?

— Je ne parle jamais d'une cliente à une autre cliente. Mais il est possible qu'elles aient abordé le sujet entre elles.

— Vos clientes ont confiance en vous. Vous devez en entendre.

— Vous ne croyez pas si bien dire.

— Est-ce que Julie vous a fait des confidences sur sa vie avant *Killer Body* ?

Il secoue la tête.

— Je crois qu'elle est allée à Santa Barbara à partir du collège. Mais elle a grandi ailleurs. Dans une petite ville entre Santa Barbara et Santa Maria, il me semble.

Il fronce les sourcils et ferme les yeux.

— C'est un endroit connu. Le type qui jouait Davy Crockett s'y était installé à la fin de ses jours. Il avait même acheté une ancienne propriété vinicole qu'il avait transformée en hôtel.

— Fess Parker ?

— Je crois bien, oui.

— C'est Los Olivos, non ?

— Je n'y suis jamais allé, mais j'ai déjà vu des publicités du coin.

— C'est une sorte de village d'artistes, avec des ateliers dans les granges, de vieux bâtiments de ferme transformés en galeries d'art…

— Je ne sais pas. Elle me l'a décrit comme un endroit paumé et désolé. Ils n'ont même pas de collège. Son père travaillait dans une entreprise vinicole, d'après ce qu'elle m'a dit.

Ses yeux se remplissent de tristesse.

— Si elle a menti à propos de son nom, elle a pu mentir pour le reste aussi. Mais sinon, il s'agit probablement de Los Olivos, en effet. Pourquoi est-ce tellement important ?

— Peut-être que quelqu'un se souvient d'elle, là-bas. On pourrait connaître son vrai nom, savoir qui elle est vraiment.

— Je croyais le savoir.

Ses muscles semblent avoir dégonflé depuis le début de notre conversation — de dépit, sans doute.

— Ils peuvent prendre qui ils veulent pour remplacer Julie à *Killer Body*. J'en connais plusieurs qui conviendraient. Mais c'est à Julie que je m'intéresse et j'espère qu'elle les coiffera au poteau.

— Qu'est-ce qui fait un bon mannequin, d'après vous ?

— La maîtrise de soi, l'ambition. Et la détermination à ne reculer devant aucun sacrifice pour réussir — par exemple, cirer les pompes de Bobby. Julie possède toutes ces qualités, mais elle n'a pas besoin de gagner de l'argent. Après tout, peut-être qu'elle a eu envie de se retirer et de laisser la place à quelqu'un d'autre.

— Et vous n'avez aucune idée de l'endroit où elle pourrait se trouver en ce moment ?

— Je vous répète que même si je le savais, je ne vous le dirais pas. C'est contraire à mon éthique.

Il se lève avec un sourire méprisant et je comprends que je n'en tirerai plus rien.

— S'il vous prenait l'envie de vous métamorphoser, n'hésitez pas à m'appeler.

Il ponctue sa phrase d'un claquement de langue, comme les gamins.

— Vous pourriez devenir franchement canon.

— Merci, dis-je en le suivant dans le couloir. Puis-je vous poser encore une question ?

— Laquelle ?

— Vos dents. J'ai besoin de savoir.

— Secret de fabrication, répond-il.

Puis il me sourit.

— Vous m'êtes sympathique, alors je vais vous donner la carte de la nana qui me les blanchit. Elle s'appelle Debra. Nous faisons un échange de bons procédés. C'est une pratique courante, dans ce milieu.

Nous atteignons la porte de sortie, il pose sa main sur mon

bras. C'est un contact fragile et léger, presque immatériel, très différent de celui de Lucas.

— Je veux savoir la vérité au sujet de Julie, me demande-t-il avec un regard suppliant. Vous êtes vraiment sûre que son vrai nom n'est pas Julie Larimore ?

— Ça ne fait aucun doute.

Et je sors sur le trottoir. Je le laisse rejoindre sa salle des miroirs où il aura tout le loisir de méditer sur la question.

27.

Tania Marie

Mot du jour : *dépit* : mortification, déception.

Elle se dirigeait vers l'immeuble où devait se passer la séance de photographie, accompagnée de Jay Rossi.

— Je vous avais bien dit que ce haut vous irait à merveille, commenta-t-il en l'examinant des pieds à la tête. Je parie qu'avec ça vous ferez la couverture.

— Le jour où je paraîtrai en couverture pour autre chose qu'un scandale, les poules auront des dents.

Sur son insistance, ils avaient pris sa voiture à elle et il avait accepté à condition de conduire. Il portait une valise pleine car le photographe voulait la prendre dans ses vêtements de tous les jours, sans doute pour montrer aux lecteurs la vraie Tania Marie. Rossi pensait que ça donnerait sûrement des clichés intéressants, plus que les habituelles photos guindées avec chapeau à plumes et longs gants.

Elle n'en revenait pas de l'avoir autorisé à venir, mais il était plus facile de lui céder que de lui résister.

— *Woman* n'est pas un journal à scandale, répliqua-t-il.

— C'est bien pour ça que je ne serai pas en couverture. Mais on me verra ailleurs, ne vous inquiétez pas. Le crétin qui m'a reconnue dans ce bar à tequila a probablement déjà vendu ses clichés. Je ne sais pas comment je m'en serais sortie sans Rochelle et la princesse Gabby.

— Au moins, cette histoire vous a rapprochées. Vous allez arrêter de vous tirer dans les pattes.

— Nous avons même décidé de nous téléphoner tous les jours. Pour l'instant, nous ne recevons plus de menaces. La fille de Rochelle est en sécurité, elle est rentrée de l'université.

— Vous êtes sûre qu'elles n'ont rien à voir avec ce qui vous est arrivé dans le sauna ?

Elle avait longuement réfléchi à la question. Elle avait déjà été trahie une fois par un homme soi-disant digne de confiance. Pourtant, elle voulait croire à la sincérité de ses deux nouvelles amies. Et tant pis si elle péchait encore par naïveté.

— Oui, déclara-t-elle. Et vous n'en douteriez plus, si vous les aviez vues m'encadrer quand ce salaud m'est tombé dessus.

— J'aurais bien voulu être là pour lui botter le cul.

Il avait pris un air crâne. Elle songea à Marshall. Jamais il ne se serait exprimé avec une telle grossièreté. En revanche, il collectionnait les liaisons sans vergogne, tout en s'arrangeant pour conserver une image irréprochable auprès du public. Rossi n'était pas un menteur, elle l'aurait parié.

— Effectivement, il l'aurait senti passer, acquiesça-t-elle en gloussant, avec un regard en coin à ses bottes pointues.

— Même sans les bottes. Je me suis bagarré un certain nombre de fois, dans les bars, quand j'étais plus jeune.

— Et ça vous plaisait ?

Il s'arrêta devant une grande porte vitrée et lorgna vers le numéro de l'immeuble gravé en chiffres dorés.

— Venez, ordonna-t-il.

Elle lui reposa la question dans l'ascenseur.

— J'y prenais probablement plaisir sur le moment, parce que j'étais complètement soûl. Mais au fond, on ne retire aucune satisfaction à utiliser ses poings dans le but de blesser quelqu'un. C'est l'une des raisons pour lesquelles j'ai arrêté de boire.

— Pourtant, vous vous êtes bien défendu l'autre soir, avec ce vin.

Il se redressa de façon à se trouver à sa hauteur. Elle découvrit qu'il était presque aussi grand qu'elle.

— J'ai passé une très bonne soirée et le vin n'y était pour rien.

Elle aurait voulu éviter son regard, mais dans cet ascenseur, elle avait le choix entre l'affronter ou contempler son propre reflet dans le miroir. Ce n'était pas le moment de détailler ses défauts. Elle se tourna donc vers Jay.

— Moi aussi, j'ai passé une très bonne soirée.

— Pour en revenir à ce type, je lui aurais botté le cul, je vous le jure.

L'ascenseur s'arrêta et ils sortirent dans un hall au carrelage bien ciré. Tania Marie avançait à contrecœur, on aurait dit que ses pieds refusaient de lui obéir. Brusquement, elle s'arrêta net.

— Merde, lâcha-t-elle.

— Que se passe-t-il ?

— Je ne peux pas.

— Mais si, vous pouvez. Vous y êtes.

— Je ne sais pas, Rossi. On m'a piégée tant de fois.

— Si vous faites machine arrière maintenant, vous n'aurez plus jamais confiance en vous.

Il la contemplait, le regard tellement furieux qu'elle n'arrivait plus à s'en détacher. Si seulement il avait pu lui insuffler un peu de sa force pour affronter l'épreuve qui l'attendait…

Elle ricana nerveusement.

— Décidément, vous vous croyez investi d'une mission.

Le regard de Jay resta inchangé, mais un petit sourire apparut sur son visage.

— Si vous le dites… En attendant, ne faisons plus attendre ce photographe, il pourrait bien changer d'avis.

Gabriella

— Promettez-moi de ne pas vous mettre en colère, commença Christopher.

Elle comprit pourquoi il n'avait pas desserré les dents pendant le trajet qui menait au studio. Il avait encore quelque chose à se faire pardonner.

— Ecoutez, Christopher, je veux pouvoir affronter Crosby sereinement. Nous reparlerons de ça plus tard.

Christopher lui adressa un petit sourire. Avec son crâne rasé qui luisait au soleil et sa chemise en lin blanche, il ressemblait à l'écrivain qu'il rêvait de devenir un jour. Il y arriverait, songea-t-elle, confiante. Pour le moment, il gagnait sa vie durement, en travaillant dans une boutique de vêtements. Il lui restait la nuit pour se consacrer à son roman. Sa passion et son courage seraient un jour récompensés et le monde entier reconnaîtrait son talent. Il le méritait.

Elle lui toucha gentiment la joue.

— Dites-moi que je suis parfaite et souhaitez-moi bon courage. Dès que j'en aurai fini, nous aborderons la question qui vous préoccupe.

— Je vous trouve superbe, absolument merveilleuse.

Il l'avait aidée à choisir cette jupe blanche en jean, fendue sur le devant, qui laissait voir ses jambes lorsqu'elle marchait, et des chaussures à semelles compensées, tellement confortables qu'elle aurait pu danser avec.

Mais c'était elle seule qui avait acheté le dos-nu au crochet d'une nuance vert vif qui conférait à l'ensemble une allure à la fois élégante et décontractée.

Elle n'eut pas besoin de se hausser sur la pointe des pieds pour déposer un baiser sur sa joue. Ces chaussures étaient plus hautes qu'elles en avaient l'air.

— Souhaitez-moi bon courage.

— Et vous, promettez-moi de ne pas vous mettre en colère.

— J'ai compris, vous savez, Christopher. Vous avez de nouveau parlé avec Alain.

Il soupira en baissant les yeux.

— Pire que ça.

— Pire ?

— Je l'ai vu.

— Vous voulez dire qu'il est ici ?

Il lui lança un regard éloquent.

— A Los Angeles ?

Il hocha piteusement la tête.

— Je lui ai promis de vous conduire à son hôtel ce soir, dès que vous aurez terminé.

Rochelle

Et il fallait en plus que ce soit Jesse qui le lui apprenne. Elle soupira. Décidément, rien ne lui était épargné.

— Tu en es sûr ? insista-t-elle.

Elle prenait soin de parler bas car Megan dormait dans sa chambre, au bout du couloir — du moins, elle l'espérait.

Nu comme un ver sur le lit, le dos calé contre trois coussins, il zappait devant un écran de télévision muet, en s'arrêtant sur les chaînes porno et sportives. Dans sa prochaine vie, elle n'épouserait pas un insomniaque.

— C'est l'agent de John Crosby qui me l'a appris, répondit-il.

Il prenait soin de ne pas prononcer son nom, donc il s'agissait d'une femme. Est-ce que ça cachait quelque chose ? Elle décida de le tester.

— Et que t'a-t-elle dit ?

Jesse ne cilla pas. Il venait de trouver un couple à trois et se glissa entre les draps pour regarder plus à l'aise.

— Crosby est prêt à aider la princesse Gabby. Il va lui proposer de le remplacer pendant ses vacances. Si ça marche, elle aura une émission sur CNN l'année prochaine. Elle a dû passer plusieurs fois à la casserole pour qu'il lui fasse un cadeau pareil.

— Je suis sûre qu'elle n'a pas couché avec lui.

Elle fut surprise de la violence de sa réaction. D'habitude, elle se contentait de rire des plaisanteries machistes de son mari.

— Gabby est une femme étonnante. Elle mérite de s'en sortir.

— Elle est étonnante, je te l'accorde.

Rochelle donna une chiquenaude sur la main de Jesse qui commençait à s'activer sous le drap.

— Si elle décroche un talk-show, elle laissera tomber *Killer Body*, poursuivit-il. Tant mieux pour nous. Malheureusement, j'ai bien peur que ça n'arrive jamais.

Il éteignit la télévision au milieu d'une scène qui aurait

surpassé en ridicule la version dessin-animé de Tania Marie en train de piquer une crise de nerfs. Ils restèrent assis dans le noir. Ils étaient mari et femme, ils travaillaient ensemble, mais Rochelle se sentait désespérément seule.

— En tout cas, ça te laisserait le champ libre pour *Killer Body*. Tu l'aurais à coup sûr.

— C'est vrai ?

Finalement, cela ne lui procurait pas autant de joie qu'elle l'aurait cru. Elle se laissa glisser entre les draps, mais n'y trouva aucun réconfort.

— Je crois que je vais essayer de dormir, déclara-t-elle en roulant sur le côté, loin de lui.

— En somme, tu trouves ça plutôt positif ?

Quelque chose la dérangeait dans sa voix, mais quoi ?

— Au sujet de Gabby ? Bien sûr. Je me réjouis pour elle et j'espère que ça va marcher.

— Même si je suis son agent ?

Rochelle se figea.

— De quoi parles-tu ? Tu n'es pas son agent, que je sache.

— Je lui ai proposé de le devenir, si tu te souviens bien. J'en ai d'abord discuté avec son attaché de presse et je l'ai appelée pour lui confirmer que mon offre était sérieuse.

Il répondait avec trop de désinvolture. On sentait qu'il avait déjà préparé ses réponses. Elle se tourna face à lui de façon à étudier son profil. Elle espérait encore avoir mal compris.

— Tu lui as fait cette offre uniquement pour l'éloigner de *Killer Body*. Tu n'étais pas sérieux.

— Je l'étais, et je le suis toujours.

Elle sentit que sa patience allait bientôt s'épuiser.

— Et elle a accepté.

— Oui.

Il lui tapota affectueusement la hanche.

— T'inquiète pas, chérie. Elle aura ce qu'elle veut et toi aussi. Tout le monde est gagnant dans l'histoire.

— Tu n'es qu'un salaud, siffla-t-elle.

— Chérie…

Il avança de nouveau la main vers sa hanche.

— Ne me touche pas ! cria-t-elle. Ne me parle pas. Laisse-moi tranquille !

Elle ne pouvait plus maîtriser cette colère qu'elle refoulait depuis trop longtemps.

Jesse dut le sentir au ton de sa voix car il recula sans un mot à l'autre bout du lit et lui tourna le dos.

L'interview

Rêviez-vous d'un destin hors du commun, Julie ?

Je me souviens d'une interview de Barbra Streisand. La journaliste Barbara Walters lui demandait si elle se doutait qu'elle deviendrait célèbre un jour. Barbra Streisand lui a répondu, au bord des larmes, qu'elle n'avait jamais pu imaginer sa vie autrement.

Je comprends ce qu'elle voulait dire.

Petite fille, j'étais consciente de posséder quelque chose de spécial, de ne pas être comme les autres. Certains naissent avec un don particulier, j'en suis persuadée.

Je n'ai pas vécu mon enfance. J'avais hâte de grandir, de devenir ce dont je rêvais. Maintenant, j'ai ce que je voulais, et dans les moments difficiles, je ne pense qu'à une chose : le conserver.

28.

Rikki

Los Olivos me rappelle la vallée de San Joaquin, mais au lieu de champs brûlés par le soleil, ici on ne voit que des coteaux de vin étagés sur de douces collines. C'est un endroit qui a su préserver son histoire — ou qui n'a pas su évoluer. Je descends en voiture la rue principale jalonnée de drapeaux. Charmant, mais un peu étriqué.

Elvis le Blond avait raison. Avec une population atteignant tout juste le millier de personnes, on ne voit pas de collège ni de lycée, mais il y a deux écoles primaires. J'ai donc commencé par là, avec mon dossier et mes photos, puisque je ne connais pas le vrai nom de Julie.

Je me suis demandé comment j'allais être accueillie. Dans ce genre de petites villes, les gens se révèlent soit charmants, comme à Fort Bragg, dans le comté de Mendocino, soit carrément méfiants. Heureusement, Los Olivos semble appartenir à la première catégorie. J'ai été reçue par des personnes serviables, mais qui ne m'ont rien appris. L'une d'elles m'a conseillé de m'adresser à un professeur d'art plastique à la retraite qui tient maintenant l'une des nombreuses galeries d'art de la ville.

La vie de Roberta Matlock s'est arrêtée dans les années 60. Avec ses longs cheveux gris et pas de maquillage, elle paraît aussi terne que la longue robe couleur de blé qui couvre presque ses sandales. Je la trouve dans le jardin derrière la galerie, lequel sert également de lieu d'exposition. De grandes sculptures surréalistes se dressent sur des carrés de pelouse, au milieu des cactus et des pensées. Debout au milieu d'une allée, immobile, Roberta semble faire partie du paysage.

Je me présente et je lui explique maladroitement que je cherche quelqu'un susceptible de se souvenir d'une personne qui aurait été à l'école élémentaire ici, à la fin des années 70 ou au début des années 80.

— Pour moi, c'est comme si c'était hier, m'assure-t-elle. Je me souviens parfaitement des événements lointains ou très récents. Mais avec ceux qui se trouvent entre les deux, j'ai des petits problèmes.

En dépit de son apparence timide, elle a une voix autoritaire de professeur.

— La secrétaire de l'école m'a affirmé que si quelqu'un pouvait reconnaître une ancienne élève, c'était vous.

— J'ai eu l'intelligence de prendre ma retraite avant que mon cerveau soit complètement détruit.

Elle s'installe sur un banc de bois grossièrement taillé et peint en blanc. Trois crânes posés sur de minces tiges rouges forment le dossier, tandis que les pieds et l'assise représentent vaguement un squelette.

— Venez vous asseoir près de moi et montrez-moi ce que vous avez là.

— J'hésite, dis-je en fixant les crânes. Vos amis ne m'inspirent pas confiance.

— L'œuvre s'appelle *Le jour des morts*. Ça vient du Guatemala, mais c'est une allusion à la fête des morts au Mexique. Ce banc est très confortable, si vous n'y projetez pas votre vision de la mort.

J'aurais deux ou trois commentaires à faire, mais je me tais et je m'assieds près d'elle.

— On peut voir les choses comme ça. Avez-vous entendu parler de Julie Larimore, la femme qui représente *Killer Body* ?

— Nous recevons les journaux, ici, vous savez. On l'a retrouvée ? demande-t-elle d'une voix teintée d'angoisse.

Elle sait comment se terminent généralement ces vilaines histoires — tout comme moi d'ailleurs, mais je préfère ne pas y songer pour le moment.

— Ça va vous surprendre, mais son vrai nom n'est pas Julie Larimore.

— En effet, je suis étonnée.

Elle fronce les sourcils et hoche la tête.

— Mais maintenant que j'y songe, il me semble l'avoir déjà entendu dire.

— Julie a confié à l'un de ses amis qu'elle avait été inscrite à l'école élémentaire de Los Olivos. Je sais que le temps a passé, mais j'ai pensé que ça valait le coup d'essayer, que quelqu'un se souviendrait peut-être d'elle.

Elle ferme les yeux.

— J'ai vu beaucoup de jolies petites filles au cours de ma longue carrière. Il m'arrive encore d'en croiser dans la rue, mais le plus souvent, je les reconnais à peine. Il ne reste rien des enfants que j'ai connus.

— Si je vous montrais des photographies de Julie, vous la reconnaîtriez peut-être.

J'ouvre mon dossier et je sors un portrait, deux photos publicitaires et deux autres où elle pose avec Bobby W.

— On devait déjà la remarquer pour sa beauté, à l'époque. Vers la fin des années 70, c'est ça ?

Roberta se frotte le menton d'un air songeur.

— Elle se met du gel. Ça s'appelle bien du gel, non ?

— Probablement, dis-je en essayant de ne pas penser que ma cousine Lisa l'imitait aussi dans la coiffure.

— Fichtre… Du coup, on ne voit pas bien la couleur de ses cheveux. La couleur de cheveux, ça vous change quelqu'un…

Elle attrape le portrait et l'approche de son visage.

J'ai la chair de poule, il faut que je me lève de ce banc au plus vite.

— Vous la reconnaissez ?

Elle hoche lentement la tête, sans quitter des yeux le visage de Julie Larimore. Son regard me donne encore plus le frisson.

— Au moins, elle ne mentait pas pour le prénom. C'était bien Julie.

Tania Marie

Le photographe répondait au nom de Garza. Tout court. Il avait su la mettre à l'aise — sans doute avait-il de l'expérience —, et il pouvait lui arranger son col, déplacer ses bras ou sa tête et la jauger froidement du regard comme si elle avait été sa chose, sans qu'elle se sente violée dans son intimité. Rien à voir avec les paparazzi. Elle sentait qu'il ne cherchait pas à l'exhiber ni à révéler ses failles, mais à découvrir son être caché.

Ses cheveux noirs et le regard profond de ses yeux gris le rendaient séduisant et elle espéra qu'il était aussi charmant qu'il le paraissait. En ce moment, elle avait un jugement assez sûr, Jay Rossi ne l'avait pas encore déçue. Elle n'avait pas accepté qu'il assiste à la séance, mais elle était rassurée de le savoir dans la pièce à côté.

Garza l'installait sur un tabouret minuscule, bien trop petit pour son auguste postérieur.

— On ne doit pas le voir, expliqua le photographe comme s'il lisait dans ses pensées. C'est pour nous permettre de varier les poses. Ensuite, je vous prendrai assise par terre.

Merde. Sur ce fond noir, ses seins allaient ressembler à des mottes de beurre. Elle fit face à l'objectif et sourit, soucieuse de ne pas lui montrer qu'elle mourait de peur.

Il fit plusieurs clichés puis il vint lui bouger la tête en l'inclinant légèrement avec son pouce.

— Vous tenez absolument à ce que je m'assoie par terre ? demanda-t-elle timidement.

— J'y tiens. Vous aurez l'air plus naturelle. Maintenant, souriez. Bien.

Il avait raison, elle avait déjà remarqué qu'elle se sentait plus libre quand l'objectif ne se trouvait pas en face d'elle.

— Tania Marie, encore un sourire.

Cela faisait des mois que les photographes la harcelaient en lui demandant de sourire à leur objectif. Et des mois qu'elle les fuyait. Rossi avait peut-être raison. Il était temps qu'elle cesse de fuir et qu'elle donne sa version de l'histoire.

Garza paraissait satisfait et ils convinrent d'un rendez-vous pour une séance en extérieur la semaine suivante.

— Vous n'avez pas l'air désespéré, commenta Rossi quand elle le rejoignit dans la salle d'attente.

Il possédait naturellement ce que les magazines appelaient un teint doré. Avec cette lumière, ses yeux aussi étaient dorés. Et il la regardait d'une drôle de façon. Brusquement, elle se rendit compte qu'elle ne lui déplaisait pas.

— Ce n'était pas aussi terrible que je le craignais. Très différent des séances photos que j'ai pu faire jusque-là.

— Ce Marshall devait être un beau salaud.

Il avait utilisé sa voix de sale gosse. Comme quand il avait déclaré qu'il regrettait de ne pas avoir botté le cul du paparazzo de pacotille, dans le bar à tequila.

— En effet, admit-elle sobrement.

— Alors, pourquoi continuez-vous à le ménager ? Vous devriez dire la vérité.

Elle sentit une violente chaleur envahir ses joues, comme si on l'avait giflée.

— Ecoutez, Rossi. Il y a des limites que personne ne peut franchir. Pas même vous.

— Comme vous voudrez.

Il avança sur le trottoir roulant et posa sa valise entre eux, comme une barrière.

Ils sortirent en silence du bâtiment et se dirigèrent vers la voiture. Elle ouvrit le coffre et glissa sa valise à l'intérieur. Elle était furieuse qu'il se permette de juger Marshall. Il n'en avait pas le droit. Elle décida de prendre ses distances avec lui. Un de perdu, dix de retrouvés, disait le proverbe.

— Merci de votre aide, déclara-t-elle en évitant son regard.

— N'hésitez pas à m'appeler quand vous aurez besoin de moi.

Parfait. Il sortait enfin de sa vie — avec ses bottes de bouseux. Il allait vite filer dans son pick-up pourri jusqu'au restaurant de Virginia où l'attendait une brillante carrière de chef cuisinier ou de larbin, selon ses compétences. Il suffisait pour s'en débarrasser de ne plus solliciter ses services. Elle se tut.

— Une dernière chose, reprit Rossi en serrant les poings.

Pourquoi vous sentez-vous tellement coupable dans cette affaire ? Après tout, c'est Marshall qui était marié, pas vous. Je crois que vous vous préoccupez trop de l'opinion des gens.

— Et vous, qu'est-ce qui vous préoccupe ?

— Vous.

Elle s'apprêtait à l'envoyer se faire voir, mais la lueur tendre qui brillait dans ses yeux l'en empêcha.

— Je ne veux pas m'étendre là-dessus, déclara-t-elle simplement. Les journaux en ont suffisamment parlé. J'ai même lu quelque part que j'avais failli détruire la réputation de Cameron. Je ne sais pas si c'est vrai, mais je peux vous dire que celle qui a été détruite, c'est la mienne.

— Vous pourriez lui rendre la pareille. Je vous ai déjà suggéré d'écrire un livre.

— J'ai eu des propositions d'éditeurs, je réfléchis à la question. Mais pas pour l'instant.

— Autant dire que vous ne le ferez jamais. Et je crois que c'est parce que vous l'aimez toujours. N'ai-je pas raison ?

— Non. Vous avez tort. Maintenant, fichez le camp.

— Très bien. Mais j'aimerais quand même savoir comment vous pouvez continuer à aimer un homme qui vous a traînée dans la boue.

Elle referma violemment le coffre de la voiture.

— Vous racontez n'importe quoi.

— Vous savez bien que non.

Elle ferma les yeux de façon à contenir ses larmes.

— Je ne crois pas un mot de ce que la femme de Marshall a raconté au cours de cette interview minable.

Faux. Les paroles de Mme Cameron l'avaient profondément blessée.

Elle n'avait cessé de répéter qu'elle aimait son mari et que cette épreuve avait consolidé leur couple. Ça, Tania Marie s'y était attendue, mais la suite l'avait plongée dans un profond désespoir… Elle l'avait écoutée en se goinfrant de Milanos.

« Mon mari reconnaît qu'il a commis une faute, avait susurré Mme Cameron. Mais il s'est laissé apitoyer. Au départ, il voulait simplement aider cette jeune fille — après tout, elle était son assistante —, et quand il s'est aperçu qu'elle était folle de lui, il était trop tard. Il m'a confié — et je sais que c'est vrai — qu'il n'aurait jamais pu envisager une relation sérieuse avec une grosse. »

Rossi s'approcha d'elle.

— Oubliez donc ce fils de pute. Vous le pouvez.

— Pour Virginia ? C'est pour ça qu'elle vous a envoyé ? Seriez-vous encore un de ces…

Il la fit taire en écrasant ses lèvres sur les siennes. Voilà qu'elle se mettait à embrasser un homme payé par sa mère pour la surveiller, en plein jour et en pleine rue. Elle le repoussa et posa son front contre lui.

— Venez, murmura-t-il.

— Pas si vite.

Elle effleura ses lèvres fines et roses, bien plus séduisantes que la bouche charnue de Marshall qui n'avait cessé de lui mentir.

— Venez, insista-t-il en la serrant contre lui.

Elle ressentait une violente attirance pour lui. La dernière fois, cela l'avait jetée dans les bras d'un homme qui l'avait trahie. Elle ne voulait pas commettre la même erreur.

— Non. Je ne peux pas.

— Vous préférez vous consacrer uniquement à *Killer Body* ?

— Je sais que je n'ai pas la moindre chance…

Elle se laissa aller contre lui et ils rirent tous les deux.

— Alors, qu'est-ce qui vous inquiète ? chuchota-t-il dans le creux de son oreille.

Elle se sépara de lui à regret et recula d'un pas afin de contempler ses yeux aux reflets dorés.

— J'ai un grave problème de conscience.

— Quoi donc ?

Il valait mieux le lui dire.

— J'ai été témoin d'une chose que j'hésite à divulguer, parce que ce serait dévoiler une partie de ma vie privée. De plus, j'ignore si en parlant, je sauverai la vie de quelqu'un ou si je la foutrai en l'air.

Elle sentait des larmes tièdes couler librement sur ses joues tandis qu'il refermait sur elle des bras protecteurs.

— Qu'avez-vous vu ?

— Julie Larimore.

Il la serra un peu plus fort.

— Vous l'avez vue ? Quand ?

— Je préfère changer de sujet.

— Après sa disparition ?

— Non, juste avant.

Elle s'écarta de lui en secouant la tête, comme si elle voulait chasser une image de son esprit.

— Mais ce n'était pas la Julie Larimore que nous connaissons.

L'interview

Pensez-vous rejoindre Killer Body *ou Bobby Warren va-t-il devoir vous trouver une remplaçante ?*

Bien sûr que je reviendrai. Je ne fuis ni *Killer Body* ni Bobby

Warren. J'ai dû m'éloigner pour régler un problème que je n'ai pas encore résolu. Il ne faut pas qu'il sache ce que je fais quand je m'absente. Il sera content de me retrouver. De retrouver mon visage, ma silhouette — la même que sur l'affiche —, ma robe qui se vend tellement bien que les magasins sont toujours en rupture de stock. Jamais il ne me remplacera. Il me considère comme sa fille. On ne remplace pas sa propre fille, n'est-ce pas ?

Encore cette voix dans ma tête, qui me pose des questions… Je lui réponds sans cesse comme à un journaliste. Est-ce le cas de toutes les femmes ambitieuses ? Depuis peu, il me semble que les questions deviennent de plus en plus brèves et de moins en moins cohérentes. Ça ne fait rien. Je continue à répondre.

Est-ce qu'il va me remplacer ? J'ai envie de pleurer et je souffre. Je ne peux pas me défaire de cette douleur qui me vide de mes forces. Personne ne me remplacera. Je ne veux pas. Il faut les en empêcher.

29.

Rikki

Roberta Matlock était dans un tel état d'excitation qu'elle m'a aussitôt entraînée à l'intérieur de la galerie. Je l'ai suivie en silence, sous le choc.

— Je suis sûre d'avoir conservé les coupures de journaux concernant cette affaire, déclare-t-elle. Une fois que j'aurai retrouvé son nom, il suffira de chercher dans l'annuaire. Je n'en reviens pas que cette petite fille malingre soit devenue Julie Larimore.

En traversant l'étroit couloir aux murs tapissés de boiserie qui mène à l'escalier, nous croisons un couple de visiteurs. Roberta ne leur prête pas la moindre attention. Elle les dépasse d'un pas souple et gracieux et relève sa jupe pour grimper les marches recouvertes d'un épais tapis.

— J'espère qu'elles sont dans mon bureau… J'ai pu aussi les ranger chez moi.

A l'étage, il y a encore plus de statues et de plantes que dans le jardin. Tous les murs sont occupés par des classeurs à tiroirs, à l'exception de celui de la fenêtre. Elle est restée ouverte et le soleil emplit la pièce d'une lumière jaune pareille aux rideaux en organdi qui conviendraient mieux à une chambre d'enfant.

Roberta fonce sur un des meubles de rangement et se met à fouiller.

— J'ai un système de classement très personnel.

— Que cherchez-vous, exactement ?

Elle se retourne vers moi et me lance un regard outré qui me renvoie aussitôt sur les bancs de l'école élémentaire.

— Vous êtes journaliste, non ? Il vous faut des preuves de ce que j'avance.

— Vous pensez retrouver une photographie de Julie là-dedans ? demandé-je en désignant d'un large geste le fatras de papier jauni.

— Je ne prétends pas que je tomberai dessus tout de suite. Il me faudra peut-être plusieurs jours. Je ne me souviens pas de son nom de famille, mais je n'ai pas oublié son histoire. C'est après ça qu'elle est partie. Elle a vécu dans un orphelinat, près de Santa Barbara et lui... Zut, je n'arrive plus à me rappeler s'il est mort ou s'il a simplement quitté la ville après la vente de la maison.

— Calmez-vous.

Moi aussi, je peux prendre une voix autoritaire d'institutrice.

— Je ne comprends même pas de quoi vous parlez.

— Désolée, s'excuse-t-elle.

Elle soupire tristement et, pour la première fois, je trouve qu'elle fait son âge.

— Ça m'a tellement secouée de remuer ces vieux souvenirs. Vous devez me prendre pour une vieille toquée.

— Pas du tout. Vous disiez que vous ne saviez pas s'il était mort.

— C'est exact.

— De qui parliez-vous ?

— Mais du père de Julie, répond-elle d'un ton plein d'assurance. Elle avait essayé de le tuer.

Tania Marie

Elle attendait depuis près d'une heure et Rikki ne l'avait pas encore appelée. Plus l'attente se prolongeait, et plus son courage faiblissait. Elle regrettait d'avoir suivi le conseil de Jay Rossi. Si elle révélait où elle avait vu Julie Larimore, Rikki Fitzpatrick ne serait pas longue à comprendre qu'elle aussi avait consulté dans cette clinique.

Elle prit la télécommande et la pointa vers la télévision. Elle ressentait le besoin de se détendre, de zapper tranquillement. Avec un peu de chance, elle trouverait peut-être une chaîne sur la cuisine. L'émission de Wolfgang Puck, par exemple. Il préparait des plats époustouflants.

Elle reconnut la voix de Marshall avant même d'apercevoir son visage, ses cheveux gris, ses yeux vifs. C'était bien la dernière chose dont elle avait besoin. Ce salaud avait l'air en pleine forme. Elle ne pouvait se détacher de son image, de son souvenir.

Il s'agissait d'une émission historique qu'il animait depuis peu — décidément, il était partout. Aujourd'hui, il retraçait l'histoire de l'aviation, celle des frères Wright, de Charles Lindbergh, d'Amelia Earhart, de Chuck Yeager, de John Glenn, Sally Ride. Ça s'appelait *Les merveilleux fous volants* et, ajoutait-il avec son célèbre sourire en coin, ça débutait en 1903.

— Vole dans les bras de ton squelette de femme ! hurla-t-elle à l'écran. Ou dans ceux de la salope qui m'a remplacée quand tu m'as fait virer !

Un clic, et son visage disparut brusquement, comme s'il n'avait jamais existé.

Le moteur du réfrigérateur ronronna.

Aux réunions *Weight Watchers*, on lui avait conseillé de placer la nourriture saine à portée de main et d'éloigner le reste.

Elle ouvrit la porte du réfrigérateur. Les légumes et les portions de Vache-qui-rit allégée se trouvaient juste devant elle. Impossible de les ignorer. Il y avait aussi du jus de tomate et quelques petits pains. Elle pouvait s'en faire griller un et le tartiner de fromage. C'était très raisonnable.

Tout en essayant de se convaincre, elle ouvrit machinalement le congélateur et plongea la main à l'intérieur. Derrière les plats préparés par Virginia, elle trouva ce qu'elle cherchait. Putains de Milanos. Elle sentait déjà le goût sucré du sablé et celui du chocolat, plus amer. Son déclencheur, selon le terme consacré. Ils attendaient là depuis des mois, elle les gardait pour les cas d'urgence. Eh bien, c'en était un.

Elle fit un sort au paquet. Pourquoi se sentait-on moins coupable quand on mangeait debout devant le réfrigérateur ouvert, à la sauvette ?

Maintenant qu'elle avait fini de lécher les miettes, elle se sentait gavée, honteuse, et plus du tout en état de parler à une journaliste.

Bien sûr, ce fut à ce moment précis que le téléphone sonna.

— Pourquoi avez-vous mis tant de temps pour me rappeler ? lui reprocha-t-elle.

Elle était au bord des larmes. Jay Rossi l'avait abandonnée, et à présent, c'était le tour de Rikki Fitzpatrick.

— Je vérifiais une information à propos de Julie.

— Je crois…

Elle avala péniblement sa salive, elle avait encore le goût des Milanos dans la bouche.

— Je crois que moi aussi, j'ai une information concernant Julie qui pourrait vous intéresser.

— Je suis garée en face de chez vous, déclara la journaliste. Venez me rejoindre.

Rikki

Je quitte l'appartement de Tania Marie tard dans la soirée. Mon enquête avance sur plusieurs fronts et je ne sais plus où donner de la tête. Il faut d'abord que je fasse un tour à cette clinique de San Diego pour vérifier ce que Tania Marie vient de m'apprendre. Je dois également retourner à Los Olivos afin de recueillir d'autres témoignages de gens qui ont connu Julie et qui se souviennent du drame.

J'appelle l'administration de la clinique depuis ma voiture, mais comme je le soupçonnais, personne ne répond. Je suis obligée d'attendre jusqu'à lundi matin. Je peine à croire ce que m'a raconté Tania Marie. Elle assure pourtant que c'est bien Julie Larimore qu'elle a vue là-bas.

Il faut absolument que je sache. Tant pis, je ne peux pas patienter jusqu'à lundi.

Comme mue par un sixième sens, je choisis sans hésiter la direction à prendre. Je sais que c'est de la folie, mais je dois parler à Pete. Je pourrais me contenter de l'appeler, mais je roule, poussée par une force que je ne maîtrise pas. Il est l'homme avec qui ma cousine avait choisi de passer sa vie. Il faut que je lui parle, que je lui pose les questions que personne n'ose poser.

Pourquoi cette urgence ? Je me suis tue si longtemps… Je pourrais différer notre rencontre jusqu'à ce que nous ayons un peu oublié — on finit toujours par oublier. Pourtant, je n'attendrai pas. Je serai chez lui dans quatre heures si je roule sans m'arrêter, et une fois que j'aurai les réponses que je cherche, je déciderai de la conduite à tenir.

Mais avant, j'ai quelqu'un d'autre à voir. Ça fait trop longtemps que je repousse l'échéance.

L'interview

Et s'ils découvraient la vérité ?

Ils ne la découvriront pas. Vous devez les en empêcher. L'enjeu est trop important. Pour le moment, une seule personne est au courant. Elle m'a reconnue à la clinique, je l'ai vu dans son regard. Puis elle s'est détournée et elle est partie.

Et la journaliste ? Elle commence à fouiller dans votre passé, elle cherche à détruire votre réputation.

Il faut l'arrêter, elle aussi.

Et le médecin ?

Il ne dira rien. Il a trop à perdre, il a peur. Ils ont peur. Tous. Je n'y retournerai pas. Je veux qu'on me laisse tranquille.

Vous oubliez les trois femmes.

C'est Tania Marie qui est dangereuse. Elle seule. Les autres n'y sont pour rien.

A présent, laissez-moi seule avec mon désespoir. Et n'oubliez pas que personne ne doit savoir où je suis. Partez. J'ai peur, j'ai faim. Et il me reste peu de temps avant le lever du jour.

Rikki

La nuit tombe déjà. Je ne pensais pas qu'il était si tard. Mais je ne rebrousse pas chemin, je continue à suivre le ruban noir de la chaussée de Belmont Avenue. Tout en conduisant, je réfléchis. Je me dis qu'on supporte mieux l'absence d'un être cher la nuit. Le jour, le soleil éclaire trop bien tout ce qu'il a quitté.

Le cimetière est l'endroit le plus en vue de cette rue désolée. C'est sans doute pour ça que les voyous du quartier n'osent ni le piller ni le souiller de détritus. Ils n'ont probablement aucune envie d'y entrer. Moi non plus, mais je n'ai pas le choix.

La rue devient plus étroite et plus sombre. Je franchis la grille en roulant au pas, sans regarder les tombes qui se dressent autour de moi, lugubres. Je ne sais même plus où se trouve celle de Lisa.

Puis j'aperçois la voiture de Pete. Noire. Discrète. D'une propreté impeccable. Je m'arrête, indécise. Ne devrais-je pas respecter la douleur de cet homme ? Il est en deuil, comme moi.

Je suis prête à faire demi-tour, mais c'est lui qui s'approche. Je m'arrête et baisse ma vitre.

— J'avais besoin de venir ici. Je vais te laisser seul.

Des larmes brillent sur ses joues. J'ajoute, maladroite :

— Je voulais passer chez toi plus tard. Je ne pensais pas te trouver ici.

— Je viens tous les soirs.

J'ai des scrupules, je me demande si c'est vraiment utile de remuer tous nos souvenirs.

— Je t'appellerai demain matin. On essaiera de se voir avant que je parte.

— Laisse-moi t'offrir un verre, propose-t-il.

— Où ?

— Je ne sais pas. C'est vendredi soir, il y a du monde partout.

— Je n'ai pas envie de me retrouver au milieu de tous ces gens qui s'amusent.

— Moi non plus. Mais le petit frère de Junior Pacheco dispute un match ce soir. J'ai promis à Junior de le retrouver là-bas.

Lisa appelait Troy Pacheco le roi du ring.

— Tu crois que c'est le bon moment ?

— Pas spécialement. Mais Junior est un ami.

Sa voix se brise.

Junior devait être témoin à ce mariage que la mort a empêché et son frère, Troy, était également invité. Lisa et Pete assistaient à tous les combats de Troy, bien avant qu'il participe à des championnats. Si Pete va l'encourager ce soir, c'est aussi à la mémoire de Lisa.

— Je sais. Il vaut peut-être mieux qu'on remette ça à demain.

— Retrouve-moi là-bas, Rikki.

— On verra.

— Allez, tu nous as déjà accompagnés et ça t'a plu. On sera avec Junior.

Pete est aussi subtil que les gros poings gantés de Troy Pacheco. Il a déjà voulu me pousser dans les bras de Junior l'année dernière, avec la complicité de Lisa.

Le Junior en question n'est pas plus attiré par moi que je ne le suis par lui. Pourtant, il avait gentiment accepté de devenir garçon d'honneur du marié pendant que j'aurais été la demoiselle d'honneur de la mariée. Mais Lisa n'a pas vécu assez longtemps pour cette tentative de rapprochement et je ne voudrais pas briser les dernières illusions de Pete — s'il lui en reste.

J'accepte de le suivre et nous passons du cimetière à la salle de boxe. Je retrouve un peu le Pete que j'ai connu. Il paraît dans son élément avec son gobelet de bière à la main. Troy est en train de s'échauffer, il fait le tour du ring et descend de temps en temps pour courir un peu dans l'allée du stade couvert, pendant que ses supporters s'installent dans les gradins. Ils l'encouragent déjà en sifflant et applaudissant. Il est l'un des leurs.

Chaque fois que je le regarde combattre, je me rappelle cette nuit où nous avions tous deux un peu trop bu et où il m'a expliqué que chaque round lui semblait durer une éternité. Il comparait la vie à un long combat. Je vois ce qu'il voulait dire. Pour Lisa, le gong a sonné la fin du match.

Nous sommes maintenant au milieu du quatrième round. Trois minutes de combat et une minute de pause entre chaque reprise. Quand la cloche retentit, il s'affaisse contre les cordes. Son short blanc trempé de sueur lui colle à la peau. Son entraîneur lui redresse la tête pour examiner ses lèvres blessées. Il a l'air de souffrir.

Pete me pousse du coude.

— Attends, tu vas voir. Ce n'est qu'un passage, il reprend toujours le dessus.

Pete est resté un enfant, Lisa elle-même le disait. Il veut toujours ouvrir ses cadeaux de Noël à l'avance et il incite ses proches à en faire autant, quitte à les aider s'il le faut. C'est un avocat à l'éthique scrupuleuse, mais il est incapable de garder un secret en famille.

— Du moins, je l'espère…

— Tu sais de quoi je voulais te parler ? demandé-je.

Il avale sa bière, puis tourne la tête vers moi avec un regard furieux.

— Non, je croyais qu'on était simplement venus encourager un ami.

— Tu sais pourquoi je suis là, Pete. Ne le nie pas.

— Tu crois vraiment que je t'aurais proposé de venir ici si j'avais su que tu voulais parler ?

— Oui, justement. Tu pensais qu'ici on ne pourrait pas échanger un mot. Trop de monde, trop de bruit.

Il hausse les épaules.

— Tu réfléchis trop. Tu cherches toujours une explication à tout.

— Voudrais-tu m'aider à trouver une explication à la mort de Lisa ?

Le gong résonne, et un éclair blanc bondit au milieu du ring. C'est Troy qui fait déjà pleuvoir un déluge de coups sur son adversaire. Il ne laisse jamais tomber. Moi non plus.

— Tu la connaissais mieux que personne, Pete.

— Peut-être, murmure t il, les lèvres sèches.

— Cette quête effrénée de perfection cachait quelque chose, j'en suis sûre. Et toi, tu sais quoi. Qu'est-ce qui l'a tuée, Pete ?

Les deux boxeurs s'affrontent férocement sur le ring. Troy tombe, mais il se remet aussitôt sur ses jambes et retrouve sa vélocité. Un concert de sifflements et d'applaudissements éclate autour de nous. Je ne bouge pas. J'attends une réponse.

Pete affiche la mine de quelqu'un qui vient d'être mordu par un vampire. Il va m'en vouloir longtemps, mais j'ai besoin de savoir.

— Pete ?

— Va te faire foutre. Je m'en vais.

Il se lève brusquement et se faufile dans l'allée, vers la sortie. Je me précipite derrière lui. Je ne pense plus qu'à une chose : lui arracher la vérité.

Je le rattrape et le retiens par son pull.

— Je voudrais bien laisser tomber, mais je ne peux pas. Il faut que tu m'expliques.

Son regard assassin pourrait pulvériser le stade, mais je ne baisse pas les yeux. Moi aussi je suis en colère et je souffre.

— Très bien, capitule-t-il enfin en regardant autour de lui.

Il peut être tranquille, personne ne prête attention à nous. Ils sont tous debout, à danser de joie pour acclamer Troy qui vient de remporter un round.

— Tout est ma faute.

Il a dit ça calmement, en détachant bien ses mots. Il ne pleure pas.

Au son de *Allez Troy*, je demande :

— Pourquoi ?

— Je suis trop perfectionniste, trop exigeant.

— Elle l'était aussi.

— Justement, je n'ai fait qu'empirer les choses.

J'aimerais bien pouvoir me raccrocher à ses mots. Mais je sais qu'il n'est pas le responsable, même s'il n'a pas tenté d'empêcher la catastrophe. Je ne suis pas venue ici pour me contenter de si peu.

Je lui prends le bras.

— Viens, dis-je en l'entraînant vers nos places dans les gradins.

Il ne me résiste pas.

— Elle a présumé de ses forces.

— Elle a toujours voulu aller au bout de ses choix. Bien avant de te rencontrer. Ça venait de son éducation.

Il vaut mieux que je ne m'étende pas sur le sujet, ou bien c'est moi qui vais m'évanouir. Je me concentre sur les marches. Nous serons bientôt assis. Encore un round, une éternité qui vient de prendre fin. Troy s'écroule sur sa chaise, au milieu des secouristes.

— Tu as sûrement remarqué que Lisa s'identifiait à Julie Larimore, déclare Pete.

— Oui.

— Si ça n'avait pas été Julie, ç'aurait été quelqu'un d'autre.

Sa voix exprime une tristesse et une solitude infinies.

Le gong résonne et Troy repart à l'attaque. Moi aussi.

— Quand nous étions adolescentes, je savais qu'elle se faisait vomir, même si je ne l'ai jamais vue.

— Moi non plus, je ne l'ai jamais vue. Elle était très prudente.

Je prends brusquement conscience que je me cache la vérité depuis des années. Comme lui. Nous avons préféré nier le problème. A présent qu'elle est morte, nous n'avons plus de raisons de nous mentir à nous-mêmes.

Ma main glisse vers la sienne et la serre.

— De nombreuses personnes souffrent de troubles de l'alimentation.

— Elle n'était pas malade, seulement trop exigeante.

Il se libère de mon étreinte et frotte ses mains l'une contre l'autre. Je sens un frisson me parcourir la nuque à le voir lutter ainsi contre lui-même.

— Elle avait des crises de boulimie, et ensuite, elle se faisait vomir, tu le sais bien.

— Je croyais qu'elle avait arrêté, se défend-il.

Nous avons rejoint nos places et le bruit du combat me parvient en fond, lointain.

— Et puis j'ai trouvé les seringues.

Des mots qu'il a prononcés d'une traite, presque violemment. Mais à présent il paraît soulagé.

Je ne m'attendais pas à ça et j'encaisse le coup en silence, en essayant de ne pas trembler, de me maîtriser, comme s'il s'agissait d'une simple interview.

— Comment as-tu réagi ?

— Je lui en ai parlé. Elle m'a expliqué que c'était un produit pour maigrir que quelqu'un de *Killer Body* lui fournissait. Il le faisait venir du Mexique. Elle m'a dit de ne pas m'inquiéter, qu'elle ne comptait pas en prendre longtemps. Juste pour être mince et belle le jour de notre mariage.

— Et tu l'as crue ?

— Je suppose que je refusais d'admettre qu'elle avait un réel problème. Une fois, elle a refusé de me voir pendant plusieurs jours… Mais je n'ai pas voulu comprendre.

— Je suis dans le même cas que toi.

Nous restons un moment songeurs, puis soudain, une pièce du puzzle se met en place.

— Qui lui a fourni le produit, chez *Killer Body* ?

— Je ne sais pas. Un type avec un drôle de nom.

— Lucas ?

J'ai la bouche tellement desséchée que je peux à peine parler.

Il secoue la tête, agacé.

— Non, plus bizarre que ça. Une couleur… Beige… Non, ce n'était pas beige.

— Blond ?

— C'est ça. Elvis le Blond. Même si ce n'est pas ce produit qui l'a tuée, il a dû lui fatiguer le cœur. Que faisait-elle d'après toi quand elle ne voulait voir personne ? Elle se gavait de nourriture ?

— Je crois plutôt qu'elle attendait d'avoir perdu du poids.

De nouveau, je frissonne.

— Nous n'y sommes pour rien, Pete. Il ne faut pas que nous commencions à culpabiliser.

Il prend mon bras et acquiesce en silence. Il ne peut pas prononcer un mot, mais je sais qu'il comprend ce que je veux dire.

Le poing de Pacheco atteint son but, l'homme en noir va au tapis. Tandis que l'arbitre entame le décompte, la foule se dresse comme un seul homme en scandant *Troy-Troy-Troy*. Je me lève pour les imiter. Pete aussi.

Nous ne parlons plus, ce n'est plus nécessaire. Pete va se chercher une autre bière pendant que nous attendons le match suivant. Quelqu'un qui sent la cigarette et l'alcool s'approche de moi. Je me retourne et murmure sèchement :

— Il y en a qui feraient mieux de rester chez eux... Den !

Je me sens tout d'abord coupable. Je l'ai supplié de me laisser sur cette affaire et il me surprend à un match de boxe.

Puis j'ai envie de me jeter dans ses bras pour pleurer sur son épaule et lui confier ce que je viens d'apprendre. Mais il sourit d'un air embarrassé.

— Je suis venu avec une amie. J'ai eu du mal à croire que c'était bien toi.

Une amie ? Pourquoi pas ? L'éthique d'un rédacteur en chef ne lui interdit pas de sortir avec sa petite amie — du moment qu'elle ne fait pas partie de son personnel. J'allonge le cou, à la recherche d'une femme solitaire, mais il y a trop de monde.

— Tu ne seras pas déçu, j'ai bien avancé.

— Il t'arrive de dormir ?

Je feins de ne pas avoir entendu le compliment, je veux lui montrer que j'ai de la bouteille.

— J'ai découvert dans quelle ville a grandi Julie Larimore. J'y retourne demain.

— Un samedi ?

— Pourquoi pas ? Les villes ne sont pas fermées le week-end.

— Tu veux de la compagnie ? demande-t-il.

— Je pars très tôt demain matin. Tu pourras te lever ?

Je me sens rougir. J'ai l'impression de me mêler de ce qui ne me regarde pas.

Lui est écarlate.

— Le plus tôt sera le mieux. On prend ma voiture ?

— Le mieux serait que nous prenions la mienne et que tu rentres en avion. Lundi, je dois mettre le cap sur San Diego. Je dois interroger des médecins dans une clinique.

— Tu ne veux pas lâcher le morceau…

Sa voix teintée d'admiration me réchauffe un peu le cœur et je me rends compte que ma conversation avec Pete m'a laissée comme hébétée. Je m'en remets à peine.

— Je ne *peux* pas. Pas là où j'en suis. Tania Marie m'a confié avoir reconnu Julie dans une clinique.

— Pourquoi ne l'a-t-elle pas avoué plus tôt ?

— Julie portait des lunettes noires, et d'après Tania Marie, elle était énorme.

Il fronce les sourcils. Difficile à imaginer quand on connaît le poster *Killer Body*.

— Tu veux dire vraiment grosse ?

— Oui, vraiment grosse. Elle était pratiquement obèse.

Lucas

Lucas avait dormi sur son bateau et Rikki était venue le rejoindre à la marina de bon matin. En la voyant approcher au loin, vêtue d'un caleçon et d'un pull bordeaux à lacets, il avait espéré qu'elle oublierait un peu son enquête et qu'elle accepterait de faire un tour en mer avec lui. Mais en contemplant son visage sérieux et déterminé, il avait vite compris que ce n'était même pas la peine de le lui proposer.

A présent, ils marchaient côte à côte sur la jetée et Lucas ne pensait plus à lui montrer les joies du bateau. Il essayait de trouver une explication à ce qu'elle venait de lui apprendre.

— Ce que vous me racontez là est tout simplement inconcevable, lâcha-t-il enfin. Ce n'était pas Julie, Tania Marie s'est trompée.

— Pourtant, elle n'en démord pas. Il arrivait à Julie de disparaître pendant plusieurs mois. C'est vous-même qui me l'avez dit.

— Des semaines, plutôt. Plusieurs mois, c'est la première fois. Mais peu importe. Ça ne cadre pas avec sa personnalité. Jamais Julie ne se serait laissée aller à ce point, ça lui aurait coûté trop cher…

Il s'accouda à la rambarde de la jetée et son regard se perdit au loin. Rikki était journaliste, mieux valait ne pas entrer dans les détails avec elle.

— Vous me cachez quelque chose, déclara-t-elle en inclinant légèrement la tête. Je le sens.

Il contempla les rayons de soleil qui jouaient dans ses cheveux.

— Je ne sais pas si c'est vraiment important.

— Vous êtes sûr que c'est la véritable raison, Lucas ?

Son regard inflexible le sondait avec l'acuité d'un détecteur de mensonge.

— Bien sûr. J'ignore si ça vaut la peine, c'est tout.

Elle effleura la peau tendre sous son œil, là où l'ivrogne de l'île l'avait frappé.

— Je vous écoute.

— Dans le contrat que Julie a signé avec Bobby W., il existe une clause stipulant que si elle viole le code de conduite *Killer Body*, elle devra verser des dommages et intérêts à la société. Elle ou ses légataires, si elle est déjà morte quand on l'apprend.

Rikki parut horrifiée et il regretta presque d'avoir parlé.

— Même après sa mort ? Ainsi, le vieux Warren s'octroyait un droit de regard sur sa vie privée. Je suppose que ce code de conduite allait jusqu'à l'interdiction d'afficher une liaison ou de se marier sans son aval.

— C'est une façon de voir les choses.

— Vous ne me menez pas en bateau, n'est-ce pas ?

— Non.

Il se tourna vers l'océan. Il aurait voulu partir vers l'horizon, loin de la terre, là où tout devenait limpide et où les bonnes décisions surgissaient d'elles-mêmes, sans qu'on ait besoin de peser le pour et le contre pendant des heures. Là où il pouvait ne compter que sur les étoiles pour le guider.

— Bobby W. n'a pas de famille. Alors *Killer Body* la remplace. Cette clause peut vous paraître abusive, mais là n'est pas la question. Je voulais seulement vous prouver que Julie n'avait pas intérêt à se laisser aller.

— Elle ne se contrôlait peut-être pas.

Il se tourna de nouveau vers Rikki. Avec les rayons du soleil qui se reflétaient dans la mer, ses yeux paraissaient presque humides. Une fois de plus, il se demanda jusqu'à quel point il pouvait lui faire confiance.

— Julie contrôlait tout. Elle menait sa vie d'une main de fer.

— Elle était parfaite, c'est ça ? répliqua Rikki en serrant les poings. A part un tout petit détail que vous semblez négliger : elle a disparu.

— Vous croyez qu'elle se cache parce qu'elle a grossi ? Voyons, Rikki, c'est du délire.

Elle le considéra fixement.

— Vous ne voulez pas comprendre, n'est-ce pas ? Les personnes les plus rigides peuvent craquer. Et quand ça leur arrive…

Il tendit le bras vers elle, ému du chagrin qu'il lisait dans ses yeux. Mais elle bondit en arrière.

— Je dois partir. J'ai quelque chose à faire.

— Je vous accompagne.

— Pas question.

Il détestait cette Rikki-là, impitoyable.

— Comme vous voudrez. Seulement, vous avez un dossier à me rendre avant de partir.

— Merde.

Elle se suspendit à son cou.

— Je l'ai oublié.

Et elle fila vers sa voiture en lançant par-dessus son épaule :

— Je vous téléphonerai plus tard.

— Attendez ! protesta-t-il.

— Je ne peux pas. Den m'attend dans la voiture.

— Den ?

Lucas la regarda disparaître en direction du parking.

Son patron. Dennis Hamilton.

Il n'avait plus qu'à espérer qu'il s'agisse d'un vieux bedonnant.

30.

Rochelle

— Merde, Elvis. Je suis désespérée.

Rochelle but une gorgée d'eau minérale. Elle avait la chair de poule, comme chaque fois qu'elle s'arrêtait après avoir transpiré.

— Justement, c'est bien ce qui m'inquiète.

Il lui tenait tête avec son short blanc, indifférent aux regards des clientes qui s'arrangeaient discrètement pour passer près de lui, dans le seul but de le reluquer de plus près.

— Quand on est désespéré, on ne touche pas aux « accessoires ». C'est dangereux.

— Vous en avez pris, vous aussi.

— Je faisais de la compétition.

Il enfila un T-shirt. Sa tête disparut, puis réapparut par l'échancrure. Pas une mèche de ses cheveux n'avait bougé.

— Et alors ? Si vous avez utilisé des « accessoires », c'est précisément parce que vous étiez désespéré à l'idée de ne pas gagner. C'est précisément mon cas.

— Admettons, concéda-t-il en dévissant le bouchon de sa bouteille. Mais je savais que ce serait pour un temps très bref.

— Moi aussi.

Elle s'obligeait à parler calmement, sur le même ton que lui, à dissimuler son énervement.

— Vous n'en avez pas besoin. Vous êtes presque trop maigre.

— Vous avez regardé mes fesses ?

— Bien entendu. Qu'est-ce que vous croyez ? Je ne rate jamais une occasion de me rincer l'œil.

Mais aujourd'hui, la voix douce d'Elvis ne suffisait pas à la calmer.

Elle se tourna dos au miroir.

— Alors, dites-moi la vérité.

— Je ne vois rien. A part le tissu de votre pantalon, commenta-t-il en lui pinçant le derrière. Mais on pourrait muscler un peu plus en travaillant les sauts.

— Je n'ai pas le temps. Bobby W. va bientôt faire son choix. Mon mari…

Elle se tut. Même à lui, elle ne pouvait raconter cette humiliation. Jouer la mère d'une actrice…

— Vous m'avez dit que vous pouviez me fournir quelque chose de vraiment efficace.

Il hocha la tête à contrecœur.

— Des injections de Lasix, c'est ce qu'il y a de plus rapide. On peut perdre jusqu'à cinq ou six kilos en très peu de temps. Il s'agit d'un diurétique utilisé dans certaines maladies cardiaques. Mais il y a des effets secondaires, vous risquez de souffrir de crampes.

— Je m'en moque. Qu'est-ce qui se passe, Elvis ? On dirait que vous hésitez.

— Une journaliste est venue m'interroger, avoua-t-il. Elle s'appelle Rikki Fitzpatrick. J'étais avec elle quand vous avez appelé l'autre jour.

— Et alors ?

— Je ne veux pas risquer d'être mêlé à un scandale. Cette fille n'est pas du genre à lâcher le morceau. Superbe, mais un vrai bouledogue.

— Elle ne s'intéresse qu'à Julie Larimore.

Le visage d'Elvis se détendit un peu.

— Ce n'est pas que je refuse de vous aider, Shel.

— Vous croyez que je suis bête au point de laisser ce produit prendre le dessus et me détruire ?

Elle parlait d'une voix plus ferme, mais la peur et la supplication perçaient sous le ton glacial.

— Vous voulez que je reste comme ça ? Une de vos clientes ne parvient pas à maigrir et ça ne heurte pas votre conscience professionnelle ?

— Vous n'avez pas besoin de maigrir. Et je ne vous trouve pas bête. Je sais bien que vous respectez votre corps. Ce n'est pas ça qui m'inquiète.

— Alors, qu'est-ce que c'est ? Vous ne craignez quand même pas que je vous dénonce un jour ? Je pensais que vous me faisiez confiance, que nous étions proches.

— J'ai confiance en vous, assura-t-il à voix basse.

Pour obtenir ce qu'elle désirait, elle n'hésitait pas à manipuler les gens, à jouer sur les sentiments. Et ça marchait.

— Il me faut ce produit, décréta-t-elle.

— Pour le dosage, vous ferez ce que je vous dirai.

— Bien sûr.

— Et vous n'en parlerez à personne.

— Vous savez bien que non, Elvis.

Il regarda par-dessus son épaule.

— Venez.

Elle avait gagné. Tout en lui emboîtant le pas en direction

des vestiaires, elle jeta un coup d'œil à ses fesses dans le miroir. Ce survêtement blanc lui faisait un cul énorme, mais le produit miracle réglerait bientôt tous ses problèmes. Il était plus que temps.

Rikki

Nous sommes presque arrivés et je pense encore à Lucas. Il m'a regardée bizarrement quand je l'ai laissé sur la jetée, tout à l'heure.

En même temps, je réfléchis à la façon dont je vais m'y prendre pour obliger cet Elvis à me révéler la vérité au sujet de Lisa et de Julie. Près de moi, sur le siège du passager, Hamilton ne bouge pas. Il devait mettre de la musique, mais mon coffret de CD est toujours posé sur ses genoux et nous parlons de *Killer Body* et de Julie Larimore.

Je lui fais un compte rendu de tout ce que j'ai découvert. Enfin, presque tout. Je garde le silence sur l'idée qui m'obsède depuis cette nuit, depuis que je me suis réveillée en sueur, glacée jusqu'à la moelle. Je ne peux pas lui confier mes soupçons tant qu'ils ne reposent que sur une intuition. Mais j'ai déjà un peu plus : le témoignage de Tania Marie et son regard sincère qui me hante. Et je ne parviens pas non plus à oublier le fameux code de conduite *Killer Body* et la clause ajoutée au contrat de la pauvre Julie Larimore.

Hamilton plaisante en disant que j'appuie facilement sur l'accélérateur, mais je sais qu'il me fait confiance. Je constate avec une pointe de regret qu'il arbore la mine réjouie de quelqu'un qui a passé une nuit agréable.

Après avoir quitté le port, nous filons directement vers la boutique de Roberta Matlock, à Los Olivos. Elle nous accueille en venant à notre rencontre, un superbe verre à pied à la main. Avec ses longs cheveux gris qui tombent sur sa tunique noire, elle ressemble à une bonne fée.

— Vous n'avez aucune idée du travail que ça représente, déclare-t-elle en riant. Je ne pensais pas avoir accumulé autant de journaux.

Elle s'exprime par énigmes, comme lors de notre première rencontre, et j'ai du mal à la suivre.

— Vous n'avez pas encore trouvé l'article ?

— Pas encore. En fait, j'ai commencé par consulter mes dossiers de classe. Une fois que j'aurai retrouvé son nom, ce sera plus facile de rechercher l'article. Mais ça risque de prendre du temps.

J'accepte une tasse de thé. Hamilton refuse. Je sens qu'il doute, même quand elle nous assure se souvenir parfaitement de l'endroit où vivaient Julie et sa sœur.

— Elles habitaient une propriété vinicole, mais elle a été vendue voilà déjà plusieurs années, poursuit-elle. Le propriétaire actuel n'y habite pas, il la loue.

— A qui ?

Elle secoue la tête.

— A un type avec lequel je n'ai pas beaucoup d'affinités. Je l'ai croisé une fois ou deux au marché.

— Nous pourrions aller le voir, propose Hamilton.

C'est sa façon de me faire comprendre qu'il a envie de fumer une cigarette et qu'il cherche une excuse pour partir. Dès qu'il est dans la voiture, il en allume une et ouvre la vitre de sa portière.

— On le trouverait plus vite nous-mêmes, cet article.

— Tu t'avances un peu.

— As-tu au moins vérifié qu'il existait des articles sur des petites Julie ayant tué leur père ? Tu es sûre que l'enfant dont se souvient cette vieille toquée est bien la Julie que nous cherchons ?

— Non. Mais nous n'avons pas d'autres pistes, alors autant suivre celle-là.

Il sait que je déteste l'odeur du tabac et il a dû avoir sa dose de nicotine, car il jette sa cigarette à moitié consumée par la vitre.

— Ça fait longtemps que tu fumes ?

Il me lance un regard mauvais.

— J'ai allumé ma première cigarette à quinze ans et demi, mais je ne suis devenu un fumeur régulier qu'après mon divorce. J'ai l'intention d'arrêter bientôt.

— Sage décision.

— Et toi, tu as déjà essayé ?

— Tu plaisantes ? Ma tante m'aurait tordu le cou.

En pensant à la rigueur de ma tante et à ce qu'elle exigeait de moi comme de Lisa, j'ai la chair de poule. Et maintenant, elle voudrait que je découvre ce qui a tué ma cousine, ce qui a provoqué sa crise cardiaque. Si je lui disais que les actes de sa fille n'obéissaient qu'à une seule motivation, la fuir — comme j'ai fui avec le premier type qui a posé les yeux sur moi —, elle en conclurait que j'ai perdu la tête.

Nous quittons Grand Avenue. A l'adresse que nous cherchons, nous trouvons une maison, une sorte de grand bâtiment à l'abandon. Je me gare juste avant le chemin bordé de pierres et je contemple la demeure dans laquelle Julie Larimore a peut-être grandi, un simple rectangle aux murs de briques rouges et aux fenêtres blanches. J'ai du mal à l'imaginer dans un endroit aussi ordinaire.

— Bon. Je suppose que tu veux que je sonne, tout simplement.

— Ce ne serait pas la première fois, répond Den sans se démonter.

Certaines personnes accueillent gentiment l'étranger qui frappe à leur porte le week-end, d'autres non. Je déteste les types vêtus en tenue de camouflage et je classe aussitôt l'homme qui habite la bâtisse rouge dans la deuxième catégorie. Aussi ne suis-je pas étonnée qu'il nous envoie paître d'emblée.

— On ne peut même pas tondre sa pelouse en paix, lance-t-il en guise de bienvenue. Je n'ai pas d'argent à donner.

— Nous sommes journalistes, corrige Hamilton. Nous avons entendu dire que Julie Larimore a peut-être passé son enfance dans cette maison.

— Qui ?

Il a la voix rauque des fumeurs, mais bien plus que Hamilton. Ça fait probablement plus longtemps que lui qu'il en pince pour la cigarette. Il faut dire aussi qu'il est plus vieux. La soixantaine, sans doute.

— Julie Larimore, répété-je. La fille qu'on voit sur les affiches *Killer Body.* Celle qui a disparu.

— J'en ai vaguement entendu parler.

Il enlève son chapeau et fourrage dans ses cheveux gris.

— Je ne suis locataire ici que depuis un an. J'espère qu'ils la trouveront.

— Votre propriétaire l'a peut-être connue.

Il me regarde comme s'il découvrait brusquement ma présence.

— Je ne collabore pas avec les journalistes et surtout pas quand ce sont des femmes.

Il s'approche de nous et fait mine de nous viser avec une arme imaginaire.

— Sortez de ma propriété, ou j'appelle les flics.

Hamilton pose doucement sa main sur mon bras, puis il s'avance d'un pas de façon à s'interposer entre ce crétin et moi.

— Pas la peine de s'énerver.

— Je vous ai dit de foutre le camp.

Il me regarde et ses yeux sont à présent deux minces fentes qui brillent.

— Je peux pas blairer les journalistes.

Je m'apprête à lui répondre sur le même ton, mais le temps que je me demande si ça vaut vraiment la peine, il me claque la porte au nez.

Hamilton me prend par le bras et je me dégage avec colère. Ma première impulsion est de tambouriner du poing. Je suis furieuse qu'on me rejette sous prétexte que je suis journaliste. Ce n'est pas la première fois que ça m'arrive, mais je ne m'y habitue pas.

Pourtant, je me force à conserver mon calme, à oublier les remarques sexistes de cet homme, et je retourne vers la voiture, suivie de Den Hamilton.

— Rikki…

— Non, Den. Ce n'est pas le moment.

Un de ces jours, je viendrai sonner à cette porte et je déverserai ma rancœur sur la personne qui ouvrira. Mais pour le moment, je dois rejoindre ma voiture.

Gabriella

Elle sirotait doucement son Martini. On pouvait boire régulièrement du vin ou de la bière et être encore là pour en parler, mais le Martini était une drogue dure qui vous entraînait inévitablement vers la chute. Ça se consommait avec modération, à petites gorgées.

Elle calcula qu'un verre contenait plus de calories — même sans l'olive à laquelle elle ne résisterait sûrement pas — que le thon en boîte et la tartine de pain qu'elle s'était autorisée au déjeuner.

Elle se souvint vaguement que sa grand-mère répétait que les êtres forgent eux-mêmes leur propre destinée, qu'il n'est qu'à interroger leurs préoccupations pour comprendre qui ils sont et ce qu'ils deviendront.

Ses préoccupations à elle tournaient autour de cette olive charnue et luisante — de la même couleur que ses yeux, selon Alain — et d'un gros hamburger accompagné de frites copieusement saupoudrées de sel. Pas de quoi prédire ce qu'elle allait devenir.

Elle ne le vit pas entrer dans la pièce, mais elle le sentit. Elle n'avait pas grand mérite. Alain n'arrivait jamais en retard à un rendez-vous et détestait les gens qui le faisaient attendre. Elle porta son verre à ses lèvres. Elle savait qu'il la regardait et elle s'absorba dans la contemplation de la tache rouge du piment qui tranchait sur l'olive, au centre.

Elle portait une minijupe patchwork qu'il lui avait offerte avant leur séparation. Son haut bleu ciel à smocks laissait entrevoir son ventre lisse et ferme, grâce au régime *Killer Body* et aux abdominaux qu'elle pratiquait régulièrement avec Christopher.

Elle prit soudain conscience d'avoir changé. Elle n'était plus la gamine mal dégrossie du Texas qu'un prince avait sortie de son trou, mais une femme adulte et responsable qui avait su surmonter la solitude et le chagrin. Aujourd'hui, elle se sentait plus proche du bonheur qu'elle ne l'avait jamais été.

— Je te trouve très en beauté.

Elle avait oublié à quel point elle aimait le son de sa voix chaleureuse. Alain s'exprimait toujours avec ferveur, qu'il parle d'une confiture ou adresse un mot gentil aux enfants des écoles qu'il visitait.

Soucieux de rester incognito, il s'était habillé avec discrétion et elle reconnaissait la patte de Christopher : pantalon clair, veste assortie à fermeture Eclair bordée de noir, pas de cravate. Mais il n'avait pas changé de coiffure et arborait sa sempiternelle raie au milieu qui séparait soigneusement ses cheveux d'un blond terne, aussi plats que les siens quand le fer à friser n'était pas passé par là. Ses yeux, de la couleur de l'océan au crépuscule, ne dévoilaient pas ses pensées.

— On risque de nous reconnaître, observa-t-elle afin de dissimuler son trouble. Nous n'aurions pas dû prendre ce risque.

— Pour l'instant, tu es toujours ma femme, que je sache, répondit-il en s'installant en face d'elle. Mais si tu veux, nous pouvons demander un salon privé. Ou une chambre.

— Je pensais m'être bien fait comprendre, hier, au téléphone.

— En effet, tu n'as pas pris de gants — comme aurait dit ton aïeule.

Gabriella éprouva un sentiment mêlé de plaisir et de nostalgie en l'entendant si bien imiter l'accent rugueux de sa grand-mère.

— Elle me manque, avoua-t-elle.

— Elle a vécu assez longtemps pour se rendre compte que ton avenir était assuré. Elle est morte heureuse.

Gabriella sentit ses cheveux se dresser.

— Heureusement qu'elle n'a pas eu le temps de voir la suite. Je suis tombée amoureuse d'un homme qui m'a trahie.

Elle s'attendait qu'il avoue et implore son pardon, mais il lui lança un regard noir.

— Elle attend, dit-il seulement.

Elle leva les yeux vers la serveuse qui attendait la commande, immobile, vêtue d'une longue jupe noire moulante. Elle avait sûrement tout entendu…

— Je ne me suis pas encore décidée, dit-elle sèchement.

Elle crut entendre soupirer la femme qui s'adressa ensuite à Alain.

— Que puis-je vous servir ? murmura-t-elle tandis que ses lèvres luisantes de gloss se fendaient en un large sourire.

— La même chose que madame, répondit Alain en pointant un doigt vers la table.

La serveuse referma son carnet d'un coup sec et s'éloigna rapidement.

Gabriella but une gorgée de son verre. C'était bon. Un goût fort et fleuri vous emplissait la bouche, puis venait la froide morsure de l'alcool.

— Elle t'a reconnu, fit-elle remarquer. Ça ne m'étonnerait pas qu'elle prévienne les journalistes.

Il se pencha vers elle par-dessus la table.

— Toute cette publicité t'a rendue paranoïaque… J'aime beaucoup ta nouvelle coiffure. C'est un peu dans le style des années 60, non ?

— J'ai suivi les conseils de Christopher. C'est la mode et ça permet de dissimuler mes cheveux.

— Que reproches-tu à tes cheveux ? Ils sont superbes. Tu n'es quand même pas d'accord avec les imbéciles qui préfèrent les tignasses hirsutes, comme celle de Tania Marie.

— N'accable pas Tania Marie. C'est une chic fille.

Seigneur ! Voilà qu'elle se surprenait à la défendre. Et qu'elle le pensait réellement.

— Elle n'a aucune chance pour *Killer Body*, n'est-ce pas ?

— Je n'en sais rien. On ne peut pas savoir ce que va décider M. Warren. Mais je n'ai pas envie de parler de ça. Je m'en moque un peu, à vrai dire.

Il sourit d'un air profondément soulagé, et elle se sentit coupable. Pourtant, il fallait bien qu'elle le mette au courant. Maintenant.

— Je vais remplacer John Crosby pendant ses vacances. Si je m'en sors bien, on me proposera une émission sur CNN et je n'aurai pas besoin de passer par la case *Killer Body*.

— Et si ça ne marche pas ?

— Je continuerai à essayer. J'ai un agent qui croit en mon talent. John Crosby est prêt à m'aider. Plus j'y pense, et plus je me dis que *Killer Body* n'est vraiment pas pour moi.

— Je ne te contredirai pas sur ce point.

La serveuse lui apporta son verre, mais c'est à peine s'il la vit. Il semblait abasourdi, on aurait dit que le ciel venait de lui tomber sur la tête. Gabriella comprenait ce qu'il ressentait. Elle avait mal pour lui, mais elle ne devait pas dévier de la route qu'elle avait choisie. Elle repoussa sa chaise et se leva.

— J'ai lutté contre mes problèmes de poids aussi honnêtement que je le pouvais, mais je ne veux pas fonder ma carrière là-dessus. J'ai l'intention d'en informer Bobby Warren aujourd'hui même.

Alain se leva aussi. Il était pâle comme un spectre et ne souriait pas.

— Tu sais, j'ai compris que tout était ma faute. Que tu avais agi par désespoir, parce que je t'avais trompée avec Judith.

— C'est vrai. Mais je dois aussi reconnaître mes torts. Je menais une petite vie étriquée et tu m'as ouvert l'horizon. Peut-être un peu trop vite… J'ai perdu pied.

— Et à présent, tu n'as plus besoin de moi.

Un vacarme leur parvint depuis l'entrée du bar. Une petite femme outrageusement maquillée et vêtue d'un ensemble bleu hortensia pénétra dans la salle, suivie de deux hommes qui brandissaient des micros. Les journalistes. Gabriella avait le choix entre les affronter et les fuir. Elle n'hésita pas.

— Je n'ai besoin de personne, Alain, déclara-t-elle en venant se placer à son côté pour lui prendre le bras. Mais je n'ai jamais cessé de t'aimer.

31.

Rikki

Hamilton est reparti dans notre vallée et il me manque. Quand nous travaillons ensemble, je parviens à oublier qu'il est à la fois mon rédacteur en chef et l'homme que j'aurais pu aimer.

En arrivant le lundi matin à la clinique de San Diego, je me présente comme une journaliste du *Valley Voice* et je demande à rencontrer le directeur. Il n'est pas là, m'assure une certaine Mme Potoroff qui répond poliment à mes questions sans la moindre hésitation, tout en faisant cliqueter le clavier de son ordinateur.

Elle est retranchée dans un espace où le visiteur ne pénètre pas. Le comptoir d'accueil et son vase garni de fausses roses servent de barrière pour délimiter cet endroit inviolable dont elle est la sentinelle.

— Nous n'avons pas pour habitude de révéler le nom de nos patients.

Son ton pompeux me rappelle l'assistante de Lucas. Elle ne se doute pas que son attitude ne fait que renforcer ma détermination.

— Je pensais que vous feriez une exception dans un cas

comme celui-ci. N'oubliez pas que la vie d'une personne est en jeu.

Elle tend la main vers le café posé devant elle. Je remarque qu'elle porte un rouge à lèvres très sombre, mais qu'il n'y a pas une trace sur sa tasse.

— Je ne vois pas très bien comment…

Je me penche par-dessus la surface en marbre du comptoir. Ses cheveux noirs tirés en arrière et ses petites lunettes cerclées de fer lui donnent un air sévère qui la vieillit, mais elle ne doit pas être beaucoup plus âgée que moi.

— Il ne s'agit pas de n'importe quel patient, mais d'une personne connue du public et qui a disparu. Des éléments d'information sur sa santé peuvent se révéler précieux pour la retrouver.

— Vous travaillez pour la presse, pas pour la police.

— C'est exact. Mais une fois que j'aurai mis certaines pistes en évidence dans mes articles, la police ne pourra plus les ignorer. Tout le monde n'accorde pas la même importance aux faits. Les autorités compétentes mènent leur enquête, et moi la mienne. Et je reste persuadée que la santé de Julie Larimore est une clé qui nous permettra de comprendre sa disparition.

— Bien.

Elle tape de nouveau sur son clavier et consulte l'écran, les joues aussi roses que les fleurs du comptoir.

— Si c'était le cas, elle serait revenue nous voir…

— A condition qu'elle puisse.

— De toute façon, continue-t-elle en baissant les yeux vers son écran qu'elle préfère visiblement à mon visage, nos contrats d'assurance stipulent clairement que nous ne devons en aucun cas révéler le nom de nos patients.

Je ne peux me résigner à avoir fait tout ce chemin pour rien et je tente un dernier assaut.

— Pourrais-je au moins rencontrer le médecin qui l'a soignée ?

— Le Dr Bledsoe n'est pas disponible aujourd'hui, répond-elle précipitamment.

Je n'en crois pas un mot.

— Accepteriez-vous de lui transmettre un message ? Je voudrais lui parler.

— Ça m'étonnerait beaucoup qu'il veuille discuter avec vous de l'un de ses patients.

— Une patiente, corrigé-je. Et très en vue. Avec un problème sérieux. Je suis sûre que ça le fera réfléchir.

Elle me tend un bloc-notes à l'en-tête d'un laboratoire pharmaceutique.

— Allez-y. Je me chargerai de lui transmettre ce papier.

Puis elle explique, d'une voix radoucie :

— Je ne fais pas ça par plaisir, mais pour protéger la vie privée de cette femme. Elle a demandé à ce qu'on l'enregistre sous un pseudonyme. Preuve qu'elle ne veut pas que ça se sache.

— C'était avant de disparaître. Si elle a des ennuis, elle vous sera sûrement reconnaissante de cette petite entorse au règlement.

Je griffonne un mot et laisse ma carte.

— De toute façon, que je rencontre ou non ce médecin, je mentionnerai votre établissement dans mon article. Dites-le-lui de ma part.

Mme Potoroff se lève, avec une expression aussi sévère que sa coiffure.

— Je le ferai.

Je sors dignement, mais une fois dehors, j'accélère le pas.

J'ai du mal à contenir mon excitation. Elle a admis que Julie Larimore avait été l'une de leurs patientes. Et j'ai le nom de son médecin.

Son médecin… Je cours jusqu'à ma voiture pour consulter le dossier que m'a confié Lucas. Je crois y avoir vu les factures d'honoraires d'un médecin.

Je m'enferme à l'intérieur et je vérifie d'un coup d'œil que personne ne m'observe. Un réflexe de culpabilité, plutôt que de peur. Il n'y a personne, je me trouve au milieu d'une forêt de belles voitures vides. A côté, ma vieille Toyota poussiéreuse fait piètre figure. Ma veste noire est jetée sur le siège arrière, sur le dossier de Lucas que je n'ai pas osé laisser au motel. Je sais que j'aurais dû le lui rendre et je me demande si ce retard ne va pas achever de nous séparer.

Ma valise posée sur le siège du passager sert aussi de desserte pour mon ordinateur portable. Elle me rappelle que je mène une vie de nomade. Je rêve de dormir un peu plus souvent dans mon lit et de patauger dans ma baignoire.

Depuis la mort de Lisa, je passe le plus clair de mon temps au volant de ma voiture, à aller d'un endroit à l'autre. J'ai envie de rentrer chez moi, dans ma vallée. Peu importe ce qui m'y attend.

Je caresse du bout des doigts la surface douce et noire de ma valise — elle renferme tout ce que j'ai apporté avec moi — et je sors mon téléphone portable.

De mon autre main, je prends le dossier et je commence à le passer en revue. Voilà. Dr Wayne Bledsoe et Clinique Bledsoe.

Impossible de savoir ce qu'il lui a facturé, il n'a noté que la nomenclature des actes.

Bien, voyons maintenant les factures de l'établissement.

Vu les montants, il s'agissait sûrement d'un acte chirurgical important. Je décide aussitôt de repartir à l'assaut de la clinique. Par téléphone, cette fois.

— Clinique Bledsoe. Que puis-je pour vous ?

— Je voudrais prendre rendez-vous avec le Dr Bledsoe.

— Vous êtes déjà venue ?

La réceptionniste du standard est plus avenante que le cerbère de l'accueil.

— Non, je suis envoyée par mon médecin de famille.

— Il me faudra votre numéro de sécurité sociale, déclare-t-elle. Quel est le motif de la consultation ?

— Chirurgie.

Je retiens ma respiration. A l'autre bout du fil, elle marque un temps d'arrêt. Puis elle enchaîne, tout naturellement :

— Pose d'anneau gastrique ? C'est votre médecin traitant qui vous envoie ?

— Oui. C'est bien la spécialité du Dr Bledsoe, n'est-ce pas ?

Je me sens coupable d'avoir mis en doute les révélations de Tania Marie.

— Oui, nous en pratiquons plus que dans n'importe quelle autre clinique des Etats-Unis. Le Dr Bledsoe vous expliquera en détail de quoi il s'agit et répondra à toutes vos questions. Puis-je avoir votre nom, s'il vous plaît ?

Je serre le téléphone dans ma main moite et je me mets à trembler. Voilà pourquoi Julie était allée se mettre au vert. Tania Marie ne m'a pas menti. Elle l'a bien aperçue dans cette clinique, juste avant que le cauchemar commence. Et maintenant, où est-elle ?

— Je vous rappellerai, dis-je avant de raccrocher.

Je compose aussitôt un autre numéro.

— Dennis Hamilton…

Sa voix me paraît lointaine.

— Den, c'est Rikki. Je sais ce qui est arrivé à Julie.

— Quoi ? Tu sais où elle se trouve ?

— Non, mais j'ai découvert qu'elle est allée dans une clinique pour se faire poser un anneau gastrique.

— Merde ! Tu en es sûre ?

L'interview

Quel effet cela vous fait ?

Quoi donc ? Que tout le monde ait les yeux braqués sur moi ? Je me sens trop lasse et trop faible pour vous répondre. En ce moment, je ne songe qu'au pardon. J'ai pardonné à ma famille, à mon père. J'ai acheté cette maison pour que nous puissions vivre de nouveau tous ensemble. J'ai pardonné, me pardonnera-t-on ?

Ma force coule hors de moi comme de l'eau. Mais votre question a de l'importance. Je vais tâcher d'y répondre : tout ce cirque me laisse à présent parfaitement indifférente.

Lucas

Il surprit Bobby W. dans son musée, en train de parler avec les photographies de ses vieux amis.

Il s'approcha de lui et posa une main sur son épaule. Bobby W. se tut aussitôt.

— Comment ça va ? demanda Lucas.

— Plutôt mal.

Le vieil homme continua à regarder droit devant lui, le

menton légèrement relevé — une attitude de jeune homme. Lucas remarqua son cou ridé en plis serrés. Le couloir empestait l'après-rasage. Se noyer dans les effluves de ce parfum, redresser la tête et espérer… Il lui rappelait son père.

— Qu'est-ce que je peux faire pour toi ? s'enquit Lucas.

— Je viens de recevoir de terribles nouvelles. Ce n'est pas encore sûr, mais…

Il s'appuya à Lucas. Ses yeux étaient cerclés de rouge, comme quand il avait trop bu. Pourtant, il ne sentait pas l'alcool, juste cette eau de toilette qui vous donnait mal à la tête.

— Que s'est-il passé ?

— Viens t'asseoir, je vais t'expliquer. J'annule tout, tant pis pour les conséquences. Je voudrais réunir les trois candidates dans un endroit discret et le leur annoncer moi-même. J'ai pensé à ton bateau. Ellen est déjà en train de les joindre par téléphone.

— Tu es sûr ? Mais pourquoi ?

Bobby enfouit la tête dans ses mains.

— Je n'ai plus de raisons de faire durer cette mascarade.

Il avait l'air désespéré et Lucas comprit aussitôt.

— Julie ?

Pourquoi demander ? Il connaissait la réponse.

Le vieil homme hocha la tête et lui adressa un regard désespéré qui ne pouvait s'interpréter que d'une seule manière.

— Où ?

— Dans le port de Los Angeles.

Il secoua la tête.

— La police me demande d'aller identifier le corps.

*
* *

— C'est décidé, alors. Vous retournez vivre avec lui ?

Christopher lui ouvrit la portière et elle se glissa à l'intérieur de la voiture.

— J'ai simplement passé la nuit chez un homme qui est encore mon mari.

— Deux nuits, si je puis me permettre.

Il la gratifia d'un sourire indulgent, sans refermer la portière. Elle avait la tête à l'envers et elle espéra que cela ne se voyait pas trop.

— Deux nuits, admit-elle. Et vous pouvez être sûr que la presse va en faire des gorges chaudes.

— On vous verra sortir de son hôtel avec vos jolies sandales mexicaines…

— Ils ne voudraient pour rien au monde manquer une histoire d'amour.

— Moi non plus.

— Je le sais bien, commenta-t-elle en consultant machinalement sa montre. Nous ferions bien d'y aller.

Christopher n'aborda plus le sujet ainsi qu'elle s'y attendait, mais elle remarqua qu'il rongeait son frein. Il l'avait toujours aidée, elle lui devait la vérité.

— Quoi qu'il arrive, je ne refuserai pas la proposition de John Crosby, reprit-elle, rompant le silence qui régnait dans la voiture.

— C'est formidable.

Elle se pencha en avant et tapota gentiment sa nuque douce.

— Et bien entendu, je tiens à ce que vous restiez à mon service…

— Gabby, je vous en prie.

— Non, je suis sincère. Vous m'avez accompagnée et soutenue quand j'avais tout perdu. Vous êtes un frère pour moi, à présent. Ma seule famille.

— Vous aussi, vous êtes ma seule famille, répondit-il d'une voix émue et à peine audible.

Gabriella se sentit un peu gênée qu'il exprime ainsi ses sentiments.

— Je veux que vous quittiez ce travail dans la boutique et que vous recommenciez à écrire. Je vais de nouveau pouvoir vous rétribuer à plein temps. Que je retourne ou non avec mon mari, je vous garde près de moi.

Il ajusta ses lunettes noires et conduisit en silence pendant un moment.

— Et Bobby Warren ? demanda-t-il enfin.

— Je compte lui annoncer la nouvelle tout à l'heure, sur le bateau.

— Avant ou après qu'il aura révélé son choix ?

— Avant, bien sûr. Je tiens à agir avec la plus grande correction.

— J'en suis heureux.

Il se tourna vers elle en souriant.

— Et je suis ravi de ne pas être obligé de passer la journée sur un bateau avec Bobby Warren et Rochelle McArthur.

— Shel n'est pas aussi méchante qu'elle veut bien le laisser croire. Et puis je la plains. Ce doit être difficile d'avoir la sensation de tout perdre, juste au moment où l'on approche de la quarantaine.

— C'est Hollywood. Elle le savait avant de venir s'installer dans cette ville. Ici, tout est régi par la dure loi du cinéma.

Le portable de Gabriella sonna.

— Je parie que c'est Alain, déclara Christopher.

— Je vous trouve décidément très romantique, mon cher. On ne vous l'a jamais dit ?

— Puisque vous voulez le savoir, si.

Elle colla le téléphone à son oreille.

— Alain ?

Elle venait de le quitter et il lui manquait déjà.

Ce n'était pas Alain, mais Tania Marie dans un état proche de l'hystérie.

— Je suis près du bateau, il n'y a personne, gémit-elle. J'ai essayé d'appeler M. Warren et c'est Ellen, son assistante, qui m'a répondu. Ils ont changé l'adresse du rendez-vous à la dernière minute sans me prévenir.

Ils arrivaient justement à la marina et Gabriella aperçut Tania Marie, les cheveux au vent.

— Je vous vois.

— Moi aussi, répondit la jeune femme en agitant frénétiquement la main.

— Où devons-nous aller ? Moi non plus je ne suis pas au courant. C'est loin ? Je peux vous y emmener.

Tania Marie vint à leur rencontre, le téléphone toujours collé à l'oreille, dans une longue jupe noire plissée — pas du tout la tenue adéquate pour une promenade en bateau.

— Ce serait vraiment sympa. Ce n'est pas très loin, à quelques kilomètres seulement. Sur la 101.

32.

Rochelle

Le moment de vérité approchait, selon les termes mêmes de *Killer Body.*

Rochelle s'installa dans sa voiture et fit bouffer ses cheveux, précaution inutile car le vent se chargerait sûrement de les décoiffer. Elle approcha le miroir grossissant de son visage. Merde. Elle avait des paquets d'eye-liner au bout des cils. Elle les enleva du bout des doigts.

Elvis le Blond était un irresponsable, il avait omis de la prévenir que le Lasix creusait les cernes. Il avait tenté de se justifier en décrétant qu'elle l'aurait pris de toute façon, avec ou sans ses avertissements.

Peut-être. En ce moment, elle avait besoin de mettre tous les atouts de son côté. Bobby confondait le feu vert et le feu rouge aux passages piétons, mais il détectait le plus minuscule cor au pied et le moindre soupçon de chair flasque.

Elvis assurait que le produit avait agi et que ses fesses étaient sublimes. Elle espéra qu'il n'avait pas exagéré. Pour Bobbo, c'était un argument qui éclipsait tous les autres. Mieux valait un visage fatigué qu'un gros derrière, plus difficile à camoufler.

De toute façon, il avait certainement déjà fait son choix.

Ça lui ressemblait assez de convoquer les perdants pour leur jeter quelques miettes de consolation. Bobby W. voulait qu'on l'aime et il parvenait toujours à s'attirer la sympathie des gens. Ses anciennes maîtresses ne faisaient pas exception à la règle. Aucune femme ne pouvait détester un homme qui s'arrangeait pour qu'elle se sente belle et intelligente.

Pourvu qu'il me laisse au moins la machine à muscler les fessiers.

Cette pensée l'avait traversée comme un éclair, juste au moment où elle vaporisait son décolleté avec la nouvelle fragrance d'Ellen Tracy. Bobbo adorait le parfum, avec lui on n'en mettait jamais trop. Si elle ne décrochait pas le pompon, il avait intérêt à l'engager au moins pour la campagne publicitaire de cette machine. Merde. Elle aurait préféré un truc destiné à muscler le ventre ou les seins. De ce côté-là, elle n'avait rien à craindre. Enfin, elle pouvait toujours s'arranger. Il suffirait peut-être de poser devant l'engin en murmurant quelques mots. Par exemple, « J'adooore ».

Elle sortit de sa voiture et frissonna quand le vent de la mer vint rafraîchir son décolleté. Pour ses cheveux, c'était foutu. Elle pensait que Bobbo n'y prêterait pas attention, mais elle enfila néanmoins sa casquette de base-ball. Jesse lui avait offert un pantalon taille basse — sans doute avait-il voulu l'aider à paraître plus jeune — et elle ajusta la chaîne dorée sur son nombril. Un stratagème destiné à détourner l'attention de ses fesses, comme le bracelet de cheville.

Elle grimpait les premières marches de la jetée quand une berline noire apparut au coin de la rue. A l'arrière, Tania Marie et la princesse Gabby lui faisaient signe. Rochelle tourna les talons et traversa la rue pour attendre la voiture.

C'était le séduisant chauffeur chauve de la princesse qui

tenait le volant, comme toujours. Il sortit et lui ouvrit la portière.

— Que se passe-t-il ? demanda-t-elle en se glissant à l'intérieur.

Les seins énormes de Tania Marie la poussaient presque dehors. La jeune femme avait peut-être minci, mais il lui restait du chemin à parcourir.

— Changement de programme. La réunion a lieu à quelques kilomètres au nord.

— Heureusement que je vous ai rencontrées ! s'exclama Rochelle. Je n'aurais pas su quoi faire.

— Le bureau de M. Warren ne vous a pas prévenue ?

— Non, et je trouve ça plutôt cavalier.

— On ne m'a pas appelée non plus, dit la princesse Gabby depuis l'autre versant de la montagne de chair qui les séparait. Je n'aurais rien su si Tania Marie ne me l'avait pas dit.

Tania Marie rougit violemment. Elle avait une peau veloutée, sans le moindre défaut. Et la rougeur qui envahissait son visage le rendait plus lumineux que tous les maquillages. Elle leur adressa son sourire de petite fille et s'efforça de prendre un ton enjoué.

— Je suppose que je suis d'ores et déjà éliminée et qu'ils ne veulent pas de moi pour la réunion finale, histoire de m'éviter une humiliation supplémentaire. Mais je n'en suis plus à ça près.

— Cessez donc un peu de vous dénigrer, se récria la princesse Gabby. Bobby croit sûrement que nous avons été prévenues. De toute façon, nous étions convoquées toutes les trois, n'est-ce pas, Rochelle ?

— Oui.

— C'est quand même étrange, observa Tania Marie. J'ai envie de rappeler Ellen pour lui demander ce qui se passe.

— Bonne idée.

Rochelle s'efforçait de parler bas et calmement, mais elle avait envie de hurler.

Jesse avait proposé de l'accompagner et elle avait refusé parce qu'elle préférait qu'il reste à la maison avec Megan… et parce qu'elle n'aimait pas le savoir trop près de la princesse Gabby. Sans doute voulait-elle aussi manœuvrer Bobbo plus à son aise, sans son mari. Mais là, elle s'était fait des illusions. Bobbo l'avait trahie, une fois de plus. Déjà, huit ans plus tôt, il l'avait laissée tomber pour se consacrer à Julie.

Julie au corps si parfait, aux fesses fermes et musclées.

Et voilà qu'il projetait maintenant d'engager Tania Marie pour la remplacer, en dépit de son manque d'expérience, de sa mauvaise réputation et de ses erreurs de conduite.

— Où allons-nous exactement ? demanda Christopher.

Tania Marie leva le nez de son sac.

— Dans un bled appelé Los Olivos. Connais pas. Et vous ?

Lucas

C'était à lui d'identifier Julie. Bobby W. avait insisté pour y aller lui-même, mais il était déjà très éprouvé par la nouvelle et Lucas avait préféré le ménager.

En l'accueillant, Keith Ota, l'officier chargé de l'enquête, lui annonça sans préambule qu'on avait retrouvé le corps au fond de l'eau, lesté par un poids, et qu'une autopsie était obligatoire.

— Julie Larimore portait-elle une chaîne au cou ? demanda-t-il.

— Le pendentif *Killer Body*, répondit Lucas. Elle l'avait presque toujours sur elle. M. Warren s'était inspiré de sa silhouette pour le dessiner.

— Vous pourriez me le décrire ?

— Une chaîne en argent avec un médaillon en émail rouge. Il représente une silhouette de femme en talons hauts, les mains sur les hanches.

Ota hocha la tête.

— C'est bien ça.

Lucas ne trouva aucune ressemblance entre la Julie dont il se souvenait et le corps grisâtre et enflé qu'on lui montra. Une vision horrible qu'il ne parvint à soutenir qu'en décidant que ça n'avait jamais été quelqu'un.

Il leva les yeux vers le visage sérieux et attentif de l'officier Ota.

— Je n'en sais rien. Vraiment.

— Prenez votre temps.

— Je l'ai déjà pris. Vous ne pouvez pas procéder à l'identification par une empreinte dentaire ou une analyse ADN ?

— Les deux sont prévues. Mais si vous pouviez l'identifier, ça accélérerait les formalités.

— Est-ce qu'on l'a… ?

Il s'obligea à regarder le corps une nouvelle fois.

— On l'a tuée ?

— C'est l'hypothèse la plus noire. On peut tout envisager.

Ils faisaient à présent quelques pas ensemble sur le trottoir, à l'air pur. Lucas réfléchissait à ce qu'il dirait à Bobby W. Il fallait laisser un peu d'espoir au vieil homme ou il risquait de s'effondrer, comme après la mort de son fils. En ce moment, Lucas le trouvait particulièrement fragile.

— Je suppose que la nouvelle sera bientôt rendue publique.

— Nous donnons une conférence de presse ce soir, répondit Ota. Nous leur dirons que nous procédons à une vérification ADN, mais que ça peut prendre des semaines.

— C'est le corps de Julie, n'est-ce pas ?

Ota le dévisagea d'un air absent.

— Nous verrons.

— Et vous n'avez aucune idée des circonstances de sa mort ?

Ota s'arrêta devant la morgue.

— A moins qu'on ne trouve une trace de balle ou de coup sur le squelette, il est extrêmement difficile de déterminer les causes de la mort quand le corps a séjourné dans l'eau, même peu de temps. Celui qui l'a balancé dans le port de Los Angeles ne l'ignorait probablement pas.

— Alors, nous ne saurons peut-être jamais ce qui s'est passé ?

Ota haussa les épaules et leva les mains dans un geste d'impuissance.

— On fera de notre mieux. C'est tout ce que je peux vous dire.

Rikki

Je reçois un appel de Lucas dans l'après-midi.

— Je suis en route pour Los Olivos, dis-je. Roberta Matlock a trouvé une photo de Julie.

— Je vous rejoins là-bas. Il faut absolument que je vous parle.

Sa voix est bizarre, comme étranglée. Je ne la reconnais pas.

— Pas la peine. Je viendrai vous voir quand je serai de retour. Nous échangerons nos informations.

— J'ai dit que je vous rejoignais, répète-t-il d'un ton plus sec. Il faut que je fasse quelque chose. Je ne peux pas rester à tourner en rond ici.

— Très bien. Je suis bientôt arrivée. Je vous laisse.

— Rikki ?

— Oui.

— A la morgue, je n'étais pas sûr qu'il s'agissait de Julie, mais plus j'y songe et plus je crois que ce corps était bien le sien.

Je déteste les platitudes que les gens répondent généralement dans ce genre de situation, aussi je me tais.

Je ne peux m'empêcher de penser que je vais enfin pouvoir rentrer chez moi et commencer à oublier, mais aussitôt j'ai honte. Julie est morte et ceux qui l'aiment vont souffrir.

Puis je pense à Lisa, à tante Carey. Ma voiture fait un écart. Il faut que je me calme, que je ralentisse.

— Je vous attendrai dans la galerie de Roberta Matlock, murmuré-je avec peine.

Tania Marie

Coincée à l'arrière de la berline entre la princesse Gabby et Rochelle, elle extirpa tant bien que mal son téléphone portable de son sac à main.

— C'est cool, non ? lança-t-elle. Nous y allons toutes les trois, comme des sœurs.

— On voit que vous n'avez pas de sœur, répliqua Rochelle à sa droite. Ça pose parfois problème de tout partager, surtout quand il n'y a qu'une salle de bains dans votre maison.

Tania Marie se sentit honteuse et détourna les yeux en feignant de s'intéresser aux coteaux de vigne qui défilaient derrière la vitre. Elle était fille unique et toutes les maisons dans lesquelles elle avait vécu possédaient au moins quatre salles de bains.

— Où vit votre sœur, à présent ? demanda-t-elle.

— D'après ce que j'ai entendu dire, elle a épousé un camionneur.

Tania Marie ne put s'empêcher d'observer Rochelle à la dérobée, laquelle lui lança un regard noir.

— Quand on s'accroche à son passé, on ne s'en débarrasse jamais.

Cette femme n'avait pas de cœur… Tania Marie ne savait plus que dire.

Le chauffeur de la princesse la tira d'embarras.

— Hé ! fit-il soudain. Je crois qu'on est perdus.

Il avait raison. Cette route devait les mener à une propriété vinicole où Bobby Warren était censé les attendre, et à la place, ils approchaient d'une bâtisse en brique à l'abandon, si l'on en jugeait par les outils rouillés et les vieux tonneaux alignés dans la cour. M. Warren n'avait pas pu les inviter dans cet endroit minable.

— J'appelle M. Warren, dit Tania Marie d'un ton faussement enjoué.

Mais elle n'obtint que le répondeur et ne prit pas la peine de laisser un message.

— Que se passe-t-il ? demanda Christopher. Il ne décroche pas ?

— Ce n’est pas grave, je vais appeler Ellen, son assistante. J’ai son numéro de portable sur moi.

L’imperturbable Christopher commençait à manifester des signes d’inquiétude, c’était mauvais signe. Pourquoi Bobby Warren ne répondait-il pas ? Tania Marie commençait à en avoir assez de lui et de l’autre, Lucas.

Ils approchaient à présent de la vieille bâtisse. De près, elle semblait encore plus désolée.

— Ellen Horner à l’appareil, fit une voix fraîche.

— Je crois que j’ai mal noté l’adresse, déclara Tania Marie. Pourriez-vous nous la redonner ?

— Nous ? Qui est avec vous ?

Ellen paraissait inquiète.

Tania Marie eut un rire nerveux.

— Rochelle, la princesse Gabby et moi : le trio *Killer Body.* C’est bien comme ça que M. Warren nous appelle, n’est-ce pas ?

Le silence qui suivit au bout du fil la mit mal à l’aise. Une fois de plus, elle se sentit stupide.

— Pourquoi les avez-vous emmenées avec vous ? demanda Ellen. Vous deviez vous y rendre seule.

— Eh bien, nous sommes toutes là…

Tania Marie jeta un coup d’œil à ses deux compagnes. Elle venait de remarquer que cette cour délabrée était vraiment lugubre.

— Partez tout de suite ! hurla Ellen à son oreille. Il va vous tuer. Toutes les trois.

Elle hurla de nouveau quelque chose, puis ce fut le silence.

Un pick-up blanc entra en trombe dans la cour et freina en soulevant un nuage de poussière.

Un homme vêtu d'une tenue de camouflage en descendit. Il était grand et paraissait en colère.

Ensuite, ils virent sortir Ellen Horner qui se précipita en hurlant à l'intérieur du bâtiment. L'homme tenait un fusil. Il suivit Ellen des yeux puis se tourna vers eux en levant son arme.

— Sors de là, ordonna-t-il à Tania Marie.

33.

Rikki

Aujourd'hui, je n'hésite pas à m'asseoir sur l'affreux banc de Roberta Matlock et je me sens même presque bien, installée entre elle et Lucas, près de la tonnelle de roses trémières qui dégringolent dans un charmant fouillis. Comme eux, je me penche sur un album de photos de classe, mais je ne regarde pas. Je pense à Lucas et à sa visite à la morgue.

Etait-ce le cadavre de Julie, oui ou non ? Je ne sais que penser. Pour la première fois depuis que je fais ce métier, mon instinct m'abandonne.

Des larmes me piquent les yeux. Nous sommes trop près de découvrir la vérité et je crois que ça m'effraie.

— Je cherchais une très jolie petite fille, explique Roberta en se rapprochant de moi pour pointer du doigt une des photos de son vieil album. J'ai eu un mal fou à la trouver. Ça m'a pris des heures. J'étais sûre de finir par y arriver. Elle a tenté d'assassiner son père. Certains disent qu'il abusait d'elle et de sa sœur, mais elles ne l'ont jamais accusé de quoi que ce soit. Après le drame, elles ont été placées dans un établissement.

— Et le père ? demande Lucas.

— Je ne sais même pas s'il est encore en vie. Il avait fait le Viêt-nam. Sa femme l'avait quitté, elle était partie vivre chez sa mère avec les enfants. Il s'était battu pour les récupérer quand elle est morte.

Du bout de son index, elle tambourine sur la photo.

— Je me souviens parfaitement de Julie. C'était une élève modèle.

— Merde, dit Lucas.

Il l'a aperçue, lui aussi.

On la reconnaît tout de suite, elle a seulement les cheveux un peu plus foncés, quelques mèches blondes en moins. Je lis le nom sous la photo.

— Julie Horner.

Tout à coup, je vois l'image d'une femme blonde, joyeuse, d'une perfection presque irritante.

Je ferme l'album d'un coup sec.

— Lucas, rappelez-moi donc le nom de famille de votre assistante, Ellen.

Je lis la réponse dans ses yeux avant qu'il ne parle.

— Horner.

— Ellie Horner, oui, c'est ça ! s'exclame Roberta. C'était le nom de sa petite sœur.

Nous l'avons déjà compris.

Lucas se lève d'un bond.

— Je n'arrive pas à la joindre au bureau depuis ce matin. Depuis que je lui ai demandé de prévenir le trio.

— Quel trio ? demandé-je.

— Tania Marie, la princesse Gabby et Rochelle McArthur.

Je tiens toujours l'album à la main et je sens son odeur de renfermé.

— De quoi devait-elle les prévenir ?

Il semble inquiet.

— Bobby W. voulait leur parler. Elle devait leur donner rendez-vous sur mon bateau.

— Elles doivent y aller quand ?

— Maintenant, je crois.

Gabriella

L'homme au fusil se déplaçait avec une telle rapidité que Gabriella ne vit qu'au dernier moment qu'il venait de son côté de la portière.

Elle entendit Rochelle crier quand l'homme ouvrit la porte à la volée. Des doigts se refermèrent sur son bras gauche et la tirèrent au-dehors, dans l'air encore chargé de poussière. Elle voulut résister, mais il la gifla sans ménagement.

Elle reprit sa respiration et s'obligea à rester consciente. Cet homme portait une tenue de camouflage, il avait un regard d'assassin. Il n'hésiterait pas à profiter de son évanouissement pour l'achever.

— Laissez-la, intervint Christopher avec une énergie qu'elle n'aurait jamais soupçonnée.

Il était sorti de la voiture et parvint à faire lâcher prise à l'homme qui tomba à la renverse. Gabriella en profita pour s'échapper. L'homme se releva et fonça sur Christopher.

— Courez !

Elle rejoignit Tania Marie et Rochelle, tremblantes, recroquevillées contre la carrosserie de l'autre côté de la longue berline.

Elle s'entendit hurler « Non ! » et vit comme dans un cauchemar le canon noir et menaçant du fusil se mettre lentement en position. L'explosion lui déchira les tympans, jamais elle n'avait entendu un bruit aussi horrible.

Christopher fut projeté en arrière tandis que son corps explosait en une gerbe de sang et de poussière.

Tania Marie et Rochelle se précipitèrent à l'intérieur. Gabriella les suivit en sanglotant. Elle avait l'impression de vivre les derniers moments de son existence.

Rikki

— Personne ne sait où se trouve Ellen, déclare Lucas en raccrochant son portable. Ça ne lui ressemble pas. Et Bobby W. attend toujours les trois femmes sur mon bateau.

Je l'entends à peine. Le dossier qu'il m'avait confié est ouvert sur le siège arrière. Je trouve les factures du chirurgien, celles de la clinique. Mais ce n'est pas ce que je cherche.

— Les emprunts-logement, murmuré-je. Elle en avait deux.

Il s'accroupit près de la voiture pour regarder avec moi les papiers que je sors d'une enveloppe.

La réponse était sous mes yeux depuis le début, mais je n'ai pas su la voir. C'est bien l'adresse de la propriété vinicole.

— Los Olivos. Elle possède la vieille maison. C'est là qu'elle se cache quand elle veut disparaître.

— Et qui y habite ? demande Lucas.

Je frissonne.

— Son père.

Gabriella

Elle se laissa tomber à quatre pattes sur le sol en ciment. Quelqu'un avait vomi, une odeur écœurante lui emplissait les narines. Elle s'entendait répéter comme une litanie :

— Non. Non. Non.

— La ferme.

Tania Marie la tira sous une cuve sombre qui sentait le vin et le bois.

— Où est Rochelle ? gémit-elle.

— La ferme, répéta Tania Marie en s'aplatissant à terre. Cherchez plutôt un gros caillou, une pierre, n'importe quoi. J'en tiens une et j'ai bien l'intention de la lancer à la tête de ce salaud.

Gabriella appuya son front contre le bois et se mit à trembler. Elle perdait tous ses moyens. Au moment où elle trouvait un sens à sa vie, où les morceaux de son existence se recollaient, elle allait mourir. Comme Christopher.

Une porte s'ouvrit, un peu plus loin sur leur droite, mais il faisait toujours aussi sombre. L'homme entra et referma derrière lui.

— Mesdames ? appela-t-il.

Gabriella se mordit la lèvre pour ne pas crier. Elle sentit Tania Marie qui lui pressait l'épaule. « Seigneur, songea-t-elle, faites qu'il ne vienne pas de notre côté. »

— Il faut que nous parlions, reprit l'homme. C'est un malentendu. Vous n'avez rien à craindre, si vous acceptez d'entendre raison.

Il s'exprimait d'une voix puissante, sur un ton de commandement. On aurait dit un officier de police dirigeant la circulation sur les lieux d'un accident.

— Laissez-moi vous raccompagner jusqu'à votre voiture. Le chauffeur n'a rien.

Gabriella refoula ses larmes. Les doigts de Tania Marie s'enfoncèrent un peu plus dans sa chair.

Il s'arrêta, tel un animal aux aguets. Il l'avait entendue, il sentait sa peur.

— Vous avez le choix, mesdames.

Un déclic résonna dans le noir.

— Vous pouvez sortir et rejoindre gentiment votre véhicule, ou attendre que je vienne vous chercher. Si j'étais vous, je choisirais la première solution. Je risque de me mettre en colère, si vous me faites perdre mon temps.

— Ne l'écoutez pas ! hurla une voix haut perchée, une voix de folle, déformée par la peur.

Gabriella crut reconnaître Ellen. Elle devait être cachée sous un tonneau quand elles étaient entrées. Elle les avait vues. Elle risquait de les dénoncer.

— Boucle-la, Ellie.

— Et si je ne veux pas ? Tu vas me tuer aussi, papa ?

— Je t'ai dit de te taire, répéta-t-il en avançant dans leur direction. Tu sais bien que je serais incapable de te faire du mal. J'ai toujours pris soin de mes petites, tu l'as oublié ?

— Tu te trompes, papa. C'est Julie qui a toujours pris soin de nous.

— Julie m'a toujours aimé et respecté, même si nous avons commis des erreurs tous les deux, par le passé. C'est pour moi qu'elle a racheté notre vieille maison. Et elle vient s'y réfugier chaque fois qu'elle a besoin d'aide.

Il parlait d'une voix monocorde, tout en se rapprochant insensiblement du tonneau où se cachaient Gabriella et Tania Marie. Il allait bientôt les découvrir. Elles n'osaient pas bouger. Tania Marie semblait pétrifiée. Gabriella ne la voyait pas respirer, mais elle sentait toujours la pression de sa main sur son épaule.

— Je n'y suis pour rien si elle a des problèmes. J'ai été infirmier militaire, mesdames, vous savez. Tout allait bien, et puis, brusquement, elle est tombée malade.

— C'est faux, papa.

— Ellie, je te préviens que je ne plaisante pas. Si tu ne fermes pas ta grande gueule, tu vas le regretter.

— Julie n'aurait pas voulu que tu ailles jusqu'au bout, j'en suis sûre.

— J'ai toujours fait ce qu'elle me disait. Comme toi.

— Elle ne t'a pas demandé de les tuer.

— Je sais ce qu'elle m'a demandé. Maintenant, laisse-moi ou tu vas le payer cher.

Il avança encore. Gabriella distingua sa silhouette, juste derrière le fusil.

— Elle savait qu'elle était très malade et elle ne voulait pas que l'on découvre de quoi elle souffrait. Mais elle n'a jamais souhaité la mort de Tania Marie. Elle serait horrifiée si elle te voyait.

Tania Marie avala péniblement sa salive. Gabriella se serrait contre elle. L'ancien cellier était entièrement silencieux, un monde d'obscurité et d'odeurs — la terre, le bois, le vin.

Elles perçurent du mouvement et entendirent un bruit de pas, le crissement des lourdes chaussures de combat de l'homme.

— N'écoutez pas ma fille, mesdames. Elle vient d'avoir un choc terrible. Moi aussi, d'ailleurs. Allez, sortez de là. Ne m'obligez pas à venir vous chercher une par une.

— Elle ne faisait que manger, papa. Même après l'opération. Elle mangeait pour combler le gouffre sans fond qu'était sa vie. Ça n'avait rien à voir avec la taille de son estomac.

— Menteuse.

Cette fois, il les avait vues. Il s'était arrêté à quelques centimètres d'elles et haletait comme un chien de garde.

La femme fit un pas en avant et vint se placer devant lui. Plus de doute, c'était bien Ellen Horner. L'assistante de Bobby Warren. Gabriella reconnut dans la pénombre ses cheveux blonds et sa mince silhouette.

— Son estomac était petit comme ça, déclara Ellen en montrant son poing.

Elle s'éloigna de quelques pas. L'homme la suivit.

— Elle a mangé jusqu'à en crever. Les points de suture ont lâché et elle en est morte.

— Ellie, tu ne pourras pas dire que je ne t'ai pas prévenue.

— Au cas où quelqu'un m'entendrait, poursuivit-elle en s'éloignant encore de leur cachette, je tiens à préciser que c'est mon père qui m'a obligée à attirer Tania Marie dans ce piège. Elle avait reconnu Julie à la clinique, elle en savait trop.

— Je me fiche pas mal de ce qu'elles pensent, dit-il.

Mais il la suivait sans même s'en rendre compte, à travers les ombres du cellier.

— De toute façon, il est trop tard. On ne peut plus les laisser partir.

— Julie était toujours en vie, elle ne voulait pas que quelqu'un prenne sa place à *Killer Body.*

Elle sanglota.

— C'était toute sa vie.

— Sortez de là, reprit l'homme. Tout va s'arranger.

— Il est malade, expliqua Ellen. Il voulait seulement aider Julie. Mais personne ne pouvait l'aider.

Gabriella ne voyait que son dos. Ellen se tenait face à une rangée de tonneaux. Elle pleurait.

— Elle ne voulait pas que tu leur fasses du mal, papa. Juste que tu les effraies.

Elle se tourna vers lui.

— Viens. Partons d'ici.

— Non ! tonna-t-il en pointant le fusil vers elle. Fiche le camp !

— Je ne sortirai pas. Tu as tué cet homme, papa.

Il y eut un bref silence, puis sa voix s'éleva de nouveau, étrangement distante.

— Eh bien, on dirait que tu ne me laisses pas le choix.

Il la frappa avec la crosse de son arme, comme on écrase une mouche. Gabriella et Tania Marie entendirent un bruit sourd, puis un gémissement. Ellen s'effondra sur un tas de bois. Gabriella se mit à trembler de tous ses membres, malgré les doigts de Tania Marie qui lui broyaient l'épaule. Les larmes coulaient sans bruit sur ses joues.

La silhouette se tourna lentement vers elles et les mit en joue.

34.

Rikki

— Comment comptez-vous vous présenter ? demande Lucas.

— Je n'en sais rien encore.

J'ignore ce qui me pousse à agir. Peut-être suis-je simplement mue par la colère et la rancœur. Earl Horner est probablement l'homme qui m'a si mal reçue l'autre jour.

J'appelle Den tout en conduisant pour l'informer de mes soupçons.

— N'y va pas, me conseille-t-il.

Je raccroche. Pas question d'attendre la police, nous n'avons plus le temps.

— Garons-nous un peu plus loin. On ne remarquera pas notre arrivée.

Une clôture marron dont la peinture s'écaille entoure les piquets de vignes et la bâtisse en brique qui se trouve derrière. Une propriété fantôme, qui ne fonctionne plus depuis l'épidémie de phylloxéra, nous a raconté Roberta Matlock. La silhouette noire des arbres se dresse, menaçante, dans la lumière du soleil.

La porte de la clôture est fermée par une chaîne et surmontée de fils barbelés. Lucas et moi nous approchons et je tente de regarder de l'autre côté. Je ne vois qu'un pick-up blanc et l'arrière d'une voiture noire garée devant lui.

— Il y a du monde. Lucas, avez-vous une arme ?

— Un pistolet. Dans la voiture.

— Allez le chercher.

— Je ne vous laisse pas, décrète-t-il, l'air sinistre et déterminé.

— Je ne bougerai pas d'ici. Je vous attends. Ce ne serait pas prudent de pénétrer sans arme à l'intérieur.

— Si vous voulez mon avis, nous ne devrions pas entrer du tout. Attendons. La police sera là d'une minute à l'autre.

— Effectivement. Mais s'ils retiennent les trois femmes à l'intérieur…

Je n'ose pas aller jusqu'au bout de ma pensée.

— On ne peut pas rester sans rien faire, Lucas.

Il pose sa main sur mon bras.

— Entendu. Je reviens tout de suite. Promettez-moi d'attendre mon retour.

— Arrêtez !

La porte s'est ouverte à la volée, je reste paralysée. C'est bien l'homme de l'autre jour, Earl Horner. Son visage grimace au-dessus du canon de son fusil.

— A l'intérieur ! beugle-t-il d'un ton de commandement, comme s'il s'adressait à des soldats.

J'obéis et je franchis le portail qu'il vient d'ouvrir. Je sais qu'il n'hésiterait pas à tirer et qu'il est prêt à me tuer. Chaque pas est un sursis qui me donne le temps de réfléchir au moyen de sortir de là. Lucas marche derrière moi. Il est en pleine forme et bien plus jeune que ce type. Il aurait facilement le dessus si nous parvenions à lui enlever son fusil.

— J'ai une question à vous poser, dis-je à l'homme.

— Avance.

Il se précipite vers moi, le fusil en avant.

— Dépasse le camion, on va dans le cellier. Rejoindre les autres.

Nous contournons le pick-up et une berline noire, celle de la princesse Gabby, je la reconnais. Toutes les portières sont grandes ouvertes. Près de la voiture, un corps gît dans une flaque de sang.

— Seigneur, non !

Je n'ai pas pu m'empêcher de crier en reconnaissant le chauffeur de la princesse. Il n'a pas hésité à tirer sur un homme. Dans sa propriété. C'est un fou furieux. Il ne faut pas espérer lui faire entendre raison. Nous sommes fichus.

— Boucle-la et continue à avancer.

Mais je ne peux pas. Je contemple, hébétée, ce corps défiguré. Earl Horner lève la main et me gifle violemment.

Je hurle, Lucas se jette sur lui. Sans cesser de hurler, je me précipite vers le cellier du grand bâtiment en brique où je sais que se trouvent les trois femmes. Il y fait frais, je sens l'air humide qui glisse sur ma peau. Mon visage est tout engourdi du côté où il m'a frappée. J'ai un goût de sang sur les lèvres.

Ellen Horner est appuyée contre un tonneau, elle se frotte la tête. Je cours vers elle.

— Ça va ?

Elle a une entaille au-dessus de l'œil.

— Il va les tuer, murmure-t-elle. Il faut l'en empêcher.

J'entends un coup de feu. *Lucas.* Une bouffée de peur et de désespoir m'envahit.

— Cachez-vous, je suis sa fille. Je ne risque rien.

— Il vous a pourtant blessée.

— Cachez-vous, répète-t-elle avec un regard féroce.

Je grimpe un escalier de bois qui mène à une mezzanine jonchée d'outils et de tout un fatras de matériel qui devait servir autrefois à la fabrication du vin. Ça sent l'huile, la poussière, le vieux. Il me faudrait un objet lourd ou tranchant… J'en choisis un en métal, en forme de bobine.

La porte s'ouvre, l'homme s'encadre dans un carré de lumière, le fusil à la main. Je pense à Lucas et au corps du malheureux chauffeur. Il pointe son fusil sur un tonneau et tire.

Ellen pousse un hurlement.

— Si ça te dérange, ma chérie, tu n'as qu'à sortir. Mais tu ne m'empêcheras pas de faire ce que j'ai à faire.

— Papa, je t'en supplie…

Il tire de nouveau.

Un autre hurlement. Cette fois, j'ai cru reconnaître Rochelle. Il rit et se déplace en direction du cri. Il s'arrête juste en dessous de moi.

— Parfait, lâche-t-il.

Il ajuste son fusil à l'épaule et avance vers un tonneau. Je n'ai pas droit à l'erreur. Je vise, moi aussi, et je lance de toutes mes forces la bobine en direction de sa tête.

Rochelle

Elle pressa son poing contre sa bouche. Ne pas crier, quoi qu'il arrive. Son cœur battait fort, comme après une injection. Dire qu'elle s'était fait des piqûres de Lasix pour maigrir. Comme ça lui semblait lointain et dérisoire, maintenant… Elle était plongée dans l'instant présent, consciente de chaque minute, de chaque seconde, de cet homme qui venait de tirer sur elle. Mais elle ne criait pas, elle ne bougeait pas. Il l'avait ratée. Elle était en vie, elle ne perdait pas l'espoir de s'enfuir, de sortir de ce cauchemar.

Elle entendit un bruit sourd, suivi d'un cri rauque et étouffé, comme celui que l'on pousse quand on reçoit un coup de poing dans l'estomac. Elle jeta prudemment un coup d'œil à l'extérieur. L'homme gisait sur le sol poussiéreux, recroquevillé, vaguement éclairé par un rayon de soleil. Il y avait du sang sur son crâne. A quelques pas de lui se tenait Ellen. Elle le contemplait, les bras ballants, paralysée. Visiblement, ce n'était pas elle qui l'avait assommé. Il devait y avoir quelqu'un là-haut. Rochelle leva les yeux et essaya de distinguer une forme humaine parmi les ombres de la mezzanine. Une femme. Il y avait une femme. La journaliste. Elle les avait trouvés.

— Nous sommes là ! cria Rochelle en sortant de sa cachette. En bas. Aidez-nous !

Une violente explosion résonna, qui l'ébranla des pieds à la tête, comme si on l'avait coupée en deux. Une terrible douleur lui transperça le crâne et elle s'écroula tandis que l'homme retombait à genoux sur le sol, la tête ensanglantée, la main serrée sur son fusil.

Allongée à terre, Rochelle ne quittait pas des yeux la main de l'homme, ses doigts qui glissaient lentement sur la crosse. Il allait lâcher. C'était fini, elles étaient sauvées. Elle pouvait retourner à sa vie, y mettre de l'ordre. Elle leur montrerait que Rochelle McArthur n'était pas qu'une belle femme, qu'elle possédait aussi un cerveau.

Rikki

La respiration saccadée de Rochelle résonne dans le bâtiment. Elle est en train de mourir. Elle se recroqueville près du tonneau dans lequel elle s'était réfugiée tout à l'heure, mais elle n'est pas à l'abri. Earl Horner pousse un cri de joie, une sorte de grognement qui laisse entendre qu'il lui reste encore de la ressource. Il reprend son fusil et prend appui dessus afin de se redresser.

Rochelle m'a appelée tout à l'heure et il sait que je suis là-haut. Mais mon projectile l'a blessé. Je sens d'ici l'odeur de sang, de peur et de mort qui émane de lui. Je pense simultanément que je dois me cacher et que ma seule chance d'avoir le dessus est de lui lancer autre chose à la tête pendant qu'il est encore en bas. S'il monte jusqu'ici, je suis fichue. Comme Rochelle. Comme Christopher. Comme Lucas.

Il parvient à se mettre debout. En dépit de son âge, il se montre étonnamment résistant et agile, on voit qu'il a de l'entraînement.

— Papa ? tente encore Ellen, un sanglot dans la voix.

Il ne lui répond même pas et continue à fixer la mezzanine où je me tasse derrière une caisse. Il lève son fusil.

C'est ma dernière chance. Je pousse la caisse vers lui au moment où la détonation retentit. Je sens une déchirure, ma chair est en feu. Je l'entends pousser un hurlement et je me recroqueville dans la poussière en essayant de m'aplatir au sol le plus possible.

— Ellie, aide-moi.

Il est coincé sous la caisse, mais sa voix est toujours aussi forte et assurée, une voix forgée par des années de commandement. Je ne peux plus bouger mon bras, il n'est plus que douleur et pend le long de mon corps. Mais je parviens à lever suffisamment la tête pour voir qu'Ellen avance vers lui comme un automate.

— Viens là, ordonne-t-il.

Elle obéit en titubant. On dirait une enfant qui apprend à marcher.

— C'est très bien. Sors-moi de là et donne-moi ce fusil. Tu es une brave fille. C'est bien.

— Non !

Tania Marie sort de derrière un tonneau.

— Ne l'aidez pas. Il faut le livrer à la police.

Ellen s'arrête. Elle a l'air de quelqu'un qui se réveille d'un rêve.

— Le fusil, Ellie ! braille-t-il. Passe-moi le fusil !

Elle se penche vers l'arme.

— Non ! crie encore Tania Marie en s'approchant d'elle.

Un torrent de larmes coule sur son visage, mais son expression est sauvage et résolue.

— Julie ne voulait pas ça. Vous l'avez dit vous-même. Vous n'êtes plus obligée de lui obéir. Plus maintenant.

— Ellie !

Il parvient à repousser la caisse et à tendre le bras. Mon corps sursaute de peur et de douleur. Je voudrais crier, supplier Ellen de nous aider, mais je ne parviens qu'à émettre un faible son.

Ellen attrape le fusil.

— Non ! hurle Tania Marie en courant vers elle.

Mais Ellen a déjà épaulé.

Elle se tourne, vise son père et tire. Puis elle tombe à genoux, en larmes.

Avant de m'évanouir, j'ai le temps de voir Tania Marie, sa longue jupe déchirée et souillée de terre, entourer de ses bras la silhouette d'Ellen secouée de sanglots.

35.

Rikki

Personality, la chanson de *Killer Body*, résonne dans la chapelle. Je suis venue assister à l'enterrement de Rochelle, avec Lucas. Deux services funèbres en si peu de temps, c'est beaucoup. Mais comme pour Lisa, j'ai choisi d'accomplir mon devoir. Je surnage dans cette mer de douleur en m'accrochant au bras de Lucas ainsi qu'à une bouée, même si je sais que nous ne devons plus nous revoir après la cérémonie.

Ils disent tous que nous avons eu de la chance. Mon épaule me gêne à peine, Lucas n'a pas perdu sa jambe en essayant de me sauver la vie et Earl Horner n'a finalement tué que deux d'entre nous. Seulement deux, disent-ils.

Au premier rang de la petite chapelle se tiennent le mari de Rochelle et sa fille, agrippés l'un à l'autre. Elvis le Blond se comporte comme un membre de la famille et sanglote sans retenue, un bras passé autour de chacun d'eux. Il m'a révélé avant d'entrer que la sœur de Rochelle n'avait pas voulu venir. Je frissonne à l'idée qu'un membre de votre famille se soit éloigné de vous au point de ne même pas se déplacer pour vous rendre les derniers hommages.

Au dernier rang, la princesse Gabby a enfoui son visage dans l'épaule de son mari. Il la tient comme s'il s'agissait d'un objet fragile et précieux. Je me réjouis pour eux et j'envie même un peu leur bonheur.

Accompagnée de son garde du corps, Tania Marie se tient à l'écart de la famille, la tête bien droite, les yeux dissimulés derrière des lunettes noires. Si nous avons eu de la chance — comme ils le prétendent —, c'est à Tania Marie que nous le devons. Si elle ne s'était pas courageusement interposée entre Ellen et son père, nous ne serions probablement plus là. Je l'ai précisé dans l'article où je révélais qu'elle avait reconnu Julie dans une clinique. Quand les journalistes lui ont demandé ce qu'elle y faisait, elle a répondu sans se démonter qu'elle menait une enquête sur les opérations gastriques.

Ellen Horner plaidera la légitime défense pour le meurtre de son père, appuyée par notre témoignage. Elle va hériter des biens de sa sœur et Bobby Warren a insisté pour y inclure la société *Killer Body*.

Nous ne saurons jamais si Earl Horner était motivé par la peur d'avoir à verser de l'argent — la fameuse clause additive du contrat de Julie — ou s'il essayait seulement de protéger l'image de sa fille. Comme nous ne saurons jamais pourquoi Julie, si volontaire, si forte, n'a jamais été capable de briser ses liens avec son père, ni de combler ce qu'Ellen appelle le vide affectif de sa vie.

Elle nous a appris que Julie avait acheté leur ancienne maison afin d'y installer leur père à sa sortie de l'hôpital psychiatrique — un établissement destiné aux vétérans du Viêt-nam. S'ils ont laissé sortir Earl, je me demande dans quel état sont ceux qu'ils gardent.

— Une fois, elle m'a avoué qu'elle mangeait sans même s'en rendre compte et qu'elle ne s'en souvenait plus ensuite, m'a confié Ellen d'une voix entrecoupée par les sanglots. Vous vous rendez compte !

Oui, je me rendais compte…

— Elle contrôlait tout dans sa vie, sauf ça. Quand ça allait trop mal, elle revenait vivre avec nous et nous prenions soin d'elle.

— Vous et votre père ?

— Oui.

Elle a jeté un coup d'œil à ma main qui courait sur le papier.

— Ecrivez. Si j'avais lu un témoignage comme le mien, j'aurais peut-être réagi. Il faut en parler.

— Je suis de votre avis.

Pete risque de me haïr et tante Carey de ne plus m'adresser la parole, mais je ne peux pas me taire. Tant que nous garderons le silence, le monstre qui a détruit Lisa, Julie, et tant d'autres, continuera à faire de nouvelles victimes.

Bobby W. reste devant l'autel à contempler les portraits de la défunte, seule ou entourée de sa famille. Sur le mur, ils ont accroché une affiche qui doit dater de quelques années, mais où Rochelle est vraiment superbe.

— Shelly était une très belle femme, mais aussi bien plus, déclare Bobby W. d'une voix qui vacille. Elle était intelligente, humaine, elle avait de la personnalité. Elle va beaucoup me manquer.

Il prononce les derniers mots d'une voix aiguë et sifflante, puis il se tait, incapable de poursuivre. Les mains tremblantes, il sort de sa poche un objet que je prends d'abord pour un crucifix. Mais un rayon de soleil vient se poser sur la surface en émail rouge et je me rends compte qu'il s'agit du pendentif *Killer Body*, avec sa chaîne en argent.

Bobby Warren le presse contre ses lèvres et le pose sur la table, juste en dessous de l'affiche.

Je frémis jusqu'aux os. Ce pendentif, cette image… Voilà ce qui a causé la mort de Rochelle, celle de Julie, celle de Lisa. Je lève les yeux vers Lucas, il me serre le bras.

— Rochelle aurait apprécié le geste, murmure-t-il.

— Qu'en savez-vous ?

Non loin de nous, la princesse Gabby éclate en sanglots.

La cérémonie m'a épuisée et m'a laissé une douleur plus lancinante que celle de mon épaule. Je n'ai plus rien à faire dans cette ville. A présent, je dois rédiger mon dernier article en espérant que ça m'aidera à panser mes plaies.

J'ai parlé avec tante Carey ce matin et je lui ai appris ce que je savais. L'homme que Lisa rencontrait régulièrement à Los Angeles était son entraîneur, un professeur de musculation nommé Elvis le Blond. Il savait que Julie ne pouvait plus travailler avec *Killer Body* et il en a trop dit à Lisa. Il lui a également fourni des médicaments pour perdre du poids.

— Il ment, a répliqué tante Carey. Lisa ne se serait jamais droguée. Elle refusait même d'avaler un cachet d'aspirine.

Je n'ai pas cherché à la convaincre, mais en voyant avec quelle force elle niait la vérité, j'ai pensé que j'avais eu raison de me sortir de là. Suis-je seulement partie à temps ?

Sans doute. Je n'ai pas hésité à affronter Pete, au match de boxe. J'ai accepté de me poser des questions, de reconnaître que j'avais ma part de responsabilité, que j'avais refusé de voir l'évidence. J'écrivais depuis des mois des articles sur les troubles du comportement alimentaire et je n'ai pas fait le lien avec ce qui se passait dans ma propre famille.

Ma cousine si parfaite était comme ces verres en cristal qu'elle aimait tant : trop fragile pour les chocs de la vie. Seigneur… Pourrai-je un jour oublier tout ça ? Je ne le crois pas. Pour l'instant, je sais que je dois révéler toute la vérité, même si ça blesse Pete et tante Carey. Je n'oublie pas que nous avons failli mourir.

Je ne peux pas encore conduire et Hamilton doit venir me chercher demain, vers midi. Je me sens prête à partir, à laisser *Killer Body* derrière moi. Mais je vais regretter Lucas.

Il m'a proposé de dîner avec lui ce soir. J'ai refusé sous prétexte que je dois préparer mes bagages. C'est une excuse, bien sûr, et nous le savons tous les deux.

Le jour touche à sa fin et nous entrons doucement dans la pénombre. Le vent mélange les odeurs de Santa Barbara. La ville va de nouveau se remplir de visiteurs et s'animer. Les toits en tuile brilleront sous le soleil, les jacarandas seront en fleur et l'océan murmurera des promesses à tous ceux qui voudront prêter l'oreille.

Au lieu de me ramener directement à mon motel, Lucas fait un détour par la rue qui longe la plage. Il a enlevé sa veste et sa douce chemise en lin dessine des drapés sur son épaule.

— Un petit détour, répond-il quand je l'interroge. Je sais que vous n'avez pas le temps de m'accorder une promenade sur la plage, mais nous pouvons au moins nous arrêter pour regarder la mer.

Il arrête la voiture et nous sortons. Je m'adosse à la carrosserie afin de contempler l'océan.

Il vient près de moi lentement, en s'efforçant de ne pas boiter, puis il me prend la main. Je me souviens qu'il a risqué sa vie pour moi et que sa jambe en témoigne encore.

— Je quitte *Killer Body*, annonce-t-il soudain.

J'en reste abasourdie. Je remarque de nouvelles rides autour de ses yeux, mais aussi la détermination qui anime son regard.

— Qu'allez-vous faire ?

— Tout dépend.

— De quoi ?

— D'après vous ?

Il m'en demande trop. Je ne sais pas quoi lui répondre.

— Que feriez-vous… ?

Si je ne faisais pas partie de l'équation, ai-je failli dire.

— Je crois que je vais prendre une année sabbatique. Le temps de réaliser au moins un de mes rêves de marin.

— Vous voulez naviguer jusqu'au Mexique ou à Hawaii ?

Son regard se perd à l'horizon, puis revient vers moi.

— Je vise plutôt les mers du Sud, Tahiti. J'ai déjà fait le voyage avec une équipe, maintenant je voudrais essayer en solitaire. Un voyage en solitaire, c'est le rêve de tous les marins.

— Pourquoi hésitez-vous ?

J'ai l'impression que chaque mot m'arrache le cœur.

— J'attends toujours la réponse à la question que je vous ai posée.

Il ne détourne pas les yeux et me regarde plus intensément que jamais. Je vois qu'il ne se contentera pas de banalités et je commence à douter de ma décision.

— C'est à cause de ce type avec lequel vous travaillez ? me demande-t-il.

— Non.

En effet, je ne pense pas que ce soit Den qui nous sépare. Mais je n'en jurerais pas.

— C'est trop tôt, voilà tout, réponds-je d'une voix tellement basse que je m'entends à peine. A cause de tout ce qui s'est passé récemment — Den compris.

— *Trop tôt*... Ce n'est pas pareil que *jamais*.

— Peut-être.

— Il y a autre chose dont je dois vous entretenir, continue-t-il, moins solennel. Même si je sais que ça ne servira à rien.

— Quoi donc ?

— Ce sera mon dernier acte officiel au sein de *Killer Body*.

Il me lance un sourire indulgent un peu trop appuyé.

— A la demande de Bobby W.

— Il est hors de question que je n'écrive pas mon article ou que je minimise les faits.

— Bobby W. le sait déjà et ça ne le dérange pas.

Il a l'air gauche, à se dandiner avec sa chemise en lin et son regard pénétrant. On dirait un homme qui s'apprête à demander la main de celle qu'il aime. Mais il ne va pas me demander en mariage. Notre relation touche à sa fin, nous le savons tous deux.

— Que me veut-il exactement ? Ne tournez pas autour du pot.

— Il pense... Enfin, il voudrait que vous deveniez la nouvelle égérie de *Killer Body*.

L'espace d'un instant, je me sens rougir de plaisir. Mais ça ne dure pas.

— Ce n'est pas sérieux.

— Si, je vous le jure. Vous êtes une femme de tous les jours, ancrée dans la réalité du quotidien, pas un mannequin. D'après Bobby, c'est exactement ce dont *Killer Body* a besoin. Et je crois qu'il a raison.

J'écoute ces mots en songeant qu'ils auraient fait le bonheur de Lisa, qu'ils l'auraient même éloignée de Pete, probablement. J'ai envie de demander à Lucas ce qu'une égérie fait de ses journées, si elle a des horaires de travail comme tout le monde, ou si elle doit se consacrer corps et âme à la société, en échange d'un pendentif et d'une affiche.

— Vous vous sentez insultée.

— Non, triste simplement.

Il passe son bras autour de moi, mais je m'éloigne. Je ne veux plus pleurer, ni souffrir.

— Comme ça, vous voulez une femme de tous les jours ?

— Bobby Warren le veut. Et je suis d'accord avec lui.

— Eh bien, ça ne va pas vous plaire, mais je sais déjà qui il va choisir.

Tania Marie

Mot du jour : *béotien* : relatif aux Béotiens, habitants de Béotie, région de la Grèce antique. Adjectif : lourd, grossier, inculte.

— Une femme naturelle, une femme de tous les jours. Voilà ce dont nous avons besoin.

Tania Marie était assise à la table de conférence près de Bobby Warren. On leur avait apporté une carafe de Bloody Mary avec deux verres. M. Warren attrapa une poignée de vitamines de complément et avala une longue gorgée d'alcool pour les faire descendre. Tania Marie ne toucha pas à son verre. Elle ne se sentait pas capable d'avaler quoi que ce soit, ni même de parler.

Le vieil homme l'avait appelée à l'aube. Elle était partie de chez elle sans réveiller Jay et avait roulé directement jusqu'ici. Elle espérait qu'on ne voyait pas trop qu'elle s'était préparée à la hâte. La lumière crue qui entrait par la fenêtre, accompagnée par la brise océane, ne l'avantageait sûrement pas.

Mais après tout, ça ne pouvait pas être pire que M. Warren. Il avait une mine de papier mâché, les traits creusés, les yeux enfoncés dans les orbites. Pourtant, il parlait avec animation, avec sa voix de toujours, jeune et passionnée.

— Une femme active, reprit-il. Pas un idéal hors de portée. Je veux quelqu'un qui a dû lutter pour y arriver.

Son regard s'alluma et il lui pinça la cuisse entre deux doigts qui — elle n'en doutait pas — mesuraient en ce moment même la couche de graisse sous sa peau avec la précision d'un mètre.

— Vous voulez dire…

Elle n'osait pas poser la question, de peur d'avoir mal compris. Elle ne voulait plus s'humilier devant personne, pas même devant Bobby Warren pour *Killer Body*.

— Oui, ma chère, répondit-il, les yeux pétillants.

Il se prenait de toute évidence pour une sorte de Père Noël — en plus attirant.

— Nous serions ravis que vous acceptiez de représenter *Killer Body*. Le plus tôt possible.

— C'est une proposition sérieuse ?

— Oui, chère Tania Marie, très sérieuse. Vous pouvez apporter beaucoup à nos adhérents.

Elle baissa les yeux vers sa cuisse et les doigts de Bobby Warren qui la pinçaient toujours.

— Pas question que vous utilisiez ma silhouette pour un pendentif.

— Bien sûr que non. Nous prenons un nouveau départ.

Il termina son verre et Tania Marie sentit son haleine chargée d'alcool.

— Nous ne cherchons pas une deuxième Julie Larimore.

Nous allons faire ce que Lucas appelle un retour en arrière. La princesse Gabby a finalement opté pour la télévision et c'est tant mieux. Je cherche une personne moins sophistiquée, plus naturelle, une femme qui possède cette fraîcheur si rare de nos jours — en voie de disparition, comme le vieux dinosaure que je suis.

Tania Marie contempla l'océan en refoulant ses larmes. Elle ne rêvait pas. Bobby Warren l'avait choisie. Elle avait le trac, mais pas question de refuser.

— Merci beaucoup, lâcha-t-elle d'une seule traite. Je suis sincèrement flattée. Mais, Bobbo, si nous devons travailler ensemble, mieux vaut mettre les choses au point tout de suite. Enlevez votre putain de main de ma cuisse.

Rikki

Lucas et moi nous sommes dit adieu hier, aussi suis-je surprise de le voir arriver au moment où je sors du motel, mes bagages à la main. Il m'annonce la bonne nouvelle pour Tania Marie. Ça me fait plaisir et je lui suis reconnaissante d'être venu. Je le remercie.

— Avec elle, l'esprit de *Killer Body* va changer radicalement.

— Elle l'appelle déjà Bobbo.

Il baisse le nez vers mes sacs.

— Vous avez besoin d'aide ? demande-t-il.

— Hamilton va s'en charger. Il vient de m'appeler, il doit arriver d'une seconde à l'autre.

— Bon, je m'en vais, alors.

Il se tait.

— Vous êtes sûre que vous ne voulez pas travailler au *Times* ?

— Je hais Los Angeles, vous avez oublié ?

— Je pourrais peut-être vous apprendre à la haïr un peu moins.

— C'est déjà fait, Lucas. A Los Angeles, à Santa Barbara, dans ma vie, je me sens mieux partout depuis que je vous ai rencontré.

Il ouvre la bouche pour répondre, mais au lieu de ça, il se penche et m'embrasse. Les bras autour de son cou, je me laisse pénétrer par sa force et sa chaleur. Quand nos bouches se séparent, je suis prête à me réfugier dans ses bras.

J'entends la Volvo de Hamilton avant même de la voir. Les joues en feu, je m'éloigne de Lucas. Ma main est posée sur son bras et je sens à travers la veste ses muscles qui se crispent sous mes doigts.

— Vous m'enverrez une carte postale de Tahiti, dis-je.

Hamilton m'attend, debout à côté de sa voiture. Son visage me paraît plus rouge que d'habitude, mais c'est sans doute le contraste avec sa chemise claire. De profil, on voit poindre une légère bedaine et je suis sûre que Lucas le trouve trop mou et trop gras. Pas moi.

— Tu veux que je revienne plus tard ? me lance Hamilton de loin.

Je regarde Lucas, le renflement de ses muscles sous sa veste de sport, ses yeux.

— Non. Je suis prête.

L'expression de Hamilton change, son visage exprime une intense surprise et aussi autre chose que je ne déchiffre pas.

— Bon voyage, déclare Lucas. Promettez-moi de prendre soin de vous, Rikki.

— J'essaierai. Vous aussi, prenez soin de vous.

Il empoigne mes bagages et contourne la voiture d'un pas assuré qui, je le sais, lui coûte beaucoup.

— Passez-les-moi.

Hamilton lui prend les sacs des mains et les met sur la banquette arrière.

Nous échangeons encore quelques politesses, des banalités, et nous nous séparons.

Je suis des yeux Lucas qui s'éloigne dans sa voiture argentée, puis je me tourne vers Hamilton. Il comprend et met le contact pendant que je monte dans la Volvo en retenant mon envie de pleurer.

Les jacarandas qui bordent l'allée de l'hôtel ont fleuri pendant la nuit, l'effet est si saisissant qu'on dirait qu'un décorateur est passé par là. Hamilton a encore nettoyé l'intérieur de sa voiture qui empeste le déodorant à la vanille.

Dès que nous roulons, il allume une cigarette.

— Tu as envie de déjeuner ?

— Pas ici.

Ma voix trahit ce que je ne veux pas dire.

— Je comprends.

Il prend l'autoroute et baisse sa vitre pour jeter sa cigarette. Une bouffée d'air s'engouffre dans la voiture. Il referme précipitamment.

Je me tourne vers lui.

— Qu'est-ce qui te tracasse ?

— Je vais démissionner.

— Tu en es sûr ?

— Oui.

Il me regarde, il guette ma réaction.

— On pourrait s'arrêter manger à Bakersfield, propose-t-il. Ça te dirait ?

Je pense déjà aux vignes, à Bakersfield et à ma belle vallée qui m'attend. San Joaquin. Mon travail. Le vide laissé par l'absence de Lisa. Celui que je ressens dans ma propre vie. Des questions. Des réponses. Le journal. Hamilton. Le murmure de l'espoir. La vie.

— Ça me va, réponds-je. Et c'est moi qui paie. Je te dois toujours ce fameux déjeuner.

REMERCIEMENTS

Je tiens à remercier les personnes qui m'ont apporté leur aide tout au long de l'élaboration de ce livre :

Amy Moore-Benson, pour ses corrections et ses précieuses suggestions ; Laura Dail, le meilleur agent qui soit ; Tania Charzewski, pour ses conseils avisés et ses contes de fées ; Donna Hayes, Loriana Sacilotto, Alex Osuszek, Gordy Goihl, Ken Foye et Fritz Servatius, pour avoir permis à ce roman de voir le jour ; Weight Watchers International et en particulier l'équipe de Fresno et sa directrice, Annie Hickman ; Debra Winegarden, culturiste s'il en est, sans qui je n'aurais pu m'immiscer dans ce monde qui m'était totalement étranger ; mes experts, Bev Medina et Dennis Lewis — Ph. D. —, le docteur Regina Shay ; Larry Paquette et Hazel Dixon-Cooper ; Jennifer Badasci, pour toute son affection ; Genevieve Choate, Jared Hinson, Sheree Petree, Meg Bertini, Jay Crosby, Linda Nielsen et le cercle des Tuesday Night Writers, pour leur soutien.

Je remercie tous ceux qui ont eu un jour des problèmes de poids et ont partagé avec moi leurs secrets. C'est en affrontant ses démons qu'on s'en libère.

Merci également à *Left Coast Crime* pour m'avoir permis d'utiliser le nom d'un de leurs membres dans ce roman. A cette personne qui m'a gentiment prêté son nom, un grand merci. Je ne dirai pas ici lequel de mes personnages a emprunté ton identité, mais, comme promis, je t'ai donné un corps de rêve.

Enfin, toute ma reconnaissance à Dianne Moggy et MIRA Books, pour avoir cru en moi une fois de plus.

DANS LA MÊME COLLECTION

Par ordre alphabétique d'auteur

LAURIE BRETON	*Ne vois-tu pas la mort venir ?*
BARBARA BRETTON	*Le lien brisé*
JAN COFFEY	*La dernière victime*
JASMINE CRESSWELL	*La Manipulatrice*
JASMINE CRESSWELL	*Le secret brisé*
JASMINE CRESSWELL	*La mort pour héritage*
JASMINE CRESSWELL	*Soupçons mortels*
JASMINE CRESSWELL	*Je saurai te retrouver*
MARGOT DALTON	*Amnésie*
MARGOT DALTON	*Kidnapping*
MARGOT DALTON	*Le sceau du mal*
MARGOT DALTON	*Crimes inavoués*
WINSLOW ELIOT	*L'innocence du mal*
LYNN ERICKSON	*Le Prédateur*
TESS GERRITSEN	*Présumée coupable*
TESS GERRITSEN	*Crimes masqués*
HEATHER GRAHAM	*L'invitation*
HEATHER GRAHAM	*L'ennemi sans visage*
HEATHER GRAHAM	*Le complot*
HEATHER GRAHAM	*Soupçons*
HEATHER GRAHAM	*La griffe de l'assassin*
HEATHER GRAHAM	*Prémonition*
GINNA GRAY	*Le voile du secret*
GINNA GRAY	*La cavale*
KAREN HARPER	*Testament mortel*
KAREN HARPER	*Le saut du diable*
KATHRYN HARVEY	*La clé du passé*
BONNIE HEARN HILL	*La disparue de Sacramento*
BONNIE HEARN HILL	*Mortelle perfection*
CHRISTIANE HEGGAN	*Miami Confidential*
CHRISTIANE HEGGAN	*L'Alibi*
CHRISTIANE HEGGAN	*Intime conviction*
CHRISTIANE HEGGAN	*Labyrinthe meurtrier*
CHRISTIANE HEGGAN	*Troublantes révélations*
CHRISTIANE HEGGAN	*Intention de tuer*
CHRISTIANE HEGGAN	*Meurtre à New York*
METSY HINGLE	*Le masque de la mort*

.../...

DANS LA MÊME COLLECTION

Par ordre alphabétique d'auteur

GWEN HUNTER	*Faux diagnostic*
GWEN HUNTER	*Virus*
GWEN HUNTER	*Les mains du diable*
GWEN HUNTER	*Le triangle du mal*
GWEN HUNTER	*La piste du mal*
PENNY JORDAN	*De mémoire de femme*
PENNY JORDAN	*La femme bafouée*
R.J. KAISER	*Qui a tué Jane Doe ?*
ALEX KAVA	*Sang Froid*
ALEX KAVA	*Le collectionneur*
ALEX KAVA	*Les âmes piégées*
ALEX KAVA	*Obsession meurtrière*
RACHEL LEE	*Neige de sang*
RACHEL LEE	*Le lien du mal*
CARLA NEGGERS	*L'énigme de Cold Spring*
CARLA NEGGERS	*Piège invisible*
MEG O'BRIEN	*Le piège*
MEG O'BRIEN	*En lettres de sang*
MEG O'BRIEN	*Pluie de sang*
MEG O'BRIEN	*La déchirure*
MEG O'BRIEN	*Spirale meurtrière*
SHIRLEY PALMER	*Zone d'ombre*
EMILIE RICHARDS	*Le refuge irlandais*
EMILIE RICHARDS	*Mémoires de Louisiane*
EMILIE RICHARDS	*Le testament des Gerritsen*
EMILIE RICHARDS	*L'héritage des Robeson*
EMILIE RICHARDS	*L'écho de la rivière*
EMILIE RICHARDS	*Promesse d'Irlande*
EMILIE RICHARDS	*Du côté de Georgetown*
HELEN R. MYERS	*Mortelle impasse*
HELEN R. MYERS	*Les ombres du doute*
HELEN R. MYERS	*Mort suspecte*
NORA ROBERTS	*Le cercle brisé*
NORA ROBERTS	*Possession*
NORA ROBERTS	*Et vos péchés seront pardonnés*

.../...

DANS LA MÊME COLLECTION
Par ordre alphabétique d'auteur

NORA ROBERTS	*Tabous*
NORA ROBERTS	*Coupable innocence*
NORA ROBERTS	*Maléfice*
NORA ROBERTS	*Enquêtes à Denver*
NORA ROBERTS	*Crimes à Denver*
NORA ROBERTS	*L'ultime refuge*
NORA ROBERTS	*Une femme dans la tourmente*
FRANCIS ROE	*L'engrenage*
FRANCIS ROE	*Soins intensifs*
M. J. ROSE	*Rédemption*
JOANN ROSS	*La femme de l'ombre*
SHARON SALA	*Sang de glace*
SHARON SALA	*Le soupir des roses*
SHARON SALA	*Meurtre en eaux troubles*
MAGGIE SHAYNE	*Noir paradis*
MAGGIE SHAYNE	*Un parfait coupable*
TAYLOR SMITH	*Le carnet noir*
TAYLOR SMITH	*La mémoire assassinée*
ERICA SPINDLER	*Rapt*
ERICA SPINDLER	*Black Rose*
ERICA SPINDLER	*Le venin*
ERICA SPINDLER	*La griffe du mal*
ERICA SPINDLER	*Trahison*
ERICA SPINDLER	*Cauchemar*
ERICA SPINDLER	*Pulsion meurtrière*
ERICA SPINDLER	*Le silence du mal*
ERICA SPINDLER	*Jeux macabres*
TARA TAYLOR QUINN	*Enlèvement*
ELISE TITLE	*Obsession*
CHARLOTTE VALE ALLEN	*L'enfance volée*
LAURA VAN WORMER	*La proie du tueur*

7 TITRES À PARAÎTRE EN JUILLET 2007

MIRA

Composé et édité par les
éditions Harlequin
Achevé d'imprimer en avril 2007

par

LIBERDÚPLEX

Dépôt légal : mai 2007
N° d'éditeur : 12768

Imprimé en Espagne